A MENINA QUE TINHA DONS

Tradução de Ryta Vinagre

M.R. CAREY

A MENINA QUE TINHA DONS

FÁBRICA231

Título Original
THE GIRL WITH ALL
THE GIFTS

Todos os personagens e acontecimentos neste livro,
exceto o que estão claramente em domínio público, são fictícios e
qualquer semelhança com pessoas reais, vivas ou não, é mera coincidência.

Direitos para a língua portuguesa reservados
com exclusividade para o Brasil à
EDITORA ROCCO LTDA.
Av. Presidente Wilson, 231 - 8º andar
20030-021 - Rio de Janeiro - RJ
Tel.: (21) 3525-2000 - Fax: (21) 3525-2001
rocco@rocco.com.br
www.rocco.com.br

Printed in Brazil/Impresso no Brasil

preparação de originais
HALIME MUSSER

CIP-Brasil. Catalogação na fonte.
Sindicato Nacional dos Editores de Livros, RJ.

C273m
Carey, M. R.
A menina que tinha dons / M. R. Carey; tradução de Ryta Vinagre. - 1ª ed. - Rio de Janeiro: Fábrica 231, 2014.

Tradução de: The girl with all the gifts
ISBN 978-85-68432-02-0

1. Ficção inglesa. I. Vinagre, Ryta. II. Título.

14-15657 CDD-823
CDU-821.111-33

O texto deste livro obedece às normas do
Acordo Ortográfico da Língua Portuguesa.

Para Lin, que abriu a caixa

1

O NOME DELA É MELANIE. Significa "a menina escura", de uma palavra em grego antigo, mas sua pele na realidade é muito clara, então ela acha que talvez este não seja um bom nome. Melanie gosta muito do nome Pandora, mas não se pode escolher. A Srta. Justineau atribui nomes a partir de uma lista grande; as crianças novas recebem o primeiro nome da lista dos meninos ou o primeiro nome da lista das meninas e, segundo a Srta. Justineau, é assim e pronto.

Agora já faz algum tempo que não há muitas crianças novas. Melanie não sabe por quê. Antigamente eram muitas; toda semana, ou a cada duas semanas, vozes na noite. Ordens abafadas, reclamações, um ou outro palavrão. Uma porta de cela batendo. E então, depois de algum tempo, em geral um ou dois meses, uma cara nova na sala de aula – um menino ou menina que ainda não aprendeu a falar. Mas eles pegam rápido.

A própria Melanie já foi nova, antigamente, mas é difícil se lembrar disso porque já faz muito tempo. Foi antes que existisse alguma palavra; só havia coisas sem nomes, e as coisas sem nomes não ficam na sua cabeça. Elas se dispersam, depois somem.

Agora ela tem 10 anos e a pele de uma princesa de conto de fadas; uma pele branca como a neve. Então ela sabe que, quando crescer, será bela, terá príncipes atropelando-se para subir em sua torre e resgatá-la.

Supondo-se, é claro, que ela tenha uma torre.

Nesse meio-tempo, ela tem uma cela, o corredor, a sala de aula e o chuveiro.

A cela é pequena e quadrada. Tem uma cama, uma cadeira e uma mesa. Nas paredes, que são pintadas de cinza, existem quadros; um grande, da floresta amazônica, e um menor, de um gato bebendo leite em um pires. Às vezes o sargento e seu pessoal mudam as crianças, então Melanie sabe que algumas celas têm quadros diferentes. Ela antes tinha um cavalo numa campina e uma montanha com neve no topo e, deste, Melanie gostava mais.

É a Srta. Justineau que coloca os quadros nas paredes. Ela os recorta da pilha de revistas velhas da sala de aula e os prende nos cantos com pedaços de uma coisa azul e pegajosa. Ela junta a coisa pegajosa e azul como um avarento de uma história. Sempre que baixa um quadro ou coloca um novo, ela raspa cada pedacinho preso na parede e o coloca na bolinha redonda da coisa que ela guarda na mesa.

Quando acaba, acaba, diz a Srta. Justineau.

O corredor tem vinte portas do lado esquerdo e dezoito do lado direito. Também tem uma porta em cada ponta. Uma porta é pintada de vermelho e leva à sala de aula – então Melanie pensa nela como a ponta do corredor da sala de aula. A porta do outro lado é de aço cinza, é vazia e muito, mas muito grossa. Onde dá, é meio difícil saber. Uma vez, quando Melanie era levada de volta à cela, a porta estava fora das dobradiças, tinha uns homens trabalhando nela, dava para ver todos aqueles ferrolhos e pedaços salientes pelas beiras e assim, quando se fechava, era muito complicada de abrir. Depois da porta, havia uma escada comprida de concreto que subia sem parar. Ela não devia ver nada dessas coisas e o sargento disse, "A safadinha tem mil olhos", enquanto empurrava sua cadeira para dentro da cela e batia a porta. Mas ela viu e ela se lembra.

Ela também ouve, e das conversas entreouvidas Melanie construiu um senso deste lugar em relação a outros lugares que nunca viu. Este lugar é o bloco. Fora do bloco fica a base, que é o Echo Hotel. Fora da base fica a região 6, com Londres uns 45 quilômetros ao sul e Beacon depois de mais 70 quilômetros – e nada depois de Beacon, exceto o mar. A maior parte da região 6 está limpa, mas só o que a mantém assim são as patrulhas de queimada, com seus estilhaços e granadas. É para isso que serve a base, Melanie tem certeza absoluta. Manda patrulhas de queimada para eliminar os famintos.

As patrulhas de queimada precisam ter muito cuidado, porque ainda existem muitos famintos lá fora. Se eles sentem seu cheiro, seguem você por cem quilômetros e, quando o pegam, comem. Melanie fica feliz por viver no bloco, atrás da porta de aço grande, onde está a salvo.

Beacon é muito diferente da base. É toda uma cidade grande cheia de gente, com prédios que vão até o céu. Tem o mar de um lado e fossos e campos minados dos outros três, então os famintos não conseguem chegar perto. Em Beacon, você pode passar toda a sua vida sem ver um faminto que seja. E é tão grande que deve ter cem bilhões de pessoas lá, todas morando juntas. Melanie tem esperanças de um dia ir a Beacon. Quando a missão estiver concluída e quando (a Dra. Caldwell disse uma vez) tudo estiver dobrado e guardado. Melanie tenta imaginar esse dia; as paredes de aço se fechando como as páginas de um livro, e depois... Outra coisa. Outra coisa lá fora, é para lá que todos eles vão.

Vai dar medo. Mas será tão maravilhoso!

Pela porta de aço cinza, toda manhã, o sargento entra, o pessoal do sargento entra, e finalmente entra a professora. Eles andam pelo corredor, passam pela porta de Melanie, trazendo o cheiro forte e amargo de química que sempre têm; não é um cheiro agradável, mas é animador, porque significa o começo das aulas de mais um dia.

Ao som dos ferrolhos deslizando e dos passos, Melanie corre à porta de sua cela e fica na ponta dos pés para espiar pela janelinha de tela e ver as pessoas que passam. Ela dá bom-dia a eles, mas eles não podem responder e em geral não respondem. O sargento e seu pessoal nunca respondem, nem a Dra. Caldwell ou o Sr. Whitaker. E a Dra. Selkirk passa muito rápido e nunca olha para o lado certo, então Melanie não consegue ver seu rosto. Mas às vezes Melanie recebe um aceno da Srta. Justineau ou um sorriso rápido e furtivo da Srta. Mailer.

A professora designada para o dia passa direto para a sala de aula, enquanto o pessoal do sargento começa a destrancar as portas das celas. Seu trabalho é levar as crianças à sala, depois disso eles somem de novo. Eles seguem um procedimento e isto consome muito tempo. Melanie pensa que deve ser o mesmo para todas as crianças, mas é claro que ela não pode ter certeza, porque sempre acontece dentro das celas e a única cela que Melanie vê por dentro é a dela própria.

Para começar, o sargento bate em todas as portas e grita para as crianças se prepararem. O que ele costuma gritar é "Trânsito!", mas às vezes acrescenta outras palavras. "Trânsito, seus cretinos!", ou "Trânsito! Vamos ver vocês!" Sua cara grande e marcada surge na janelinha de tela e ele olha feio para você, para saber se já saiu da cama e está se mexendo.

E uma vez, Melanie se lembra, ele fez um discurso – não para as crianças, mas para o pessoal dele. "Alguns de vocês são novos. Vocês não conhecem o inferno a que foram recrutados e não sabem o inferno onde estão. Têm medo desses monstrinhos desgraçados, não têm? Ora, muito bem. Abracem esse medo em sua alma imortal. Quanto mais medo tiverem, menos chances terão de se dar mal." Depois ele gritou, "Trânsito!", o que foi uma sorte, porque na hora Melanie não sabia se aquilo era o grito de trânsito ou não.

Depois que o sargento diz "Trânsito", Melanie veste rapidamente a blusa branca pendurada no gancho ao lado da porta, uma calça branca do receptáculo na parede e os sapatos brancos arrumados ao lado de sua cama. Depois se senta na cadeira de rodas ao pé da cama, como lhe ensinaram a fazer. Põe as mãos nos braços da cadeira e os pés no apoio. Fecha os olhos e espera. Conta enquanto espera. A contagem mais alta a que chegou foi dois mil, quinhentos e vinte e seis; a mais baixa, mil novecentos e um.

Quando a chave roda na porta, ela para de contar e abre os olhos. O sargento entra com sua arma e aponta para ela. Depois entram dois do pessoal do sargento, que apertam e afivelam as tiras da cadeira em volta dos pulsos e dos tornozelos de Melanie. Também tem uma tira para o pescoço; eles apertam essa por último, quando as mãos e os pés de Melanie estão totalmente presos, e sempre fazem isso de trás. A tira serve para que eles nunca tenham de colocar as mãos na frente do rosto de Melanie. Melanie às vezes diz, "Eu não mordo!" Ela diz isso de brincadeira, mas o pessoal do sargento nunca ri. O sargento riu uma vez, na primeira que ela disse isso, mas foi um riso desagradável. Depois ele disse, "Até parece que vou te dar uma chance, docinho".

Quando Melanie está toda amarrada na cadeira e não pode mexer as mãos, os pés, nem a cabeça, eles a empurram para a sala de aula e a colocam junto de sua carteira. A professora pode estar falando com outras crianças, ou escrevendo alguma coisa no quadro-negro, mas ela (ou ele, se for o Sr. Whitaker, o único dos professores que é um ele) em geral vai parar e dizer, "Bom-dia, Melanie". Assim, as crianças sentadas na fila da frente saberão que Melanie entrou na sala e podem dizer bom-dia também. A maioria delas não consegue enxergá-la quando ela entra, é claro, porque estão todas em suas próprias cadeiras com os pescoços presos pelas tiras, então não conseguem virar a cabeça tanto assim.

Este procedimento – levar na cadeira de rodas, a professora dando um bom-dia e depois o coro de cumprimentos das outras crianças – acontece mais nove vezes, porque são nove crianças que entram na sala de aula depois de Melanie. Uma delas é Anne, que antigamente era a melhor amiga de Melanie na turma e talvez ainda seja, só que da última vez que trocaram as crianças de lugar (o sargento chama de "embaralhar as cartas"), elas acabaram se sentando muito separadas e é difícil ser a melhor amiga de alguém com quem não se consegue falar. Outro é Kenny, de quem Melanie não gosta, porque ele a chama de Melão ou M-M-M-Melanie para lembrar que ela às vezes gaguejava em aula.

Quando todas as crianças estão na sala, começa a aula. Todo dia tem tabuada e ditado, e todo dia tem prova de retenção, mas não parece haver um plano para o resto das aulas. Alguns professores gostam de ler livros em voz alta e fazem perguntas sobre o que acabaram de ler. Outros fazem as crianças aprenderem fatos históricos, datas, tabelas e equações, e nisso Melanie é muito boa. Ela sabe todos os reis e rainhas da Inglaterra e quando eles reinaram, e todas as cidades do

Reino Unido com suas áreas, populações e os rios que passam por elas (se tiverem rios), e seus lemas (se tiverem lemas). Ela também sabe as capitais da Europa, suas populações e os anos em que estiveram em guerra com a Grã-Bretanha, o que a maioria delas fez numa época ou outra.

Ela não acha difícil se lembrar dessas coisas; lembra para não ter tédio, porque o tédio é pior do que quase qualquer coisa. Se ela sabe a área de superfície e a população, pode deduzir mentalmente a densidade populacional média e faz uma análise de regressão para supor quantas pessoas haveria em dez, vinte ou trinta anos.

Mas isso tem um problema. Melanie aprendeu as coisas sobre as cidades do Reino Unido nas aulas do Sr. Whitaker e ela não sabe se pegou bem todos os detalhes. Porque um dia, quando o Sr. Whitaker estava meio estranho e sua voz era toda estranha e confusa, ele disse uma coisa que deixou Melanie preocupada. Ela perguntava a ele se 1.036.900 era a população de toda Birmingham, com todos os seus subúrbios, ou só da área metropolitana central e ele disse, "E quem se importa? Nada disso tem mais importância nenhuma. Eu só disse a vocês porque todos os livros didáticos que temos têm trinta anos!"

Melanie insistiu, porque sabia que Birmingham é a maior cidade da Inglaterra depois de Londres e queria ter certeza se os números eram exatos.

— Mas os números do censo de... — disse ela.

O Sr. Whitaker a interrompeu.

— Meu Deus, Melanie, isso é irrelevante. É história antiga! Não existe mais nada lá fora. Nadica de nada. A população de Birmingham é zero.

Então é possível, até muito provável, que algumas listas de Melanie precisem ter alguns aspectos atualizados.

As crianças tinham aulas às segundas, terças, quartas, quintas e sextas-feiras. Aos sábados, elas ficavam trancadas em seus quartos o dia todo e tocava música pelo sistema de alto-falantes. Ninguém aparecia, nem mesmo o sargento, e a música era alta demais para conversar. Melanie teve a ideia, muito tempo atrás, de inventar uma linguagem que usasse sinais em vez de palavras, para que as crianças pudessem conversar através das janelinhas de tela, e ela inventou mesmo a língua, o que foi divertido de fazer, mas quando perguntou à Srta. Justineau se podia ensinar à turma, a Srta. Justineau disse que não, bem alto e firme. Fez Melanie prometer não falar de sua linguagem de sinais com nenhum dos outros professores, em especial o sargento.

— Ele já é bem paranoico — disse ela. — Se pensar que você está falando dele pelas costas, vai perder o que resta de seu juízo.

Então Melanie nunca pôde ensinar as outras crianças a falar na linguagem de sinais.

Os sábados eram longos e maçantes, era difícil passar por eles. Melanie conta em voz alta e para si mesma histórias que as crianças ouviram em aula, ou canta provas matemáticas, como a prova para a infinidade de números primos, no ritmo da música. Não tem problema fazer isso porque a música esconde sua voz. Caso contrário, o sargento entraria e diria a ela para parar.

Melanie sabe que o sargento ainda está ali aos sábados porque num sábado, quando Ronnie bateu na janelinha de tela até sua mão sangrar, o sargento apareceu. Ele levou dois de seus homens, todos os três vestiam uns trajes grandes que escondiam o rosto, eles entraram na cela de Ronnie e Melanie adivinhou, pelo barulho, que tentavam amarrar Ronnie na cadeira. Ela também adivinhou, pelo barulho, que Ronnie lutava e dificultava as coisas para eles, porque ela ficava gritando e dizendo, "Me deixa em paz! Me deixa em paz!" Então começou uma batida que continuou por algum tempo enquanto alguém do pessoal do sargento gritava, "Meu Deus, não...", depois outra pessoa também gritou e alguém disse, "Segure o outro braço! Prendam-na!" E tudo ficou em silêncio de novo.

Melanie não sabe o que aconteceu depois disso. O pessoal que trabalha para o sargento ficou por ali e trancou todas as telas das janelinhas, assim as crianças não puderam ver do lado de fora. Elas ficaram trancadas o dia todo. Na segunda-feira seguinte, Ronnie não estava mais na sala de aula e ninguém parecia saber o que tinha acontecido com ela. Melanie prefere pensar que tem outra sala de aula em algum lugar na base e que Ronnie foi para lá, então um dia desses ela pode voltar, quando o sargento embaralhar as cartas de novo. Mas o que ela realmente acredita, quando não consegue deixar de pensar nisso, é que o sargento levou Ronnie para castigá-la por ser má e nunca mais vai deixar que ela veja nenhuma das outras crianças.

Os domingos são como os sábados, só que tem a comida e o chuveiro. No início do dia, as crianças são colocadas em suas cadeiras como se fosse um dia de aula normal, mas com a mão e o braço direitos desamarrados. Elas são empurradas nas cadeiras para o chuveiro, que é a última porta à direita, logo antes da porta de aço.

No chuveiro, que tem ladrilhos brancos e é vazio, as crianças esperam sentadas até que todo mundo seja trazido. Depois o pessoal do sargento traz as tigelas com a comida e colheres. Eles colocam uma tigela no colo de cada criança, com a colher já presa ali.

Na tigela tem um milhão de larvas, todas se mexendo e se retorcendo umas por cima das outras.

As crianças comem.

Nas histórias que eles leem, às vezes as crianças comem outras coisas – bolo e chocolate e salsicha e mingau e batata frita e balas e espaguete e almôndegas. As crianças ali só comem larvas e só uma vez por semana, porque – como a Dra. Selkirk explicou uma vez, quando Melanie perguntou – seus corpos são espetacularmente eficientes no metabolismo de proteínas. Elas não precisam de nenhuma dessas outras coisas, nem mesmo beber água. As larvas lhes dão tudo de que precisam.

Quando terminam de comer e as tigelas são levadas de novo, o pessoal do sargento sai, fecha as portas e roda os lacres. O chuveiro fica completamente escuro, porque não tem luz nenhuma ali dentro. Os canos atrás das paredes começam a fazer um barulho de alguém que se esforça para não rir e cai um spray químico do teto.

É a mesma substância química que está nos professores, no sargento e no pessoal do sargento, ou pelo menos o cheiro é o mesmo, mas é muito mais forte. No início arde um pouco. Depois arde muito. Deixa os olhos de Melanie inchados, avermelhados e meio cegos. Mas evapora rapidamente das roupas e da pele, assim, depois de meia hora sentada na sala escura e silenciosa, não resta nada além do cheiro, e enfim o cheiro também some, ou pelo menos eles ficam acostumados e não é mais tão ruim, eles só esperam em silêncio que a porta seja destrancada e o pessoal do sargento entre e os pegue. É assim que as crianças tomam banho e, por esse motivo, se não por nenhum outro, os domingos devem ser o pior dia da semana.

O melhor dia da semana é quando a Srta. Justineau dá aula. Nem sempre é o mesmo dia e em algumas semanas ela nem aparece, mas sempre que é empurrada na cadeira para a sala de aula e vê a Srta. Justineau ali, Melanie sente uma onda de pura felicidade, como se seu coração voasse dela para o céu.

Ninguém fica entediado nos dias da Srta. Justineau. É uma emoção para Melanie até olhar para ela. Agrada-lhe adivinhar o que a Srta. Justineau estará vestindo, se seu cabelo estará no alto ou solto. Em geral está solto, é comprido, preto e muito crespo, então parece uma cachoeira. Mas às vezes ela o amarra num nó na nuca, bem apertado, e isso também é bom, porque faz com que seu rosto apareça mais, quase como se ela fosse uma estátua ao lado de um templo, escorando o teto. Uma cariátide. Mas o rosto da Srta. Justineau aparece de qualquer jeito porque é de uma cor tão, mas tão maravilhosa! É marrom-escura, como a madeira das árvores no quadro da floresta tropical de Melanie, cujas sementes só crescem nas cinzas de um incêndio na mata, ou como o café que a Srta. Justineau serve de sua garrafa térmica na xícara na hora do intervalo. Só que é mais escura e mais viva do que essas coisas, com muitas outras cores misturadas, então não há nada com que se possa comparar. Só o que se pode dizer é que é tão escura quanto a pele de Melanie é clara.

E às vezes a Srta. Justineau usa um cachecol ou coisa assim por cima da blusa, amarrado no pescoço e nos ombros. E nesses dias Melanie pensa que ela parece um pirata ou uma das mulheres de Hamelin, quando chega o Flautista. Mas a maioria das mulheres de Hamelin nas figuras do livro da Srta. Justineau é velha e corcunda, e a Srta. Justineau é jovem, não é nada corcunda, é alta e muito bonita. Então ela na verdade parece mais um pirata, só que não tem as botas compridas e não tem espada.

Quando a Srta. Justineau dá aula, o dia é cheio de coisas maravilhosas. Às vezes ela lê poemas em voz alta, ou traz a flauta e toca, ou mostra às crianças as figuras de um livro e conta-lhes histórias sobre as pessoas nas figuras. Foi assim que Melanie soube de Pandora, Epimeteu e a caixa cheia das maldades do mundo, porque um dia a Srta. J lhes mostrou uma figura num livro. Era uma imagem de uma mulher abrindo uma caixa e dela saía um monte de coisas assustadoras.

– Quem é essa? – perguntou Anne à Srta. Justineau.

– Esta é Pandora – disse a Srta. Justineau. – Ela era uma mulher maravilhosa. Todos os deuses a abençoaram e lhe deram dons. É isso que seu nome significa... "A menina com todos os dons." Então ela era inteligente, corajosa, bonita, engraçada e tudo o mais que vocês iam querer ser. Mas tinha um defeito pequenininho, ela era muito... e quero dizer *muito mesmo*... curiosa.

A essa altura ela havia prendido a atenção das crianças, elas estavam adorando e a Srta. Justineau também, e no fim elas ouviram a história toda, que começava com a guerra entre os deuses e os titãs e terminava com Pandora abrindo a caixa e deixando sair todas aquelas coisas terríveis.

Melanie disse que não achava certo culpar Pandora pelo que aconteceu, porque era uma armadilha que Zeus tinha preparado para os mortais e ele a fez agir assim de propósito, só para cair na armadilha.

– Pode apostar, querida! – disse a Srta. Justineau. – Os homens têm o prazer e as mulheres, o castigo. – E ela riu. Melanie fez a Srta. Justineau rir! Esse foi um dia muito bom, mesmo que Melanie não soubesse o que havia de tão engraçado no que ela disse.

O único problema com os dias de aula da Srta. Justineau é que o tempo passa rápido demais. Cada segundo é tão precioso para Melanie que ela nem pisca; só fica sentada ali, de olhos arregalados, tragando tudo o que diz a Srta. Justineau, memorizando para poder repassar sozinha depois, em sua cela. E sempre que pode ela faz perguntas à Srta. Justineau, porque o que ela mais gosta de ouvir, e de se lembrar, é da voz da Srta. Justineau dizendo seu nome, Melanie, de um jeito que a faz se sentir a pessoa mais importante do mundo.

2

UMA VEZ, O SARGENTO ENTRA NA SALA DE AULA num dia da Srta. Justineau. Melanie não percebe até ele começar a falar, porque ele fica parado bem no fundo da sala. Quando a Srta. Justineau diz, "... e desta vez, Pooh e Leitão contaram três pegadas na neve", a voz do sargento se meteu com, "Mas que diabos é isso?"

A Srta. Justineau para e olha em volta.

– Estou lendo uma história para as crianças, sargento Parks – diz ela.

– Isso estou vendo – diz a voz do sargento. – Pensei que a ideia era testar os miolos deles, e não armar um cabaré.

A Srta. Justineau fica tensa. Se você não a conhece tão bem como Melanie, e se não a observa tão atentamente como Melanie, provavelmente não perceberia. Tudo passa muito rápido e sua voz, quando ela fala, parece a mesma de sempre, sem raiva nenhuma.

– É exatamente isto que estou fazendo – diz ela. – É importante ver como eles processam informações. Precisamos de insumos para termos resultados.

– Insumos? – repete o sargento. – Quer dizer dados?

– Não. Não apenas dados. Ideias.

– Ah, sim, tem muitas ideias de primeira no Ursinho Pooh. – O sargento usa de sarcasmo. Melanie sabe como funciona o sarcasmo; você diz o contrário do que realmente quer dizer. – É sério, está perdendo seu tempo. Quer contar histórias a elas, então conte de Jack Estripador e O Palhaço Assassino.

– Elas são crianças – observa a Srta. Justineau.

– Não.

– Psicologicamente falando, são. Elas são crianças.

— Bom, então que se foda a psicologia — diz o sargento, agora meio zangado. — É isso, o que você disse bem aqui, é por isso que você não pode ler para eles Ursinho Pooh. Continue desse jeito e vai começar a pensar neles como garotos de verdade. E depois vai cometer um deslize. E talvez vá desamarrar um deles porque precisa de um carinho ou coisa assim. Não preciso lhe dizer o que vai acontecer depois.

O sargento vai então à frente da sala e faz uma coisa horrível. Ele arregaça a manga, até o cotovelo, e coloca o braço na frente da cara de Kenny; bem na cara de Kenny, só a um centímetro dele. No começo não acontece nada, mas depois o sargento cospe na mão e esfrega no braço, como se limpasse alguma coisa.

— Não — diz a Srta. Justineau. — Não faça isso com ele. — Mas o sargento não responde, nem olha para ela.

Melanie está sentada duas filas atrás de Kenny e duas filas para o lado, então consegue ver tudo. Kenny fica totalmente rígido, depois sua boca se arreganha e ele quer morder o braço do sargento, mas não alcança, é claro. E começa a pingar uma baba do canto de sua boca, mas não muita, porque ninguém nunca dá às crianças nada para beber, então é uma baba grossa, meio sólida e fica pendurada ali na ponta do queixo de Kenny, balançando-se, enquanto Kenny grunhe, bate os dentes para o braço do sargento, solta uns gemidos e choraminga.

E vai de mal a pior — porque as crianças dos dois lados de Kenny começam a fazer isso também, como se pegassem alguma coisa de Kenny, e as crianças bem atrás dele se contorcem e se sacodem como se alguém as estivesse cutucando com muita força na barriga.

— Está vendo? — O sargento se vira para olhar a cara da Srta. Justineau e saber se ela entendeu seu argumento. Depois ele pisca, todo surpreso, e talvez deseje não ter olhado para ela, porque a Srta. Justineau o olha feio como se quisesse bater na cara dele, o sargento deixa o braço cair de lado e dá de ombros como se nada disso tivesse a menor importância para ele.

— Nem todos que parecem são humanos — diz ele.

— Não — concorda a Srta. Justineau. — Nisso eu concordo com você.

A cabeça de Kenny tomba um pouco de lado, o máximo que pode devido às tiras, e ele solta estalos com a garganta.

– Está tudo bem, Kenny – diz a Srta. Justineau. – Vai passar logo. Vamos continuar com a história. Vocês querem? Querem saber o que aconteceu com Pooh e Leitão? Sargento Parks, pode nos dar licença? Por favor?

O sargento a olha e balança muito a cabeça.

– Não vai querer se apegar a eles. Sabe para que estão aqui. Ora essa, você sabe muito bem que...

Mas a Srta. Justineau recomeça a ler, como se não conseguisse escutar o que ele dizia, como se ele nem estivesse ali, e no fim ele vai embora. Ou talvez ele ainda esteja no fundo da sala, sem falar nada, mas Melanie não pensa assim, porque depois de um tempo a Srta. Justineau se levanta, fecha a porta e Melanie pensa que ela só faria isso se o sargento estivesse do outro lado dela.

Melanie mal dorme naquela noite. Fica pensando no que disse o sargento, que as crianças não são realmente crianças, como a Srta. Justineau o olhou quando ele foi tão maldoso com Kenny.

E ela pensa em Kenny rosnando e batendo os dentes para o braço do sargento como um cachorro. Ela se pergunta por que ele fez isso e pensa que talvez saiba a resposta, porque, quando o sargento passou cuspe no braço e agitou embaixo do nariz de Kenny, foi como se por baixo do cheiro amargo de química o sargento tivesse um cheiro totalmente diferente. E embora o cheiro fosse muito fraco onde Melanie estava, fez sua cabeça rodar e os músculos do queixo começarem a trabalhar sozinhos. Ela nem imagina o que estaria sentindo, porque não é parecido com nada que tenha lhe acontecido, nem nada que tenha ouvido numa história, mas parecia alguma coisa que ela devia fazer e era muito urgente, tão importante que seu corpo tentava dominar a mente e agir sem ela.

Mas junto com esses pensamentos assustadores, ela também pensa: *O sargento tem nome*. Assim como os professores. Assim como as crianças. Até agora, o sargento tem sido mais como um deus ou um titã para Melanie; agora ela sabe que ele é como todos os outros, embora seja assustador. Ele não é só o sargento, ele é o sargento Parks. É a enormidade dessa mudança, mais do que qualquer outra coisa, que a mantém acordada até que as portas são destrancadas de manhã e chega a professora.

De certo modo, os sentimentos de Melanie pela Srta. Justineau também mudaram depois daquele dia. Ou melhor, eles não mudaram em nada, mas ficaram cem vezes mais fortes. Não pode haver ninguém melhor, mais gentil nem mais carinhoso do que a Srta. Justineau em todo o mundo; Melanie queria ser uma deusa, titã ou guerreira troiana para poder brigar pela Srta. Justineau e salvá-la de Efalantes e dos Furões. Ela sabe que Efalantes e Furões estão no Ursinho Pooh, e não num mito grego, mas gosta das palavras, e gosta tanto da ideia de salvar a Srta. Justineau que passa a ser seu pensamento preferido. Ela pensa nisso sempre que não está pensando em mais nada. Torna seus domingos suportáveis.

Então um dia, quando a Srta. Mailer desamarra o braço direito de todos do cotovelo para baixo, encaixa as bandejas nas cadeiras e lhes diz para escrever uma história, essa é a história que Melanie escreve. É claro que a Srta. Mailer só está interessada em seu vocabulário e não liga muito para o tema de suas histórias. Isto fica evidente, porque ela dá uma lista de palavras junto com a tarefa e diz à turma que cada palavra da lista que usarem corretamente lhes dará um ponto a mais na tarefa.

Melanie ignora a lista de palavras e se solta.

Quando a Srta. Mailer pergunta quem gostaria de ler a história em voz alta, ela é a primeira a acenar — do jeito que pode, com apenas o antebraço solto — e diz, "Eu, Srta. Mailer! Eu!"

Então ela lê sua história. Que é assim.

Era uma vez uma mulher muito bonita. A mulher mais bonita, mais gentil, mais inteligente e mais maravilhosa no mundo todo. Ela era alta e não tinha corcunda, tinha a pele tão escura que parecia sua própria sombra e cabelos pretos e compridos que se enroscavam tanto que você ficava tonto só de olhar para ela. E ela morava na Grécia antiga, depois da guerra entre os deuses e os titãs, quando os deuses tinham vencido.

E um dia, quando andava por uma floresta, ela foi atacada por um monstro. Era um monstro assustador, queria matá-la e devorá-la. A mulher era muito corajosa e lutou sem parar, mas o monstro era muito grande e muito feroz e não importava quantas vezes ela o ferisse, ele ainda a atacava.

A mulher teve medo. Ela abraçou seu medo com sua alma imortal.

O monstro quebrou sua espada, e sua lança, e estava prestes a comê-la.

Mas então apareceu uma garotinha. Ela era uma garotinha especial, feita por todos os deuses, como Pandora. E ela também era como Aquiles, porque sua mãe (a mulher linda e maravilhosa) a havia mergulhado nas águas do rio Estige, então ela era invulnerável, exceto por uma parte de seu corpo (mas não era o calcanhar, porque isso é óbvio; era um lugar que ela escondia tão bem que o monstro não poderia descobrir).

E a garotinha lutou com o monstro e o matou e cortou sua cabeça e os braços e as pernas e todos os outros pedaços dele. E a linda mulher a abraçou com sua alma imortal e disse, "Você é minha menina especial. Sempre ficará comigo e eu nunca a deixarei".

E elas viveram felizes para sempre, em muita paz e prosperidade.

A última frase é roubada, palavra por palavra, de uma história dos Irmãos Grimm que a Srta. Justineau leu para a turma uma vez e algumas outras partes foram tomadas emprestadas do livro de mitos gregos da Srta. Justineau, que se chama *Histórias que as musas contavam*, ou só de coisas legais que ela ouvia as pessoas dizerem. Mas ainda é a história de Melanie e ela fica muito feliz quando as outras crianças dizem que é muito boa. Até Kenny, no fim, diz que gostou da parte em que o monstro é todo cortado.

A Srta. Mailer também parece feliz. O tempo todo em que Melanie lia a história, a Srta. Mailer escrevia no bloco. E ela gravou a leitura em seu gravador portátil. Melanie torce para que ela toque para a Srta. Justineau, assim a Srta. Justineau também vai ouvir.

— Foi muito interessante, Melanie — diz a Srta. Mailer. Ela baixa o gravador na bandeja de Melanie, bem na frente dela, e faz um monte de perguntas sobre a história. Como era o monstro? Como a menina se sentiu com o monstro quando ele estava vivo? Como ela se sentiu com ele depois que estava morto? O que ela sentia pela mulher? E muitas coisas parecidas, o que é meio estranho, porque quase parece que as pessoas da história existem de verdade em algum lugar.

Como se ela tivesse salvado a Srta. Justineau de um monstro e a Srta. Justineau a abraçasse.

O que é muito melhor do que mil mitos gregos.

3

Um dia a Srta. Justineau fala com eles da morte. Isso porque a maioria dos homens da Brigada Ligeira acaba de morrer num poema que a Srta. Justineau leu para a turma. As crianças querem saber o que significa morrer, como é morrer. A Srta. Justineau diz que parece que todas as suas luzes se apagam e tudo fica muito silencioso, como acontece à noite – mas é assim para sempre. Não tem manhã. As luzes nunca se acendem de novo.

– Parece horrível – diz Lizzie numa voz de quem está a ponto de chorar. Parece horrível para Melanie também; é como ficar sentada no chuveiro no domingo com o cheiro de química no ar, depois o cheiro passa e não tem mais nada para todo o sempre.

A Srta. Justineau vê que isto os perturba e tenta fazer com que tudo volte a ficar bem, falando um pouco mais.

– Mas talvez não seja assim – diz ela rapidamente. – Ninguém sabe realmente, porque quando você morre, não pode voltar para contar. E de qualquer modo, seria diferente para vocês do que para a maioria das pessoas, porque vocês são...

E ela se interrompe, a palavra seguinte paralisada no meio de seus lábios.

– Nós somos o quê? – pergunta Melanie.

Um ou dois segundos se passam em que a Srta. Justineau não diz nada. Parece a Melanie que ela está pensando em algo que não faça com que eles se sintam pior do que já estão.

– Vocês são crianças. Não podem imaginar como pode ser a morte, porque, para as crianças, parece que tudo continua para sempre.

Não era isso que ela ia dizer, Melanie tem certeza. Mas é muito interessante, da mesma forma. Há um silêncio enquanto eles pensam.

É verdade, conclui Melanie. Ela não consegue se lembrar de uma época em que sua vida foi diferente disto e não imagina nenhum outro jeito de as pessoas viverem. Mas tem uma coisa que não faz sentido para ela em toda a equação, assim ela precisa perguntar.

— Nós somos os filhos *de quem*, Srta. Justineau?

Na maioria das histórias que ela conhece, as crianças têm uma mãe e um pai, como Ifigênia tem Clitemnestra e Agamemnon, e Helena tem Leda e Zeus. Às vezes eles também têm professores, mas nem sempre, e nunca parecem ter sargentos. Então esta é uma pergunta que vai bem às origens do mundo e Melanie a faz com certa apreensão.

Novamente a Srta. Justineau pensa nisso por um bom tempo, até que Melanie tem certeza de que ela não vai responder. Depois fala.

— Sua mãe morreu, Melanie. Ela morreu quando você era bem pequenininha. Provavelmente seu pai morreu também, embora não se tenha como saber. Então, agora o exército está cuidando de você.

— Só a Melanie? — pergunta John. — Ou todos nós?

A Srta. Justineau assente devagar.

— Todos vocês.

— Estamos num orfanato — supõe Anne. (Uma vez a turma ouviu a história de Oliver Twist, em outro dia da Srta. Justineau.)

— Não. Vocês estão numa base do exército.

— É o que acontece com as crianças quando o pai e a mãe morrem? — Este agora é Steven.

— Às vezes.

Melanie pensa muito e reúne todas essas informações em sua mente como as peças de um quebra-cabeça.

— Quantos anos eu tinha — pergunta ela — quando minha mãe morreu? — Porque ela devia ser muito nova, se não consegue lembrar nada da mãe.

— Não é fácil explicar — diz a Srta. Justineau e eles podem ver, por sua expressão, que ela não fica nada à vontade falando essas coisas.

— Eu ainda era um bebê? — pergunta Melanie.

— Na verdade, não. Mas quase. Você era muito nova.

— E minha mãe me deu para o exército?

Outro longo silêncio.

— Não — diz a Srta. Justineau enfim. — O exército simplesmente se serviu.

Isto sai rápido, baixo e quase áspero. A Srta. Justineau então muda de assunto e as crianças deixam, satisfeitas, porque a essa altura ninguém está muito entusiasmado com a morte.

Então elas fazem a tabela periódica dos elementos, que é fácil e divertida. Começando por Miles na fila da frente, bem na ponta, todo mundo tem sua vez e diz o nome de um elemento. Na primeira rodada eles fazem isso por ordem numérica. Depois invertem. Em seguida a Srta. Justineau lança desafios como, "Tem de começar com a letra N!" ou "Só os actinídeos!"

Ninguém falha até que os desafios ficam muito difíceis, como "Não pode ficar no mesmo grupo ou período e tem de começar com uma letra de seu nome!" Zoe reclama que isso quer dizer que as pessoas com nomes compridos têm mais chances e ela tem razão, é claro, mas ainda tem zinco, zircônio, oxigênio, ósmio, einstêinio, érbio e európio para escolher, então ela não se sai tão mal.

Quando Xanthi vence (com xenônio), todos estão rindo e parece que toda a história da morte foi esquecida. Não foi, naturalmente. Melanie conhece os colegas de turma o suficiente para saber que estão revirando sem parar as palavras da Srta. Justineau, e ela própria faz o mesmo — sacudindo-as e se atormentando com elas, para ver que insights podem ter surgido. Porque se tem uma coisa que eles nunca vão aprender, é sobre eles mesmos.

E nessa hora Melanie pensou na grande exceção à regra de as crianças terem mães e pais — Pandora, que não tinha nem mãe, nem pai, porque Zeus a fez de argila grudenta. Melanie pensa que isto seria melhor, de certo modo, do que ter mãe e pai que você nunca vai conhecer. O fantasma da ausência de seus pais paira em volta dela, deixando-a ansiosa.

Mas ela quer saber de mais uma coisa, e quer tanto que se arrisca a aborrecer um pouco mais a Srta. Justineau. No fim da aula, ela espera até que a Srta. Justineau esteja perto e faz a pergunta numa voz muito baixa.

— Srta. Justineau, o que vai acontecer quando nós crescermos? O exército ainda vai querer ficar com a gente, ou vamos para casa, em Beacon? E se formos para lá, os professores todos vão com a gente?

Os professores todos! Ah, tá. Até parece que ela quer ver o Sr. Whitaker-de-voz-escorregadia de novo. Ou a chata da Dra. Selkirk, que olha para o chão o tempo todo, como se tivesse medo até de olhar a turma. Ela quer dizer *você, Srta. Justineau, você você você*, e é isso que tem vontade de falar, mas ao mesmo tempo tem medo, como se pronunciar um desejo impedisse sua realização.

E ela sabe, de novo extrapolando pelas histórias que leu ou ouviu, que as crianças não ficam na escola para sempre. Elas não passam a morar com seus professores e ficam lá com eles quando a escola acaba. E embora ela não saiba realmente o que significam essas palavras, como pode acabar a escola, ela admite que um dia acontecerá e portanto outra coisa começará.

Deste modo, ela está preparada para a Srta. Justineau dizer não. Ela se endurece para não deixar que nada transpareça em seu rosto, se for esta a resposta. Ela só quer os fatos, para se preparar para a tristeza da separação.

Mas a Srta. Justineau não responde. A não ser que o rápido movimento de sua mão seja uma resposta. Ela a coloca na própria cara como se Melanie tivesse jogado alguma coisa (o que Melanie nunca, jamais faria, nem em um milhão de anos!)

E então a sirene toca três vezes, indicando o fim do dia. E a Srta. Justineau baixa a cabeça, recompondo-se daquele golpe imaginário. E é meio estranho, mas pela primeira vez Melanie percebe que a Srta. Justineau sempre usa vermelho, em algum lugar do corpo. A camiseta, ou a tiara, a calça ou o cachecol. Todos os outros professores, a Dra. Caldwell e a Dra. Selkirk usam branco, e o sargento e o pessoal do sargento vestem verde e marrom, ou marrom-esverdeado. A Srta. Justineau é vermelha.

Como sangue.

Como se algo nela estivesse ferido e não se curasse, e doesse nela o tempo todo.

Esta é uma ideia idiota, pensa Melanie, porque a Srta. Justineau sempre ri e sorri, e sua voz parece uma música. Se alguma coisa a estivesse machucando, ela não conseguiria sorrir tanto. Mas, nessa hora, a Srta. Justineau não está sorrindo. Olha fixamente o chão e seu rosto está todo contorcido, como se ela estivesse zangada, triste, doente – como se alguma coisa ruim estivesse prestes a sair dela e podem ser lágrimas, palavras, vômito ou as três coisas.

– Eu vou ficar – solta Melanie. Ela está desesperada para que a Srta. Justineau se sinta bem novamente. – Se você tem de ficar aqui, eu vou ficar com você. Eu não ia querer ficar em Beacon sem você lá.

A Srta. Justineau levanta a cabeça e volta a fitar Melanie. Seus olhos são muito brilhantes e a boca parece uma linha da máquina de EEG da Dra. Caldwell, mudando o tempo todo.

– Desculpe – diz Melanie rapidamente. – Não fique triste, por favor, Srta. Justineau. Pode fazer o que quiser, claro que pode. Pode ir embora ou ficar, ou...

Ela não consegue pronunciar outra palavra. É esmagada num silêncio completo de língua amarrada, porque acontece algo inteiramente inesperado e absolutamente maravilhoso.

A Srta. Justineau estende a mão e acaricia o cabelo de Melanie.

Ela acaricia o cabelo de Melanie com a mão, como se fosse a coisa mais natural e normal do mundo.

E dançam luzes por trás dos olhos de Melanie, ela não consegue recuperar o fôlego, não consegue falar, nem ouvir, nem pensar em nada, porque, tirando o pessoal do sargento, talvez duas ou três vezes e sempre por acaso, ninguém jamais tocou nela e é a Srta. Justineau quem toca, é quase bom demais para ser deste mundo.

Todos na turma que podem ver estão olhando. Os olhos e bocas de todos são grandes e arregalados. O silêncio é tanto, que se pode ouvir a Srta. Justineau puxar o ar, com um leve tremor no final, como se ela tremesse de frio.

– Ah, meu Deus – sussurra ela.

— Aqui termina a aula — diz o sargento.

Melanie não consegue virar a cabeça para olhá-lo, por causa da tira no pescoço de sua cadeira. Parece que ninguém mais viu o sargento entrar na sala. Todos estão igualmente surpresos e com tanto medo quanto Melanie. Até a Srta. Justineau parece assustada, outra daquelas coisas (como o sargento ter um nome) que muda a arquitetura do mundo todo.

O sargento anda até a linha de visão de Melanie, bem atrás da Srta. Justineau. A Srta. Justineau já retirou rapidamente a mão do cabelo de Melanie, assim que o sargento fala. Baixa a cabeça novamente, então Melanie não consegue ver seu rosto.

— Agora eles vão voltar — diz o sargento.

— Muito bem. — A voz da Srta. Justineau é muito baixa.

— E você será denunciada.

— Muito bem.

— E talvez perca seu emprego. Porque você quebrou cada regra que temos.

A Srta. Justineau levanta a cabeça novamente. Seus olhos agora estão molhados de lágrimas.

— Vai se foder, Eddie — diz ela, tão baixo e calmamente que parece estar dizendo bom-dia.

Ela saiu da linha de visão de Melanie, muito rapidamente. Melanie quer chamá-la de volta, quer dizer algo que a faça ficar: *Eu amo você, Srta. Justineau. Serei uma deusa e um titã para você, e vou salvá-la.* Mas não consegue dizer nada, entra o pessoal do sargento e leva as crianças uma por uma.

4

Por quê? Por que ela fez isso?

Helen Justineau não tem uma boa resposta, então fica repetindo a pergunta. Fica desconsolada em seu quarto no bloco civil luxuosamente mobiliado, 30 centímetros maior de cada lado do que o quarto de um soldado comum e com um banheiro químico anexo. Recostando-se no espelho da parede, evitando o próprio olhar fatigado e acusador.

Ela esfregou as mãos até esfolar, mas ainda sente aquela carne fria. Tão fria, como se o sangue nunca tivesse corrido por ela. Como se ela tocasse algo que acabou de ser dragado do fundo do mar.

Por que ela fez isso? O que houve naquela imposição de mãos?

Ela só faz o papel do bom policial – observando e medindo as reações emocionais das crianças a fim de escrever relatórios insípidos para Caroline Caldwell sobre a capacidade deles para o afeto normal.

Afeto normal. É o que Justineau está sentindo agora, presumivelmente.

Parece que ela cavou um poço, bem fundo, acertou as bordas, limpou as mãos. Depois entrou de cabeça nele.

Só que foi a cobaia número um, na verdade, que cavou o poço. Melanie. Foi sua atração desesperada, evidente e adoradora que fez Justineau tropeçar, ou pelo menos tirou seu equilíbrio o suficiente para que o tropeço fosse inevitável. Aqueles olhos grandes e crédulos, naquela cara branca feito osso. A morte e a donzela embrulhadas num só pacote.

Ela não desligou a compaixão a tempo. Não lembrou a si mesma, como faz no início de cada dia, que quando o programa se encerrar, Beacon a tirará daqui por ar, como a trouxe por ar. Rápido e fácil, levando todas as suas coisas, sem deixar pegadas. Isto não é vida. É algo que está se exaurindo em sua própria sub-rotina autocontida. Ela pode sair tão limpa quanto entrou, se não deixar que nada a toque.

Esse cavalo, porém, talvez já tenha sido ferrado.

5

De vez em quando, no bloco, o dia não começa bem. É um dia em que os padrões repetidos que Melanie usa como trena para sua vida deixam de acontecer, um depois de outro, e ela sente que se balança indefesa no ar – um balão no formato de Melanie. Uma semana depois de a Srta. Justineau dizer à turma que suas mães estavam mortas, aconteceu um dia assim.

Era sexta-feira, mas quando chegam o sargento e seu pessoal, não trazem uma professora e não abrem as portas das celas. Melanie já sabe o que vai acontecer, mas ainda sente uma comichão de inquietação quando ouve a pancada dos saltos altos da Dra. Caldwell no piso de concreto. E depois de um ou dois minutos ela ouve a caneta da Dra. Caldwell, que a Dra. Caldwell às vezes estala sem parar, mesmo quando não quer escrever nada.

Melanie não se levanta da cama. Só fica sentada ali e espera. Não gosta muito da Dra. Caldwell. Em parte porque os ritmos do dia são perturbados sempre que a Dra. Caldwell aparece, mas principalmente porque ela não sabe para que serve a Dra. Caldwell. Os professores ensinam, o pessoal do sargento leva as crianças de um lado a outro, entre a sala de aula e as celas, alimentam-nas e as banham aos sábados. A Dra. Caldwell só aparece, em momentos imprevisíveis (Melanie tentou entender uma vez se havia um padrão, mas não conseguiu encontrar nenhum) e todos param o que fazem, ou o que pretendiam fazer, até que ela vá embora.

A pancada dos sapatos e os estalos da caneta ficam cada vez mais altos e então param.

– Bom-dia, doutora – diz o sargento, no corredor. – A que devemos este prazer?

— Sargento — responde a Dra. Caldwell. Sua voz é quase tão suave e calorosa quanto a da Srta. Justineau, o que faz Melanie se sentir um pouquinho culpada por não gostar dela. Ela deve ser gentil, basta conhecê-la melhor. — Estou começando uma nova série de testes e preciso de um de cada.

— Um de cada? — repete o sargento. — Quer dizer, um menino e uma menina?

— Um o que e um o quê? — A Dra. Caldwell ri musicalmente. — Não, não quero dizer nada disso. O gênero é inteiramente irrelevante. Isso já determinamos. Quero dizer no alto e na base da curva de sino.

— Bom, basta me dizer quais a senhora quer. Vou prepará-los e levá-los.

Houve um farfalhar de papéis.

— O dezesseis serve para a base — diz a Dra. Caldwell. Seu salto bate no chão do corredor algumas vezes, mas ela não está andando, porque o som não fica nem mais alto, nem mais baixo. Sua caneta estala.

— Quer esta? — pergunta o sargento. Sua voz parece muito próxima.

Melanie levanta a cabeça. A Dra. Caldwell está olhando pela grade da porta da cela. Seus olhos encontram os de Melanie por um bom tempo e nenhuma das duas pisca.

— Nossa geniazinha? — diz a Dra. Caldwell. — Vire essa boca pra lá, sargento. Não vou desperdiçar a número um num simples comparativo de estrato. Quando eu quiser a Melanie, haverá anjos e trombetas.

O sargento murmura alguma coisa que Melanie não consegue ouvir e a Dra. Caldwell ri.

— Bem, sei que você pode pelo menos me dar algumas trombetas. — Ela se vira, e o *clic-clac-clic* dos saltos recua no corredor.

— Dois patinhos na lagoa — diz ela. — Vinte e dois.

Melanie não sabe os números das celas de todas as crianças, mas se lembra da maioria deles, de quando uma professora chamou alguém na sala pelo número em vez de usar o nome. Marcia é a número dezesseis e Liam o número vinte e dois. Ela se pergunta o que a Dra. Caldwell quer deles e o que vai dizer aos dois.

Ela vai até a grade e olha o pessoal do sargento entrar na cela 16 e na cela 22. Tiram Liam e Marcia nas cadeiras de rodas e seguem pelo corredor – não para a sala de aula, mas do outro lado, para a grande porta de aço.

Melanie os observa até onde pode, mas eles vão muito além disso. Ela pensa que eles devem ter passado pela porta, porque o que mais existe naquela ponta do corredor? Eles estão vendo com os próprios olhos o que tem do outro lado da porta!

Melanie torce para que seja o dia da Srta. Justineau, porque a Srta. Justineau deixa as crianças conversarem sobre as coisas que não fazem parte da aula e assim, quando Liam e Marcia voltarem, ela vai poder perguntar a eles do que a Dra. Caldwell falou, o que eles fizeram e o que tem na porta da outra ponta.

É claro que ela torce para ser o dia da Srta. Justineau também por muitos outros motivos.

E por acaso é. As crianças inventam músicas para a Srta. Justineau tocar na flauta, com regras complicadas para o tamanho das palavras e como rimam. Eles se divertem muito, mas o dia passa e Liam e Marcia não voltam. Então Melanie não pode perguntar e volta a sua cela naquela noite com sua curiosidade, no mínimo, ardendo ainda mais.

E então chega o fim de semana, sem aulas e sem conversas. Por todo o sábado Melanie escuta, mas a porta de aço não se abre e ninguém entra nem sai.

Liam e Marcia não estão no chuveiro no domingo.

E na segunda é a Srta. Mailer, na terça é o Sr. Whitaker e de algum modo depois disso Melanie tem medo de perguntar porque abriu-se em sua mente, como uma rachadura na parede, a possibilidade de que Liam e Marcia talvez não voltem nunca, como Ronnie não voltou depois de ter gritado e berrado daquela vez. E talvez fazer a pergunta mude a realidade. Talvez, se todos fingirem não perceber, Liam e Marcia um dia serão trazidos na cadeira de rodas e será como se nunca tivessem saído. Mas se alguém perguntar, "Para onde eles foram?", então eles realmente vão sumir e ela nunca mais os verá.

6

— Muito bem — diz a Srta. Justineau. — Alguém sabe que dia é hoje?

É terça-feira, obviamente, e mais importante, é dia da Srta. Justineau, mas todos tentam adivinhar o que mais pode ser. "Seu aniversário?" "O aniversário do *rei*?" "O dia em que aconteceu alguma coisa importante, anos atrás?" "Um dia com data palindrômica?" "Um dia em que virá alguma coisa nova?"

Todos estão empolgados, porque sabem que tem algo a ver com a bolsa de lona grande que a Srta. Justineau trouxe e eles podem ver que ela está igualmente animada para mostrar o que tem dentro. Será um dia bom — um dos melhores dias, provavelmente.

Mas é Siobhan, no fim, que entende.

— É o primeiro dia da primavera! — grita ela de trás de Melanie.

— Muito bem, Siobhan — diz a Srta. Justineau. — Tem toda razão. É o dia 21 de março e, na parte do mundo em que vivemos, isto é... o quê? O que tem de tão especial no dia 21?

— O primeiro dia da primavera — repete Tom, mas Melanie, que se xinga por não ter entendido mais cedo, sabe que a Srta. Justineau procura mais do que isso.

— É o equinócio de primavera! — diz ela rapidamente antes que mais alguém fale.

— Exatamente — concorda a Srta. Justineau. — Palmas para a senhora. É o equinócio de primavera. Agora, o que isso quer dizer?

Todas as crianças clamam para responder. Em geral ninguém se incomoda em dizer a eles que data é, e é claro que eles nunca conseguem ver o céu, mas estão familiarizados com a teoria. Desde o solstício, em dezembro, as noites têm ficado mais curtas e os dias mais longos (não que as crianças vejam noite e dia, porque os ambientes no bloco não têm janela nenhuma). Hoje é o dia em que os dois finalmente se equilibram. A noite e o dia têm exatamente doze horas.

— E isso torna esse dia mágico — diz a Srta. Justineau. — Nos velhos tempos, significava que a longa escuridão do inverno finalmente acabava, as coisas começariam a crescer de novo e o mundo seria renovado. O solstício é a promessa... De que os dias não continuarão encurtando até desaparecerem completamente. O equinócio era o dia em que a promessa era cumprida.

A Srta. Justineau pega a bolsa grande e coloca na mesa.

— E eu andei pensando nisso — diz ela lentamente, sabendo que todos olham, sabendo que estão loucos para ver o que tem na bolsa. — E me ocorreu que ninguém nunca mostrou a vocês, realmente, como é a primavera. Então subi na cerca do perímetro...

Um arquejar das crianças. A maior parte da região 6 pode estar limpa, mas o lado de fora da cerca ainda pertence aos famintos. Assim que você sai, eles podem vê-lo e sentir seu cheiro — e depois que pegam seu cheiro, não param nunca de segui-lo, até que o tenham devorado.

A Srta. Justineau ri da expressão horrorizada de todos.

— Eu só estava brincando — diz ela. — Na verdade tem uma parte do acampamento que os soldados não se preocuparam em terminar de limpar quando montaram a base. Tem muitas flores silvestres ali, até algumas árvores. Então... — E ela escancara a boca da bolsa grande — ... fui até lá e simplesmente peguei o que achei. Teria parecido vandalismo antes do Colapso, mas as flores silvestres vão muito bem sozinhas ultimamente, então pensei, que se dane.

Ela põe a mão na bolsa e tira alguma coisa. É uma espécie de vareta, comprida e torta, com varetinhas menores saindo para todo lado. E as menores têm varetas menores ainda, e assim por diante, então têm um formato louco e muito complicado. E em tudo isso tem uns pontinhos verdes — mas enquanto a Srta. Justineau vira a vareta na mão, Melanie vê que não são pontinhos. Eles incham da ponta da vareta, como se fossem forçados a subir de dentro dela. E alguns estão quebrados; dividiram-se no meio e se descascam em abas e colchetes verdes ainda mais finos.

— Alguém sabe o que é isso? — pergunta a Srta. Justineau.

Ninguém fala. Melanie pensa intensamente, tentando combinar a coisa com algo que já tenha visto, talvez ouvido em aula. Está quase conseguindo, porque a palavra significa o que diz — o modo como a vareta grande se rompe em varetas menores, e de novo, e assim há cada vez mais delas, é como decompor um número muito grande em uma longa lista de fatores primos.

— É um ramo — diz Joanne.

Pateta, pateta, pateta, Melanie se repreende. Seu quadro da floresta tropical é cheio de ramos. Mas o ramo de verdade é diferente. Seu formato é mais complicado e interrompido, sua textura mais áspera.

— Tem toda razão, é um ramo — concorda a Srta. Justineau. — Acho que é de um amieiro. Há alguns milhares de anos, as pessoas que viviam aqui teriam chamado essa época do ano de mês do amieiro. Elas usavam a casca da árvore como remédio, porque é muito rica em uma coisa chamada salicina. É um remédio natural para a dor.

Ela anda pela sala, desamarrando a mão direita das crianças de suas cadeiras para que possam segurar o ramo e olhar bem de perto. É meio feio, pensa Melanie, mas inteiramente fascinante. Em especial quando a Srta. Justineau explica que as bolinhas verdes são brotos — e elas vão se transformar em folhas e cobrir a árvore inteira de verde, como se vestisse uma roupa de verão.

Mas tem muitas outras coisas na bolsa e quando a Srta. Justineau começa a pegar, toda a turma olha, assombrada. Porque a bolsa está cheia de cores — estrelas e rodas e caracóis de um brilho deslumbrante que são tão finos e complexos em suas estruturas como o ramo, só que muito mais simétricas. Flores.

— Maria-sem-vergonha — diz a Srta. Justineau, erguendo um ramo arroxeado, cada pétala bifurcada em duas como a marca de um animal num gráfico de pegadas que Melanie viu uma vez.

— Alecrim. — Dedos brancos e dedos verdes, todos entrelaçados como suas mãos unidas no colo quando você fica nervoso e não quer se remexer.

— Narciso. — Tubos amarelos como as trombetas que os anjos sopram nas antigas imagens dos livros da Srta. Justineau, mas com abas franjadas tão delicadas que se mexem quando a Srta. Justineau respira nelas.

— Nêspera. — Esferas brancas em densos cachos, cada uma delas feita de pétalas sobrepostas que são curvas e aninhadas nelas mesmas, abrindo-se numa ponta e mostrando algo por dentro que parece um modelo mínimo de mais flores.

As crianças estão hipnotizadas. É primavera na sala de aula. É o equinócio, o mundo equilibrado entre o inverno e o verão, a vida e a morte, como uma bola que gira na ponta do dedo de alguém.

Depois que todos olharam as flores e as seguraram, a Srta. Justineau as coloca em garrafas e vasos por toda a sala, onde há uma prateleira, mesa ou uma superfície limpa, para que toda a sala se torne uma campina.

Ela lê para a turma uns poemas sobre flores, começando por um de Walt Whitman que fala de lilases e de que a primavera sempre volta, mas Walt Whitman não demora muito a falar da morte e se oferecer para deixar seus lilases num caixão que ele vê, então a Srta. Justineau diz vamos parar enquanto podemos e lê Thomas Campion. Ele até tem o nome de uma flor, pensa Melanie, e seu poema agrada muito mais a ela.

Mas talvez a coisa mais importante que acontece nesse dia é que Melanie agora sabe que data é. Ela não quer deixar de saber novamente, então decide continuar contando.

Ela abre um espaço em sua mente, só para a data, e todo dia vai a esse lugar e soma uma. Ela se lembra de perguntar à Srta. Justineau se é um ano bissexto, e é. Depois de saber disso, ela fica bem.

Saber a data é tranquilizador de um jeito que ela não consegue explicar. É como se desse a ela um poder secreto — como se ela estivesse controlando um pedacinho do mundo.

É só então que ela percebe que nunca teve essa sensação na vida.

7

CAROLINE CALDWELL SEPARA CÉREBROS DE CRÂNIOS com muita habilidade. Faz isso com rapidez e método, e consegue retirar o cérebro intacto, com o mínimo de dano tissular. Ela agora chegou ao ponto em que praticamente fazia isso dormindo.

Na realidade, ela não dorme há três noites e tem uma irritação por trás dos olhos que não passa quando ela coça. Mas sua mente é lúcida, tem apenas o mais leve senso de um toque alucinatório nessa lucidez. Ela sabe o que faz. Observa a si mesma fazendo, aprovando o virtuosismo de sua própria técnica.

O primeiro corte é atrás do osso occipital – movendo tranquilamente sua serra de ossos mais fina no espaço que Selkirk abriu para ela, através das camadas descascadas de carne e entre as saliências do músculo exposto.

Ela estende o primeiro corte ao outro lado, com o cuidado de manter uma linha reta e horizontal correspondendo à parte mais larga do crânio. É importante ter espaço suficiente para trabalhar, deste modo ela não comprime o cérebro, nem deixa parte dele quando o retira. Ela prossegue, a serra de ossos levemente virada de um lado a outro como o arco de um violino, pelos ossos parietal e temporal, na mesma linha reta, até que por fim chega aos arcos superciliares.

A essa altura, a linha reta deixa de importar. Em vez disso, um X marca o local; a Dra. Caldwell desce com a serra, do alto à esquerda até a base direita, subindo novamente da base esquerda ao alto à direita, fazendo duas incisões um pouco mais fundas que atravessam o ponto intermediário entre os olhos da cobaia.

Olhos que piscam em convulsões aceleradas, entram e saem de foco numa inútil atividade incansável.

A cobaia está morta, mas o patógeno que controla seu sistema nervoso nem mesmo fica ligeiramente intimidado pela perda de uma consciência diretora. Ele ainda sabe o que quer e ainda é o capitão deste navio que afunda.

A Dra. Caldwell aprofunda os cortes cruzados na frente do crânio porque os seios frontais da cobaia de fato criam uma dupla espessura de ossos.

Depois ela baixa a serra de ossos e pega uma chave de fenda — parte de um jogo que seu pai recebeu gratuitamente da *Reader's Digest* quando assinou alguns produtos, mais de trinta anos antes.

A parte seguinte é delicada e difícil. Ela sonda os cortes com a ponta da chave de fenda, abre-os ainda mais onde pode, com o cuidado de nunca inserir a ponta da chave o bastante para danificar o cérebro por baixo.

A cobaia suspira, embora não precise mais de oxigênio.

— Logo vai acabar. — A Dra. Caldwell se sente uma tola meio segundo depois. Isto não é uma conversa, nem é um experimento compartilhado.

Ela vê que Selkirk a observa com uma expressão um tanto cautelosa. Irritada, estala os dedos e aponta, fazendo Selkirk pegar a serra de ossos e lhe devolver.

Agora ela está envolvida num balé de incrementos infinitesimais — testando o crânio com a ponta da chave de fenda para ver onde ele se mexe, usando a serra novamente onde há resistência, aos poucos soltando todo o topo do crânio em um só pedaço.

O que é a parte mais difícil, agora encerrada.

Levantando a frente da calvária, Caldwell secciona os nervos cranianos e os vasos sanguíneos com um bisturi número dez, que segura como um lápis, erguendo o cérebro delicadamente da frente enquanto ele se solta. Depois de exposta a medula espinhal, ela também a corta.

Mas ela não tenta erguer o cérebro inteiramente. Agora que ele está solto, ela devolve o bisturi a Selkirk e aceita um alicate pontudo com o qual remove, com muito cuidado, as poucas bordas irregulares de osso que se projetam da margem do buraco que fez no crânio.

Também é fácil demais abrir canais no cérebro enquanto ele é erguido pelo alçapão improvisado, e seu uso assim é tão limitado que se pode muito bem jogar fora.

Agora ela o levanta; com as duas mãos, por baixo, provocando-o com as pontas dos dedos pela abertura no crânio sem deixar que toque a borda.

E o baixa, com muito cuidado, na mesa de corte.

A cobaia número vinte e dois, cujo nome era Liam, se você aceita a ideia de dar um nome a essas coisas, continua a encará-la, seus olhos acompanham os movimentos. Não significa que esteja viva. A Dra. Caldwell é de opinião que o momento da morte é aquele em que o patógeno atravessa a barreira hematoencefálica. O que resta, embora o coração possa bater (em alguns, dez ou vinte vezes por minuto), e embora a coisa fale e possa até ser batizada com um nome de menino ou de menina, não é o hospedeiro. É o parasita.

E o parasita, cujas necessidades e tropismos são muito diferentes das necessidades e instintos humanos, é um mordomo diligente. Continua a cuidar de um amplo leque de sistemas e redes corporais sem relação com o cérebro, que está vendo igualmente bem enquanto o cérebro é prestes a ser cortado em fatias finas e colocado entre placas de vidro.

— Devo tirar o resto da medula espinhal? — pergunta Selkirk. Ela tem o tom inseguro e suplicante que Caldwell despreza. Ela parece uma pedinte numa esquina, querendo não dinheiro ou comida, mas piedade. *Não me obrigue a fazer nada desagradável nem difícil.*

A Dra. Caldwell, que prepara a lâmina de corte, nem mesmo olha.

— Claro — diz ela —, pode cortar.

Suas maneiras são bruscas, até grosseiras, porque esta parte do procedimento, mais do que qualquer outra, fere seu orgulho profissional. Se existe algo que pode fazê-la sacudir o punho para os céus inabitados, é isto. Ela leu como os cérebros eram cortados e montados nos bons velhos tempos, antes do Colapso. Havia um aparelho chamado ATLUM — um ultramicrótomo automático de torno — que, com sua lâmina de diamante, podia ser calibrado para cortar cérebros em seções transversas perfeitas da espessura de um único neurônio. Trinta mil cortes por milímetro, mais ou menos.

O melhor que a guilhotina da Dra. Caldwell pode fazer, sem sujar e esmagar as frágeis estruturas que ela quer ver, é cerca de dez cortes por milímetro.

Fale em Robert Edwards com a Dra. Caldwell. Fale em Elizabeth Blackburn, Günter Blobel ou Carol Greider, ou qualquer biólogo celular que tenha levado o prêmio Nobel, e veja o que ela diz.

Com muita frequência, ela dirá: aposto que ele (ou ela) tinha um ultramicrótomo automático de torno. E um microscópio eletrônico de transmissão TEAM 0.5, um sistema de visualização de células vivas e um exército de estudantes de pós-graduação, estagiários e assistentes de laboratório para cuidar da rotina maçante de processamento, para que o laureado com o Nobel ficasse livre para valsar ao luar com sua maldita musa.

A Dra. Caldwell está tentando salvar o mundo e sente que usa luvas de inverno e não as cirúrgicas. Ela já teve sua chance de fazer isso com estilo. Mas não saiu nada dali e aqui está ela. Sozinha, mas completa em si mesma. Ainda lutando.

Selkirk solta uma lamúria de consternação, arrancando Caldwell de seus devaneios infrutíferos.

— A medula espinhal está seccionada, doutora. No nível da décima segunda vértebra.

— Jogue fora — murmura a Dra. Caldwell. Ela nem mesmo se esforça para esconder o desdém.

8

Cento e dezessete dias se passaram desde que Liam e Marcia foram levados e não voltaram.

Melanie ainda pensa nisso e ainda se preocupa, mas não perguntou à Srta. Justineau – nem a mais ninguém – o que aconteceu com eles. O mais perto que chega é perguntar ao Sr. Whitaker o que significa dois patinhos na lagoa. Ela se lembra da Dra. Caldwell dizendo essas palavras no dia em que tudo aconteceu.

O Sr. Whitaker está num daqueles dias de altos e baixos dele, quando leva sua garrafa para a sala – a garrafa até a boca do remédio que primeiro faz com que ele se sinta melhor, depois pior. Melanie observou este progresso estranho e um tanto perturbador por vezes suficientes para prever seu curso. O Sr. Whitaker entra em sala nervoso e irritadiço, decidido a ver defeito em tudo o que as crianças dizem ou fazem.

Depois bebe o remédio, que se espalha por ele como tinta na água (foi a Srta. Justineau que mostrou como era). Seu corpo relaxa, perdendo seus tiques e estremecimentos. Sua mente também relaxa e por um tempinho ele é gentil e paciente com todos. Se ele pudesse parar nesse ponto, seria maravilhoso, mas ele continua bebendo e o milagre é revertido. Não é que o Sr. Whitaker fique rabugento de novo. Ele fica pior, algo bem medonho, que Melanie não sabe como chamar. Parece afundar em si mesmo em completa infelicidade, ao mesmo tempo tenta se retrair de si como se dentro dele houvesse algo desagradável demais de tocar. Às vezes ele chora e pede desculpas – não às crianças, mas a outra pessoa que não está presente, cujo nome sempre muda.

Conhecendo bem este ciclo, Melanie calcula o tempo para que a pergunta coincida com a fase expansiva. O que podem ser aqueles dois patinhos na lagoa, pergunta ela ao Sr. Whitaker, que a Dra. Caldwell falou? Por que ela falou neles naquela hora, no dia em que levou Marcia e Liam?

— Vem de um jogo chamado bingo — diz-lhe o Sr. Whitaker, com a voz só um pouco borrada nas bordas. — No jogo, cada participante recebe um cartão cheio de números, de um a cem. O cantador diz os números ao acaso e o primeiro jogador a ter todos os números cantados ganha um prêmio.

— E os dois patinhos são um dos prêmios? — pergunta Melanie.

— Não, Melanie, este é um dos números. É uma espécie de código. Cada número tem uma expressão ou um grupo de palavras especial. Dois patinhos na lagoa significa vinte e dois, por causa da forma dos números na página. Veja. — Ele os desenha no quadro-branco. — Parecem dois patos nadando juntos, está vendo?

Melanie pensa que na verdade parecem cisnes, mas o jogo de bingo não lhe interessa muito. Então, só o que a Dra. Caldwell estava fazendo era dizer vinte e dois duas vezes, uma em numerais ordinais e outra neste código. Disse duas vezes que escolhia Liam em vez de outro.

Escolhia Liam para quê?

Melanie pensa nos números. Sua língua secreta usa números — números diferentes de dedos erguidos com a mão direita e com a mão esquerda, ou com a mão direita duas vezes, se a sua mão esquerda ainda estiver amarrada na cadeira. Isso dá seis vezes seis combinações diferentes (porque não levantar dedo nenhum também é um sinal) — o suficiente para todas as letras do alfabeto e sinais especiais para todos os professores, a Dra. Caldwell e o sargento, mais um ponto de interrogação e um sinal que significa "Brincadeira".

Cento e dezessete dias, significa que agora é verão. Talvez a Srta. Justineau traga de novo o mundo para a sala de aula — mostre-lhes como é o verão, como fez com a primavera. Mas a Srta. Justineau anda diferente ultimamente, quando está com a turma. Às vezes ela se esquece do que estava falando, para no meio de uma frase e fica em silêncio por muito tempo antes de recomeçar, em geral por algo inteiramente diferente.

Ela lê muito mais os livros e organiza jogos e canções muito menos.

Talvez a Srta. Justineau esteja triste por algum motivo. Essa ideia deixa Melanie ao mesmo tempo desesperada e zangada. Ela quer proteger a Srta. Justineau e quer saber quem foi tão horrível para entristecê-la. Se pudesse descobrir quem foi, ela não sabe o que faria, mas ele se arrependeria muito.

E quando ela começa a pensar em quem poderia ser, só há realmente um nome que lhe vem à mente.

E aqui está ele, entrando na sala de aula agora, à frente de meia dúzia de seu pessoal, com a carranca meio cruzada pela diagonal torta de sua cicatriz. Ele põe as mãos nos punhos da cadeira de Melanie, gira-a e a empurra para fora da sala. Faz isso com muita rapidez e aos trancos, como faz a maioria das coisas. Ele empurra a cadeira pela porta da cela de Melanie, depois recua, fechando a porta com o traseiro, e gira a cadeira com tanta rispidez e subtaneidade que Melanie fica tonta.

Dois homens do sargento entram atrás dele, mas não chegam perto da cadeira. Ficam em posição de sentido e esperam até o sargento assentir sua permissão. Um deles aponta o revólver para Melanie enquanto o outro começa a desfazer as tiras, primeiro a do pescoço e por trás.

Melanie olha nos olhos do sargento, sentindo algo dentro dela se cerrar como um punho. É culpa do sargento que a Srta. Justineau esteja triste. Tem de ser, porque ela só começou a ficar triste depois que o sargento se zangou com ela e lhe disse que ela quebrou as regras.

— Olhe só para você — diz ele a Melanie agora. — Com a cara toda torcida, feito uma máscara de tragédia. Como se você tivesse sentimentos. Meu Deus do céu!

Melanie fecha a cara para ele, com a maior ferocidade que pode.

— Se eu tivesse uma caixa cheia de todas as maldades do mundo — diz-lhe ela —, eu a abriria só um pouco e empurraria você para dentro. Depois a fecharia de novo para sempre.

O sargento ri e há surpresa em seu riso — como se ele nem acreditasse no que acabara de ouvir.

— Ora essa, merda — diz ele —, é melhor eu cuidar para que você nunca pegue uma caixa dessas.

Melanie está ofendida por ele ter rido do maior insulto em que ela conseguiu pensar. Ela procura desesperadamente um meio de piorar as ofensas.

— Ela me ama! — solta Melanie. — Por isso ela fez carinho no meu cabelo! Porque ela me ama e quer ficar comigo! E só o que você faz é deixá-la triste, então ela odeia você! Ela te odeia tanto que é como se você fosse um faminto!

O sargento a encara e algo acontece em seu rosto. É como se estivesse surpreso, depois assustado, depois com raiva. Os dedos de suas mãos grandes recuam lentamente em punhos.

Ele põe as mãos nos braços da cadeira e a bate na parede. Sua cara está muito perto da de Melanie, e é toda vermelha e retorcida.

— Eu vou acabar com você, sua baratinha de merda! — diz ele numa voz sufocada.

O pessoal do sargento olha com aquela cara de ansiedade. Parecem pensar que deviam fazer alguma coisa, mas não sabem o quê. Um deles diz, "Sargento Parks...", mas depois não diz mais nada.

O sargento se endireita e recua, faz um gesto que é quase um dar de ombros.

— Acabamos por aqui — diz ele.

— Ela ainda está amarrada — diz o outro do pessoal do sargento.

— Que pena — responde o sargento. Ele abre a porta e espera que eles se mexam, olhando um deles e depois o outro até que eles desistem e deixam Melanie onde está, saindo pela porta.

— Tenha doces sonhos, garota — diz o sargento. Ele bate a porta e ela ouve os ferrolhos em seus engates.

Um.

Dois.

Três.

9

— Estou preocupada com sua objetividade — diz a Dra. Caldwell a Helen Justineau.

Justineau não responde, mas basta seu rosto para dizer: *Como disse?*

— Há um motivo para examinarmos estas cobaias — continua Caldwell. — Não se saberia necessariamente disso pelo nível de apoio que recebemos, mas nosso programa de pesquisa é inestimavelmente importante.

Justineau ainda não diz nada e Caldwell parece sentir a necessidade de preencher o vazio. Talvez até enchê-lo demais.

— Não é exagero dizer que nossa sobrevivência como raça depende de entendermos por que a infecção assumiu um curso diferente nessas crianças... Ao contrário da progressão normal nos outros noventa e nove ponto nove nove nove por cento dos infectados. Nossa sobrevivência, Helen. É isso que buscamos. A esperança de um futuro. Um jeito de sair dessa trapalhada.

Elas estão no laboratório. A asquerosa oficina de criação de Caldwell, que Justineau nem sempre visita. Ela só está aqui agora porque Caldwell a convocou. Esta base e esta missão podem estar sob jurisdição militar, mas Caldwell ainda é sua chefe e, quando a convoca, ela tem de responder. Tem de deixar a sala de aula e entrar na câmara de tortura.

Cérebros em vidros. Culturas de tecidos em que membros e órgãos perceptivelmente humanos geram paisagens de nuvens granulosas de matéria micótica cinzenta. Um braço e uma mão — de uma criança, é claro — esfolados e abertos, a carne alfinetada e lascas de plástico amarelo inseridas para separar os músculos e deixar as estruturas internas abertas para o exame. A sala é apinhada e claustrofóbica, as persianas sempre arriadas para manter o mundo a uma distância clinicamente ideal. A luz – de um branco puro, intenso e implacável – vem de tubos fluorescentes estendidos pelo teto.

Caldwell prepara cortes microscópicos. Usando uma lâmina para retirar lascas de tecido do que parece uma língua.

Justineau não se encolhe. Ela tem o cuidado de olhar tudo o que tem ali, porque ela faz parte do processo. Fingir não ver, acredita ela, poderia levá-la para além de um ponto em que não há retorno, para além do horizonte de eventos da hipocrisia, entrando num buraco negro de solipsismo.

Meu Deus, ela pode se transformar em Caroline Caldwell!

Que quase passou a fazer parte do grande grupo de pensadores do salve-a-raça-humana, nos primeiros dias do que passou a ser chamado de Colapso. Algumas dezenas de cientistas, missão secreta, treinamento secreto do governo – o melhor negócio num mundo que encolhia rapidamente. Muitos foram chamados e poucos os escolhidos. Caldwell era uma daqueles no front quando as portas se fecharam na sua cara. Será que ainda doía, todos aqueles anos depois? Foi isso que a deixou louca?

Agora já fazia tanto tempo que Justineau tinha se esquecido da maior parte dos detalhes. Três anos depois da primeira onda de infecções, quando as sociedades em queda livre no mundo desenvolvido bateram no que entenderam equivocadamente como o fundo. No Reino Unido, parecia que o número de infectados tinha se estabilizado brevemente e discutiram-se cem iniciativas. Beacon ia encontrar uma cura, resgatar as cidades e restaurar o muito desejado *status quo*.

Nessa estranha e falsa aurora, dois laboratórios móveis foram autorizados. Não foram construídos do zero – não havia tempo para isso. Foram armados rápida e elegantemente pela reforma de dois veículos já de propriedade do Museu de História Natural de Londres.

Pretendendo abrigar expedições itinerantes, o Charles Darwin e o Rosalind Franklin – Charlie e Rosie – agora se tornaram imensas estações de pesquisa itinerante. Cada uma delas tinha o tamanho de um caminhão articulado, com quase o dobro de sua largura. Cada uma delas era equipada com laboratórios de biologia e química orgânica de última geração, junto com cabines para uma turma de seis pesquisadores, quatro seguranças e dois motoristas. Eles também se beneficiavam de um leque de acessórios aprovados pelo Departamento de Defesa, inclusive a instalação de lagartas, blindagem externa de dois centímetros e meio de espessura e armas e lança-chamas instalados na traseira e na frente.

As grandes esperanças verdes, como eram chamados, foram revelados com a maior fanfarra possível. Políticos que queriam ser heróis do futuro renascimento humano fizeram discursos sobre elas e quebraram garrafas de champanhe em suas proas. Foram lançadas com lágrimas, orações, poemas e exórdios.

Para o esquecimento.

As coisas saíram dos eixos rapidamente depois disso — a trégua era apenas um artefato do caos, criado por forças poderosas que se anulavam momentaneamente. A infecção ainda se disseminava e o capitalismo global ainda se destroçava — como os dois gigantes se devorando na pintura de Dalí intitulada *Canibalismo de outono*. Nem toda coreografia de relações públicas pôde vencer, no fim, o Armagedom. Ele passou por cima das barricadas e se deleitou.

Ninguém nunca mais viu esses gênios escolhidos a dedo. Foram deixados com a segunda divisão, os reservas, os vices. *Só Caroline Caldwell pode nos salvar agora!* Deus nos proteja, merda.

— Você não me trouxe aqui para ser objetiva — lembra Justineau a sua superiora e fica surpresa por sua voz soar quase equilibrada. — Você me trouxe porque queria avaliações psicológicas para complementar os dados físicos brutos que obtém de sua pesquisa. Se eu for objetiva, não valerei nada para você. Pensei que o sentido estivesse em meu envolvimento com os processos de pensamento das crianças.

Caldwell fez um gesto evasivo e franziu os lábios. Usava batom todo dia, apesar de sua escassez, e tem um ótimo resultado; representa a melhor frente de batalha para o mundo. Em tempos de ferrugem, ela surge aço inoxidável.

— Envolvimento? — diz ela. — Envolvimento é ótimo, Helen. Estou falando de algo além disso. — Ela assente para uma pilha de papéis em uma das bancadas, em meio às placas de Petri e caixas de lâminas empilhadas. — Aquele de cima, ali. É uma cópia de documento, uma solicitação que você fez a Beacon. Você queria que eles impusessem uma moratória nos testes físicos das cobaias.

Justineau não tinha resposta além da óbvia.

— Eu lhe pedi para me mandar para casa — diz ela. — Em sete ocasiões diferentes. Você rejeitou.

— Você foi trazida para cá para fazer um trabalho. O trabalho ainda não foi terminado. Decidi que você deve cumprir seu contrato.

— Bom, então você conseguiu o pacote completo — diz Justineau. — Se eu voltasse a Beacon, talvez pudesse virar a cara. Se me mantiver aqui, terá de aguentar as inconveniências menores, como o fato de eu ter consciência.

Os lábios de Caldwell se estreitam numa única linha. Ela estende a mão e toca o punho da lâmina de corte, movendo-a para ficar em paralelo com a mesa.

— Não — diz ela. — Não terei. Eu defino o programa e sua parte nele. E essa parte ainda é necessária, por isso reservo um tempo para conversar com você agora. Estou preocupada, Helen. Você parece ter cometido um erro fundamental de julgamento e, se não conseguir abandoná-lo, ele contaminará todas as suas observações das cobaias. Você estará abaixo do inútil.

Um erro de julgamento. Justineau pensa numa observação sobre a confiabilidade do julgamento da própria Caldwell, mas trocar insultos não a levará à vitória neste embate.

— A essa altura, não está evidente para você — diz ela em vez disso — que as reações das crianças estão dentro do espectro humano normal? E principalmente deslocadas para a extremidade superior desse espectro?

— Está falando cognitivamente?

— Não, Caroline. Estou falando de modo geral. Cognitivamente. Emocionalmente. Associativamente. Tudo a que se tem direito.

Caldwell dá de ombros.

— Bem, esse "tudo" teria de incluir seus reflexos inatos. Qualquer um que experimente um furor para comer quando sente cheiro de carne humana não está inteiramente dentro dos parâmetros normais, não concorda comigo?

— Você entendeu o que eu quis dizer.

— Sim. E você sabe que está errada. — Caldwell não altera a voz, não mostra sinais de estar zangada ou impaciente, nem frustrada. Podia ser uma professora, expondo o lapso de lógica imatura de uma aluna para que ela se corrija e se aprimore. — As cobaias não são humanas; são famintos. Famintos de alto nível funcional. O fato de que sabem falar pode induzir à empatia com eles, mas também os torna muito mais perigosos do que a variedade animalesca que costumamos encontrar. É um risco tê-los aqui, dentro do perímetro... Por isso nos disseram para nos instalarmos bem longe de Beacon. Mas as informações que esperamos adquirir justifica esse risco. Justifica qualquer coisa.

Justineau ri — um espasmo áspero e feio de respiração que lhe dói ao sair. Não há como evitar.

— Você decepou duas crianças, Caroline. E fez isso sem anestesia.

— Elas não reagem a anestésicos. Suas células encefálicas têm uma fração lipídica tão pequena que as concentrações alveolares nunca atravessam o limiar de ação. Isto em si deve lhe dizer que o status ontológico das cobaias de certo modo é suspeito.

— Você está dissecando *crianças*! — repete Justineau. — Meu Deus, você parece a bruxa má de um conto de fadas! Sei que você não é uma novata nisso. Você cortou sete deles, não foi? Bem antes de eu vir para cá. Antes de você me requisitar. Parou porque não houve novidades. Não estava descobrindo nada que já não soubesse. Mas agora, por algum motivo, ignora este fato e recomeça. Então, sim, passei por cima de sua autoridade porque tinha esperanças de que houvesse alguém mentalmente são por lá.

Justineau registra a própria voz, percebe que fala alto e é estridente demais. Ela se cala, espera ouvir que ela está demitida. Será um alívio. Tudo terá acabado. Ela terá aguentado até onde pôde. E terá perdido, eles a mandarão embora. Será problema de outra pessoa. É claro que ela salvaria as crianças, se pudesse, se houvesse um jeito, mas não se pode salvar as pessoas do mundo. Não há outro lugar para levá-las.

— Gostaria que visse uma coisa — diz Caldwell.

Justineau não tem resposta nenhuma. Observa com um lúgubre senso de deslocamento enquanto Caldwell atravessa à outra parte do laboratório, voltando com um aquário de vidro em que ela mantém uma de suas culturas de tecido. É uma antiga, tem vários anos de crescimento. O tanque tem cerca de meio metro por 30 centímetros e 25 de altura, e seu interior está repleto de uma densa massa de filamentos cinza-escuros e finos. Parece algodão-doce sabor peste, pensa Justineau. É impossível saber qual era o substrato original; perdeu-se na espuma tóxica que brotou dele.

— Isto tudo é um só organismo — diz Caldwell, com orgulho e talvez até um afeto perverso na voz. Ela aponta. — E sabemos agora que tipo de organismo é. Finalmente entendemos.

— Pensei que estivesse bem óbvio — diz Justineau.

Se Caldwell ouve seu sarcasmo, não demonstra se incomodar.

— Ah, sabemos que é um fungo — concorda. — No início, tínhamos o pressuposto de que o patógeno faminto tinha de ser um vírus ou uma bactéria. O início acelerado e os múltiplos vetores de infecção apontavam neste sentido. Mas havia muitas evidências em apoio à hipótese micótica. Se o Colapso não tivesse acontecido tão rapidamente, o organismo teria sido isolado em questão de dias.

"Nas circunstâncias... Tivemos de esperar um pouco. No caos daquelas primeiras semanas, perderam-se muitas coisas boas. Todos os testes feitos nas primeiras vítimas foram abreviados quando essas vítimas atacaram, dominaram e alimentaram-se dos médicos e cientistas que as examinavam. Graças à disseminação exponencial da peste, o mesmo cenário se repetiu vezes sem conta. E é claro que os homens e mulheres que mais podiam ter nos contado sempre eram os mais expostos à infecção, devido à natureza de seu trabalho."

Caldwell fala no tom seco e sem inflexão de uma palestrante, mas sua expressão endurece quando ela olha a coisa que é ao mesmo tempo sua nêmesis e ponto focal de sua vida.

— Se você crescer o patógeno em um meio seco e estéril — diz ela —, ele acabará revelando sua verdadeira natureza. Mas seu ciclo de crescimento é lento. Incrivelmente lento. Nos próprios famintos, leva vários anos para que os filamentos e micélio apareçam na superfície da pele... Onde parecem veias cinza-escuras, ou um mosqueado fino. Em ágar, o processo é ainda mais lento. Este espécime tem vinte anos e ainda é imaturo. As estruturas sexuais ou de germinação... os esporângios ou himênios... ainda vão se formar. Por isso só é possível contrair a infecção da mordida de um faminto ou por exposição direta a seus fluidos corporais. Depois de duas décadas, o patógeno ainda não esporulou. Só brotou de forma assexuada numa solução nutriente. O ideal é que seja sangue humano.

— Por que está me mostrando isso? — pergunta Justineau. — Eu li a literatura.

— Sim, Helen — concorda Caldwell. — Mas eu a escrevi. E ainda estou escrevendo. Através das culturas que obtive a partir de famintos muito decompostos... culturas como esta... consegui determinar que o patógeno da fome é um velho amigo com roupa nova. *Ophiocordyceps unilateralis*.

"Nós o encontramos primeiro como parasita de formigas. E seu comportamento nesse contexto o tornou famoso. Os documentários sobre a natureza enfatizam cada detalhe lúgubre."

Caldwell passa a enfatizar cada detalhe lúgubre, mas na realidade não precisa disso. Quando identificou o patógeno faminto como um mutante de *Cordyceps*, ela ficou tão feliz que precisava partilhar. Convenceu Beacon a aprovar um programa educativo para todo o pessoal da base. Eles ocuparam a cantina em grupos de vinte e Caldwell começou o show tocando um curto extrato de um documentário de David Attenborough, datado de mais ou menos vinte anos antes do Colapso.

A voz de tom perfeito de Attenborough, mel de um jardim rural inglês, descrevia com uma delicadeza incongruente os esporos de *Ophiocordyceps* em dormência no chão da floresta, em ambientes úmidos como a floresta tropical da América do Sul. Formigas forrageiras os pegam, sem perceber, porque os esporos são pegajosos. Eles aderem à parte de baixo do tórax ou do abdome da formiga. Depois de presos, brotam micélios que penetram no corpo da formiga e atacam seu sistema nervoso.

O fungo faz uma ligação direta na formiga.

Imagens na tela de formigas em convulsão, tentando em vão raspar os esporos pegajosos de sua carapaça com golpes rápidos e espasmódicos das pernas. Não adianta. Os esporos escavam e o sistema nervoso da formiga é inundado de substâncias estranhas – falsificações bem-feitas de seus próprios neurotransmissores.

O fungo assume o banco do motorista, põe o pé no acelerador e dirige a formiga. Faz com que suba ao lugar mais alto que pode alcançar – a uma folha a 15 metros ou mais do chão da floresta, onde ela cava com suas mandíbulas, fixando-se à nervura principal da folha.

O fungo se espalha pelo corpo da formiga e explode de sua cabeça – um esporângio fálico fode com o inseto moribundo de dentro. O esporângio lança milhares de esporos que, caindo de tal altura, espalham-se por quilômetros. E este, claramente, é o sentido de todo o esforço.

Milhares de espécies de *Cordyceps*, cada uma delas uma especialista, ligam-se unicamente a uma espécie determinada de formiga.

Mas a certa altura apareceu um *Cordyceps* que era muito menos melindroso. Saltou a barreira entre espécies, depois gêneros, famílias, ordens e classes. Com garra, subiu ao topo da árvore evolutiva, supondo-se por um momento que a evolução é uma árvore e tem um topo. É claro que o fungo pode ter recebido alguma ajuda. Pode ter sido cultivado em laboratório, por vários motivos; pode ter sido influenciado por *splicing* de genes e RNA injetado. Aqueles foram saltos muito grandes.

– Isto – dizia Caldwell, batendo na tampa lacrada do aquário – é o que fica dentro da cabeça dos infectados. Dentro de seus cérebros. Quando você entra naquela sala de aula, pensa que está falando com crianças. Mas não está, Helen. Está falando com a coisa que matou as crianças.

Justineau meneia a cabeça.

— Não acredito nisso — diz ela.

— Acho que não importa no que você acredita.

— Elas exibem respostas comportamentais que não têm ligação com a sobrevivência do fungo.

Caldwell dá de ombros informalmente.

— Sim, claro que sim. Por enquanto. Quem come e guarda, come duas vezes. O *Ophiocordyceps* não devora todo o sistema nervoso numa tacada só. Mas se uma daquelas coisas que você considera seus alunos sentir cheiro de carne humana, de feromônios humanos, é com o fungo que você estará lidando. A primeira coisa que ele faz é consolidar seu controle do córtex motor e do reflexo de alimentação. É assim que ele se propaga... Na saliva, principalmente. A mordida proporciona nutrição ao hospedeiro e ao mesmo tempo espalha a infecção. Daí a extrema cautela que tomamos ao lidar com as cobaias. Daí também — ela suspira — a necessidade desta aula.

Justineau sente o forte desejo de se afirmar contra uma crítica que já foi feita. Ela segura a tampa do aquário e a abre.

Caldwell solta um grito mudo ao se retrair, com a mão na boca.

Depois pensa no que está fazendo e baixa a mão. Fuzila Justineau com os olhos, seu frio desligamento entocado sob a linha de água.

— Esta foi uma grande idiotice — diz ela.

— Mas não foi perigosa — observa Justineau. — Você mesma disse, Caroline. Ainda não tem órgãos sexuais. Não tem esporos. Não há como o fungo se disseminar pelo ar. Precisa de sangue, suor, saliva e lágrimas. Não vê? Você, como qualquer pessoa, pode fazer uma falsa avaliação... Vendo um risco onde não há nenhum.

— Esta é uma analogia fraca — diz Caldwell. Sua voz tem um gume que pode cortar um fio de cabelo. — E nem mesmo está em questão aqui superestimar o risco. O perigo... todo o perigo... está em ignorá-lo.

— Caroline. — Justineau tenta pela última vez. — Não estou dizendo que devemos interromper o programa. Só que devemos passar a outros métodos.

Caldwell sorri, sensível, precisa.

— Sou receptiva a outros métodos. Por isso pedi uma psicóloga do desenvolvimento na equipe. — O sorriso some, uma inevitável vazante. — Na *minha* equipe. Seus métodos são suplementares aos meus, chamados quando preciso deles. Você não dita nossa abordagem e não fala com Beacon passando por cima de mim. Já lhe ocorreu, Helen, que estamos sob jurisdição militar, e não civil? Já pensou nisso?

— Não muito — admite Justineau.

— Ora, deveria. Faz toda diferença. Se eu decidir que você está comprometendo meu programa e se eu informar o sargento Parks deste fato, você não será mandada para casa.

Ela fixa em Justineau um olhar incongruente de gentileza e preocupação.

— Você será executada.

Cai um silêncio entre as duas.

— Estou interessada no que acontece dentro da cabeça deles — diz Caldwell por fim. — Descubro principalmente se posso determinar isso pelo exame físico das estruturas ao microscópio. Quando não posso, vejo seus relatórios. E o que espero encontrar ali é uma avaliação clara e racional que leve a uma ocasional conjectura bem fundamentada. Entende isso?

Uma pausa longa.

— Sim — responde Justineau.

— Que bom. Neste caso, como ponto de partida, gostaria que você listasse as cobaias por ordem de importância para suas avaliações... neste momento. Diga-me quais deles você ainda precisa observar e o quanto precisa deles. Tentarei levar em conta suas prioridades quando escolher minhas próximas cobaias a serem trazidas para cá e dissecadas. Precisamos de uma massa de medidas comparativas. Estamos empacados e a única coisa que me ocorre que pode nos levar a novos insights é o volume de dados. Quero processar metade do grupo nas próximas três semanas.

Justineau não consegue levar o golpe sem se encolher.

— Metade da turma? — repete numa voz fraca. — Mas isso é... Caroline! Meu Deus...!

— Metade do grupo — insiste Caldwell. — Metade de nosso estoque restante de cobaias. *A turma* é um labirinto que você construiu para eles correrem. Não o reifique em algo que mereça consideração por si. Preciso da lista no domingo, mas, o quanto antes, melhor. Começaremos a processar na segunda pela manhã. Obrigada por seu tempo, Helen. Se houver alguma coisa que eu ou a Dra. Selkirk possamos fazer para ajudá-la, diga. Mas a decisão final é sua, é claro. Não abusaremos desses limites.

Justineau se vê em pleno ar, andando numa direção qualquer. O sol bate em seu rosto e ela se desvia repentinamente dele. Sua cara já está bem quente.

Metade de nosso estoque restante...

Sua mente entra em choque com as palavras, manda-as descontroladas para fora de alcance.

Em outra época, ela poderia admirar a brutal sinceridade de Caldwell sobre seus próprios fracassos. *Estamos empacados.* Ela se identifica tanto com o projeto que a vaidade, em si, é impossível.

Por outro lado: *a decisão final é sua.* Isto é puro sadismo. Curve-se a meu altar, Helen. Você até pode escolher os sacrifícios, isso não é legal?

Metade dos...

As coisas vão desmanchar e o centro não aguentará. Esburacado de medos e inseguranças, a turma se desfará em pedaços. Finalmente farão as perguntas que Justineau não pode responder. Ela terá de escolher entre a confissão e a evasiva, e qualquer uma das duas provavelmente a chutará pela beira da curva da catástrofe.

Talvez ela esteja onde merece. Assassina de crianças. Promotora de assassinato em massa, sorrindo feito um Judas enquanto cumpre com as expectativas. Neste momento, a ideia de Parks colocando uma arma em sua cabeça tem lá seu apelo.

Então ela esbarra nele, com força suficiente para que os dois cambaleiem. Ele se recupera primeiro, segura-a pelos ombros de leve para equilibrá-la.

— Ei — diz ele. — Está tudo bem, Srta. Justineau?

Sua cara larga e achatada, assimétrica e inconcebivelmente feia pela cicatriz, irradia uma solicitude amistosa.

Justineau se livra de suas mãos, com a própria cara se torcendo quando a raiva encontra sua mira. Parks pestaneja, vendo a emoção visceral, sem saber de onde vem ou para onde pode ir.

— Estou ótima — diz Justineau. — Saia de meu caminho, por favor.

O sargento gesticula por sobre o ombro, para a cerca a suas costas.

— A sentinela localizou um movimento na mata bem ali — diz ele. — Não sabemos se são famintos ou o que são. De qualquer modo, agora o perímetro está restrito. Desculpe. Por isso eu tentei impedi-la.

Um movimento a média distância, onde ele apontava, distrai Justineau por um segundo e ela precisa recuperar a atenção à força.

Ela o olha, tentando respirar longa e tranquilamente, tentando puxar para dentro de si todas as emoções derramadas para que ele não as veja em seu rosto. Ela não quer ser compreendida por este homem, nem mesmo superficialmente.

E ao pensar no que ele já vira, no que ele talvez soubesse ou pensasse saber dela, Justineau de repente viu de uma nova perspectiva o momento de sua humilhação. Quando Parks viu que ela infringiu a regra de não tocar, ameaçou-a com uma denúncia. Mas nada aconteceu. Até agora.

Parks contou histórias sobre ela a Caroline Caldwell. Justineau tinha certeza disso. O hiato de quatro meses entre o incidente com Melanie e esta reprimenda não reduz esta convicção. As coisas se infiltram lentamente pelas burocracias, levam seu próprio tempo.

Ela precisava reprimir o impulso de esmurrar Parks em cheio em sua cara arruinada. Talvez encontrar a falha, o ponto de pressão que o faria esfarelar e sumir de sua vida.

— Ainda estou aqui, sargento. — Ela lhe fala, aguilhoada a desafiá-lo. — Você fez o que pôde e a única atitude dela foi bater na minha mão e me dar mais dever de casa.

A testa de Parks se vincou, nas áreas onde ainda podia — onde o tecido cicatricial não a deixava permanentemente vincada.

— Desculpe? — diz ele.

— Não precisa. — Ela começa a contorná-lo, lembra que não pode ir para aquele lado e volta, então fica ao seu lado por um momento.

— Eu não fiz nada — diz o sargento rapidamente. — Não a denunciei à Dra. Caldwell, se é o que você pensa.

Ele parece sincero. Parece que realmente quer que ela acredite nele.

— Ora, deveria — diz Justineau. — É um jeito excelente de me encher o saco. Não macule seu currículo perfeito, sargento.

Algo como uma agonia aparece na cara de Parks.

— Escute, estou tentando te ajudar. É sério.

— Me ajudar?

— Exatamente. Andei por muitos anos em campo. E sobrevivi a mais varreduras de limpeza do que quase todo mundo. E quero dizer merda da grossa. Nas áreas pesadas.

— E daí?

Parks sobe e desce os ombros imensos, fica em silêncio por um segundo como se pensasse ter atingido os limites de seu vocabulário — o que não parece muito improvável a ela.

— Daí que sei do que estou falando — diz ele por fim. — Conheço os famintos. Só se vive muito tempo fora da cerca se você calcular os movimentos. Como você pode se safar e o que vai provocar sua morte.

Justineau deixa que a completa indiferença apareça em seu rosto. De algum modo, ela sabe que isso entrará mais fundo nele do que qualquer demonstração de raiva. A agitação dele lhe mostra o caminho a uma superioridade de frio desdém.

— Não estou do lado de fora da cerca.

— Mas está convivendo com eles. Está lidando com eles todo dia. E não está de guarda alta. Merda, você pôs as mãos naquela coisa. Você a tocou. — Ele fica sem palavras.

— Sim. Eu toquei. É chocante, não?

— É idiota. — Parks meneia a cabeça como se quisesse desalojar uma mosca que tinha pousado nele. — Srta. Justineau... Helen... As regras existem por um bom motivo. Se as levar a sério, elas a salvarão. De seus próprios instintos, no mínimo.

Ela não se dá ao trabalho de responder. Só o olha de cima.

— Tudo bem — diz Parks. — Então terei de tomar isso nas minhas próprias mãos.

— Terá de fazer o quê?

— A responsabilidade é minha.

— Nas suas próprias mãos?

— A segurança desta base é de mi...

— Quer colocar as mãos em mim, sargento?

— Eu não tocaria nem em um fio de cabelo seu — diz ele, exasperado. — Posso manter a ordem na droga da minha casa. — E ela vê isso, de repente, na cara dele. Ela pode ver que ele está fugindo de algum assunto. Algo que está fresco em sua mente.

— O que você fez? — ela exige saber.

— Nada.

— O que você fez?

— Nada que lhe diga respeito.

Ele ainda está falando quando ela se afasta, mas não é difícil se desligar das palavras. São apenas palavras.

Quando volta ao bloco da sala de aula, ela está correndo.

10

QUANDO NÃO HÁ NADA PARA SE FAZER e você nem pode se mexer, o tempo passa com muito mais lentidão.

As pernas e o braço esquerdo de Melanie, ainda amarrados na cadeira, tiveram uma cãibra agonizante, mas isso já aconteceu havia algum tempo e agora a dor da cãibra diminuíra e parecia que seu corpo tinha parado de se incomodar em dizer o que sentia, então ela nem mesmo tinha a dor para distraí-la.

Ela fica sentada e pensa na raiva do sargento e no que significa. Pode significar muita coisa, mas o ponto de partida é o mesmo em todos os casos. Foi só quando ela falou da Srta. Justineau que o sargento ficou zangado – quando ela disse que a Srta. Justineau a amava.

Melanie entende o ciúme. Ela tem ciúmes, um pouquinho, sempre que a Srta. Justineau fala com outro menino ou menina na aula. Ela quer que o tempo da Srta. Justineau pertença a ela e os lembretes de que não pertencem doem um pouco, fazem seu coração cair suavemente e se chocar no peito.

Mas a ideia do sargento ter ciúmes é desconcertante. Se o sargento pode ter ciúmes, existem limites para seu poder – e ela própria atinge um desses limites, rememorando-se dele.

Esta ideia a sustenta, por um tempo. Mas ninguém aparece e as horas se arrastam – e embora ela saiba esperar, saiba não fazer nada, o tempo pende pesado nela. Ela tenta contar histórias a si mesma, mas elas se desintegram em sua mente. Ela se impõe enigmas de equações simultâneas e os resolve, mas é fácil demais quando é você mesma que cria os problemas. Você já está no meio da resposta quando começou a pensar nele direito. Agora ela está cansada, mas sua posição forçada na cadeira não lhe permite descansar.

E então, depois de muito, muito tempo, ela ouve a chave girando na tranca, os ferrolhos sendo puxados. A pesada porta de aço ressoa. Passos correndo no concreto, criando um rumor de ecos. É o sargento? Ele voltou para acabar com ela?

Alguém destranca a porta de Melanie e a abre.

A Srta. Justineau está na soleira.

— Está tudo bem — diz ela. — Eu estou aqui, Melanie. Vim ver você.

A Srta. Justineau avança. Ela luta com a cadeira, como Hércules lutando com um leão ou uma cobra. Depois a Srta. J se ajoelha e está mexendo nas tiras das pernas. Direita. Depois esquerda. Ela resmunga e xinga.

— Ele é um doido de pedra! Por quê? Por que alguém faria isso? — Melanie sente a compressão se afrouxar, a sensibilidade voltar a suas pernas em uma torrente de formigamento.

Ela arremete de pé, o coração quase explodindo de felicidade e alívio. A Srta. Justineau a salvou! Ela ergue os braços num instinto forte demais para resistir. Quer que a Srta. Justineau a pegue no colo. Quer abraçá-la e ser abraçada por ela, tocá-la não só com o cabelo, mas com as mãos, o rosto e o corpo todo.

Depois se imobiliza feito uma estátua. Os músculos da mandíbula se enrijecem e um gemido sai de sua boca.

A Srta. Justineau fica alarmada.

— Melanie? — Ela para e sua mão se estende.

— Não! — grita Melanie. — Não toque em mim!

A Srta. Justineau para de se mexer, mas está tão perto! Tão perto! Melanie choraminga. Toda sua mente está explodindo. Ela cambaleia para trás, mas suas pernas rígidas não funcionam direito e ela cai em cheio no chão. O cheiro, o cheiro maravilhoso e terrível, enche o quarto, sua mente e seus pensamentos, e só que ela quer fazer é...

— Vá embora. — Ela geme. — Vá embora vá embora vá embora!

A Srta. Justineau não se mexe.

— Vá embora, ou vou acabar com você, merda! — Melanie geme. Ela está desesperada. Sua boca se enche de uma saliva espessa como lama de um deslizamento. Suas mandíbulas começam a bater por vontade própria. A cabeça fica tonta e o quarto parece se afastar e voltar sem que tenha se mexido.

Melanie está pendurada na ponta da corda mais fina do mundo. Vai cair e só pode cair para um lado.

— Ah, meu Deus! — A Srta. Justineau chora. Enfim entende. Dá um passo para trás. — Desculpe, Melanie. Eu nem pensei nisso!

Nos chuveiros. Entre os sons que Melanie ouve, uma grande ausência: nenhuma gota de spray químico caindo do teto, acomodando-se na Srta. Justineau e cobrindo-a com seu próprio odor para esconder o cheiro da Srta. Justineau por baixo.

O que Melanie sente então é o que Kenny sentiu quando o sargento limpou a substância do braço e o colocou bem perto da cara de Kenny. Mas daquela vez ela só pegou a beira dele e não entendeu verdadeiramente.

Algo se abre dentro dela, como uma boca se escancarando cada vez mais e gritando o tempo todo — não de medo, mas de carência. Melanie pensa que tem uma palavra para isso agora, embora ainda não seja nada que tenha sentido na vida. É fome. Quando as crianças comem, a fome não entra no cálculo. As larvas são servidas em sua tigela, você as apanha e põe na boca. Mas, nas histórias que ela ouve, é diferente. As pessoas nas histórias querem e precisam comer, e quando comem sentem-se preenchidas de alguma coisa. Isso lhes dá uma satisfação que nada mais pode gerar. Melanie pensa em uma música que uma vez as crianças aprenderam e cantaram: "Você é meu pão quando tenho fome." A fome curva a coluna de Melanie como Aquiles retesando seu arco. E a Srta. Justineau será o seu pão.

— Você precisa ir — diz ela. Ela pensa que diz. Não pode ter certeza, devido ao barulho do coração e ao barulho da respiração e ao barulho do sangue num estardalhaço em seus ouvidos. Ela faz um gesto. *Vá!* Mas a Srta. Justineau fica parada ali, presa entre querer correr e querer ajudar.

Melanie luta e arremete, de braços estendidos. E é quase como aquele outro gesto, um instante antes, quando pediu para ter colo, mas agora ela aperta as mãos na barriga da Srta. Justineau.

tocando tocando tocando nela

e a empurra violentamente. Ela é mais forte do que imaginava. A Srta. Justineau cambaleia para trás, quase tropeça. Se tropeçar e cair, estará morta. Será o pão.

Os músculos de Melanie se retesam, amarram-se e se enrolam dentro dela. Preparando-se para um esforço descomunal.

Ela os desvia com um urro.

A Srta. Justineau arrasta-se, cambaleia, sai pela porta e a fecha num empurrão.

Melanie avança e tenta recuar ao mesmo tempo. Um homem com um cachorro grande numa guia e ela é os dois, puxando a corrente de sua própria vontade.

O primeiro ferrolho desliza exatamente enquanto ela bate na porta. O cheiro, a carência, enche-a da cabeça aos pés, mas a Srta. Justineau está em segurança do outro lado da porta. Melanie a arranha, admirando-se de seus próprios dedos estúpidos e esperançosos. A porta não se abre, mas algum animal dentro dela ainda pensa que pode abrir.

Passa-se muito tempo até que o animal desiste. E então, exausta, a garotinha cai de joelhos ao lado da porta, pousa a cabeça no concreto frio e inflexível.

De cima, a voz da Srta. Justineau.

— Desculpe, Melanie. Eu sinto muito.

Ela levanta a cabeça, grogue, vê a cara da Srta. J na janelinha de tela.

— Está tudo bem — diz ela, fraca. — Eu não mordo.

Era para ser uma brincadeira. Do outro lado da porta, a Srta. Justineau chora.

11

Por muitos e bons motivos, os acontecimentos desse dia por fim tornam-se uma massa encharcada e indiferenciada na mente de Helen Justineau. Mas três coisas ficarão muito claras para ela até o dia de sua morte.

A primeira é que o sargento Parks tinha razão o tempo todo. Tinha razão sobre ela, sobre os riscos a que seu comportamento a expunha. Ver a criança se transformar num monstro, bem diante de seus olhos, fez com que ela enfim compreendesse que as duas eram reais. Não há futuro em que ela veja Melanie livre, ou a salve, ou retire aquela porta de cela entre as duas.

A segunda é que algumas coisas se tornam realidade simplesmente quando são faladas. Quando ela disse à garotinha "Vim ver você", a arquitetura de sua mente, sua definição de si mesma, alterou-se e se reconfigurou em torno desta declaração. Ela se tornou comprometida, ou talvez tenha apenas confessado um compromisso. Não tem nenhuma relação com a culpa por crimes anteriores (embora ela tenha uma compreensão muito boa do que merece), nem nenhuma esperança de redenção. É apenas o ponto máximo de um arco. Ela subiu o máximo que pôde e agora volta a cair, sem mais controle (se é que um dia teve) de seus próprios movimentos.

O prazo estabelecido para ela se aproxima rapidamente. Ela esperava escolher quais da turma serão desmontados na bancada de Caroline Caldwell. Não sabe o que fará agora. Todas as suas opções parecem se restringir de uma maneira ou de outra.

A terceira coisa é quase banal, comparativamente. É só que o movimento que ela viu por sobre o ombro de Parks, quando ele a avisou para se afastar do perímetro, estava do lado errado da cerca. Foi isso que a distraiu, tirou-a do rumo por um momento, depois que os dois ricochetearam um no outro e recuaram.

Uma figura humana observava a cerca da beira da mata, quase fora de vista entre as árvores e o mato até a cintura.

Não era um faminto. Um faminto não empurraria um galho de lado para ter uma linha de visão clara.

Então era um lixeiro. Um selvagem, que nunca entra ali.

Portanto, raciocina ela, não é uma ameaça.

Porque todas as ameaças com que ela se preocupa agora têm relação com esse inimigo oculto.

12

Se Eddie Parks sabe de uma coisa, é que está enjoado deste destacamento.

Não foram um problema para ele as incursões para coleta, apesar de tudo. Os pega-ensaca, como diziam os soldados. Trabalho sujo e tão perigoso quanto possível, mas e daí? Você sabia dos riscos que corria e das recompensas. Você as pesou nas mãos e elas faziam sentido. Podia ver por que estava fazendo isso.

E era isso que o fazia *continuar*, semana após semana. Que o fazia entrar em áreas onde se sabia muito bem que haveria famintos em cada canto. Nos bairros barra-pesada, onde a densidade populacional era mais alta e a infecção se espalhava mais rapidamente do que o medo dela.

E sua vida ficava na reta a cada decisão tomada, cada passo dado, porque havia todo tipo de situações em que se podia entrar e não sair. Os famintos na cidade, meu Deus do céu... São como estátuas, na maior parte do tempo, porque não se mexem, se ninguém mais se mexer. Você é borrifado da cabeça aos pés com o bloqueador-E, assim eles não sentem seu cheiro e você pode passar diretamente, desde que aja com lentidão e silêncio suficientes para não disparar o gatilho deles.

Você pode ir bem longe.

E então uns filhos da puta desajeitados tropeçam numa pedra solta do calçamento, ou espirram, ou só coçam a bunda, um dos famintos vira a cabeça de repente e quando um deles te vê, é tudo-que-seu-mestre-mandar para todos os outros. Eles vão de zero a cem em meio segundo e todos eles correm para o mesmo lado. Assim, você tem três opções, e duas certamente garantirão que você morra.

Se você ficar imóvel, os famintos rolam para cima de você como um maldito tsunami. Eles agora te sacaram e não se deixarão enganar, tenha você o cheiro que tiver.

Se você se virar e correr, eles o derrubarão. No começo você pode ter alguma dianteira e até pensar que vence, mas um faminto pode continuar na mesma correria a galope praticamente para sempre. Ele nunca vai parar, nunca vai reduzir o passo e com o tempo te pegará.

Então você luta.

Golpes largos, abaixo da cintura, totalmente automáticos. Quebre suas pernas e eles têm de se arrastar nas mãos para chegar a você. Isso altera as chances um pouco. E também ajuda se você conseguir entrar num lugar estreito, onde só podem chegar um ou dois de cada vez. Mas você não acreditaria no estrago que esses escrotos sofrerão e ainda assim continuarão avançando.

E em alguns dias você vai provocar uma oposição diferente. Lixeiros. Babacas sobreviventes que se recusaram a entrar em Beacon quando o chamado foi feito, preferindo viver da terra e correr o risco. A maioria dos lixeiros fica bem longe das cidades, como faria qualquer pessoa mentalmente sã, mas seus grupos de assalto ainda tendem a ver qualquer área construída por 80 quilômetros em volta de seu acampamento como sua própria reserva e propriedade.

Assim, quando uma patrulha de pega-ensaca de Beacon encontra um bando de lixeiros catadores, sempre voa pena pra todo lado. Foi um lixeiro que fez essa cicatriz no sargento Parks, que não é romântica e sutil como uma cicatriz de duelo, mas uma horrível trincheira de borda enrugada que cruza sua cara como um amassado sinistro numa velha cota de armas. Parks tende a avaliar o temperamento de um novo recruta por quanto tempo ele consegue olhá-lo nos olhos na primeira vez, antes que a monstruosidade faça com que tenham um interesse desesperado e fixo pelas próprias botas.

Mas o que faz com que todo o aborrecimento do pega-ensaca valha a pena é a coisa que ainda está em todas aquelas casas e locais de trabalho, esperando para ser tomada. A antiga tecnologia, computadores, ferramentas elétricas e equipamento de comunicações que não foram tocados desde o Colapso – coisas que você nem consegue mais produzir. Tem um pessoal ainda em Beacon, gente de tecnologia, que sabe exatamente como essas coisas funcionam, mas o conhecimento não adianta de nada sem infraestrutura. É como se existisse toda uma fábrica para cada placa de circuito e cada pedaço de plástico. E as pessoas que trabalhavam nessas fábricas são aquelas que agora estão ávidas demais para abrir caminho a dentadas por seu Kevlar até as camadas mais interessantes.

Então essas velharias são literalmente inestimáveis. Parks entende isso. Eles estão tentando achar um jeito de refazer o mundo vinte anos depois de ter se desintegrado e as guloseimas que as patrulhas de pega-ensaca trazem são... Bom, são uma ponte de cordas sobre um desfiladeiro sem fundo. São a única maneira de sair do *aqui* sitiado para um *adiante* onde tudo estará de volta à ordem.

Mas ele sente que perderam o rumo em algum lugar. Quando encontraram a primeira das crianças estranhas e um recruta que obviamente nunca ouviu falar da curiosidade e do gato colocou tudo numa porra de relatório de observação.

Boa, soldado. Como não se pode deixar de *observar*, a turma do pega-ensaca de repente tem um monte de novas ordens. Traga-nos uma daquelas crianças. Vamos dar uma boa olhada nele/nela/na coisa.

E o pessoal da tecnologia olhou, depois os cientistas olharam, e eles também ficaram curiosos até matar alguns gatos. Famintos com reações humanas? Comportamentos humanos? Funções cerebrais de nível humano? Famintos que podem fazer alguma coisa além de correr e comer? E eles estão correndo nus e selvagens pelas ruas dos bairros povoados, junto da variedade comum? Qual é a parada?

Mais ordens. Requisição de uma base, bem longe de tudo. Montar um perímetro e ficar em alerta. Eles tinham feito incursões no interior em ruínas de Stevenage e Luton, então a RAF de Henlow parecia dar conta do recado. Estava mais ou menos intacta, proporcionava muito espaço tanto acima do chão como em bunkers reforçados abaixo e tinha uma pista de pouso funcional.

Eles entraram, depois cavaram. Desinfetaram. Decoraram. Esperaram.

E no devido tempo a Dra. Caldwell apareceu com seu jaleco branco, seu batom vermelhão e seu microscópio, além de uma carta de Beacon com um monte de assinaturas e autorizações. "Agora o show é meu, sargento", disse ela. "Vou assumir esse prédio ali e os galpões do outro lado. Traga mais algumas dessas crianças. Quantas conseguir encontrar."

Simples assim. Como se estivesse pedindo uma pizza, nos tempos em que existia pizza e você podia pedir.

Pensando bem agora, houve um ponto em que a vida de Parks parou de fazer sentido. Quando ele deixou de ser um pega-ensaca e se tornou um caçador com armas e armadilhas.

Não é que ele não fosse bom nisso. Olha, ele era o máximo. Ele percebeu de cara que era possível localizar os esquisitos, as crianças que eram diferentes, pelo modo como andavam. Os famintos oscilam entre dois estados. Na maior parte do tempo ficam imóveis, só parados ali, como se nunca mais fossem se mexer. Então sentem o cheiro da presa, ou a ouvem, ou a veem, e desatam naquela correria mortal apavorante. Sem aquecimento, sem aviso. Perigo fator nove.

Mas as crianças estranhas se mexem mesmo quando não estão caçando, então é possível distingui-las. E elas reagem a coisas que não são comida, então você pode chamar sua atenção — com um espelho, digamos, o facho de uma lanterna, ou um pedaço de plástico colorido.

Separe-as do bando. Elas não formam exatamente um bando, porque os famintos sempre tratam seus iguais como se fizessem parte da paisagem. Mas consiga que elas saiam e fiquem sozinhas e expostas. Depois jogue as redes.

Ele e sua equipe pegaram trinta no intervalo de sete meses. Depois que entraram no ritmo, nem foi complicado. E então Caldwell disse a eles que parassem e esperassem mais ordens. Disse que tinha material suficiente com que trabalhar.

Mas não é uma bagunça? De repente Parks está encarregado de um jardim de infância. Ele se vê defendendo uma base que não faz porcaria nenhuma além de servir de babá para esses esganadinhos. Eles têm seus próprios quartos, as mesmas camas de campanha dos soldados, são alimentados semanalmente (uma coisa que, se você mesmo quiser comer de novo na vida, não deve ver) e até têm sala de aula.

Por que uma sala de aula?

Porque Caldwell quer saber se esses monstrinhos de filme de terror podem aprender. Ela quer ver dentro da cabeça deles. Não só a maquinaria – ela tem a mesa de cirurgia para este tipo de serviço – mas a coisa piegas também. Por exemplo, o que eles estão pensando?

Eis aqui o que Parks está pensando. Os famintos comuns são *beleza* se comparados com essas monstruosidades em forma de criança. Pelo menos dá para saber que os famintos comuns são animais. Eles não dizem, "Bom-dia, sargento", quando você mete uma bala nos joelhos deles.

Para ser franco, não há muito nisso que ele consiga engolir. A loura... Melanie. Ela é a cobaia número um, por algum motivo, embora fosse a décima primeira ou décima segunda que ele ensacou. Ela o mata de medo e ele não sabe explicar por quê. Ou talvez saiba e não goste de pensar nisso. Certamente uma parte do motivo é aquela inesgotável vaselina de menina boazinha que ela tem. Um animal daqueles, mesmo que pareça humano, deve emitir sons sem significado nenhum ou nem produzir som. Ouvi-lo falar só turva as águas.

Mas Parks é um soldado. Ele sabe quando calar e ele obedece. Na realidade, esta é sua especialidade. E ele entende o que Caldwell está fazendo. Essas crianças – presumivelmente as crianças de famílias de lixeiros que ficaram presas, foram mordidas e infectadas – parecem ter uma espécie de imunidade parcial ao patógeno da fome. Ah, elas ainda são comedoras de carne humana. Ainda reagem da mesma forma ao cheiro de carne viva, o sinal pelo qual a gente conhece esses escrotos. Mas a luz dentro de sua cabeça não se apaga, por alguma razão – ou não se apaga totalmente. Elas viviam como animais quando os pega-ensaca as encontraram, mas se reabilitaram muito bem e sabem andar, falar, assoviar, cantar, contar até números grandes e todo o resto.

Enquanto isso, suas mamães e papais estão ao léu. Se todos fossem apanhados e alimentados como uma unidade familiar, os adultos simplesmente tomariam o mesmo rumo de todos os outros que foram mordidos. Eles se transformariam em monstros totais de cérebros mortos.

As crianças empacaram no meio do caminho. Então talvez sejam a melhor esperança de se descobrir uma cura real.

Entendeu? Parks não é burro. Ele sabe o que é feito aqui e serviu a este propósito em silêncio e sem reclamar. Vem servindo a ele por quase quatro anos.

O rodízio só acontecerá daqui a dezoito meses.

Há outras pessoas no mesmo barco e pode-se dizer que Parks está mais preocupado com elas do que consigo mesmo. Isso não é uma bobajada sentimental; é só que ele conhece melhor seus próprios limites do que o dos outros. São vinte e oito homens e mulheres sob seu comando (ele não conta o pessoal de Caldwell, cuja maioria não sabe o que é uma ordem) e, com um efetivo tão pequeno, a segurança da base exige que todos estejam aptos para o combate e prontos a reagir se houver um problema.

A essa altura, Parks tem dúvidas sobre metade deste grupo.

Dúvidas sobre si mesmo também, na medida em que é um sargento que efetivamente age como comandante de campo de uma unidade que mantém um posto fixo com ligações civis. A patente mínima para um quartel desses, segundo o regulamento, é de tenente.

Parks tem seu próprio evangelho, que desrespeita em muitos pontos o regulamento. Mas ele sabe quando seu centro de gravidade está comprometido. E ultimamente ele sente esse comprometimento com muita frequência.

É assim que ele se sente hoje, quando recebe o relatório de Gallagher.

Gallagher, K., soldado, 1097, 24 de julho, 17.36

No curso de uma varredura de limpeza de rotina da mata a noroeste da base, envolvi-me em um incidente que se deu como se segue.

Eu era a isca, Devani andava comigo com o blindado, e Barlow e Tap limpavam.

Verificamos um grande grupo de famintos estacionários na Hitchin Road, perto do trevo de Airman. Eram principalmente pele e ossos, e nenhum deles parecia ser uma ameaça.

Partimos da mata, seguindo os parâmetros operacionais, e Devani me deixou no trevo. Por ordem do artilheiro Tap, eu não usava bloqueador E.

Procedi andando a favor do vento dos famintos e esperei até que eles me localizassem.

Logo depois, tendo me localizado, eles me perseguiram por várias centenas de metros, saindo da estrada e entrando na mata, onde procedi a...

— Pelo amor de Deus — diz Parks, baixando o relatório em sua mesa. — Você procedeu a proceder? Só me conte o que houve, Gallagher. Guarde essa basteirada para sua autobiografia.

Gallagher ruboriza até as raízes do cabelo ruivo. Suas sardas desaparecem na incandescência geral. Em qualquer outra pessoa, essa cara em brasa significaria a consciência do fracasso, mas há uma longa lista de coisas que podem fazer Gallagher corar feito uma menininha, inclusive, por exemplo, uma piada obscena, qualquer esforço mais exigente do que uma marcha ou um único gole de gim ilegal. Mas não é comum ver este soldado bebendo com frequência — ele é tão arisco com o álcool que parece que o exército em que se alistou era aquele que oferece a salvação. Parks estende um pouco mais o ralo benefício da dúvida.

– Senhor – diz Gallagher –, os famintos estavam bem no meu rabo. Quer dizer, eles estavam bem perto, então eu podia *sentir o cheiro* deles. Sabe aquele fedor azedo que eles têm, quando os filamentos cinza começam a aparecer pela pele? Era tão forte que meus olhos ficaram lacrimejando.

– Os que têm filamentos normalmente não se afastam tanto da cidade – reflete Parks, sem gostar da novidade.

– Não, senhor. Mas estou dizendo, esse bando era maduro. Dois deles tinham a cara toda caída. As roupas saíam do corpo, de podres. Um deles perdeu um braço. Não sei se foi comido, de quando ele foi infectado, ou se decompôs desde então, mas eles não eram novatos.

"Mas então, eu estava correndo para onde Tap e Barlow montavam guarda, atrás daquela moita grande de faias. Tem uma sebe ali e é muito firme. Você escolhe o ponto certo... passa por onde é fina o suficiente para não retardar muito seu progresso. E não dá para ver para o que está correndo, é claro."

Gallagher hesita, parecendo estremecer por dentro. Suas lembranças atingiram uma barreira muito mais sólida do que a sebe.

– No que você esbarrou? – Parks o incita.

– Três sujeitos. Lixeiros. Eles andavam pelo outro lado da sebe, onde não podiam ser vistos da estrada. Tem umas moitas de amora-preta por todo esse trecho, então talvez eles estivessem colhendo frutas ou coisa assim. Só que um dos três... o chefão, imagino, a julgar por seu kit... tinha um binóculo. E os três estavam armados. O chefão tinha um revólver; os outros dois, facões.

"Passei pela cerca a uns cinquenta metros, indo direto para eles." Gallagher meneia a cabeça num espanto infeliz. "Gritei para eles correrem, mas eles não ligaram para mim. O cara com a arma apontou para mim e foi por muito pouco que não estourou meus miolos.

"Depois os famintos romperam a cerca bem atrás de mim e ele meio que perdeu a concentração. Mas os três ainda bloqueavam minha passagem e aquele maluco ainda tinha a arma apontada bem para mim. Então eu parti pra cima dele. Não tinha mais para onde ir. Ele deu o tiro, mas errou. Não sei como, àquela distância. Depois esbarrei nele em cheio com o ombro e continuei correndo."

O soldado para de novo. Parks espera, deixando que ele saia dessa em suas próprias palavras. Está claro que a coisa toda o abalou muito e faz parte do trabalho de Parks, às vezes, ouvir confissões. Gallagher é um dos mais novatos dos soldados. Se nasceu quando surgiu o Colapso, ele ainda estava mamando nas tetas da mãe. É preciso dar um desconto.

— Dez segundos depois, eu tinha voltado à mata — diz Gallagher. — Olhei por sobre o ombro e não vi nada. Mas ouvi um grito. Um dos lixeiros, obviamente. E ele continuou gritando como doido por muito tempo. Eu parei. Estava pensando em voltar, mas depois os famintos apareceram bem atrás de mim e tive de fugir de novo.

Gallagher dá de ombros.

— Completamos a missão. Tap e Barlow montaram as armadilhas bem na linha de chegada. Os famintos passaram por elas, ficaram presos no arame farpado e depois disso foi só limpar.

— Gasolina ou cal? — pergunta Parks. Ele não pode deixar de perguntar, porque Nielson lhe disse que não tinha mais gasolina para os churrascos de rotina, mas ele sabe que o intendente ainda esconde tambores de dez galões.

— Cal, senhor. — Gallagher tem vergonha. — Tem um poço perto da estrada, que cavamos em abril. Ainda nem chegamos na metade dele. Nós os rolamos para dentro e jogamos três sacos por cima deles, então eles devem se desmanchar bem por um bom tempo, se não chover.

Estes detalhes puramente operacionais animam um pouco Gallagher, mas ele volta a ficar sóbrio ao retomar a própria história.

— Depois que terminamos, voltamos à sebe. O chefão e um dos outros dois estavam deitados ali no chão, bem onde eu os vira antes. Estavam muito mastigados, mas ainda se contorciam. Depois o chefão abriu os olhos e eu verifiquei... — Gallagher vê que resvalou no papo de relatório, para e recomeça. — Ele chorava sangue, como às vezes acontece quando a coisa podre está entrando neles. Era evidente que os dois estavam infectados.

Parks fica impassível. Ele sabia qual era o final.

— Você deu cabo deles? — pergunta, propositalmente ríspido. Coloque os pingos nos is. Faça Gallagher ver que não passa de rotina. Não ia ajudar a ele agora, mas pode aliviar a tensão depois.

— Barley... o soldado Barley... decapitou os dois com o facão do segundo cara.

— De máscara e luva?

— Sim, senhor.

— E você pegou o kit deles?

— Sim, senhor. O revólver está em boas condições e tem quarenta balas em uma das cargas. O binóculo tá meio detonado, pra falar a verdade, mas o chefão também tinha um walkie-talkie. Nielson acha que pode funcionar com nossos receptores de longo alcance.

Parks assente, aprovando.

— Você lidou muito bem com uma situação espinhosa — diz ele a Gallagher, e é sincero. — Se ficasse imóvel quando passou por aquela cerca, os civis ainda teriam morrido... E mais provavelmente teriam te segurado por tempo suficiente para matar você também. Este foi o melhor resultado possível.

Gallagher não disse nada.

— Pense bem — insiste Perks. — Aqueles lixeiros estavam a menos de dois quilômetros de nosso perímetro, armados e preparados para a sobrevivência. Não importa o que estivessem fazendo, eles não estavam lá só tomando ar. Sei que você se sente uma merda agora, soldado, mas o que aconteceu com eles não é culpa sua. Mesmo que eles fossem inocentes. Os lixeiros decidiram viver fora das cercas, então têm de aceitar o que vem com isso.

"Vá beber alguma coisa. Talvez arrume uma briga ou uma trepada com alguém. Queime essa coisa. Mas não desperdice um segundo que seja de meu tempo, nem do seu, com sentimentos de culpa por essa besteira. Passa uma borracha nisso e toca o bonde."

Gallagher fica em posição de sentido, vendo a dispensa iminente.

– Dispensado.

– Sim, senhor.

O soldado bate uma continência vistosa. Hoje em dia a maioria deles não se incomoda com isso, mas é o jeito dele de agradecer.

A verdade é que Gallagher pode ser um novato, mas está bem longe do pior de um bando de soldados indiferentes e Parks não quer o garoto no ambulatório. Se o camarada tivesse matado ele mesmo os lixeiros, estripado e feito bichinhos de balão com suas tripas, Parks ainda teria feito o máximo para ver o aspecto positivo disto. Seu próprio pessoal é prioridade dele ali, a primeira e a última.

Mas em algum lugar nesse palheiro, ele também pensa: lixeiros? Na porta dele?

Como se já não tivesse muita merda com que se preocupar.

13

A SEMANA SE PASSOU, LENTA e inexorável. Três dias de Sr. Whitaker seguidos reduzem a turma à inabitual letargia.

Fosse por acaso ou intenção, o sargento guarda distância de Melanie. Ela ouve a voz dele gritando trânsito pela manhã, mas ele nunca está à vista quando ela é retirada da cela ou quando é levada de volta. A cada vez, ela sente uma onda de expectativa. Está pronta para brigar com ele de novo, declarar o ódio que lhe tem e desafiá-lo a machucá-la um pouco mais.

Mas ele não entra em sua linha de visão e ela tem de empurrar todos esses sentimentos para dentro como um rato ou coelho às vezes reabsorverá em seu útero um filhote que não pode nascer bem.

Sexta-feira é o dia da Srta. Justineau. Normalmente isso seria motivo de intensa e descomplicada alegria. Desta vez, Melanie sente ao mesmo tempo medo e empolgação. Ela quase devorou a Srta. Justineau. E se a Srta. Justineau estiver zangada por isso e não gostar mais dela?

O início da aula pouco faz para tranquilizá-la. A Srta. J voltou infeliz e preocupada, voltada para si mesma, assim é impossível saber suas emoções. Ela dá bom-dia à turma como um todo, e não a cada menino e menina. Não olha ninguém nos olhos.

Na maior parte do dia, ela testa as crianças com perguntas de respostas curtas e de múltipla escolha. Depois se senta a sua mesa e corrige as respostas, escrevendo a pontuação dos testes em um bloco grande enquanto a turma trabalha na matemática.

Melanie pensa muito na matemática, que termina em poucos minutos. É um cálculo fácil, a maior parte com variáveis únicas. Sua atenção está concentrada na Srta. Justineau e, para seu pavor, ela vê que a Srta. Justineau chora em silêncio enquanto trabalha.

Melanie vasculha freneticamente a própria mente, procurando o que dizer. Algo que reconforte a Srta. J, ou pelo menos a distraia de seu sofrimento. Se é a correção que a está deixando triste, eles podem passar a uma atividade diferente que seja mais fácil e mais divertida.

— Podemos ler umas histórias, Srta. Justineau? — pergunta ela. A Srta. Justineau parece não ter ouvido. Continua a calcular as notas do teste.

Algumas crianças suspiram, dão muxoxos ou se remexem. Podem ver que a Srta. Justineau está triste e claramente pensam que Melanie não devia incomodá-la com pedidos egoístas. Melanie fica firme. Sabe que a turma pode fazer a Srta. J feliz de novo, se ela falar com eles. Seus próprios momentos de felicidade sempre aconteceram ali, desse jeito, então como não seriam os momentos de felicidade da Srta. Justineau também?

Ela tenta de novo.

— Podemos ler os mitos da Grécia antiga, Srta. Justineau? — pergunta ela num tom mais alto.

Desta vez a Srta. J ouve. Levanta a cabeça e a balança.

— Hoje não, Melanie. — Sua voz é tão triste quanto o rosto. Por alguns instantes, ela só olha a turma, quase como se estivesse surpresa por ver a todos ali. — Tenho de terminar essas correções — diz ela.

Mas não volta ao bloco. Fica olhando a turma. Há certo desagrado em seu rosto. É como se ela é que tivesse fazendo contas difíceis, e não eles, e ela tenta alcançar o que simplesmente não pode.

— A quem estou enganando? — pergunta numa voz muito baixa.

Ela rasga os testes, o que é surpreendente, mas as crianças não se importam, porque, quem liga para resultados de testes? Só Kenny e Andrew, quando estão disputando notas, o que é desnecessário e idiota porque Melanie é a melhor da turma e Zoe é a segunda, então os meninos só estão brigando pelo terceiro lugar.

E então a Srta. Justineau rasga o bloco. Rasga algumas páginas de cada vez e os picota até que fiquem pequenos demais e não dê mais para rasgar. Ela larga os pedaços no cesto de papéis, só que são pequenos e leves demais para cair nele direito. Giram no ar, espalham-se, fazem uma bagunça no chão. A Srta. Justineau não se importa. Começa a jogar os pedaços no ar, em vez de largá-los no cesto, e assim eles se espalham ainda mais.

Ela não está exatamente feliz, mas parou de chorar. Isto é um bom sinal.

— Querem ouvir histórias? — pergunta ela à turma.

Todos querem.

A Srta. Justineau pega o livro de mitos gregos no canto dos livros e o leva para a frente da sala. Lê a história de Acteon, que é de dar medo, e de Teseu e do Minotauro, ainda mais apavorante. A pedido de Melanie, ela volta a Pandora, embora esta todos já conheçam. É uma boa maneira de terminar o dia.

Quando entra o pessoal do sargento, a Srta. Justineau não os olha. Fica sentada no canto da mesa dos professores, virando sem parar o livro de mitos gregos nas mãos.

— Adeus, Srta. Justineau — diz Melanie. — A gente se vê logo, assim espero.

A Srta. Justineau levanta a cabeça. Parece que está prestes a dizer alguma coisa, mas dá um solavanco justamente quando alguém — do pessoal do sargento — pega a cadeira de Melanie por trás e solta as travas. A cadeira começa a se virar.

— Preciso desta por um momento — diz a Srta. Justineau. Melanie não consegue mais vê-la, porque foi quase inteiramente virada, mas a voz da Srta. Justineau é alta, como se ela estivesse muito perto.

— Tudo bem. — O soldado parece entediado, como sempre. Ele passa à cadeira de Gary.

— Boa-noite, Melanie — diz a Srta. Justineau. Mas ela não se afasta. Curva-se sobre Melanie, sua sombra caindo nos braços da cadeira e nas mãos da menina.

Melanie sente algo duro e anguloso sendo metido entre suas costas e o encosto da cadeira.

— Aproveite — murmura a Srta. Justineau. — Mas guarde para si.

Melanie se recosta, o máximo que pode, endireitando os ombros nas placas de metal da cadeira. A coisa está metida contra a base de suas costas — inteiramente fora de vista. Ela não sabe o que pode ser, mas é algo que veio da mão da Srta. Justineau. Algo que a Srta. Justineau deu a ela e só a ela.

Melanie fica nessa posição em todo o percurso de volta à cela e enquanto todas as tiras são desamarradas. Não mexe um músculo. Mantém o olhar fixo no chão, sem confiar que poderá olhar nos olhos do pessoal do sargento sem entregar seu segredo.

Só quando eles vão embora, os ferrolhos correm e fecham a porta da cela, é que ela coloca a mão às costas e tira o objeto estranho que foi alojado ali, registrando primeiro seu peso compacto, depois o formato retangular, por fim as palavras na capa.

Histórias que as musas contavam: mitos gregos, de Roger Lancelyn Green.

Melanie solta um ruído estrangulado. Não consegue evitar, embora isso possa atrair o pessoal do sargento de volta à cela para ver o que ela está fazendo. Um livro! Um livro só dela! E *este* livro! Ela passa as mãos pela capa, folheia, vira o livro nas mãos para ver de cada ângulo. Cheira o livro.

Isto se revela um erro porque o livro tem o cheiro da Srta. Justineau. Por cima, mais forte, o cheiro de química de seus dedos, amargo e horrível como sempre; mas por baixo, um pouco, e nas páginas em seu miolo, o cheiro quente e humano da própria Srta. Justineau.

A sensação — a fome torturante e aguda — dura muito tempo. Mas não é tão forte quanto a que Melanie teve quando sentiu o cheiro da própria Srta. J, bem perto dela, sem spray químico nenhum. Ainda é de dar medo — uma rebelião de seu corpo contra a mente, como se ela fosse Pandora querendo abrir a caixa e, sem importar quantas vezes dissessem para não fazer, ela simplesmente foi feita assim e *tem* de abrir, não pode se conter. Mas finalmente Melanie se acostuma com o cheiro como as crianças no chuveiro dos domingos se acostumam com o cheiro das substâncias químicas. Não passa exatamente, mas não a atormenta da mesma maneira; torna-se de certo modo invisível, só porque não muda. A fome diminui cada vez mais e, quando passa inteiramente, Melanie ainda está ali.

O livro também ainda está ali; Melanie lê até o amanhecer e mesmo quando tropeça nas palavras ou tem de adivinhar o que significam, ela está em outro mundo.

Ela vai pensar nisso depois – só um dia depois – quando o mundo que ela conhece desaparecer.

14

A SEGUNDA-FEIRA VEM E VAI e a lista que a Dra. Caldwell pediu não aparece. Justineau não falou com ela, nem mandou um memorando. Não explicou o atraso nem pediu uma prorrogação.

Claramente, pensa Caldwell, sua primeira avaliação estava correta. A identificação emocional de Justineau com as cobaias está interferindo no desempenho de seus deveres. E como os deveres de Justineau são para com Caldwell, entram na conta dos planos clínicos de Caldwell e esta precisa levar a sério essa negligência.

Ela apela a seu banco de dados das cobaias. Por onde começar? Caldwell procura motivos para que o *Ophiocordyceps* tenha mostrado uma clemência improvável neste pequeno número de casos. A maioria dos infectados com o patógeno experimenta seu pleno efeito quase instantaneamente, minutos depois, no máximo horas, quando o senso e a consciência de si se desativam permanente e irrevogavelmente. Isto acontece mesmo antes que os filamentos do fungo penetrem no tecido do cérebro; suas secreções, mimetizando os neurotransmissores do cérebro, fazem a maior parte do trabalho sujo. Mínimas bolinhas químicas de demolição batendo no edifício do self até que ele racha e esfarela, desintegrando-se. O que resta é um brinquedo de corda, que só se mexe quando o *Cordyceps* gira a chave.

Essas crianças foram infectadas há poucos anos, e ainda podem pensar e falar. Até aprender. E seus cérebros estão em condições razoáveis; os filamentos de micélio estão amplamente dispersos pelo tecido nervoso, mas não parecem capazes de se alimentar dele. Há algo na química corporal das crianças que retarda tanto a disseminação do fungo como a virulência de seus efeitos.

Imunidade parcial.

Se conseguir descobrir o motivo, Caldwell estará a meio caminho – *pelo menos* meio caminho – de uma cura completa.

Quando Caldwell pensa na questão desta forma, a decisão é tomada por ela. Precisa começar pela criança que mostra a menor deterioração de todas. A criança que, apesar de ter uma alta concentração de matéria micótica no sangue e nos tecidos, como todos os outros, e mais até do que a maioria, de algum modo retém um QI de gênio.

Ela precisa começar por Melanie.

15

O SARGENTO PARKS RECEBE SUAS ORDENS e está prestes a passá-las hierarquia abaixo. Mas na verdade não há motivos para que não as cumpra ele mesmo. Ele dobrou as varreduras no perímetro desde que ouviu a história dolorosa de Gallagher, com medo de que os lixeiros pudessem ter alguma incursão em mente, e assim seu pessoal estava cansado e tenso. Uma combinação ruim.

Ainda havia meia hora antes que o circo diário fosse armado. Como oficial de serviço, ele assina a saída das chaves do armário de segurança. Depois contra-assina como comandante da base. Tira o aro grosso do gancho e vai para o bloco.

Lá seus ouvidos são assaltados pela fanfarra hiperativa da "Abertura 1812". Ele desliga essa besteira. Foi ideia de Caldwell tocar música aos monstros quando estivessem nas celas, por um impulso vagamente benevolente — a música acalma os selvagens, ou uma asneira dessas. Mas eles eram limitados à música que conseguiam encontrar e grande parte dela não recaía na categoria calmante.

No silêncio mais acentuado pelo contraste, Parks anda pelo corredor até a cela de Melanie. Ela está olhando pela grade. Ele acena para ela se afastar.

— Trânsito — diz-lhe ele. — Vá se sentar na cadeira. Agora.

Ela obedece e ele destranca a porta. O regulamento determina que pelo menos duas pessoas estejam presentes quando se amarram ou soltam as crianças das cadeiras, mas Parks está confiante de que pode fazer isso sozinho. Sua mão está na coronha da pistola, mas ele não a saca. Imagina que o hábito de incontáveis manhãs entrará em operação automaticamente.

A garota o encara com aqueles olhos grandes e quase sem pálpebras – umas manchas de cinza no azul-bebê lembrando-o do que ela é, caso ele um dia se dispusesse a deixar que lhe escapasse da mente.

– Bom-dia, sargento – diz ela.

– Mantenha as mãos nos braços da cadeira – diz-lhe ele. Ele não precisa dizer isso. Ela não se mexe. A não ser pelos olhos, acompanhando-o enquanto ele prende a mão direita, depois a esquerda.

– É cedo – diz Melanie. – E você está sozinho.

– Você vai para o laboratório. A Dra. Caldwell quer ver você.

A garota fica muito quieta por um ou dois segundos. Ele agora trabalha em suas pernas.

– Como Liam e Marcia – diz ela por fim.

– É. Como os dois.

– Eles não voltaram. – Há um tremor na voz da garota. Parks termina com as pernas, não responde. Não é o tipo de coisa que pareça precisar de uma resposta. Ele se endireita de novo e aqueles olhos grandes e azuis estão fixos nele.

– Eu vou voltar? – pergunta Melanie.

Parks dá de ombros.

– A decisão não é minha. Pergunte à Dra. Caldwell.

Ele contorna a cadeira e encontra a tira do pescoço. Esta é a parte em que é preciso ficar muito atento. É fácil colocar a mão ao alcance dos dentes, se você ficar de guarda baixa. Parks não fica.

– Quero ver a Srta. Justineau – diz Melanie.

– Diga isso à Dra. Caldwell.

– Por favor, sargento. – Ela torce a cabeça, no pior momento possível, e ele é obrigado e retirar a mão repentinamente, saindo de alcance, deixando cair a tira, que só está pela metade na fivela.

– De cara para frente! – Ele a censura. – Não mexa a cabeça. Sabe que não deve fazer isso!

A garota olha para frente.

– Desculpe – diz ela mansamente.

– Bom, não repita isso.

— Por favor, sargento — murmura ela. — Quero vê-la antes de ir. Assim ela vai saber onde estou. Podemos esperar? Até ela vir?

— Não. — Parks aperta a tira do pescoço. — Não podemos. — A garota agora está segura e ele pode relaxar. Ele vira a cadeira, apontando-a para a porta.

— Por favor, Eddie — diz Melanie rapidamente.

A mera surpresa o faz parar. Parece que uma porta acaba de bater em seu peito.

— O quê? O que você disse?

— Por favor, Eddie. Sargento Parks. Me deixe falar com ela.

O monstrinho descobriu seu nome de algum jeito. Ela está tentando entrar de fininho para dentro de sua guarda, agitando seu nome como uma bandeira branca. *Não quero lhe fazer mal.* Parece uma daquelas pinturas que parecem uma porta verdadeira, numa parede real aberta bem na sua frente, com um bicho-papão olhando dela de banda. Ou quando você vira uma pedra, vê umas coisas se arrastando ali e uma delas acena para você e diz: "Oi, Eddie!"

Ele não consegue evitar. Baixa a mão e aperta o pescoço dela — o que é uma infração tão grande ao regulamento quanto Justineau afagando a garota como uma porra de bicho de estimação.

— Nunca mais faça isso — diz ele, entre os dentes arreganhados. — Nunca mais use meu nome.

A garota não responde. Ele percebe a força com que aperta sua traqueia. Provavelmente ela não pode responder. Ele tira a mão — que treme muito — e a recoloca onde deve ficar, no punho da cadeira de rodas.

— Vamos ver a Dra. Caldwell agora — diz Parks. — Se tiver alguma pergunta, guarde para ela. Não quero ouvir nem mais um pio de você.

E ele não ouve.

16

Em parte é assim porque a próxima coisa que ele faz é empurrar a cadeira pela porta de aço e – de costas o tempo todo, bum, bum, bum – subir a escada depois da porta.

Para Melanie, isto é como velejar na beira do mundo.

A porta de aço marcava o horizonte mais distante de sua experiência desde que ela se entende por gente. Ela sabe que deve ter passado por ali em algum momento no passado distante, mas isso parece uma história de um livro muito velho, escrito numa língua que ninguém mais sabe falar.

Parece mais aquela passagem da Bíblia que a Dra. Selkirk leu para eles uma vez, quando Deus faz o mundo. Não Zeus, mas o outro deus.

Os degraus. O espaço vertical por onde eles sobem (como o corredor, mas se estende até o fim, apontando para cima). O cheiro do espaço, enquanto eles sobem cada vez mais, e o cheiro do desinfetante químico das celas começam a se esvair. Os barulhos de fora, vindo de cima deles por uma porta que não está bem fechada.

O ar. E a luz. Enquanto o sargento empurra a porta com as costas e a arrasta para o dia.

Porque o ar é quente e respira; move-se contra a pele de Melanie como algo que está vivo. E a luz é tão intensa que parece que alguém largou o mundo num barril de óleo e ateou fogo.

Ela morava na caverna de Platão, olhando as sombras na parede. Agora foi virada para a frente do fogo.

Um som é forçado para fora de Melanie. Uma exalação dolorosa do meio de seu peito – de um lugar escuro e úmido que tem gosto de química amarga e o travo de acetona de um pincel atômico de quadro-branco.

Ela fica flácida. O mundo é despejado por seus olhos e ouvidos, o nariz, a língua, a pele. Há demais dele e não para de chegar. Ela parece o ralo do canto do chuveiro. Ela fecha os olhos, mas a luz ainda bate em suas pálpebras, criando desenhos de uma dança de cores estreladas em seu cérebro. Ela abre os olhos.

Ela resiste, confere e começa a entender.

Eles passam por prédios feitos de madeira e metal brilhante, armados em fundações de concreto. Todos os prédios têm o mesmo formato, retangulares e maciços, e a maioria é da mesma cor – verde-escuro. Ninguém se esforçou para que ficassem bonitos. O que importa é sua função.

O mesmo pode ser dito da cerca de tela que se ergue ao longe a uma altura de quatro metros, encerrando completamente todas as estruturas que Melanie consegue ver. É encimada por arame farpado, mantido para fora da cerca principal em um ângulo de cerca de trinta graus por postes de concreto dobrados.

Eles passam por alguns homens do sargento, que os observam ir e às vezes erguem a mão para saudar o sargento. Mas não lhe falam nada e não saem de onde estão. Eles seguram os fuzis preparados. Observam a cerca e os portões na cerca.

Melanie deixa que esses dados corram por sua mente. Seus possíveis significados se formam espontaneamente nos pontos de confluência.

Eles chegam a outro prédio, onde dois homens do sargento montam guarda. Um dos dois abre a porta para eles. O outro – um homem de cabelo vermelho – o cumprimenta vividamente.

– Precisa de guarda para esta, senhor? – pergunta ele.

– Se precisar de alguma coisa, Gallagher, eu mesmo pedirei – grunhe o sargento.

– Sim, senhor!

Eles entram e de imediato se altera o som dos passos do sargento, fica mais alto, com uma reverberação oca. Eles estão sobre ladrilhos. O sargento espera e Melanie sabe o que ele está esperando.

Este é um chuveiro, como aquele do bloco. O spray químico começa, despejando-se nos dois.

Demora mais do que a ducha normal do bloco. Os chuveiros aqui se mexem, deslizando pelas paredes em trilhos de metal, direcionando-se enquanto descem para borrifar cada centímetro de seus corpos de cada lado.

O sargento suporta isso de cabeça baixa e olhos bem fechados. Melanie, que está acostumada com a dor e sabe que os olhos vão arder estejam fechados ou abertos, continua olhando. Ela vê que existem persianas de aço no final da área da ducha através das quais eles acabaram de entrar. Um simples mecanismo de catraca permite que sejam erguidas ou baixadas pelo giro de uma maçaneta. Este prédio pode ser isolado da base lá fora, pode se tornar uma fortaleza. O que acontece aqui deve ser muito, mas muito importante.

E o tempo todo Melanie tenta ao máximo não pensar em Marcia e Liam. Tem medo do que pode acontecer com ela aqui. Tem medo de nunca mais voltar a seus amigos, à sala de aula e à Srta. Justineau. Talvez seja o medo, mesmo sendo novidade, que a faz ter uma consciência tão aguda do ambiente. Ela registra tudo o que vê. Também faz o que pode para memorizar tudo, em especial a rota que tomaram. Quer poder encontrar o caminho de volta, se em algum momento estiver livre para fazer isso.

O spray químico pinga, cospe e para. O sargento empurra a cadeira para a frente, passa por duas portas de vaivém, por um corredor, por outra porta sobre a qual brilha uma lâmpada vermelha. Uma placa na porta diz: PROIBIDA A ENTRADA DE PESSOAL NÃO AUTORIZADO. O sargento para ali, aperta uma campainha e espera.

Depois de alguns segundos, a porta é aberta de dentro pela Dra. Selkirk. Ela está com seu jaleco branco de sempre, mas também usa luvas de plástico verde e no pescoço tem uma coisa que parece um colar de algodão branco. Agora ela o levanta com um puxão do indicador e do polegar. É uma máscara, feita de gaze branca, que cobre a parte inferior de seu rosto.

— Bom-dia, Dra. Selkirk — diz Melanie.

A Dra. Selkirk a olha por um momento como se decidisse se responderia ou não. No fim, limita-se a assentir. Depois ri. É um som oco e infeliz, pensa Melanie. O riso que se solta quando se apaga um erro numa conta que se estava fazendo e por acaso o papel se rasga.

— Correio — diz o sargento Parks laconicamente. — Onde quer que ponha isso?

— Muito bem — diz a Dra. Selkirk, com a voz abafada pela máscara. — Sim. Pode trazê-la para dentro. Estamos prontas para ela. — Ela dá um passo de lado e abre bem as portas para o sargento empurrar Melanie para dentro.

A sala é a coisa mais estranha que Melanie já viu. É claro que ela começa a perceber que não viu tanto assim, mas há mais coisas aqui da variedade mais desconcertante do que ela teria pensado que o mundo podia conter. Vidros, tanques, garrafas e caixas; superfícies de cerâmica branca e aço inox que brilham à radiação severa de lâmpadas fluorescentes no alto.

Parte das coisas nos vidros parece pedaços de gente. Algumas são de animais. Mais perto dela tem um rato (ela reconhece de uma ilustração num livro) suspenso de cabeça para baixo num líquido claro. Cordões cinza e finos como cadarços — centenas deles — explodiram da cavidade corporal do rato e encheram a maior parte do espaço interno do vidro, enrolados frouxamente no pequeno cadáver, como se o rato tivesse decidido tentar ser um polvo e não soubesse como parar.

Um vidro do lado do rato tinha um globo ocular com fitas espalhafatosas de tecido nervoso por trás.

Essas coisas encheram a mente de Melanie de uma suspeita desenfreada. Ela não diz nada, apreendendo tudo.

— Transfira-a para a bancada, por favor. — Não é a Dra. Selkirk que diz isso, é a Dra. Caldwell. Ela está junto da bancada na extremidade da sala, arrumando objetos de aço reluzentes em uma ordem exata. Toca alguns várias vezes, como se a distância e os ângulos entre eles tivessem muita importância.

— Bom-dia, Dra. Caldwell — diz Melanie.

— Bom-dia, Melanie — diz a Dra. Caldwell. — Bem-vinda a meu laboratório. A sala mais importante da base.

Com a ajuda da Dra. Selkirk, o sargento transfere Melanie de sua cadeira para uma mesa alta no meio da sala. É uma manobra complexa. Eles desamarram suas mãos dos braços da cadeira e as algemam a sua frente. Fecham seus pés numa trava. Depois desfazem a tira do pescoço e a erguem para a mesa. Ela não pesa quase nada, então eles não têm muita dificuldade para carregá-la.

Depois que ela está sentada na mesa, eles amarram seus pés no arnês baixo de cada lado, que a Dra. Selkirk ajusta cuidadosamente para que fiquem direito. Depois retiram a trava, que não é mais necessária.

— Deite-se, Melanie — diz a Dra. Caldwell. — E estenda as mãos. — As mulheres pegam as mãos de Melanie e, enquanto o sargento abre as algemas, colocam os pulsos cuidadosamente em mais dois arneses. A Dra. Caldwell os prende.

Melanie agora está inteiramente imóvel, além da cabeça. Fica agradecida por não ter tira no pescoço, como na cadeira.

— Precisa de mim? — pergunta o sargento à Dra. Caldwell.

— Enfaticamente, não.

O sargento empurra a cadeira para a porta. Melanie apreende este fato e o entende corretamente. Não precisará mais da cadeira. Não vai voltar a sua cela. As *Histórias que as musas contavam* está debaixo de seu colchão e a primeira coisa que passa por sua cabeça é que talvez ela nunca mais o veja. Aquelas páginas com o cheiro da Srta. Justineau são agora, e talvez para sempre, inacessivelmente distantes.

Ela quer gritar para o sargento esperar — ou lhe pedir para levar um recado à Srta. Justineau. Não consegue dizer uma palavra. Temores se amontoam nela. Está em território desconhecido e teme o futuro vago e inescrutável em que a precipitam antes que esteja pronta. Ela quer que seu futuro seja como o passado, mas sabe que não será. O conhecimento se assenta como uma pedra no estômago.

As portas se fecham nas costas do sargento. As duas mulheres começam a despi-la.

Usam tesouras, isolando-a de sua roupa de algodão.

17

Para Helen Justineau, a primeira sugestão de que há algo errado vem quando ela anda pelo corredor, saindo da ducha para a sala de aula. Ela procura a cara de Melanie na janelinha de sua porta, mas Melanie não aparece.

Ela destranca a sala de aula e fica junto de sua mesa enquanto as crianças são trazidas, uma por uma. Ela cumprimenta cada uma delas. A vigésima criança (vigésima primeira até Marcia ser levada) deve ser Melanie, mas é Anne. Um dos soldados impassíveis a deposita e imediatamente vai para a porta.

— Espere — diz Justineau.

O soldado para e se vira para ela com um mínimo de civilidade.

— Sim, senhora?

— Onde está Melanie?

Ele dá de ombros.

— Uma das celas estava vazia. Fui à cela seguinte. Algum problema?

Justineau não responde. Ela sai da sala, anda pelo corredor. Vai à cela de Melanie. Nada a ser visto ali. A porta da cela fica aberta. A cama e a cadeira estão vazias.

Nada nisso parece certo. O soldado está a suas costas, perguntando mais uma vez se há algum problema. Ela o ignora e vai para a escada.

O sargento Parks está no alto, falando em voz baixa com um grupo de três soldados que parecem muito assustados — muito diferente do costume. Em outra época, isso poderia fazer Justineau parar. Em outra época, ela pelo menos esperaria que ele terminasse, mas arremete diretamente para ele.

– Sargento, Melanie foi transferida?

Parks a vira subir a escada, mas agora a olha como se só então registrasse de quem se tratava.

– Desculpe, Srta. Justineau – diz ele. – Temos uma emergência. Potencial. Localizamos um grande número de famintos perto do perímetro.

– Melanie foi transferida? – repete Justineau.

O sargento Parks tenta de novo.

– Se voltar para a sala de aula, podemos conversar sobre isso assim que...

– Responda. Onde ela está?

Parks vira a cara, só por um segundo, depois a olha em cheio nos olhos.

– A Sra. Caldwell pediu que ela fosse levada ao laboratório.

O estômago de Justineau está em queda livre.

– E você... Você a levou? – pergunta ela feito uma idiota.

Ele assente,

– Há cerca de meia hora. Eu a teria avisado, evidentemente, mas a aula não tinha começado e eu não sabia onde você estava.

Mas ela devia ter entendido assim que viu a cela vazia. Depois de a questão ser verbalizada, fica tão patente que ela se xinga por desperdiçar aqueles poucos e preciosos minutos. Ela parte numa correria ao complexo do laboratório. Parks está gritando com ela – algo sobre a necessidade de ficar ali dentro –, mas haverá tempo para ele depois.

Se ela estiver atrasada, haverá todo o tempo da merda inútil do mundo.

18

A Dra. Caldwell e a Dra. Selkirk lavam todo o corpo de Melanie, completamente, com um sabonete desinfetante que tem o mesmo cheiro do spray das duchas. Ela se submete a isso em silêncio, com a mente em disparada.

— Gosta de aprender ciências, Melanie? — pergunta-lhe a Dra. Caldwell. A Dra. Selkirk lança um olhar ligeiramente assustado à Dra. Caldwell.

— Gosto — responde Melanie com cautela.

Quando ela está limpa, a Dra. Caldwell pega uma espécie de ferramenta com o tamanho aproximado de um apagador de quadro-negro. A Dra. Caldwell a aperta e ela começa a zumbir na sua mão. Ela a coloca na lateral da cabeça de Melanie, desenha linhas retas e curtas em seu couro cabeludo. Provoca vibrações na pele de seu crânio.

Melanie está prestes a perguntar o que é isso, mas então vê a Dra. Selkirk levantar um punhado de cabelo louro e largá-lo numa lixeira plástica.

A Dra. Caldwell é meticulosa, percorrendo toda a cabeça de Melanie duas vezes. Na segunda vez pressiona com mais força e realmente dói, só um pouco. A Dra. Selkirk recolhe mais tufos do cabelo de Melanie. Depois ela limpa a mão cuidadosamente com uma toalha de papel úmida tirada de um suporte na parede.

A Dra. Caldwell aplica uma tinta azul no couro cabeludo de Melanie, de um pote de plástico com o rótulo GEL BACTERICIDA E2J. Melanie tenta imaginar como deve estar agora, careca e azul. Ela deve estar meio parecida com um guerreiro picto. O Sr. Whitaker mostrou a eles umas imagens dos pictos, uma vez em que sua voz estava arrastada e ele não conseguia parar de rir da expressão *pinturas de pictos*.

Se alguém entrava em batalha nu, os pictos diziam que estava vestido com o céu. Melanie quase nunca ficava nua; não é uma sensação agradável, conclui ela; deixa-a vulnerável e envergonhada.

— Não gosto — diz ela.

— O quê? — A Dra. Caldwell baixa o pincel e limpa os dedos no jaleco branco, deixando riscos azul-celestes.

— Não gosto de aprender ciências. Quero voltar para a sala de aula, por favor.

A Dra. Caldwell a olha nos olhos, pela primeira vez.

— Acho que isto não é possível. Feche os olhos, Melanie.

— Não. — Melanie tem certeza de que, se fechar, a Dra. Caldwell fará alguma coisa ruim com ela. Alguma coisa que vai doer.

E de repente, como se visse do outro lado de uma ilusão de ótica, ela sabe que coisa será. Elas vão cortá-la e colocar os pedaços num vidro, como aquelas partes de outras pessoas em volta dela.

Melanie joga seu peso nas amarras, luta desesperadamente, mas elas não se mexem nada.

— Vamos tentar um pouco de isoflurano? — pergunta a Dra. Selkirk. Sua voz é instável. Ela parece estar a ponto de chorar.

— Eles não reagem — diz a Dra. Caldwell. — Você sabe disso. Recuso-me a desperdiçar uma de nossas últimas ampolas de anestésico geral para que a cobaia experimental fique vagamente sonolenta. Lembre-se, por favor, doutora, que a cobaia parece uma criança, mas na realidade é uma colônia micótica animando o corpo de uma criança. Não há lugar para sentimentos aqui.

— Não — concorda a Dra. Selkirk. — Eu sei.

Ela pega uma faca, de um tipo que Melanie nunca viu. Tem um cabo muito comprido e uma lâmina muito curta — a lâmina é tão fina que quando está com o gume virado para ela, fica quase invisível. Ela estende para a Dra. Caldwell.

— Quero voltar para a sala de aula — diz Melanie novamente.

A faca escorrega pelos dedos da Dra. Selkirk e cai no chão pouco antes de a Dra. Caldwell conseguir pegá-la. Faz um tinido ao bater e mais uma vez, quando quica.

— Desculpe, desculpe — gane a Dra. Selkirk. Ela se curva para pegar, hesita, endireita-se novamente e pega outra na bandeja de instrumentos. Ela se retrai com o olhar feio da Dra. Caldwell ao entregá-la.

— Se o barulho estiver perturbando você — diz a Dra. Caldwell —, removerei a faringe primeiro. — E ela coloca o gume frio da lâmina no pescoço de Melanie.

— Será a última merda que você vai fazer na vida — diz a voz da Srta. Justineau.

As duas mulheres param seu trabalho e olham a porta. Melanie no início não consegue, porque, se levantar a cabeça, vai cortar o próprio pescoço na lâmina da faca. Mas então a Dra. Caldwell afasta a mão e ela fica livre para entortar o pescoço e dar uma espiada.

A Srta. Justineau está parada na soleira. Segura alguma coisa — um cilindro vermelho com um tubo preto preso de um lado. Parece bem pesado.

— Bom-dia, Srta. Justineau — diz Melanie. Ela está tonta de alívio, mas as palavras ridículas e inadequadas estão impressas dentro dela. Não poderia reprimi-las, mesmo que tentasse.

— Helen — diz a Dra. Caldwell. — Entre, sim? E feche a porta. Este não é exatamente um ambiente asséptico, mas fazemos o melhor possível.

— Baixe o bisturi — diz a Srta. Justineau. — Agora.

A Dra. Caldwell franze a testa.

— Não seja ridícula. Estou no meio de uma dissecação.

A Srta. Justineau avança pela sala, parando somente quando chega à ponta da mesa onde os pés descalços de Melanie estão amarrados.

— Não — diz ela —, você está no começo de uma dissecação. Se estivesse no meio dela, não estaríamos nos falando agora. Baixe o bisturi, Caroline, e ninguém vai se machucar.

— Ah, meu Deus — diz a Dra. Caldwell. — Isso não vai terminar bem, não é?

— Só depende de você.

A Dra. Caldwell olha de banda a Dra. Selkirk, que não fez nenhum movimento nem disse nada desde que a Srta. Justineau entrou na sala. Só fica parada ali com a boca meio aberta, as mãos cerradas no peito. Parece alguém que olha fixamente o relógio de um hipnotizador e está prestes a sucumbir.

— Jean — diz a Dra. Caldwell. — Chame a segurança, por favor, e diga para virem retirar Helen da sala de cirurgia.

A Dra. Selkirk olha rapidamente o telefone na bancada e dá meio passo na direção dele. A Srta. Justineau gira um pouco mais rápido e dispara o extintor de incêndio no telefone. O fone se quebra em dois com um barulho seco e complexo de esmagado. A Dra. Selkirk pula para trás.

— Isso, olhe bem para ele, Jean — diz-lhe a Srta. Justineau. — Da próxima vez que se mexer, vai levar bem na sua cara.

— E você fará a mesma ameaça se eu tentar chegar à porta, ou à janela, imagino — diz a Dra. Caldwell. — Helen, não creio que você esteja raciocinando direito. Não importa realmente se eu encerrar este procedimento ou não. Pode tirar Melanie do laboratório, mas não poderá retirá-la da base. Todos os portões têm guardas e fora dos portões estão as patrulhas do perímetro. Não tem como você impedir isto.

A Srta. Justineau não responde, mas Melanie sabe que a Dra. Caldwell está errada. A Srta. Justineau pode fazer o que quiser. Ela é como Prometeu e a Dra. Caldwell é como Zeus. Zeus pensou que era grande e inteligente porque era um deus, mas o titã não teve nenhum medo dele. É claro que, na história, os titãs perderam no final — mas Melanie não tem dúvida de quem vai vencer esta batalha.

— Darei um passo de cada vez — grunhe a Srta. Justineau. — Jean, solte as amarras.

— Não — diz rapidamente a Dra. Caldwell —, não faça nada disso. — Ao falar, ela lança um olhar breve e feroz à Dra. Selkirk, depois volta toda sua atenção à Srta. Justineau.

E abranda no mesmo instante.

— Helen, você não está bem. A situação aqui nos colocou a todos sob uma tensão terrível. E esta fantasia de resgatar a cobaia... Bom, faz parte de sua reação a esse estresse. Somos todos amigos e colegas. Ninguém será denunciado. Ninguém será punido. Vamos resolver isto, porque na verdade não há nenhuma alternativa.

A Srta. Justineau hesita, aquietada por esta gentileza.

— Vou baixar o bisturi — diz a Dra. Caldwell. — Estou pedindo a você que faça o mesmo com sua... arma.

E a Dra. Caldwell faz o que prometeu. Ela mostra o bisturi, segura-o no alto por um segundo, depois o baixa na beira da mesa, perto do lado esquerdo de Melanie. Faz isso lentamente, com um cuidado exagerado. Então a Srta. Justineau está olhando a mão com o bisturi. É claro que está.

Com a outra mão, a Dra. Caldwell pega alguma coisa pequena e brilhante no bolso do jaleco.

— Srta. Justineau! — Melanie grita. É tarde. Tarde demais.

A Dra. Caldwell joga a coisa brilhante na cara da Srta. Justineau. Ouve-se um barulho parecido com o silvo do spray da ducha e vem um cheiro no ar que é acre, cáustico, tira seu fôlego. A Srta. Justineau gorgoleja, o som é interrompido muito de repente. Larga o extintor de incêndio e está passando as mãos no rosto. Cai lentamente de joelhos, depois vira de lado no chão do laboratório, onde se contorce, soltando ruídos de quem está sufocando.

A Dra. Caldwell a olha desapaixonadamente.

— Agora vá chamar a segurança — diz ela à Dra. Selkirk. — Quero esta mulher sob prisão militar. A acusação será tentativa de sabotagem.

Melanie arria de volta à mesa com um gemido de angústia — por si mesma e pela Srta. Justineau. O desespero a toma, deixa-a pesada feito chumbo.

A Dra. Selkirk parte para a porta, mas isto significa que tem de contornar a Srta. Justineau, que ainda está de joelhos, ofegante e gemendo ao tentar recuperar o fôlego pelo miasma ardente do que a Dra. Caldwell jogou nela. É denso no ar e a Dra. Selkirk começa a tossir também.

Perdendo inteiramente a paciência, a Dra. Caldwell estende a mão para pegar o bisturi.

Mas nessa hora acontece algo que a faz parar. Duas coisas, na verdade. A primeira é uma explosão, alta o suficiente para fazer as janelas tremerem nos caixilhos. A segunda é um grito de furar os tímpanos, como de cem pessoas berrando ao mesmo tempo.

A cara da Dra. Selkirk primeiro fica confusa, depois apavorada.

— Isto é a evacuação geral — diz ela — Não é? É a sirene de evacuação?

A Dra. Caldwell não perde tempo numa resposta. Atravessa a sala até a janela e sobe as persianas.

Melanie se senta de novo, o máximo que pode, mas está baixo demais. O que ela pode ver é principalmente o céu do lado de fora.

As duas doutoras estão olhando pela janela. A Srta. Justineau ainda está no chão, com as mãos coladas ao rosto, as costas e os ombros tremem. Está desligada de tudo, exceto de sua dor.

— O que está havendo? — A Dra. Selkirk berra. — Tem gente andado por ali. E eles...

— Não sei — vocifera a Dra. Caldwell. — Vou baixar as persianas de emergência. Podemos aguentar aqui até o aviso de liberação.

Ela estende a mão para fazer isso. Põe a mão no interruptor.

É quando a janela se espatifa.

E um bando de famintos sobe pelo peitoril.

19

Muito antes de o sargento Parks pensar em algum contra-ataque, as cercas foram derrubadas.

Não acontece com tanta rapidez; é apenas implacável. Os famintos que Gallagher localizou nas árvores do perímetro leste de repente saem dali numa correria desabalada. Não estão perseguindo nada, só correm – e o caráter estranho disso talvez faça Parks hesitar por um ou dois segundos, tentando entender a situação.

Depois o vento muda e o cheiro o atinge. Uma onda de fedor de decomposição, tão intensa que é quase um murro na cara. Os soldados dos dois lados dele ofegam. Alguém xinga.

E o cheiro diz a ele, mesmo antes de ele ver. Há mais. Muito mais. Este é o cheiro de toda a horda de famintos, um maldito maremoto de famintos. São demais para deter.

Assim, a única opção é reduzir seu ritmo. Enfraquecer a investida precipitada antes que chegue à cerca.

– Apontar nas pernas – grita ele. – No automático. – Depois: – Fogo!

Os soldados obedecem. O ar se enche da pontuação furiosa de suas armas. Os famintos caem e são pisoteados por outros que vêm atrás. Mas são demais e estão muito perto. Isso não vai detê-los.

Então Parks vê outra coisa, no fundo da muralha de zumbis em movimento. Lixeiros com proteção corporal tão grossa que cada um deles parece o homem da Michelin. Alguns carregam lanças. Outros brandem o que parecem ferros para marcar boi, que eles batem no pescoço ou nas costas de qualquer faminto que seja mais lento. Pelo menos dois deles seguram lança-chamas. Jatos de fogo disparam para a margem direita e esquerda dos famintos e os impedem de se afastar demais do alvo.

Que são a cerca e a base depois dela.

Duas escavadeiras também rolam pelos flancos da horda, suas lâminas posicionadas obliquamente. Quando os famintos errantes nas bordas se aproximam demais, ou voltam para a massa central, ou são arrebanhados.

Isso não é um estouro. É uma condução de boiada.

– Ah, meu Deus! – diz o soldado Alsop numa voz estrangulada. – Ah, meu Jesus!

Parks perde outro instante admirando a genialidade do assalto. Usar os famintos como aríete, como armas de guerra. Ele se pergunta como os lixeiros reuniram tantos, onde os encurralaram antes desta marcha forçada, mas isso é só logística. A ideia de fazer algo assim – não falta grandiosidade nela.

– Mirem nos vivos! – berra ele. – Nos lixeiros! Fogo nos lixeiros! – Mas eles tinham atirado apenas algumas rajadas irregulares quando ele gritou a ordem de recuar, de se afastar da cerca.

Porque a cerca vai ceder e eles ficarão até o pescoço em canibais podres.

Eles se retiram em ordem e interrompem os disparos.

A onda se quebra. Nem mesmo é lenta. Famintos batem a toda na tela e nos pilares de concreto que a escoram. A cerca se curva para dentro, geme e range, mas parece aguentar. As fileiras da frente de cadáveres ambulantes se debatem sem sair do lugar.

Mas um número cada vez maior de famintos chega atrás deles, empurrando, transmitindo seu próprio peso e ímpeto ao ponto de impacto, a frágil barricada de tela de metal.

Os próprios postes de concreto começam a tombar feito bêbados. Um trecho da cerca desce, de repente inútil, enquanto um poste cai em cheio no chão, junto com o torrão hemisférico de terra.

Dezenas dos não-sabem-que-estão-mortos descem com ela, pisoteados, triturados e comprimidos a um carne moída. Mas há muitos outros de onde vieram. Eles avançam, seus pés de pistão espancando os restos dos caídos.

E, com essa rapidez, os famintos passam.

20

Justineau tenta se levantar. Não é fácil, porque suas entranhas estão agitadas, os pulmões estão cheios de ácido e o chão sob seus pés parece o convés de um navio. Sua cara parece ter uma máscara de ferro em brasa, apertada demais sobre o crânio.

Coisas se mexem em volta dela, rapidamente, sem uma narrativa que a acompanhe além da respiração ofegante e um único grito abafado. Ela esteve cega desde que Caldwell a aspergiu e embora a primeira torrente de lágrimas tenha lavado a maior parte do spray de pimenta dos olhos, eles ainda estão inchados e meio fechados. Ela vê formas borradas, chocando-se como destroços na esteira de uma inundação.

Ela pisca furiosamente, tentando desencavar mais alguma umidade de seus dutos lacrimais agora assados.

Duas formas se definem. Uma é Selkirk, a seu lado no chão do laboratório, com as pernas dobrando-se como um canivete num staccato furioso. A outra é um faminto montado nela, metendo seus intestinos derramados na boca em anéis rosados e moles.

Mais famintos se lançam de todos os lados, escondendo Selkirk de vista. Ela é um pote de mel para abelhas pútridas. A última coisa que Justineau vê dela é sua cara inconsolável.

Melanie!, pensa Justineau. *Onde está Melanie?*

A sala é um mar de corpos que se arrastam e agarram. Justineau se afasta do frenesi de alimentação, quase caindo em outro. Perto da janela da sala, Caroline Caldwell luta por sua vida com uma ferocidade silenciosa. Dois famintos que passaram pelo peitoril engatinham de quatro, deixando pedaços de si nas bordas irregulares de cacos de vidro, agarram suas pernas e cobrem seu corpo. Suas mandíbulas funcionam como as pás trançadas de escavadeiras mecânicas.

Caldwell tem as mãos no alto de suas cabeças, como se as benzesse, mas na realidade ela as empurra com a maior força que pode, tentando desesperadamente impedir que eles se curvem para frente e cravem os dentes nela. Ela perde essa batalha, centímetro por centímetro.

Justineau encontra o extintor onde o deixara cair, sua tinta vermelha chamando por ela entre os brancos e o cinza anódinos do laboratório. Ela o pega, vira-se como uma arremessadora de martelo e o gira debaixo do braço. Ele faz contato com um tinido oco e a cabeça de um dos famintos cai de lado, o pescoço quebrando-se perfeitamente. Ainda não se soltou, mas a mão direita de Caldwell está livre porque as mandíbulas da coisa não podem ser empregadas, agora que o pescoço não está mais puxando seu peso.

Com a força e a resolução do mero terror, Caldwell usa a mão livre para pegar um triângulo fino de vidro que ainda está preso ao caixilho da janela e ele se solta. Seu próprio sangue se acumula entre os dedos enquanto ela retalha o outro faminto repetidas vezes, esfolando sua cara do crânio em tiras largas.

Justineau a deixa nisso. Com a janela bem a sua frente, ela pode se orientar. Ela se vira para a mesa de cirurgia. Incrivelmente, sua linha de visão é clara. A maioria dos famintos luta pelos restos de Jean Selkirk, o que significa que estão de quatro, com o focinho no cocho.

A mesa de cirurgia está vazia. As tiras plastificadas que mantinham Melanie imóvel agora pendem inutilmente, inteiramente cortadas. O bisturi que Caldwell baixou antes de usar o spray de pimenta está descartado na cabeceira da mesa.

Justineau olha em volta loucamente. Ela solta uma espécie de gemido que se perde nos bufos líquidos do banquete dos monstros. O caos na sala se decompôs na simplicidade. Selkirk dá o banquete. Caldwell retalha a cara e a parte superior do corpo do faminto que ainda tenta subir nela às cegas, até que ele finalmente despenca, efetivamente descascado.

Melanie não está em lugar nenhum.

Caldwell agora está livre e recolhe freneticamente anotações e amostras com as mãos escorregadias de sangue, tentando empilhar tantas coisas nos braços que elas caem no chão numa cascata estrepitosa. O barulho é alto o suficiente para despertar os famintos que ainda devoram Selkirk. Suas cabeças sobem de repente, viram-se para a esquerda, depois à direita, numa sincronia sinistra.

Caldwell está abaixada sobre um joelho, catando os tesouros caídos. Justineau a pega pela gola e a coloca de pé.

— Vamos! — grita ela. Ou tenta gritar. Mas ela engoliu um pouco do spray de pimenta, então sua língua tem três vezes o tamanho normal. Ela parece Charles Laughton em *O corcunda de Notre Dame*. Não importa. Conduz Caldwell para a porta como uma mãe arrasta um filho teimoso enquanto os famintos levantam-se do chão e pisoteiam o que resta da Dra. Selkirk em sua avidez para alcançar uma nova fonte de comida.

Justineau bate a porta do laboratório na cara deles. Não é trancada, mas isso é um detalhe. Os famintos não são melhores com as trancas do que os cães selvagens. A porta estremece com seus repetidos ataques, mas não se abre.

As mulheres estão num curto corredor, com a unidade de ducha do outro lado. Justineau vai para a ducha e as portas depois dela, que deixa escancaradas quando passa, mas reduz o passo e para antes de chegar lá. No espaço entre este bloco e os galpões de veículos, ocorre um tiroteio desenfreado. Os homens que ela consegue ver abaixando-se, atirando e se protegendo atrás do canto do prédio seguinte não são do sargento Parks, naquele cáqui que ela sempre odiou; são selvagens variados, o cabelo escurecido e esculpido com alcatrão, os facões enfiados nos cintos.

Lixeiros.

Enquanto Justineau ainda está olhando, dois dos homens saltam no ar, numa cambalhota de costas a uma velocidade impossível. O clarão e o rugido da granada vêm meio segundo depois e o tremor peristáltico da onda de choque chega em seguida.

Caldwell aponta outra porta — talvez ela diga alguma coisa também, mas o carrilhão louco nos ouvidos de Justineau bloqueia todos os outros sons. A porta está trancada. Caldwell vasculha os bolsos, deixando curvas de Bézier escuras e vermelhas de sangue no jaleco branco do laboratório. Suas mãos, Justineau vê, estão péssimas, abas de pele penduradas de incisões fundas onde ela segurou o caco de vidro para bater com ele.

Bolso após bolso, Caldwell não encontra a chave. Enfim rasga o jaleco, tenta os bolsos da calça e lá estão. Ela abre a porta e as duas entram no que por acaso é um depósito, repleto de mais ou menos uma dezena de idênticas estantes de aço cinza. É um refúgio.

É uma armadilha. Assim que Caldwell tranca a porta por dentro, Justineau percebe que não pode ficar ali. Melanie estará vagando em algum lugar lá fora, como a Chapeuzinho Vermelho na floresta escura, cercada por homens que disparam armas automáticas.

Justineau precisa encontrá-la. O que significa que precisa sair.

Caldwell se recosta na ponta de uma estante, ou para se recuperar ou se retrair a um espaço interior que é melhor do que este. Justineau a ignora, verifica a sala estreita. Não há outras portas, mas tem uma janela, no alto da parede. Abre-se para ao lado do prédio que fica mais perto da cerca do perímetro e mais distante dos combates. Dali, talvez ela possa correr – de volta ao bloco da sala de aula, aonde Melanie terá ido, se conseguiu encontrar o caminho até lá.

Justineau esvazia a estante mais próxima, jogando no chão caixas e frascos, sacos de gaze cirúrgica, rolos de papel toalha. Caldwell a observa em silêncio enquanto ela empurra a estante para a janela, onde pode servir de escada.

– Eles vão matá-la – diz Caldwell.

– *Ensão sique aqui* – rosna Justineau por sobre o ombro. Mas quando ela começa a subir, Caldwell firma a estante com as mãos em frangalhos – depois sobe atrás dela, emitindo um leve ofegar de dor sempre que tem de segurar o metal frio da estante.

A janela está fechada por uma tranca. Justineau a solta e abre uns centímetros. Lá fora, só um trecho de grama intacta. Os gritos e tiros são amortecidos pela distância.

Ela abre totalmente a janela e passa por ela, caindo na grama. Ainda está úmida do orvalho matinal, frio em seus tornozelos. O caráter normal desta sensação parece um telegrama do outro lado do mundo.

Caldwell tem mais problemas para sair, porque procura não usar as mãos feridas para escorar o próprio peso. Cai pesadamente, incapaz de manter o equilíbrio, e se esparrama na grama. Justineau a ajuda a se levantar, mas não com muita gentileza.

Pelo canto, elas veem o campo de exercícios até o bloco da sala de aulas e o quartel. Há famintos em toda parte, em grupos compactos e correndo intensamente. Justineau pensa que correm ao acaso, mas então vê os pastores lixeiros em sua estranha armadura, conduzindo-os com pontas de lança, Tasers e o bom e antiquado fogo.

Clinicamente, ela observa que os lixeiros estão lambuzados de alcatrão — não apenas o cabelo, mas os braços e as mãos, o tecido de seus coletes de Kevlar. Deve ter um efeito semelhante ao spray de bloqueador E, mascarando o cheiro de seu suor endócrino para que os famintos não se voltem e atravessem esse gradiente químico até os pescoços de seus torturadores.

Mas ela pensa principalmente: *famintos como armas biológicas!* Ganhando ou perdendo, a base está condenada.

— Vou tentar atravessar até o bloco da sala de aula — diz ela a Caldwell. — Você deve esperar alguns segundos, depois vá para a cerca. Pelo menos alguns estarão olhando para o outro lado.

— O bloco da sala de aula é subterrâneo — vocifera Caldwell. — Só há um jeito de entrar ou sair. Você ficará presa.

Que maravilhosa dupla de cientistas elas formam. Reunindo dados conhecidos em inferências válidas. A mente forense se recusa a desistir em face deste completo pesadelo de merda.

Justineau não se incomoda em responder. Apenas corre. Traçou um curso e se prende a ele, bem ao largo do bando mais próximo de famintos enquanto eles passam se arrastando por ela, indo para o quartel. Os lixeiros que os conduzem estão ocupados demais com o que fazem para se virarem para ela.

E seus camaradas, vindo atrás deles, recebem fogo dos dois lados. O pessoal de Parks está usando o terreno, transformando num campo de morte os espaços abertos entre as cabanas de madeira.

Justineau tem de dar uma guinada para se esquivar de três soldados que correm bem na direção dela, de fuzis nas mãos, depois se desvia de outro estouro de famintos. Ela muda de rumo e costura, e só percebe que está perdida quando vira outra esquina e o que está diante dela são uns dez homens de cabelo espigado, braços e pernas pretos e brilhantes de alcatrão que ainda deve estar fluido, disparando de trás de uma barricada improvisada de caçambas de lixo viradas.

Os lixeiros se viram e a veem. A maioria se volta novamente e continua atirando, mas dois imediatamente se levantam e vão na direção dela. Um deles saca uma faca de uma bainha no cinto e a sopesa. O outro só aponta a arma que já porta.

Justineau fica paralisada. Não tem sentido correr, dar as costas à arma, e quando ela tenta pensar em outra reação, seu cérebro é inundado de um fluxo gelado do nada absoluto.

O homem da faca chuta suas pernas, fazendo-a se esparramar. Ele a pega pela manga da camisa, coloca-a de pé e a segura para o outro como se a oferecesse de presente.

— Faça — diz ele.

Justineau levanta a cabeça. Em geral é má ideia olhar nos olhos de um animal selvagem, mas se ela vai morrer de qualquer modo, quer morrer dizendo a ele para ir se foder e — se tiver tempo — exatamente como e onde.

É nos olhos do atirador que ela olha. E ela percebe com um susto quase surreal o quanto ele é jovem. Ainda na adolescência, provavelmente. Ele desloca a arma de sua cabeça e aponta para o peito, talvez porque não queira ir para casa com a imagem da cara estourada da mulher pendurada na galeria de seus sonhos.

Há algo de ritualístico nisso, no modo como o homem mais velho a mantém imóvel e espera que o outro a despache. É um rito de passagem — um momento de criação de laços, talvez, entre um pai e um filho.

O mais novo tenta criar coragem, visivelmente.

Então ele some. É arrancado do chão. Algo escuro, subliminar e rápido o arrebanhou e o levou. Ele se contorce no asfalto, lutando com um inimigo que, apesar de seu tamanho diminuto, cospe, mia e o arranha como todo um saco de gatos enfurecidos.

É Melanie. E ela não fará prisioneiros.

O homem – ou melhor, o garoto – solta um grito que se junta ao gorgolejo fluido enquanto as mandíbulas de Melanie se fecham em seu pescoço.

21

O CHOQUE DAQUELE PRIMEIRO GOSTO DE SANGUE e da carne quente é tão intenso que quase faz Melanie desmaiar. Nada em sua vida foi tão bom. Nem mesmo ter o cabelo acariciado pela Srta. Justineau! A onda de prazer é maior do que ela. A parte dela que consegue pensar curva-se nessa catarata, tenta resistir, e se agarra ao que pode para não ser levada.

Ela tenta lembrar a si mesma o que está em jogo. Ela atacou o homem porque ele ia machucar a Srta. Justineau, e não pelo cheiro irresistível de carne fresca nele; ela não pegou nem um sopro antes de estar montada no homem e mordeu antes de sequer pensar em fazer isso. Seu corpo não precisava de permissão e não estava disposto a esperar. Agora ela morde e rasga e mastiga e engole, as sensações a tomam e a espancam como a torrente de uma queda d'água despejada em um copo bem debaixo dela.

Algo a atinge com força, desalojando-a da presa, de sua refeição. Outro homem está parado sobre ela, curva-se, com uma faca erguida na mão. A Srta. Justineau o ataca por trás, suas mãos batem em sua cabeça. Ele precisa se virar para se defender e Melanie é capaz de ter uma boa pegada de sua perna. Ela se enrola nele, levanta-se do chão sem esforço algum com os braços fortes, grudando-se nele como um molusco.

O homem berra palavrões incoerentes e a martela freneticamente. Os golpes doem, mas não importa. Melanie encontra o ponto em que a perna se junta com o corpo, impelida por um instinto tão profundo que ela nem mesmo sabe de onde vem. Ela prega os dentes no homem e morde pelas pernas da calça até que o sangue brota grosso e esguicha em sua boca. Ela sabia que seria assim. Sentiu a artéria cantando para ela através das dobras de carne e tecido.

O grito do homem é assustador, estridente e vacilante. Melanie não gosta nada. Mas, ah, ela adora o sabor! Como se sua coxa aberta se tornasse uma fonte, como se a carne crua fosse um jardim mágico, uma paisagem oculta que ela jamais vislumbrara até agora.

Enfim, é demais. Seu estômago e a mente não são tão grandes. O mundo todo não é tão grande. Entorpecida de prazer, com uma plenitude que derrete seus músculos e seus pensamentos, ela não resiste desta vez quando mãos a puxam e a levantam.

Por baixo do fedor de substâncias químicas vem o cheiro da Srta. Justineau, conhecido, agradável e maravilhoso. Apertada no peito da Srta. Justineau, ela emite um ronronar saciado. Ela quer se enroscar e dormir ali, como um animal em sua toca.

Mas não pode dormir, porque a Srta. Justineau está se mexendo, correndo rápido. Cada passo sacode Melanie. E a sensação de plenitude não dura. Sua fome entorpecida se reanima rapidamente, aguilhoa as margens de sua mente com insinuações ávidas. O cheiro já significa algo diferente, impele-a a se alimentar de novo. Ela se vira e se retorce num aperto fraco demais para contê-la, bate a cabeça por baixo do braço da Srta. J, de boca aberta para morder de novo.

Mas ela não pode ela não deve ela não pode! Esta é a Srta. Justineau, que a ama. Que a salvou da mesa e da faca fina e medonha. Melanie não pode impedir suas mandíbulas de se fecharem, mas joga a cabeça para trás, na última hora, para que se fechem no ar e não na carne.

Cresce um rosnado dentro dela, do mesmo lugar que miou como uma gatinha só alguns minutos antes.

preciso

não devo

preciso

Ela luta com um animal selvagem e o animal é ela.

Então ela sabe que vai perder.

22

Justineau voltou a correr. Mas agora não faz ideia de seu destino. A fumaça das explosões, o barulho do tiroteio e os pés em disparada fizeram da geografia conhecida da base um enigma.

Melanie firma ainda mais o foco, torcendo-se e se debatendo na mão de Justineau. Justineau lembra-se de erguê-la do corpo do jovem lixeiro como quem arranca um carrapato empanturrado de sangue da barriga de um cachorro, e teve de reprimir o impulso de largá-la.

Por que lutar? Não porque Melanie a salvou. Mas, em certo sentido, sim. Porque ela deu as costas a algo dentro dela e Melanie é o sinal disto — o anti-Isaac que ela arrancou do fogo para provar a Deus que nem sempre é ele que manda.

Foda-se, Caroline.

Melanie solta ruídos que uma garganta humana não foi configurada para produzir e sua cabeça se movimenta para trás e para frente, batendo no braço de Justineau. Há uma força impressionante na garotinha. Ela se soltará. Derrubará as duas.

Justineau vê rapidamente a porta de aço do bloco da sala de aula, inesperadamente próxima, e dá uma guinada para lá.

Percebe de imediato que de nada adianta para ela. A porta está fechada e a tranca é acionada automaticamente quando está nessa posição. Não há jeito de ela conseguir entrar.

Famintos agigantam-se a sua direita, mais ou menos uma dúzia, vindo dos lados do laboratório. Talvez sejam os mesmos de quem ela fugiu, ainda seguindo seu cheiro. Seja como for, agora eles sentem melhor o cheiro dela e a querem. Estão vindo para ela, de pernas se erguendo e caindo numa síncope incansável e mecânica.

Nada a fazer a não ser dar as costas. Fugir deles o mais rápido que puder e rezar para chegar a algum lugar antes que eles a peguem.

Ela corre. Chega à cerca. De repente está ali, bem na frente dela, bloqueando sua passagem como um Everest de tela. Ela está acabada.

Ela se vira, encurralada. Os famintos vêm naquela mesma correria impiedosa e metronômica. À direita e à esquerda, não há nada. Não há onde se esconder, nem para onde correr. Ela solta Melanie, vê que ela cai como um gato, endireitando-se no ar para pousar sobre mãos e pés, como uma estrela-do-mar.

Justineau cerra os punhos, escora-se, mas uma enorme exaustão a toma e a escuridão precipita-se dos cantos de sua visão enquanto a onda de adrenalina a deserda. Ela nem mesmo lança um soco quando o primeiro faminto arreganha as mandíbulas e estende a mão para derrubá-la.

Mas com um triturar molhado, ele é jogado no chão e esmagado.

Uma parede desliza suavemente em frente de Justineau. É metálica, pintada de verde opaco e tem uma janela. Através da janela, uma cara de monstro a olha. A cara do sargento Parks.

— Entre! — berra ele.

O veículo na frente dela se define como a figura de um quebra-cabeça. É um dos Humvees da base. Justineau pega a maçaneta da porta e tenta abrir de todo jeito errado, torcendo e puxando antes de ela finalmente estalar com um único apertão do gatilho na face interna da maçaneta.

Ela escancara a porta enquanto os famintos cercam a traseira do veículo e partem para ela. Um dos soldados de Parks, um garoto com metade da idade dela e uma massa de cabelos ruivos como uma fogueira de outono, está no teto com a metralhadora do Humvee. Ele a gira loucamente, costurando o ar com metal cortante. Não fica claro para o que aponta, mas em um dos giros para baixo ele intercepta os famintos mais próximos e os arranca do chão.

Justineau segura a porta, mas não se mexe — porque Melanie não se mexe. Agachada no chão, a garotinha fita o interior escuro do veículo com uma desconfiança animal.

— Está tudo bem! — grita Justineau. — Melanie, venha. Entre. Agora!

Melanie se decide — salta em pé, passando por Justineau e pela porta. Justineau sobe atrás dela e fecha a porta com um baque.

Vira-se e vê a cara lívida e suada de Caroline Caldwell, que a encara. Suas mãos estão sob as axilas e ela está deitada no chão do Humvee como um feixe de lenha. Melanie se encolhe, longe dela, aperta-se de novo em Justineau e esta a abraça mecanicamente.

O Humvee roda. Pela janela, eles veem brevemente um caleidoscópio de fumaça, ruínas e figuras correndo.

Passam pela cerca sem reduzir, mas quase não conseguem atravessar a vala depois dela. O Humvee mergulha de barriga do outro lado, estremece por alguns segundos como uma máquina de lavar girando, antes de ter tração suficiente para arrastar sua traseira por sobre a borda.

Nos próximos quilômetros, é seguido por cinco metros de tela e poste de concreto, batendo atrás dele como um rabo de latas num carro de recém-casados.

23

Parks preferia dirigir pelo campo – o Humvee não precisa tanto de estradas –, mas o arranhar e o triturar atrás dele lhe diziam que nem tudo estava bem com o eixo traseiro. Então ele reduz a marcha para ter um pouco mais de empuxo no motor, pisa no acelerador e dirige a uma velocidade temerária pelas estradas secundárias e vazias em volta da base, dando guinadas para a esquerda e à direita ao acaso. Ele imagina que a melhor maneira de não serem encontrados é – por enquanto – eles mesmos se perderem.

Pelo menos não havia perseguidores que ele pudesse ver. É motivo para ficar profundamente grato.

Ele finalmente leva o Humvee a parar a cerca de 15 quilômetros da base, saindo da estrada para um campo sulcado e tomado de mato. Desliga a ignição e recupera o fôlego, recostando-se no volante enquanto o motor esfria. Os sons do veículo não são auspiciosos. Ele tirou o veículo da oficina, o único lugar a que pôde ir sem cruzar uma área cheia de famintos, e se pergunta – agora que é tarde demais – para que servia aquilo tudo.

Gallagher desce da metralhadora, recolhe a arma depois de passar e fecha o alçapão. Ele treme como se tivesse febre, então esses atos simples consomem algum tempo. Quando finalmente se senta no banco do rifle, olha apavorado para o sargento, procurando ordens, explicações ou qualquer coisa que o ajude a se manter mentalmente são.

– Bom trabalho – diz-lhe Parks. – Verifique os civis. Vou fazer um reconhecimento rápido.

Ele abre a porta, mas não consegue ir além. Olhando para o banco traseiro, Gallagher solta um grito curto e aflito.

– Sargento! Sargento Parks!

— O que foi, garoto? — pergunta Parks, cansado. Ele se vira para olhar a traseira com certa depressão, esperando ver que uma das duas mulheres tinha um ferimento na barriga ou coisa parecida — que eles terão de vê-la morrer.

Mas não é isso. O jaleco da Dra. Caldwell está saturado de sangue, mas a maior parte dele parece vir de suas mãos. E Helen Justineau parece muito bem, além da cara vermelha e inchada.

Não, o que fez o rapaz gritar foi a terceira passageira. É uma das crianças famintas — os monstros do bloco de detenção. Parks a reconhece com um choque palpável, é aquela que ele acabara de levar ao açougue, ao laboratório da Dra. Caldwell. Ela mudou desde então. Está agachada no piso do Humvee, de bunda de fora, cabeça raspada e pintada como uma selvagem, os olhos azul-claros voando de um lado a outro, entre as mulheres. A curva de suas costas fala de tensão e da iminência de movimento.

Desajeitado, devido ao ângulo, Parks pega a pistola e mira, metendo-a entre os bancos traseiros para apontar diretamente para a cabeça da garota. Um tiro na cabeça é sua melhor chance de derrubá-la a essa distância.

Seus olhares se encontram. Ela não se mexe. Como se pedisse a ele para fazer isso.

É Helen Justineau que o impede, interpondo o corpo entre os dois. Nos limites estreitos do Humvee, ela forma uma barricada intransponível.

— Saia da frente — diz Parks a ela.

— Então baixe a arma — responde Justineau. — Você não vai matá-la.

— Ela já está morta — observa a Dra. Caldwell do chão, com a voz irregular. — Tecnicamente falando.

Justineau lança um olhar de banda à doutora, mas não se dá ao trabalho de responder. Seu olhar volta de pronto a Parks.

— Ela não é um perigo. Não agora. Pode ver que não é. Deixe-a sair do carro, deixe que abra alguma distância de você... de todos nós... e pegue a partir daí. Tudo bem?

O que Parks pode ver é que o pesadelo-que-anda-feito-uma-menina tem os olhos arregalados e treme, mal conseguindo se controlar. Todos no carro estão cobertos de bloqueador E dos cabelos às meias, mas tem sangue suficiente por ali – nas mãos, nos braços e nas roupas de Caldwell, na própria menina – para incitá-la de qualquer modo. Ele nunca viu um faminto num furor de carne fresca sem obedecer a ele. É uma novidade, mas Parks não vai apostar sua vida que seja uma tendência de longo prazo.

Ou ele atira nela agora, ou faz o que disse Justineau. E, se atirar nela, corre o risco de matar uma das civis, ou as duas.

– Faça isso – diz ele. – E rápido.

Justineau abre a porta.

– Melanie... – diz ela, mas a menina não precisa ouvir instrução nenhuma. Dispara para fora como uma bala, correndo do Humvee e atravessando o campo, suas pernas finas num borrão.

Ela vai a favor do vento, Parks não deixa de notar. Ela se afasta do cheiro deles. Do cheiro de sangue. Depois se agacha na relva alta, quase fora de vista, e abraça os joelhos. Ela vira a cara.

– Assim já basta? – pergunta Justineau.

– Não! – diz Caldwell rapidamente. – Ela precisa ser amarrada e levada conosco. Não sabemos o que aconteceu com o resto das cobaias. Se a base está perdida e meus registros foram junto, ela é tudo o que temos para mostrar para um programa de quatro anos.

– Isso diz muito de seu programa – diz Justineau. Caldwell a olha feio. O ar entre elas é denso de más vibrações.

Parks gesticula para Gallagher – com um gesto ríspido de cabeça – e sai do veículo, deixando as mulheres ali. Está preocupado com o eixo traseiro do Humvee e quer verificar. Não se sabe quando terão de rodar novamente.

24

MELANIE RECUPERA A RAZÃO.

No início, não consegue pensar. Depois, quando os pensamentos voltam, ela se retrai deles, como o Sr. Whitaker quando sua garrafa está quase vazia. Sua boca é assombrada por lembranças que querem se realizar de novo. Sua mente vacila pelo que ela fez.

E seu corpo é arruinado por mil tiques e abalos — cada célula informando estar incapacitada para o serviço, exigindo o que não pode ter.

Ela sempre foi uma boa menina. Mas comeu pedaços de dois homens e muito provavelmente matou os dois. Matou-os com os dentes.

Ela teve fome e eles foram seu pão.

Então, o que ela é agora?

Esses enigmas vêm e vão enquanto a fome residual lhe permite se concentrar neles. Às vezes são muito grandes e muito nítidos, às vezes distantes e vistos através de meadas de penugem e fumaça.

Algo mais que vem e vai: uma lembrança. Quando ela estava deitada na mesa, amarrada, e cortou a faixa plástica que prendia seu pulso esquerdo — a mão esquerda se torceu, o bisturi desajeitado entre as pontinhas de seus dedos — um dos famintos pulou sobre ela.

Melanie ficou petrificada de pronto. Olhou para cima, sem respirar, para a cara selvagem e vazia. Não havia nada que ela pudesse fazer, nem mesmo gritar. Nem mesmo fechar os olhos. O livre-arbítrio fugiu junto com os vetores de seu medo.

Foi um segundo de tensão que depois se rompeu, abruptamente, em pedaços. O faminto estava boquiaberto, de queixo caído, a cabeça pendendo e os ombros erguidos como um abutre. Seu olhar deslizou de Melanie, para a esquerda, depois à direita. Ele expôs a língua para sentir o gosto do ar, depois contornou trôpego a mesa, indo para a massa retorcida em movimento no chão do laboratório, quase fora do campo de visão de Melanie.

A coisa só a encarou naquele segundo por mero acaso.

Depois disso, nem mesmo parecia saber que ela estava ali.

E com os efeitos da abstinência e a preocupação com este enigma, Melanie leva muito tempo para perceber o mundo em que está sentada.

Flores silvestres a cercam. Algumas – narcisos e marias-sem-vergonha – são conhecidas da aula da Srta. Justineau no dia do equinócio de primavera. O resto é completamente novo e são dezenas delas. Melanie vira a cabeça, muito lentamente, olhando uma depois de outra.

Ela registra as coisinhas mínimas que zumbem e voam entre as flores e imagina que sejam abelhas, pelo que estão fazendo – visitando uma flor depois de outra, abrindo caminho ao cerne de cada uma delas com um passo agitado, depois recuando novamente e partindo para a seguinte.

Algo muito maior voa pelo campo diante dela. Uma ave negra que pode ser um corvo ou uma gralha, seu canto um grito de guerra rouco e penetrante. Cantos mais doces e mais suaves ondulam a sua volta, mas ela não consegue ver as aves – se forem mesmo aves – que produzem estes sons.

O ar é pesado de aromas. Melanie sabe que alguns são os cheiros das flores, mas até o ar parece ter um cheiro – natural, delicioso e complexo, composto de coisas vivas, coisas morrendo e coisas que morreram há muito tempo. O cheiro de um mundo onde nada para de se mexer, nada permanece o mesmo.

De repente ela é uma formiga toda esmagada no chão daquele mundo. Um átomo estático num mar de mudanças. A imensidão da terra a envolve, nela penetra. Ela a beberica, cada gole da atmosfera sobrecarregada e inebriante.

E mesmo neste deslumbramento e nesta debilidade, mesmo com essas lembranças da carne e de cada violência monstruosa atravessada em sua mente, ela verdadeiramente gosta dele.

Os cheiros, especialmente. Eles a afetam de um jeito muito diferente do cheiro das pessoas, mas ainda a excitam – despertam algo em sua mente que devia estar adormecido desde então.

Eles a ajudam a empurrar a fome da carne e as lembranças para a meia distância, onde não ferem, nem a envergonham tanto.

Aos poucos, ela volta a si. Isso acontece quando ela percebe que a Srta. Justineau está parada a pouca distância, olhando-a em silêncio. A cara da Srta. Justineau é cansada, cheia de indagações.

Melanie escolhe responder à mais importante delas.

– Eu não mordo, Srta. Justineau...

– ... mas é melhor não se aproximar mais do que isso – acrescenta ela rapidamente, recuando enquanto a Srta. J dá um passo em sua direção. – Está cheirando toda... E tem sangue em você. Não sei o que eu farei.

– Tudo bem. – A Srta. Justineau para onde está e assente. – Vamos encontrar um lugar para nos lavar, depois renovaremos o bloqueador. Você está bem, Melanie? Deve ter sido muito apavorante para você. – Seu rosto é tomado de preocupação, junto com algo mais. Medo, talvez.

E ela deve mesmo ter medo. Eles estão do lado de fora da cerca, na região 6, e devem estar a quilômetros e mais quilômetros da base. Elas estão entre os monstros, os famintos, sem um refúgio por perto.

– Você está bem? – pergunta mais uma vez a Srta. Justineau.

Melanie faz que sim com a cabeça, mas é mentira. Ela não está bem, ainda não. Não sabe se um dia voltará a ficar bem. Ficar amarrada na mesa com a faca da Dra. Caldwell diante de seus olhos foi a coisa mais assustadora que lhe aconteceu. Até que ela viu a Srta. J prestes a ser morta, depois isto se tornou a coisa mais assustadora. E agora é a ideia de morder e comer pedaços daqueles dois homens.

Por mais que se olhe, o dia não foi nada bom. Ela quer fazer a pergunta que está queimando em seu coração. Porque a Srta. Justineau vai saber. Claro que vai. A Srta. Justineau sabe tudo. Mas ela não consegue perguntar, porque não consegue fazer com que as palavras saiam. Ela não quer admitir que tem uma dúvida, uma pergunta ali.

O que eu sou?

Então ela não diz nada. Espera que a Srta. Justineau fale. E depois de um bom tempo, a Srta. Justineau fala.

– Você foi muito corajosa. Se não tivesse aparecido daquele jeito e se não tivesse lutado com aqueles homens, eles teriam me matado.

– E a Dra. Caldwell ia me matar, me cortar em pedaços e me colocar em vidros – lembra Melanie. – Você me salvou primeiro, Srta. Justineau.

– Helen – diz a Srta. J. – Meu nome é Helen.

Melanie pensa nesta declaração.

– Para mim, não – diz ela.

25

Quando se mete por baixo do Humvee e dá uma boa olhada no eixo traseiro, Parks xinga.

Amargamente.

Ele é apenas um mecânico mediano, mas sabe que o eixo está muito ferrado. Levou uma boa pancada perto de seu centro, presumivelmente quando eles pularam a vala de segurança, e está torto, num V raso, com uma rachadura pequena mas visível no metal, no ponto de impacto. Eles têm sorte por chegarem tão longe sem que o eixo se partisse em dois. Com toda certeza do mundo, não iriam muito mais adiante. Não por conta própria, de qualquer modo. E a essa altura Parks já deu o alerta, nas frequências normal e de emergência, para saber que não viria nenhuma ajuda da base.

Ele se pergunta se vale a pena olhar o motor. Há algo errado ali também e pode haver uma possibilidade maior de ele consertar, mas o eixo provavelmente cederá antes que o motor represente algum problema.

É provável. Mas não certo.

Com um suspiro, ele engatinha embaixo do Humvee e dá a volta até a frente. O soldado Gallagher o segue como um cachorrinho perdido, ainda pedindo suas ordens.

— Está tudo bem, sargento? — pergunta ele, ansioso.

— Abra o capô para mim, filho — diz Parks. — Precisamos dar uma olhada por dentro também.

O interior parece bem, extraordinariamente. Os ruídos de esforço do motor têm um motivo óbvio, a estrutura do motor foi desaparafusada. O bloco de motor está torto, vibrando contra o alto do arco da roda, onde o toca. Acabaria por se desfazer, mas ainda não parece ter sofrido danos reais. Parks pega uma chave no compartimento de ferramentas da lateral do veículo e coloca um novo parafuso na estrutura, prendendo o motor no lugar.

Ele não tem pressa porque, ao terminar, terá de tomar decisões sobre todas as outras merdas.

Ele dá instruções dentro do Humvee para aumentar as chances contra surpresas desagradáveis e faz com que a garotinha faminta se sente do lado de fora do capô.

É assim que ele considera, instruções. Ele é o único soldado ali, a não ser por Gallagher, novo demais para ter opinião, que dirá um plano. Assim, as decisões terão de ser tomadas por Parks.

Mas não é assim que acontece. As civis têm ideias próprias – sempre um presságio de desastre e dor de cabeça, segundo o manual de Parks – e não se intimidam de expressá-las.

A começar quando Parks diz que não irão ao sul. Faz todo sentido do mundo – mais provavelmente é sua única chance –, mas assim que ele fala nisso, elas caem em cima dele.

– Todas as minhas anotações e amostras estão na base! – diz a Dra. Caldwell. – Precisam ser recuperadas.

– Também são trinta crianças – acrescenta Justineau. – E a maioria de seus homens. O que vamos fazer? Simplesmente abandoná-los?

– É exatamente o que vamos fazer – diz-lhes Parks. – Se calarem a boca, explicarei o porquê. Estive nesse rádio a cada dez ou quinze minutos desde que paramos. Não só não tive nenhuma resposta da base, como não tive resposta, ponto final. Não há mais ninguém lá. Ou, se houver, saíram sem veículos ou comunicações, o que quer dizer que podem muito bem estar em outro planeta, no que nos diz respeito. Não há como chamar sua atenção agora sem atrair os lixeiros para cima de nós também. Se os encontrarmos na estrada, ótimo. Caso contrário, estamos sozinhos e a única coisa sensata a fazer é ir para a sede. Para Beacon.

Caldwell não responde. Descruzou os braços pela primeira vez e olha furtiva e temerosa seus ferimentos, como um jogador de pôquer erguendo os cantos das cartas para ver o que a sorte lhe preparou.

Mas Justineau insiste e a essa altura é bem o que Parks espera dela.

— E se esperarmos mais alguns dias, depois voltarmos à base? Podemos fazer isso devagar, explorar o caminho quando seguirmos. Se os lixeiros ainda estiverem de posse da base, voltamos. Mas se estiver tudo liberado, podemos entrar. Talvez só eu e a Dra. Caldwell, enquanto você fica para trás e nos dá cobertura. Se as crianças ainda estiverem vivas ali, não podemos deixá-las.

Parks suspira. Há tanta loucura neste curto discurso, que é difícil saber como abordar.

— Muito bem — disse ele. — Para começar, eles nunca foram vivos. Segundo...

— São crianças, sargento. — Há um tom cruel em sua voz. — Se são ou não famintos, não é a questão.

— Perdoe-me, Srta. Justineau, é exatamente a questão. Sendo famintos, podem viver muito tempo sem comida. Talvez indefinidamente. Se ainda estiverem trancados naquele bunker, estão em segurança. E ficarão em segurança até que alguém o abra. Se não estiverem, os lixeiros provavelmente os colocarão no grupo que estão criando, e neste caso não são mais problema nosso. Mas vou lhe dizer uma coisa. Estamos falando de entrar furtivamente na base. De fazer uma varredura lá. Como exatamente propõe fazer isto?

— Ora, nós avançamos pelo... — Justineau começa, mas para ali, porque entendeu bem.

— Não há como fazer silêncio se levarmos o Humvee — diz Parks, verbalizando o que só agora ela passara a considerar. — Eles nos ouviriam de alguns quilômetros de distância. E se o fizermos sem o Humvee, ficaremos totalmente expostos numa área que tem dois mil famintos à solta. Isso não melhora muito as nossas chances.

Justineau não diz nada. Sabe que ele tem razão e não vai argumentar pelo suicídio.

Mas agora a Dra. Caldwell recomeça.

— Creio que é uma questão de prioridades estritas, sargento Parks. Minha pesquisa era todo o motivo para a existência da base. Por maior que seja o risco envolvido na recuperação das anotações e das amostras do laboratório, creio que precisamos fazer isso.

— E eu não creio — disse Parks. — O princípio é o mesmo. Se suas coisas estiverem inteiras, ótimo, porque eles as deixaram lá. Acho que eles devem ter deixado, porque não estariam procurando por papel... A não ser, talvez, para limpar a bunda. Eles procuram por comida, armas, combustível, coisas assim. — A não ser que queiram vingança pelos caras que Gallagher matou, mas ele não ia dizer isso agora.

— Quanto mais tempo deixarmos lá... — Caldwell começou a protestar.

— Então a decisão é inteiramente minha. — Parks a interrompeu. — Vamos para o sul e continuamos no rádio. Assim que estivermos perto para conseguir uma mensagem de Beacon, contaremos o que houve. Eles podem mandar algumas pessoas por ar... Com poder de fogo real no apoio. Tirarão suas coisas do laboratório, provavelmente passarão e nos levarão para casa. Ou, na pior das hipóteses, não conseguiremos contato da estrada, então teremos de fazer o relatório quando chegarmos lá. Acontece o mesmo, mas apenas um dia depois, ou mais tarde. De qualquer modo, todo mundo fica feliz.

— Eu não estou feliz — disse Caldwell friamente. — Não estou nada feliz. Um atraso de um dia que seja para recuperar esse material é inaceitável.

— E se eu for à base sozinha? — perguntou Justineau. — Pode esperar por mim aqui, depois, se eu não voltar...

— Isto não vai acontecer — vociferou Parks. Ele não pretendia engrossar, mas já estava farto de tanta besteira. — Neste momento, aqueles filhos da puta não sabem até onde fomos, para que lado seguimos e nem se estamos vivos ou mortos. E é assim que quero que fique. Se você voltar e eles a pegarem, logo poderão nos localizar.

— Não contarei nada a eles — disse Justineau, mas ele nem mesmo teve de falar alguma coisa para dissuadi-la disto. Todos ali eram adultos.

Parks espera por mais objeções, porque tem certeza absoluta de que virão. Mas Justineau agora olha pelo vidro para a menininha faminta, que parece desenhar alguma coisa na poeira do capô do Humvee. A criança tem uma expressão de quem tenta entender uma palavra difícil em uma página suja. É a mesma expressão, agora que ele pensa nisso, na cara de Justineau. Isso lhe dá certa náusea. Enquanto isso, Caldwell flexiona os dedos como se verificasse se ainda pode mexê-los, e assim desta vez ele tem passe livre.

— Muito bem — diz ele —, aqui está o que vamos fazer. Há um regato a algumas centenas de metros daqui que ainda corre limpo, pelo que soube. Vamos para lá primeiro, pegar alguma água. Depois iremos a um dos esconderijos de suprimentos e pegaremos provisões. Precisamos de comida e bloqueadores E, principalmente, mas há muitas outras coisas que nos seriam muito úteis. Depois disso, seguiremos direto. A leste, até chegarmos à A1, depois ao sul, a caminho de Beacon. Ou contornamos Londres, ou passamos direto por ela, depende. Vamos avaliar a situação quando estivermos mais perto. Alguma pergunta?

Há mil perguntas, ele sabe muito bem. Também tem um pressentimento astuto de quem será a primeira a fazer e não se decepciona.

— E Melanie? — pergunta Justineau.

— O que tem ela? — conta-argumenta Parks. — Ela não corre risco nenhum aqui. Pode viver do que a terra dá, como fazem os famintos. Eles preferem as pessoas, mas comerão qualquer coisa de carne, basta que sintam o cheiro. E você sabe em primeira mão como eles correm rápido. O suficiente para derrubar a maioria das coisas, cobrir a distância.

Justineau o encara como se ele falasse numa língua desconhecida.

— Lembra quando costumávamos usar a palavra *crianças*? — diz ela. — Não te lembra de nada? Não estou preocupada com a ingestão de proteínas, sargento. Estou preocupada com a ética calhorda de deixar uma garotinha sozinha no meio do nada. E quando você diz que ela está em segurança, presumo que queira dizer de outros famintos.

— Eles ignoram a própria espécie — intrometeu-se Gallagher. Era a primeira vez que falava. — Nem mesmo percebem que estão presentes. Acho que devem ter um cheiro muito diferente.

— Mas ela não está a salvo dos lixeiros — continua Justineau, ignorando-o. — E não está a salvo de outros enclaves humanos dissidentes que talvez existam por perto. Eles a aprisionarão e mergulharão em cal virgem antes mesmo que percebam quem ela é.

— Eles saberão muito bem o que ela é — disse Parks.

— Não vou abandoná-la.

— Ela não pode ir conosco.

— Não vou abandoná-la. — A postura dos ombros de Justineau dizia a Parks que ela falava sério — que eles, aqui, estavam num impasse.

— E se ela for no teto? — disse Caldwell, interrompendo o embaraço. — Com os danos ao eixo, imagino que viajaremos bem devagar, e ali tem grades onde ela pode se segurar. Você até podia prendê-la no pedestal, suponho. — Todos a olharam e ela deu de ombros. — Pensei ter deixado clara minha posição. Melanie faz parte de minha pesquisa... Possivelmente a única parte que resta. Vale a pena termos algum problema para levá-la conosco.

— Você não vai tocar nela — disse Justineau, tensa.

— Bem, esta é uma discussão que vamos deixar para ter em Beacon.

— Concordo — disse Parks rapidamente. — Não pode ser no pedestal... Ele se abre para dentro do veículo. Mas ela pode ir no teto. Não tenho nenhum problema com isso, desde que ela mantenha uma distância razoável de todos nós sempre que tivermos de abrir as portas.

E com isso elas finalmente concordaram, justo quando ele começava a pensar que ficariam ali e discutiriam até que o cérebro escorresse pelas malditas orelhas.

Justineau sai para dizer ao monstro como será.

Parks nomeia Gallagher para manter a teteia na linha de visão o tempo todo e não se afastar nem por um momento de seu fuzil ou sua pistola. Ele mesmo a vigiará, é claro, mas algum exagero não faz mal a ninguém.

26

— O QUE VOCÊ QUER FAZER? – pergunta-lhe a Srta. Justineau.

Por um momento, Melanie nem mesmo entende a pergunta. Espera que a Srta. J esclareça e por fim – com certa hesitação –, ela esclarece.

– Vamos para o sul, para Beacon. Mas você pode ir para qualquer lugar. Os soldados prenderiam você, em Luton, ou Bedford, em lugares assim, onde você estivesse vivendo. Você pode voltar para lá, se quiser, e ficar com... Bem, com sua própria...

Ela hesita.

– O quê? – Melanie a estimula. – Com quem?

A Srta. Justineau meneia a cabeça.

– Quero dizer ficar sozinha. Ser livre para fazer o que você quiser. Em Beacon, você não seria livre. Eles a colocariam em outra cela.

– Eu gostava de minha cela. Gostava da sala de aula.

– Mas provavelmente não haverá mais nenhuma aula, Melanie. E a Dra. Caldwell estaria encarregada de você novamente.

Melanie assente. Ela sabe. E não é isso que ela teme. O caso é que o medo não faz diferença.

– Não importa – explica ela à Srta. J –, quero ficar onde você estiver. E não sei como voltar para onde eu estava antes, de qualquer forma. Nem mesmo me lembro de lá. Só me lembro do bloco e de você. Você era... – Agora é a vez de Melanie hesitar. Ela não sabe a palavra para isso. – Você é meu pão – disse ela por fim. – Quando tenho fome. Não quero dizer que eu queira comer você, Srta. Justineau! Não é isso! Prefiro morrer a fazer isso. Eu só quero dizer... Você me preenche como o pão faz com o homem daquela música. Você faz com que eu sinta que não preciso de mais nada.

A Srta. J não parece ter uma resposta para isso. Ela fica sem resposta nenhuma por alguns minutos. Vira a cara, volta a olhá-la, vira a cara novamente. Seus olhos se enchem de lágrimas e ela não consegue falar por algum tempo. Quando finalmente encontra os olhos de Melanie, parece ter aceitado que as duas ficarão juntas – se não para sempre, pelo menos por enquanto.

– Você terá de viajar no teto – disse ela a Melanie. – Tem algum problema com isso?

– Não – diz Melanie de pronto. – Claro. Está tudo bem, Srta. Justineau.

Está mais do que bem. É um alívio. A ideia de voltar para dentro do Humvee esteve apavorando Melanie desde que ela percebeu que havia esta possibilidade, assim é simplesmente maravilhoso que tenham pensado numa alternativa. Agora ela não precisa viajar junto da Dra. Caldwell, o que a assusta tanto que parece uma tesoura cortando seu peito. Mais importante, porém, não há o perigo de que ela fique com fome novamente com uma Srta. Justineau sentada bem ao lado dela.

Agora a Srta. Justineau olha a imagem que Melanie desenhou na poeira do capô do Humvee. Bolhas e quadrados, com uma única linha ondulada passando por eles. Ela olha Melanie com curiosidade.

– O que é isso?

Melanie dá de ombros. Não quer falar. É o caminho que ela memorizou, do laboratório da Dra. Caldwell até a escada que descia ao bloco. Até sua cela. É o caminho para casa, e ela o desenhou embora soubesse que não refaria aqueles passos, não se sentaria na sala de aula com as outras crianças. Sabe que a casa agora é apenas uma ideia a ser visitada nas lembranças, mas nunca mais encontrada, da forma como você encontra seu chão e fica nele, sabendo que é seu.

Tudo que ela tem – para descrever a si mesma como se sente agora – são histórias que lhe contaram, sobre Moisés não conseguir ver a terra onde havia todo o leite, Enéas fugindo depois da queda de Troia, e um poema sobre um rouxinol e um coração triste no exílio.

Isso tudo se junta dentro dela e ela não consegue explicar.

— É só um desenho — disse ela, sentindo-se mal porque é uma mentira. Ela está mentindo para a Srta. Justineau, que ela ama mais do que qualquer um no mundo. E é claro que outra parte do sentimento, mais difícil de verbalizar, é que elas agora são a casa uma da outra. Têm de ser.

Se ao menos ela não tivesse lembrança daquela fome terrível, surgindo de dentro dela. O prazer apavorante do sangue e da carne em sua boca. Por que a Srta. Justineau não perguntou a ela sobre isso? Por que não ficou surpresa que Melanie pudesse fazer essas coisas?

— Aqueles homens... — disse ela, insegura.

— Os homens da base?

— Sim. Eles. O que fiz com eles...

— Eles eram lixeiros, Melanie — diz a Srta. Justineau. — Assassinos. Teriam feito coisa pior com você, se você deixasse. E comigo. Não devia se sentir mal por nada do que aconteceu. Você não pôde evitar. Nada daquilo foi culpa sua.

Apesar de seus temores, Melanie precisa perguntar.

— Por quê? Por que eu não devo me culpar?

A Srta. J hesita.

— Porque é de sua natureza — disse ela. E quando Melanie abre a boca para outra pergunta, ela balança a cabeça. — Agora não. Agora não há tempo, esta questão é muito profunda. Sei que está assustada. Sei que você não entende. Prometo que vou explicar, quando tivermos tempo. Quando estivermos em segurança. Por enquanto... Procure não se preocupar e não ficar triste. Não vamos abandonar você. Eu prometo. Vamos ficar juntas. Tudo bem?

Melanie reflete. Está tudo bem? E este é um tema assustador, então de certo modo é um alívio que seja deixado de lado. Mas a pergunta paira sobre ela como um peso e ela não consegue ficar satisfeita antes que seja respondida. Por fim, insegura, ela assente. Porque encontra uma maneira de ver a questão que faz com que não pareça tão ruim — um pensamento que jaz no fundo da tristeza e da preocupação, como a esperança por baixo de todas as coisas terríveis na caixa de Pandora.

De agora em diante, todo dia será um dia da Srta. Justineau.

27

Eles evitaram a periferia de Shefford e atravessaram campos abertos até o regato do sargento Parks, que na realidade era um trecho raso do rio Flit. Encheram de água uma dúzia de tambores de plástico de dez galões e os colocaram nos suportes do Humvee projetados para acomodá-los.

Enquanto estão ali, Justineau tira o suéter e o lava nas corredeiras, bate contra uma pedra e lava mais uma vez. Aos poucos o sangue se desprende das fibras, nuvens marrons ferrugem girando e se dissipando na turbulência. Ela o amarra na antena de rádio do Humvee para secar. Pesa o suficiente para curvar a antena quase na horizontal.

Melanie usa a água do rio para lavar o gel azul de seu corpo. Seu cheiro a lembra do laboratório, diz ela a Justineau, e além disso faz com que ela pareça uma boba.

Do rio, eles seguem um conjunto de coordenadas que Parks lê de um arquivo no celular. Procuram por um dos esconderijos de suprimentos que foram armados quando tomaram a base, pretendendo fornecer provisões durante uma retirada a Beacon, na eventualidade de uma emergência, como esta, que acaba de acontecer. O esconderijo conteria comida, armas e munição, suprimentos médicos, tubos de gel bloqueador E, pastilhas de purificador de água, mapas, equipamento de comunicações, cobertores ultraleves – tudo o de que eles talvez viessem a precisar. Mas agora é apenas uma teoria, porque só havia um buraco no chão onde deveria estar o esconderijo. Os lixeiros o encontraram, ou outra pessoa. A melhor hipótese: eles não foram os únicos a escapar da base e outro grupo chegou à frente. Mas o sargento Parks não acredita nisso, porque não haveria tempo de cavar até um esconderijo e sair dali antes que eles chegassem. Isto provavelmente foi feito um dia antes.

Assim, eles estavam limitados ao que tinham no veículo. Agora repassavam o estoque, abrindo todos os compartimentos dentro e fora, para ver o que estava cheio e o que estava vazio. Segundo o regulamento, explica Parks, todos deveriam estar cheios. Ele deixa a outra metade de seu pensamento muda; depois de tantos anos em campo, os regulamentos não contam muito.

Há boas e más notícias. O Humvee tem um kit de primeiros socorros bem abastecido e um compartimento de armas intacto. O compartimento de rações, porém, está com um quarto de sua capacidade. Contando os cinco, eles têm sachês de comida suficientes para no máximo dois dias. Há também duas mochilas, cinco cantis de água e um lança-chamas que carrega sete cartuchos pré-carregados.

Talvez a questão mais preocupante é que eles só tem três tubos de gel bloqueador E, e um deles já foi aberto.

Justineau luta com o impulso humanitário e perde. Ela pega o primeiro kit de primeiros socorros e indica as mãos de Caldwell com um movimento da cabeça.

— Podíamos muito bem fazer uns curativos nisso — disse ela. — A não ser que você pense que devemos fazer outra coisa.

Os ferimentos nas mãos de Caldwell são muito graves. Os cortes foram até o osso. A carne das palmas das mãos pende em abas esfarrapadas, parcialmente cortadas, como se ela fosse um churrasco de domingo que alguém fatiou de qualquer jeito. A pele em volta dessas áreas está inchada e vermelha. O sangue seco nelas é preto.

Justineau lava as feridas o melhor que pode com a água de um cantil. Caldwell não grita, mas está trêmula e pálida enquanto Justineau limpa cuidadosamente o sangue seco com chumaços de algodão. Isto faz com que as feridas sangrem novamente, mas Justineau suspeita de que é uma boa coisa. A infecção é uma possibilidade real e o sangue faz sua parte, expulsando os germes da superfície de um ferimento.

Depois ela desinfeta. Caldwell geme pela primeira vez enquanto o líquido adstringente arde na carne recém-aberta. O suor aparece em sua testa e ela morde o lábio inferior para não chorar.

Justineau coloca curativos de campo nas duas mãos da doutora, deixando os dedos livres para ela mexer o quanto puder, mas certificando-se de que todas as áreas feridas estejam bem cobertas. Ela fez um curso de primeiros socorros alguns anos antes, então sabe o que está fazendo. É um trabalho bom e bem-feito.

– Obrigada – diz Caldwell quando ela termina.

Justineau dá de ombros. A última coisa que quer é civilidade da parte desta mulher. E Caldwell parece reconhecer isto, porque não leva sua civilidade adiante.

– Todos a bordo – diz Parks e Gallagher bate a porta da mala. – Vamos andando.

– Me dê um minuto – diz Justineau. Ela tira o suéter da antena de rádio e examina. Ainda tem algumas manchas, mas a maior parte dele está seca. Ela ajuda Melanie a se enrolar nele.

– Arranha demais? – pergunta ela.

Melanie balança a cabeça e abre um sorriso – fraco, mas sincero.

– É muito macio – disse ela. – E quente. Obrigada, Srta. Justineau.

– Não tem de que, Melanie. O cheiro... Tem algum problema?

– Não tem cheiro de sangue. Nem de você. Não tem muito cheiro de nada.

– Então acho que por enquanto vai servir – diz Justineau. – Até que a gente encontre algo melhor.

Parks estivera esperando esse tempo todo, nem mesmo tentando aparentar paciência. Justineau sobe no Humvee, dando a Melanie um último aceno. Assim que a porta se fecha, Melanie sobe no teto do veículo e encontra um lugar confortável, aninhada atrás da capa do pedestal da arma. Segura-se firme enquanto o Humvee acelera.

Agora eles estão voltando sobre os próprios rastros, a leste, ao antigo talho norte-sul da A1. Seguem devagar, para que o eixo traseiro não sofra abalos ainda maiores. E têm o cuidado de passar ao largo das cidades. É lá que sempre há as maiores concentrações de famintos, diz Parks, e o barulho do Humvee os traria correndo. Mas, mesmo assim, seguem com tranquilidade.

Por cerca de oito quilômetros.

Então o Humvee se sacode e dá uma guinada como um bote num mar ventoso, tirando-os de seus lugares e jogando-os no chão. Caldwell solta um berro angustiado ao se equilibrar, sem pensar, sobre as mãos feridas. Curva-se muito em volta delas, abraçando-as ao peito.

Há um único solavanco, depois disso o Humvee desata num estremecimento diferente, intenso e agonizante. Um guincho de sirene antiaérea corta o ar. O eixo se foi e eles arrastam a traseira pelo asfalto.

Parks pisa no freio para fazê-lo parar. Ele reduz, parando na estrada com um suspiro hidráulico, mais parecendo um animal se deitando do que algo mecânico.

Parks também suspira. Inconformado.

Justineau nunca sentiu nada pelo sargento além de ressentimento e suspeita – subindo a um verdadeiro ódio quando ele entregou Melanie às mãos de Caldwell –, mas, neste momento, ela o admira. A perda do Humvee é um golpe esmagador e ele nem mesmo perde tempo com palavrões.

Ele os coloca em movimento. Tira-os do transporte morto. Primeiro Justineau vai verificar Melanie, que conseguiu se segurar em todos os sacolejos e abalos. Segura a mão da menina brevemente e a aperta.

– Mudança de planos – diz. Melanie assente. Ela entende. Sem ser solicitada, desce e se coloca a certa distância, assim como fez no esconderijo de suprimentos.

O sargento Parks abre a mala, pega uma mochila para si mesmo e dá a outra a Gallagher. Vão precisar da maior quantidade de água que puderem levar, mas não há como carregar os tambores grandes. Todos pegam um cantil, enchem de um dos tambores. Parks pega o quinto cantil para si (a possibilidade de ele dar a Melanie nunca foi suscitada). Todos, menos Melanie, bebem longamente do tambor meio vazio, até que suas barrigas estão desagradavelmente cheias. Quando o tambor está praticamente vazio, Parks oferece a Melanie para que termine, mas ela nunca bebeu água na vida. Está acostumada a conseguir com a carne viva a pouca umidade de que seu corpo precisa. A ideia de colocar água na boca a faz torcer a cara e recuar.

Todos pegam uma faca e uma pistola, cuja bainha e coldre são presos nos cintos. Os soldados também pegam fuzis e Parks arrebanha dois punhados de granadas que parecem estranhas frutas pretas. As granadas são lisas, e não esculpidas em losangos como as que Justineau via nos filmes antigos. Parks também se serve – depois de pensar por um momento – do lança-chamas, que prende na mochila, e pega um par de walkie-talkies sob o painel do Humvee. Entrega um deles a Gallagher e prende o outro no cinto.

Nas mochilas, vão também os parcos suprimentos de comida, divididos igualmente. Justineau acrescenta o kit de primeiros socorros, apesar do volume desajeitado. É muito provável que venham a precisar dele.

Eles trabalham numa pressa febril, embora a estrada rural esteja silenciosa, com exceção do canto de passarinhos. Seguem a deixa de Parks, que tem a cara severa e urgente, falando aos monossílabos, importunando-os a prosseguir.

– Muito bem – diz ele por fim. – Estamos preparados. Todos prontos para seguir?

Um por um, eles assentem. Está começando a ocorrer a todos que uma viagem que se pode fazer em meio dia por boas estradas tornou-se uma jornada a pé de quatro ou cinco dias por uma terra completamente desconhecida, e Justineau presume que é difícil para o resto deles aceitar isso, ao contrário dela. Ela foi levada à base de helicóptero, diretamente de Beacon, e viveu em Beacon por tempo suficiente para que este se tornasse seu *status quo*. Ideias de antes dessa época, do Colapso, quando o mundo se encheu de monstros que pareciam pessoas conhecidas e amadas e cada ser vivo se arrastava e se sacudia para se esconder como camundongos quando os gatos acordam, tais ideias foram tão profundamente reprimidas, por tanto tempo, que eles não tinham mais lembrança nenhuma – eram lembranças de lembranças.

E este é o mundo para onde agora eles seguem. O lar ficava a mais de cem quilômetros de distância. Cento e dez quilômetros de terras verdes e agradáveis da Inglaterra, tudo entregue aos famintos e tão seguras para uma caminhada como seria dançar uma mazurca num campo minado. Uma perspectiva desconcertante, se houver alguma.

E a cara do sargento Parks diz a ela, antes mesmo que ele fale, que não se trata só disto.

– Ainda está decidida a deixar a criança solta? – pergunta ele.

– Sim.

– Então, tenho de determinar algumas condições.

Ele vai à lateral do Humvee. Há outro compartimento ali, que ninguém abriu. Por acaso está cheio de um kit altamente especializado que Parks e seu pessoal costumavam usar, antigamente, quando faziam incursões pelas cidades de Herts, Beds e Bucks procurando famintos altamente funcionais que Caroline Caldwell estava tão ansiosa para encontrar. Arneses de restrição, algemas, bastões de atordoamento, varas telescópicas com laços nas extremidades funcionais; todo um estoque de meios de capturar vivos animais perigosos, com um risco mínimo para seus manipuladores.

– Não – diz Justineau, com a garganta seca.

Mas Melanie, quando vê este arsenal desprezível, diz sim com igual rapidez e firmeza. Olha Parks nos olhos, avaliando, talvez aprovando.

– É uma boa ideia – diz ela. – Para garantir que eu não machuque ninguém.

– Não – diz Parks. – A boa ideia seria outra inteiramente diferente. Isto é só fazer o melhor possível de um trabalho porco. – Justineau sem dúvida entende o que ele quer dizer. Ele queria meter uma bala na cabeça de Melanie e deixá-la pela estrada. Mas como essas civis uniram forças contra ele, Caldwell e Justineau, por motivos diferentes, querem que Melanie fique como membro de seu grupo, ele chega, de má vontade, a um meio-termo.

Os dois soldados algemam as mãos de Melanie a suas costas. Prendem uma trela ajustável à corrente das algemas e a estendem por cerca de dois metros. Depois colocam uma máscara na metade inferior do rosto da menina, que parece uma mordaça de cachorro ou um freio medieval. É feito para adultos, mas se ajusta perfeitamente e eles o fecham bem apertado.

Quando começam a prender grilhões nos tornozelos de Melanie, que lhe permitirão andar mas não correr, Justineau se aproxima.

— Pode esquecer — vocifera. — Preciso lhe recordar de que estamos fugindo de lixeiros e famintos? Uma coisa é cuidar para que Melanie não morda nada. Mas cuidar para que ela também não consiga correr... Isto é matá-la sem desperdiçar uma bala.

Com o que o sargento claramente não se importaria em nada. Mas ele pensa por um tempo e por fim assente rispidamente.

— Você continua falando em *matar* com relação aos objetos de teste, Helen — diz Caldwell, didática, como sempre. — Eu já lhe falei. Na maioria dos casos, a função cerebral cessa algumas horas depois da infecção, o que combina com a definição clínica de morte, pelo que...

Justineau se vira e dá um soco na cara de Caldwell.

É um bom murro e dói em sua mão muito mais do que ela espera, o choque percorrendo o braço até o cotovelo.

Caldwell cambaleia e quase cai, agitando os braços, procurando se equilibrar, enquanto recua um passo, depois dois. Encara Justineau, completamente pasma. Justineau retribui o olhar, cuidando da mão com que bateu. Mas tem a mão esquerda, se por acaso for necessário, e é claro que, para Caldwell, basta uma.

— Continue falando — sugere ela. — Eu arrebento os dentes de sua cara um por um.

Os dois soldados esperam, interessados, mas imparciais. Claramente, não querem se meter nessa picuinha.

Melanie também observa, de olhos arregalados e boquiaberta. A raiva se esgota de Justineau, substituída por uma onda de vergonha pela perda do autocontrole. Ela sente o sangue subir ao rosto.

O sangue de Caldwell também aparece. Ela lambe um filete dele do lábio.

— Vocês são minhas testemunhas — diz ela a Parks e Gallagher, com a voz embargada. — Este foi um ataque gratuito.

— Nós vimos — confirma Parks. Seu tom é seco. — Estou louco para chegar a um lugar em que nosso testemunho faça alguma diferença. E então, acabamos? Alguém tem algum discurso que queria fazer? Não? Então, vamos andando.

Eles caminham pela estrada, indo para o leste, deixando para trás o Humvee manco e silencioso. Caldwell fica sozinha por uns momentos antes de se juntar ao grupo. Claramente está surpresa que o ataque a sua pessoa tenha despertado tão pouco interesse. Mas ela é realista. Sabe lidar com as más notícias.

Justineau se pergunta se eles deveriam ter colocado o Humvee em um dos campos vizinhos para esconder um pouco seu rastro, mas presume que, com o eixo quebrado e a traseira do veículo arriada no chão, seria pesado demais para deslocá-lo. E queimá-lo seria muito pior, é claro — como mandar um sinal de fogo, dizendo ao inimigo exatamente onde eles estão.

Muitos outros inimigos já esperavam lá fora, sem que eles precisassem disto.

28

Melanie constrói o mundo a sua volta enquanto caminha.

Esta é principalmente uma área rural, com campos de todo lado. Campos retangulares, a maioria deles, ou pelo menos com margens aproximadamente quadradas. Mas estavam tomados de mato até a altura dos ombros dos adultos, mato que tragou as lavouras ali plantadas há muito tempo. Onde os campos encontram a estrada, há sebes esfarrapadas ou muros em ruínas, e a superfície por onde eles andam é um tapete preto desbotado pontuado de buracos, alguns com tamanho suficiente para que ela ali caísse.

Uma paisagem de decadência – mas ainda assim comovente e gloriosamente bela. O céu é uma tigela de azul luminoso de tamanho quase infinito, aprofundado por uma massa imensa de nuvem branca e pura no limite da visão, subindo sem parar, como uma torre. Há aves e insetos por todo lado, alguns agora que ela conhece, do campo onde pararam pela manhã. O sol aquece sua pele, vertendo energia no mundo daquela tigela virada – faz as flores crescerem na terra, Melanie sabe, e as algas no mar; inicia cadeias alimentares em toda parte.

Mil odores carregam o ar complexo.

As poucas casas que eles veem ficam longe, mas mesmo dessa distância Melanie vê os sinais de ruína. Janelas quebradas, ou cobertas por chapas de madeira. Portas penduradas nas dobradiças. Uma grande casa de fazenda tem seu teto desabado, a espinha do telhado formando uma parábola perfeita apontando para baixo.

Ela se lembra da aula do Sr. Whitaker, que parece já fazer muito tempo. *A população de Birmingham é zero...* Este mundo que ela vê foi construído por pessoas para atender as suas necessidades, mas não atende mais. Tudo mudou. E mudou porque eles se retiraram dele. Eles o abandonaram aos famintos.

Melanie percebe agora que ela já ouviu tudo isso. Apenas ignorou, ignorou a lógica evidente por si mesma de seu mundo, e acreditou apenas – das muitas histórias conflitantes que lhe deram – nas partes em que quis acreditar.

O sargento Parks se debate com um problema logístico e ainda não viu uma saída para ele.

Seu instinto inicial foi ficar afastado das cidades em sua rota – de qualquer área construída – e fazer todo esse passeio estritamente pelo campo. O argumento para tanto é óbvio. Os famintos ficam principalmente perto de onde apareceram primeiro, ou onde foram infectados, como quiser chamar. Não é um instinto caseiro, é apenas um efeito colateral do fato de que, quando não estão caçando, eles ficam principalmente parados, como crianças pequenas brincando de Tudo que Seu Mestre Mandar. Assim, as cidades e povoados estão apinhados deles, a área rural mais esparsamente povoada, exatamente como era antes do Colapso.

Mas Parks tem três bons argumentos contra este. O primeiro é a questão da temperatura, algo que ele notou quando saiu em campo e ensina a todos os soldados sob seu comando, embora Caldwell diga que a evidência "ainda está longe de ser conclusiva". Os gatilhos conhecidos dos famintos são o suor endócrino de um corpo humano exposto, movimento rápido e ruídos altos. Mas havia um quarto, que entra em ação principalmente quando a temperatura cai à noite. Eles podem localizar você por seu calor corporal, de algum jeito. Eles o localizam no escuro como se você fosse uma placa de néon dizendo REFEIÇÕES AQUI.

E, sendo assim, entra o segundo ponto. Eles precisarão de abrigo. Se dormirem a céu aberto, terão um enxame de famintos vindo de todo lado para cima deles. Tudo bem, há outros lugares além das cidades que lhes darão abrigo, mas a maior parte pressupõe que você tenha tempo e efetivo para um reconhecimento adequado.

O que o leva à terceira questão. O tempo. Esquivar-se e passar longe de qualquer área construída aumenta sua rota nuns trinta quilômetros, o que não importa tanto como número bruto; mas os números brutos não valem merda nenhuma. O que importa é que isso os levará pelo terreno mais difícil e mais lento, e provavelmente dobrará o tempo da jornada. Para não falar do fato de que é difícil correr por um campo cheio de moitas com espinhos de três centímetros, ou um pasto sufocado de erva sanguinária na altura dos joelhos. Os famintos não se importam de se rasgar e continuarão correndo alegremente se pegarem seu cheiro, mesmo que se esfolem até o osso. Os humanos serão muito lentos nesse terreno e podem ser apanhados com muito mais facilidade.

Assim, agora eles andavam por uma estrada rural, entre dois campos tomados de mato, e estavam prestes a passar por um vilarejo. Ou a aumentar a jornada em uns cinco quilômetros e se esgotar dando a volta por ele.

De uma forma ou de outra, Parks terá de tomar sua decisão em breve.

Caroline Caldwell passa pelas fases do luto, na ordem prescrita.

A negação é a fase pela qual ela passa muito rapidamente, porque seu raciocínio ataca essa ideia traiçoeira e humilhante com a rapidez com que ela surge. Não tem sentido negar a verdade quando ela é tão evidente por si mesma. Não tem sentido negar a verdade mesmo que você tenha de andar por moitas de espinhos e campos minados para chegar a ela. A verdade é a verdade, o único prêmio digno de se ter. Se você a nega, só mostra que não é digno dela.

Assim, Caldwell aceita que seu trabalho – o âmago e a substância da última década de sua vida – está perdido.

Ao pensar nisso, ela sente a raiva e a indignação perniciosas que fervem dentro dela como uma azia. Se Justineau não tivesse interferido, se ela pudesse ter realizado aquela última dissecação, teria feito alguma diferença? Claro que não. Mas Justineau fez questão de que os últimos minutos do tempo de Caldwell na base fossem desperdiçados. Seria absurdo basear qualquer coisa além nesta transgressão, mas ela se basta. Justineau arruinou seu trabalho e seu trabalho agora se foi. Justineau pagará, quando elas voltarem a Beacon, com a perda de sua carreira e com a corte marcial, que provavelmente cuidará de seu fuzilamento.

A negociação é outra fase em que Caldwell não se demora. Ela não acredita em Deus, nem em deuses, nem no destino, nem em nenhum poder superior ou inferior que tenha domínio sobre ela. Não há com quem negociar. Mas ela concorda – mesmo em um mundo determinista regido por forças físicas imparciais – que se o laboratório for encontrado intacto e uma equipe de resgate de Beacon devolver suas anotações e amostras em bom estado, ela acenderá uma vela a ninguém em reconhecimento pela gentileza que o universo teve para com ela (aliás, por algo indistinguível do acaso).

Quando traz esse pensamento à luz e vê como é ridículo, como é um equívoco covarde, ela afunda na mais negra depressão.

Da qual é salva por este pensamento: não havia nada no laboratório que merecesse ser guardado. As amostras, possivelmente, mas ela tem uma amostra viva ali. As anotações eram principalmente descritivas – um relato muito detalhado e circunstancial do ciclo de vida do patógeno dos famintos (incompleto, uma vez que ela ainda teria de cultivar uma amostra até um estágio sexuado maduro) e o curso da infecção, no modo comum e no estado anômalo representado pela criança. Ela sabia essas coisas de cor, então a perda das anotações não é crucial.

Caldwell tinha uma chance. Estava em campo e as oportunidades apareceriam.

Isto ainda podia terminar muito bem.

O soldado Kieran Gallagher sabe tudo sobre os monstros, porque vem de uma família em que eles predominam. Ou talvez seja que sua família, mais do que a maioria, permitiu que os monstros saíssem e farejassem o ar.

A chave que os deixava sair era sempre a mesma: vodca clandestina, feita em um alambique que o pai e o irmão mais velho construíram em um telheiro atrás de uma casa abandonada a uns cem metros de onde eles moravam. O governo provisório de Beacon era oficialmente contrário ao álcool sem licença, mas extraoficialmente não se importava tanto, desde que você ficasse dentro de sua casa quando estivesse de porre e só batesse em sua própria gente.

Deste modo, Gallagher cresceu em um estranho microcosmo do mundo fora de Beacon. O pai, seu irmão Steve e o primo Jackie pareciam seres humanos normais e às vezes até se comportavam como tal, mas na maior parte do tempo oscilavam entre dois extremos: a violência impulsiva quando estavam bebendo e a sonolência comatosa quando a bebida se esgotava.

Fugindo disto, Gallagher tentou levar a vida no caminho seguro e sólido do meio, procurando pelas coisas que faziam os outros saírem dos trilhos a fim de evitá-las meticulosamente. Ele era o único soldado na base que recusava o conforto da cerveja caseira com 22 por cento de álcool preparada em um balde ou uma banheira. O único que não procurava pelos cogumelos mágicos quando estava em patrulha. O único que não achava hilariante ver a farra daquele professor Whitaker enquanto morria de tanto beber.

E ele sempre supôs que conseguiria escapar do naufrágio caso se conduzisse no meio do canal. Agora sabe que se pode naufragar também em águas claras e está pensando, *Oh, por favor, não me deixe morrer. Ainda não vivi, então não é justo me deixar morrer.*

Ele tem tanto medo, está tão preocupado que pode urinar nas calças. Antes, não entendia como ter medo podia levar um sujeito a isto; mas agora, jogado no mundo dos famintos com apenas o sargento Parks em seu apoio e com todos aqueles quilômetros a caminhar antes de chegarem a Beacon, sentia suas entranhas se apertando e a bexiga se afrouxando a cada passo que dava.

A questão é, o que mais o apavorava? Morrer aqui, ou ir para casa? Os dois tinham seus terrores, igualmente nítidos em sua mente.

Ele sempre teve uma sorte danada, desde o dia em que nasceu. Com as surras em casa e na escola, nunca conseguiu trocar cigarros por apalpadelas atrás do ginásio, como seu irmão (na única vez que tentou, o pai o pegou roubando os cigarros e tirou o couro dele com a ponta de um cinto), entrou para o exército por falta de opção para escapar daquele manicômio, fez uma tatuagem mal escrita e idiota (*qui audet piscitur* – "quem ousa, pesca") porque o tatuador estava bêbado e deixou três letras de fora, pegou gonorreia da primeira mulher com quem se permitiu deitar, engravidou a segunda e fugiu dela (nada em excesso, nem mesmo o amor), depois percebeu tarde demais que seus sentimentos por ela estavam bem além do sexo. Se ele conseguir voltar a Beacon e a reencontrar, tentará explicar isso a ela. *Sou um covarde e um bosta, mas, se me der uma segunda chance, nunca mais fugirei de você.*

Não vai acontecer, vai?

É isto que vai acontecer. Em algum lugar entre aqui e Beacon, um faminto dará uma dentada nele. Porque é assim que sua vida funciona.

Ele se reconforta com algo no bolso apertado da farda. É uma granada – que rolou para um canto quando Parks prendia as outras no cinto. Gallagher pegou-a, pretendendo entregar ao sargento, mas num impulso roubou-a e a escondeu. Ele a estava guardando para uma manobra desesperada.

Havia tantas coisas no mundo que metiam menos medo. Os famintos podiam devorá-lo. Os lixeiros podiam torturá-lo ou matá-lo. Eles podiam ficar sem comida e água entre aqui e Beacon e morrer aos pouquinhos.

Se chegasse a esse ponto, Gallagher puxaria o pino em sua própria vida. E ao inferno com o meio da estrada.

Helen Justineau pensa nas crianças mortas.

Não consegue estreitar a lista, ou não quer. Pensa em todas as crianças do mundo que morreram sem nunca crescer. Deveria haver bilhões delas. Hecatombes de crianças, apocalipses, genocídios delas. A cada guerra, a cada onda de fome, jogadas na parede. Pequenas demais para se proteger, inocentes demais para sair do caminho. Mortas por loucos, pervertidos, juízes, soldados, transeuntes causais, amigos e vizinhos, os próprios pais. Por um estúpido acaso ou por um decreto impiedoso.

Cada adulto crescia a partir de uma criança que tinha derrotado as probabilidades. Mas em diferentes épocas, em diferentes lugares, as probabilidades foram pavorosamente exorbitantes.

E as crianças mortas arrastavam a alma de cada vivo. Um peso de culpa que se carrega a sua volta como a lua carrega o mar, imenso demais para se erguer e demasiadamente parte de você para que o deixe de lado.

Se ela não tivesse falado com as crianças sobre a morte naquele dia. Se não tivesse lido para eles "A Carga da Brigada Ligeira", e se eles não tivessem perguntado como era ser morto, ela não teria afagado o cabelo de Melanie e nada disso teria acontecido. Ela não teria feito uma promessa que não podia cumprir, da qual não tinha como se afastar.

Poderia ser egoísta como sempre foi, e se perdoar como todos os outros faziam, e acordar a cada dia limpa como se tivesse acabado de nascer.

29

O SARGENTO PARKS TOMOU SUA DECISÃO. Ia para Stotfold.

É um lugarejo de nada na rota da A1 e ele não tem muitas esperanças no lugar. Eles não seriam capazes de se reabastecer ali, nem encontrar outro transporte. O que poderia valer a pena já teria sido encontrado e tomado. Mas tem uma vantagem: fica em sua rota e com a tarde se esgotando na noite, eles não podem ser seletivos. Ele quer estar debaixo de um teto antes do anoitecer.

Mas eles ainda estão a três quilômetros da cidade – nem mesmo perto o bastante para ver a chaminé do moinho se elevando sobre as árvores – quando passam por uma igreja.

É um lugar idiota para se colocar uma igreja, na opinião de Parks, porque não fica perto de nada. Mesmo antes do Colapso, não podia haver muita gente passando por ali. E é inútil como acampamento. Janelas grandes demais, a maioria delas quebrada, e a entrada imensa em arco escancarada como uma boca banguela (não é preciso dizer o que houve com as portas).

Mas há uma garagem de alvenaria barata bem ao lado da estrutura maior e Parks gosta do jeito dela. Quando vai olhar mais de perto, dizendo aos outros que esperem, gosta ainda mais. O portão basculante e largo é feito de metal sólido. Não cederia a socos e arranhões, como os famintos costumam fazer quando dão com uma porta, e provavelmente está enferrujado no batente, aumentando sua imobilidade. A outra entrada, lateral, é uma porta de madeira com um cadeado Yale. Muito menos segura, mas a vantagem é que Parks pode quebrar o cilindro e abrir a porta de fora sem danificar a madeira e depois – se a sorte deles continuar – consertar tudo ou encontrar outro tipo de barricada quando estiverem em seu interior.

Ele acena para Gallagher se aproximar. Os dois vão à igreja enquanto as mulheres esperam na estrada. Uma primeira passada não mostra famintos, o que é um bom sinal. Alguns ossos no chão, perto do altar, mas parecem de animais. Provavelmente deixados ali por uma raposa ou doninha, ou por algum satanista de passagem.

Acima do altar, em tinta spray verde, as palavras ELE NÃO ESTÁ OUVINDO, IMBECIS. Parks considera isto um axioma. Nunca rezou na vida.

Mas outra pessoa rezou ali. Em um banco, esquecida, Parks encontra a bolsa de uma mulher. Contém algum trocado, um batom, um hinário mínimo, a chave de um carro com localizador e uma única camisinha extrafina. Tais objetos cotidianos inocentes o deixaram um tanto fascinado, suscitando o espectro de uma época em que os piores motivos de preocupação para alguém eram o sexo sem segurança e esquecer onde estacionou o carro.

Gallagher espia uma sala lateral, a sacristia ou coisa parecida, iluminando-a um pouco com sua lanterna, depois bate a porta.

— Liberado, sargento — disse ele.

Pode ter sido a porta batendo. Mais provavelmente, porém, foram suas palavras. Alguma coisa disparou no escuro do fundo da igreja. Atingiu Gallagher em cheio, deu-lhe uma rasteira no pé direito e ele caiu com estrondo no piso de madeira.

Parks se vira, vê os dois corpos se debatendo. Nem mesmo precisa pensar. Saca a arma, aponta para a mancha escura da cabeça do faminto quando ela baixa no ângulo do pescoço de Gallagher e aperta o gatilho. O barulho é menos um *bang* e mais um *chunk* sólido que você consegue quando desce um machado num bloco de madeira.

A mira foi certeira. A bala pegou atrás do crânio do faminto. Uma bala comum teria passado direto. Também atingiria Gallagher, ou pelo menos borrifaria em seu rosto e na parte superior do corpo o tecido encefálico do faminto — com consequências previsíveis e deprimentes em uma hora, um dia ou uma semana a partir dali. Mas este era um projétil de aço aluminizado de ponta macia, projetado para a mínima penetração. Desacelera, abre-se e faz dos miolos de um faminto um milk-shake rosa.

Gallagher empurra o corpo flácido de lado e sai de baixo dele.

— Merda! - ele ofega. — Eu... só vi quando estava em cima de mim. Valeu, sargento.

Parks verifica o morto. O faminto está inteiramente inerte, a massa cinzenta vaza dos olhos, do nariz, das orelhas, para todo lado. Em vida, era homem, de cabelos pretos, um pouco mais jovem do que o próprio Parks. Vestia os restos mofados de uma sobrepeliz de padre, assim deve ter sido infectado bem aqui. Talvez esteja aqui desde então, esperando no escuro pela entrada de uma refeição. Ou talvez tenha voltado para cá depois de matar. Isso acontece, por mais estranho que pareça. Em vez de ficarem paralisados, como faz a maioria, alguns famintos têm um instinto de nostalgia de determinado lugar. Parks se pergunta se a Dra. Caldwell sabe disso e, se souber, como o combina com a ideia de que a mente hospedeira morre assim que o parasita aparece.

Gallagher se examina, procura cortes, mordidas e fluidos corporais do faminto. Parks o examina também, minuciosamente. Apesar do contato próximo, Gallagher está limpo. Ainda agradece a Parks, com um tremor pós-traumático na voz. Parks teve tantos desses embates próximos em seus tempos de pega-ensaca, que nem acha grande coisa. Só diz a Gallagher para não falar numa situação de ameaça. Sinais de mão são igualmente bons e muito mais seguros.

Eles voltam para fora, onde as civis — esperando a cinquenta metros, no início da entrada de cascalho — parecem ignorar inteiramente que aconteceu alguma coisa. Devem ter atribuído o barulho na igreja a uma busca vigorosa.

— Está tudo bem? — pergunta Justineau.

— Tudo ótimo — diz Parks. — Estamos quase acabando. Só fiquem de olho na estrada e gritem se vier alguma coisa.

Ele volta sua atenção para a garagem, que num exame mais atento é ainda melhor do que ele pensava. Está prestes a quebrar o cadeado com a coronha do fuzil, mas não precisa. Quando experimenta a maçaneta, a porta se abre. Quem esteve ali por último deixou destrancada.

Eles entram lenta e cuidadosamente, dando cobertura um ao outro. Parks baixa sobre um joelho, com o fuzil no automático, pronto para fazer uma varredura nas rótulas. Gallagher acende a lanterna e joga a luz nos cantos do ambiente.

Que está vazio. Limpo. Nada onde alguém se esconder, sem espaço para surpresas desagradáveis.

– Tudo ótimo – murmurou Parks. – Muito bem, isto servirá. Traga-as para dentro.

Gallagher conduz as civis para dentro e Parks fecha a porta, agora trancando o cadeado com um estalo firme. As civis estão menos entusiasmadas do que Parks quando veem o espaço confinado e respiram seu ar estagnado e consumido, mas não estão inclinadas a entrar em uma discussão. A verdade é que as duas mulheres não estão acostumadas a andar em marcha acelerada e nenhuma delas – inclusive Parks, a não ser que se volte algum tempo – está habituada a ficar do lado de fora de uma cerca com o cair da noite. Estão aturdidas, exaustas e olham as sombras. Ele também, mas deixa seu aturdimento e as encaradas principalmente dentro de si, assim não se percebe tanto.

O único impasse envolve a menina, o que não surpreende ninguém. Parks sugere que ela durma na igreja e Justineau contra-argumenta que Parks vá se foder.

– De novo, a mesma questão – ela lhe diz, ficando toda irritada novamente, o que ele agora pensa ser o padrão em Justineau. E, verdade seja dita, ele gosta muito. Se você se permite sentir alguma coisa, é melhor a raiva do que as alternativas. – Mesmo que os famintos sejam a única ameaça aqui – agora ela diz –, tudo isso... Tudo isso... É tão estranho a Melanie quanto é para nós. E igualmente assustador. Não podemos deixá-la amarrada num prédio vazio, sozinha, a noite toda.

– Então fique com ela lá fora – diz Parks.

Isso tem o efeito desejado de calar Justineau por alguns segundos. Naquele silêncio, ele declara seu manifesto.

— Temos uma longa caminhada pela frente, assim podemos muito bem estabelecer algumas regras agora. Você faz o que eu digo, quando eu disser, e pode chegar a Beacon com seu traseiro ainda grudado no corpo. Se continuar se comportando como se tivesse direito a dar palpite, estará morta antes do anoitecer de amanhã.

Justineau o encara, sem fala. Ele espera pelo pedido de desculpas e a submissão.

Ela estende a mão.

— A chave.

Parks fica perplexo.

— Que chave? Não temos chave nenhuma. A porta estava...

— A chave das algemas de Melanie — diz Justineau. — Vamos sair.

— Não — diz Parks — Você não vai.

— Que foi?... Acha que somos todos seus soldados agora, sargento Parks? Sério? — De repente ela nem mesmo está irritada. Só está amargamente irônica. — Não somos. Nenhuma de nós está sob seu comando, a não ser o soldado aqui. Então essa besteira de "venha comigo se quiser viver" não cola. Prefiro me arriscar lá fora a confiar minha vida a soldadinhos congênitos e uma psicopata de carteirinha. A chave. Por favor. Vamos fazer assim. Você disse que somos um risco, então, solte-nos.

— De jeito nenhum! — Caldwell a censura. — Eu já lhe falei, sargento. A menina faz parte de minha pesquisa. Ela pertence a mim.

Justineau meneia a cabeça, olhando fixamente o chão.

— Terei de lhe dar outro murro na cabeça, Caroline? Não quero ouvir você dizer isso.

Parks está surpreso. Chocado. Até meio enojado. Está acostumado a lidar com gente que tem pelo menos o mesmo instinto de sobrevivência e sabe que Justineau não é burra. Na base, ele a considerava a melhor do círculo de Caldwell e, embora isso não seja grande coisa, ele na verdade gostava dela e a respeitava. Ainda era assim.

Mas isto não os levava a lugar nenhum.

— Desculpe se não me fiz entender — ele lhe diz agora. — Você não está livre para sair; não é livre para ficar. Minhas ordens não cobrem nada disso, mas assumo esta posição. Levarei todos os humanos daqui para Beacon, vivos. Depois disso, mais alguém assumirá.

– Acha que pode me manter aqui contra a minha vontade? – pergunta Justineau, colocando as mãos nos quadris.

– Acho. – Ele tem certeza disso.

– Acha que pode fazer isso e ainda continuar num ritmo decente?

Esta é uma pergunta diferente, com uma resposta mais feia. Ele não quer ameaçá-la. Ele tem a sensação de que, se pressionar, se coagi-la, em vez de conseguir que coopere, uma fronteira será rompida e ele nunca mais poderá refazê-la.

Ele tenta outra estratégia.

– Estou aberto a sugestões – diz –, desde que não sejam estúpidas. Manter uma faminta aqui conosco, mesmo que esteja algemada e amordaçada, não é uma opção. Eles não reagem a danos físicos da mesma maneira que nós e existem coisas que você pode fazer com algemas e mordaça, se não se importar de se desfigurar. Ela tem de ficar lá fora.

Justineau arqueia uma sobrancelha.

– E se eu tentar sair com ela, você me impedirá.

Ele assente. Parece uma opção mais branda do que dizer sim, mesmo que signifique a mesma coisa.

– Muito bem, então me impeça.

Ela vai para a porta, Gallagher se coloca em seu caminho e, rápida como um raio, ela põe a arma – aquela que Parks lhe deu – na cara dele. Um movimento astuto. Ela se aproveitou do escuro dentro da garagem, esperou para sacar a arma quando passava por Parks, de modo que o ângulo de seu corpo daria cobertura ao movimento do braço. Gallagher fica petrificado, com a cabeça virada para trás, para longe da arma.

– Saia de meu caminho, soldado – diz Justineau em voz baixa. – Ou vou espalhar seus miolos.

Parks suspira. Saca a própria pistola e a pousa de leve no ombro dela. Ele sabe, do pouco que conhece de Justineau, que ela não atiraria em Gallagher. Pelo menos, não depois de um alerta. Mas não há dúvida da sinceridade de seus sentimentos.

— Você já demonstrou seu argumento — disse ele severamente. — Faremos isso de outra maneira.

Porque ele não queria matá-la, a não ser que ela realmente forçasse a questão. Ele o fará, se for necessário, mas eles já são poucos e, dos três — Justineau, Gallagher e a doutora — Parks desconfia de que ela pode vir a ser a mais útil.

Então, o que eles fazem é isto. Amarram a menina junto da parede com uma corda, presa às algemas. Parks prende todos os cantis à corda, junto com um monte de pedras num balde de estanho que eles encontram do lado de fora. Não há como Melanie se mexer sem fazer uma barulheira que acordará a todos.

Justineau sofre para explicar tudo isso à menina faminta, que fica calma e parada por todo o procedimento. Ela até sabe, mesmo que Justineau não consiga entender, por que, com ou sem bloqueador E, ela tem de ser tratada como munição que não explodiu. Ela não se queixa nem uma vez.

A comida que eles tiraram do Humvee é a mistura dura e sem gosto de carboidrato e proteína tipo 3, rotulada — é preciso entender isso satiricamente — *Carne com batatas*, engolida com água que tem um gosto de lama, assim o jantar não é a ideia que alguém pode fazer de uma refeição gourmet.

Justineau pega uma colherada a mais e dá à criança, que portanto tem de ser solta da mordaça por alguns minutos. Parks a olha atentamente o tempo todo em que ela está solta, com a arma no coldre, mas destravada e com uma bala na agulha — mas de maneira nenhuma ele poderá se meter a tempo, se der na veneta de Melanie morder Justineau. Ele só teria de atirar nas duas.

Mas a criança é boazinha. Engole os nacos de carne da mistura alimentar sem nem mesmo mastigar, cospe as batatas com uma repulsa evidente. Ela termina em um minuto.

Depois Justineau limpa sua boca com o canto de um trapo rasgado Deus sabe do que e de onde, e Parks fecha a mordaça de novo.

— Está mais frouxa do que antes — diz a criança faminta. — Precisa apertar.

Parks testa, passando o polegar por dentro da alça, contra sua nuca. Ela tem razão, é claro, e ele ajusta sem dizer nada.

O chão é frio e duro e os cobertores são finos. Suas mochilas dão travesseiros ruins. E há o monstrinho ali entre eles, então Parks fica tenso o tempo todo, esperando o bater e matraquear de cantis da menina voltando a sua natureza e partindo para eles.

Ele encara o escuro monótono, pensa na visão da virilha de Justineau que ele teve quando ela estava urinando no cascalho do lado de fora.

Mas o futuro é incerto e ele nem mesmo consegue se entusiasmar o bastante para se masturbar.

30

Melanie não sonha. Pelo menos, nunca sonhou. Havia fantasias a que ela se entregava, como aquela de salvar a Srta. Justineau de monstros, mas dormir, para ela, sempre foi um não tempo passado no não espaço. Ela fecha os olhos, abre-os novamente e o dia se recicla.

Esta noite, na garagem, é diferente. Talvez porque ela esteja fora da cerca, e não em sua cela. Ou talvez porque as coisas que aconteceram com ela hoje sejam nítidas e estranhas demais para que sua mente consiga se livrar delas.

Seja como for, seu sono é lúgubre e apavorante. Famintos, soldados e homens com facas pegam-na de emboscada. Ela morde, e morde – mata e é morta. Até que a Srta. Justineau a pega nos braços e a abraça com força.

Enquanto seus dentes alcançam o pescoço da Srta. Justineau, ela acorda de imediato e sua mente se torce para longe dessa perspectiva impensável. Mas ela não consegue parar de pensar nisso. O pesadelo fica nas dobras reprimidas de seus pensamentos e ela sabe que há algo dentro das imagens do sonho, um explosivo oculto que cedo ou tarde ela terá de enfrentar.

Sente um gosto amargo de metal. Parece o gosto de sangue e carne deixado por um fantasma vingativo. A comida seca e sem textura que a Srta. Justineau lhe deu se revira nauseante em seu estômago quando ela se mexe.

A garagem está às escuras, a não ser por uma pequena luz filtrada (o luar, deve ser) pelas bordas do portão. Silêncio, exceto pela respiração regular dos quatro adultos.

O soldado ruivo que pertence ao pessoal do sargento murmura dormindo – palavras sem forma que parecem um protesto ou uma súplica.

Depois de um tempo fitando o escuro, os olhos de Melanie se adaptam. Ela pode ver o contorno do corpo da Srta. Justineau, não perto, porém mais perto dela do que os outros. Ela quer engatinhar até lá e se enroscar ali, com os ombros apertados no arco preciso das costas da Srta. Justineau.

Mas com a atmosfera do sonho nela, Melanie não consegue. Não se atreve. E o movimento faria o balde e os cantis baterem, o que acordaria a todos.

Ela pensa em Beacon, no que ela disse à Srta. Justineau uma vez em sala de aula, depois da "Carga da Brigada Ligeira". Ainda é muito claro em sua mente e é fácil se lembrar das palavras exatas, porque foi esta a conversa que terminou com a Srta. Justineau acariciando seu cabelo.

Vamos para casa, em Beacon?, perguntara Melanie. *Quando formos adultos?* E a Srta. Justineau fica tão triste, tão chocada, que Melanie começa de imediato a soltar suas desculpas e a tentar tranquilizá-la, procurando romper os efeitos da coisa terrível que ela, sem querer, acabou falando.

O que agora ela entende. Desta perspectiva, é óbvio. O que ela disse, sobre ir morar em Beacon, era impossível, como neve quente ou um sol escuro. Beacon não era a casa dela, nunca seria.

Foi isso que deixou a Srta. Justineau triste. Que nunca pudesse haver um ir-para-casa para Melanie, que significasse ficar com outros meninos, meninas e adultos e fazer as coisas que ela costumava ouvir nas histórias. Ainda menos um ir-para-casa que tivesse nele a Srta. Justineau. Ela terminaria nos jarros do laboratório da Dra. Caldwell.

O que ela vive agora não foi previsto nem pretendido. Por ninguém. Por isso eles ficam discutindo sobre o que farão.

Ninguém sabe. Ninguém sabe mais do que ela para onde realmente vão.

31

O sargento Parks pretendia deixá-los dormir até que o sol estivesse alto, porque ele sabe como o dia será complicado, mas, por acaso, todos acordam cedo. O que os desperta é o barulho de motores. No início de longe, aumentando e caindo um pouco, mas é evidente, o que quer que seja, está se aproximando.

Sob as orientações tensas de Parks, eles pegam suas coisas e saem dali. Ele deixa a faminta fora da corda e a recoloca na trela, tentando ao máximo não fazer estrondo com o balde. Não há como saber a que distância o barulho é conduzido na quietude pouco antes do amanhecer.

Eles correm para a semiescuridão luminosa, passam pela igreja e entram num campo atrás dela, seguem uns bons cem metros ou mais antes de Parks sinalizar que se ajoelhem em meio ao mato alto. Eles podem — e talvez devam — ir adiante, mas ele quer ver o que se aproxima. Dali, ele pode ter uma boa visão da estrada sem ser visto e o pisotear deles se curará dentro de um minuto à medida que a relva resistente se reerguer.

Eles se sentam e se ajoelham ali por um bom tempo, enquanto o sol se separa lentamente do horizonte e a luz baixa banha o campo como água em um trapo. Não falam. Não se mexem. Justineau abre a boca a certa altura, talvez dez minutos depois, mas Parks gesticula para ela ficar calada e ela obedece. Ela vê a urgência em seu rosto.

Quando o vento muda, eles ouvem as vozes aos gritos de pessoas e o barulho de máquinas.

É uma cavalgada estranha, quando finalmente aparece. Na frente, um dos tratores que Parks viu um dia antes. Enquanto ele rola pela estrada e faz uma curva para eles, Parks tem uma boa visão de sua pá larga, que foi decorada com uma caveira ostentosa em tinta spray metalizada. Ele ouve alguém – pensa ser Gallagher – soltando um miado de puro medo atrás dele. Mas é baixo o suficiente para não ser transmitido, então não há mal nenhum em ele verbalizar o que todos sentem ali.

Atrás do trator vem um Humvee idêntico àquele que eles confiscaram e depois deste, um jipe. Os três veículos estão apinhados de lixeiros num humor festivo, gritando uns com os outros e agitando uma ampla variedade de armas de ataque. Entoam algo com um ritmo forte e repetitivo, mas Parks não consegue distinguir as palavras.

O comboio para na igreja, onde dois lixeiros pulam e entram. Há um grito e eles saem novamente, parecendo um pouco mais animados. Encontraram o faminto morto, imagina Parks. Mas eles não têm como dizer há quanto tempo está ali. O sangue dos famintos não flui muito e tem cor de lama, para começar, então não é alterado quando seca. É preciso olhar muito de perto para imaginar como o faminto foi abatido, porque o ferimento de entrada da pistola de Parks é pequeno e discreto e não há ferimento de saída.

Os lixeiros também olham a garagem e Parks se enerva porque é ali que tudo pode ir para o ralo. Se eles deixaram algum vestígio de sua presença... Mas não há nenhum alarme e não dão uma busca. Depois de alguns minutos, os lixeiros voltam ao trator e partem. O comboio vira outra esquina e desaparece de vista, embora eles ainda possam ouvir por um bom tempo depois disso.

Quando tudo volta ao silêncio, Justineau fala.

– Eles procuram por nós.

– Não temos como saber disso – protesta a Dra. Caldwell. – Podem estar procurando comida.

– A base tem muito suprimento – diz Parks, apontando o óbvio. – E eles só a tomaram ontem. Eu estava esperando que eles levantassem a cerca e passassem a morar ali. Se estavam aqui, faz sentido que estejam procurando sobreviventes. – O que significa que a questão agora era pessoal. Ele não disse isso, mas agora pensa que aqueles que Gallagher matou por acaso podiam ser importantes, ou populares. O ataque à base pode ter sido inteiramente oportunista, mas esta caçada foi armada para um acerto de contas.

Mas ele não fala nada disso, porque não quer que Gallagher tenha todas aquelas mortes em sua consciência. O rapaz já é sensível demais e pode vergar sob todo esse peso. Ora essa, o próprio Parks vergaria sob esse peso.

Todos estão assustados e abalados, sobretudo Gallagher, mas não há tempo para dar apoio a ninguém. A boa notícia é que os lixeiros foram para o norte, o que significa que eles têm uma oportunidade de fugir para o sul e é melhor que a usem.

— Dez minutos — diz Parks. — Vamos comer e correr.

Eles entram ainda mais no mato alto, um por um, para se aliviar, lavar-se e o que mais precisem fazer, depois comem um café da manhã rápido e sem alegria da mistura de carboidrato e proteína 3. A criança faminta é uma observadora passiva e silenciosa de tudo isso. Não urina e desta vez também não come. Parks prende a trela a uma árvore quando sai para fazer suas necessidades.

Quando volta, descobre que Justineau soltou a trela da árvore e segura ela mesma. Por Parks, tudo bem. Ele prefere ter as mãos livres. Com um mínimo de discussão — um mínimo de qualquer interação —, eles pegam a estrada. Cada rosto que Parks olha está abatido e temeroso. Eles fugiram de um pesadelo e a merda estava aqui de novo, ribombando atrás deles. O que ele sabe e não diz é que vão para algo pior.

Partem primeiro para o leste, para Stotfold, mas não há necessidade de parar ali agora, então fazem um desvio para o sul, pegam a estrada que costumava ser a A507 e vão em frente.

Esta é uma área rural deserta, por muitos motivos. Nos primeiros dias e semanas do Colapso, o governo do Reino Unido, como muitos outros, pensou que podia conter a infecção trancando a população civil. Não admira que isto não impedisse as pessoas de fugir como ratos quando viram o que estava acontecendo. Milhares, talvez milhões tentaram sair de Londres pelas artérias norte-sul, a A1 e a M1. As autoridades reagiram impiedosamente, primeiro com bloqueios militares nas estradas, depois com ataques aéreos.

Ainda havia alguns trechos limpos e alguns eram extensos. Por quilômetros seguidos, as duas grandes estradas tinham crateras como os campos de batalha da Primeira Guerra Mundial e carcaças enferrujadas espalhavam-se como uma versão mecânica de um cemitério de elefantes. Ainda era possível andar pela estrada, em meio a carros arruinados, se você quisesse – mas só um louco faria isso. Com a visibilidade reduzida a quase nada, um faminto podia pular em você de qualquer lado e você não teria mais de um segundo de alerta.

O plano de Parks é pegar a A1 na interseção 10, pouco ao norte de Baldock. Ele sabe, dos tempos de pega-ensaca, que há um corredor aberto ali, indo ao sul por uns bons 15 ou 20 quilômetros. Eles podem fazer isso facilmente em um dia, se o tempo ajudar: os lixeiros que fiquem para trás. Chegarão a Stevenage antes do escurecer e, com sorte, encontrarão um bom lugar para dormir sem se arriscar demais em ambiente urbano.

Nos primeiros anos depois do Colapso, e mesmo depois da evacuação de Londres, Beacon costumava manter uma presença armada nas principais estradas norte-sul. A ideia era permitir uma passagem segura para os pega-ensaca, ou em sua jornada de saída e – mais importante – quando voltavam para casa, carregados das boas coisas da terra de antigamente. Mas eles descobriram do jeito difícil como era desvantajoso deixar aquelas linhas de visão limpas. Os famintos podiam localizar um sujeito de muito longe e se concentrar em seus movimentos. Depois de algumas custosas pencas de famintos, os postos permanentes foram desmontados e os pega-ensaca tiveram de se virar. Nos últimos anos, chegavam e saíam de helicóptero, quando terminavam tudo. As estradas foram dadas como perdidas.

Tudo isso significa que Parks está muito atento ao abordarem o trecho amplo de asfalto, marchando em fila única pela curva suave da antiga estrada de acesso. Uma placa onde elas se unem aponta para serviços em Baldock, fazendo várias promessas falsas: comida, gasolina, uma área de piquenique, até uma cama para passar a noite. Do alto da elevação, eles podem ver a ruína sem telhado do que antes era um posto de gasolina, incendiado há muito tempo. Parks se lembra de parar ali uma vez, quando criança, voltando das férias da família no Peak District. Lembra-se de alguns pontos altos: chocolate morno com um grosso sedimento no fundo, onde não mexeram direito, e um homem estranho no banheiro, com olhos esbugalhados de Marty Feldman, que cantava "The River" de Bruce Springsteen numa monotonia assustadora.

Da perspectiva de Parks, os serviços de Baldock não eram uma grande perda.

A A1, porém, estava como sempre. Meio sufocada de mato e esburacada, talvez, mas reta como uma régua nessa altura e apontando para o sul, para o lar, doce lar. Há toda uma metrópole sem vida entre aqui e ali, é claro, mas o sargento pode contar suas bênçãos e chega no máximo a duas. Neste momento eles têm uma boa elevação. Podem ver por quilômetros.

E o sol aparece, como um beijo no rosto de Deus.

— Muito bem, escutem — diz ele, olhando cada um deles sucessivamente. Até Gallagher precisa ouvir isto, embora a maior parte seja uma questão geral para quando se está fora das cercas. — Protocolo de estrada. Vamos seguir reto antes de sairmos lá. Primeiro, não falem. Não façam barulho. O som é transmitido e os famintos o localizam. Não é um gatilho tão forte para eles como o cheiro, mas vocês ficariam admirados de ver como sua audição é boa.

"Segundo, meçam seus movimentos, qualquer um, e sinalizem. Levantem a mão, assim, com os dedos abertos. Depois apontem. Cuidem para que todos vejam. Não saquem a arma e comecem a atirar, porque ninguém saberá no que você está atirando e não poderá lhe dar apoio. Se estiver perto o suficiente para saber que é um faminto e se estiver vindo para nós, então vocês podem quebrar a regra um. Gritem *faminto,* ou *famintos,* e se tiver vontade, me dê o alcance e a direção. Três horas e cem metros, o que for.

"Terceiro e último, se tiver um faminto atrás de vocês, não corram. De maneira nenhuma podem derrotá-lo e têm uma chance maior se o enfrentarem de frente. Batam nele com alguma coisa. Atirem, joguem tijolos, usem as próprias mãos, xinguem. Se tiverem sorte, o derrubarão. Um tiro na perna e na parte inferior do corpo aumenta suas chances de se sair com sorte, a não ser que ele esteja muito perto. Neste caso, atirem na cabeça para que ele tenha alguma coisa para mastigar que não seja vocês."

Ele pega o olhar da menina faminta. Ela o observa tão atentamente como os outros, com um franzido de preocupação em sua cara lívida e morta. Em outra hora, Parks podia ter rido. É meio parecido com uma vaca ouvindo uma receita de ensopado de carne.

— Estou supondo que há uma regra diferente para os lixeiros — diz Helen Justineau.

Parks assente.

— Se encontrarmos esses filhos da puta de novo, ouviremos muito bem antes de vê-los. Neste caso, saímos correndo da estrada e esperamos até irem embora, como da última vez. Se estiverem num comboio como aquele, vamos ficar bem.

Ninguém tem mais nada a dizer sobre essas instruções. Eles sobem a estrada e vão para o sul, e por algumas horas andam em completo silêncio.

É um glorioso dia de verão, rapidamente assumindo um calor desagradável à medida que o sol sobe no céu. Um vento aumenta e diminui espasmodicamente, mas não os refresca muito. Preocupado com a profusa transpiração de todos e o que isso pode trazer, Parks os faz parar e aplica outa camada de bloqueador E em todos os lugares necessários. A maioria fica por baixo das roupas. Eles se afastam um dos outros por um acordo tácito, formando os vértices de um quadrado em cujo centro a criança faminta fica em silêncio, olhando não os adultos — os humanos — mas o reflexo ardente do sol.

A rotina do bloqueador E é básica, mas essencial. É passado em grossas camadas na virilha e nas axilas, na parte de trás de cotovelos e joelhos. Um pouco pelo corpo todo e um losango pegajoso da coisa se dissolvendo rapidamente na língua. Não é o suor que importa; são principalmente os feromônios. Talvez os famintos não tenham miolos para ver as pessoas como pessoas, mas ficam muito animados quando se trata de seguir um gradiente químico.

Eles voltam à marcha. Justineau e a criança faminta andam lado a lado, a trela frouxa entre elas. Caldwell vem atrás das duas, na maior parte do tempo, com as mãos soltas de lado ou cruzadas no peito. Gallagher assume a retaguarda, enquanto o próprio Parks fica na vanguarda.

Lá pelo meio-dia, eles veem algo na estrada à frente. No início, é uma mancha escura – não se mexe, então Parks não a sinaliza de imediato como perigo. Mas gesticula para que eles se espalhem ao se aproximarem. Ele é atento à facilidade com que são vistos na estrada vazia, as únicas coisas em movimento numa paisagem imóvel como uma fotografia.

É um carro. Está bem no meio da estrada, mas meio enviesado, o nariz tombado para o que antes era a pista lenta. O capô está aberto, a mala também, e as quatro portas estão escancaradas. Não está enferrujado nem queimado. É provável que não esteja ali há muito tempo.

Parks faz com que os outros parem, contornando-o ele mesmo. À primeira vista, parece vazio, mas enquanto ele dá a volta para o lado do motorista, vê de relance algo no banco traseiro que parece vagamente humano. Pelo resto do caminho, ele tem a arma na mão e mira, pronto para descarregar em qualquer coisa que se mexa.

Nada se move. A forma escura e recurvada era antes da espécie *Homo sapiens*, mas agora não é muito parecida. Pode-se dizer que foi um homem, por causa do paletó e do rosto, na maior parte intacto. O resto da carne da parte superior do corpo foi devorada, a cabeça praticamente despregada por uma mordida imensa que a arrancou do pescoço. Nas profundezas daquela ferida seca e antiga, apareciam nacos de ossos e cartilagem.

Ninguém mais no carro. Nada na mala, além de dois sapatos surrados e um rolo de corda. Muita coisa espalhada pela estrada, porém – bolsas e caixas, uma mochila e algo que parecia um console de game ou parte de um sistema de som.

O carro conta sua própria história, como um diorama num museu. Um grupo de pessoas afins pega uma carona, indo... para algum lugar. Algum lugar ao norte. O carro começa a engasgar ou bater pino, ou para por outro motivo. Alguém do grupo sai para olhar, abre o capô, declara o carro morto. Então todos começam a pegar suas coisas na mala. Os burros não conseguem deixar o tesouro para trás, mas não há nada de errado com o instinto.

Eles foram interrompidos. A maioria largou suas merdas e correu para os morros. Um deles voltou a entrar no carro e talvez tenha salvado os outros por este ato, porque parece que mais de um faminto partilhou dele.

— Está testando a chave? — pergunta Justineau. Parks fica muito irritado ao vê-la andando para o carro, embora ele não tenha sinalizado que estava *limpo*. Mas a mulher não é burra; por reflexo, Parks está ciente de que sua linguagem corporal mudou ao contornar o carro — da total prontidão para a ameaça a sua cautela imóvel, porém mais solta do que de costume. Ela só estava reagindo a essa alteração, mais rápida do que os outros.

— Pode experimentar — sugere ele.

Justineau se curva sobre o carro, de repente fica imóvel ao ver seu outro ocupante. Mas, se ela se retrai com esta visão, é só por um segundo. Estende a mão e Parks ouve um estalo fraco do giro da chave. O motor não faz um ruído. Ele não espera realmente por isso.

Ele olha os dois lados da estrada. A sua direita, há arbustos e mato, um amontoado de madeira à esquerda. É mais provável que os ocupantes do carro tenham corrido pela rota óbvia, aos arbustos. Não há como saber até onde foram, mas não voltaram para pegar as coisas, ou enterrar seus mortos. Parks revisa o primeiro raciocínio, de que o sacrifício do passageiro no banco traseiro salvou os demais. Não é provável que alguém a pé tenha se safado disto.

Os outros se aproximam e se juntam a eles. Gallagher é o último porque espera o sinal de Parks. Parks lhes diz para verificar as bolsas e caixas, mas é principalmente o tipo de guardados que só importava para seus antigos donos. Nem contêm roupas, mas livros e DVDs, cartas e objetos de decoração. Os poucos artigos comestíveis eram perecíveis, e apodreceram: maçãs murchas, um pão podre, uma garrafa de uísque que se quebrou quando sua bolsa bateu no asfalto.

Justineau abre a mochila.

— Meu Deus! — murmura. Ela baixa a mão e tira parte do conteúdo: dinheiro. Maços de notas de cinquenta libras, novas, em luvas de papel. Completamente inúteis. Vinte e poucos anos depois de o mundo descer pela privada, alguém ainda pensava que tudo ia voltar — que chegaria o dia em que o dinheiro voltaria a representar alguma coisa.

— O triunfo da esperança sobre a experiência — observa Parks.

— Nostalgia — diz a Dra. Caldwell categoricamente. — O conforto psicológico superando as objeções lógicas. Todos precisam de um cobertor de segurança.

Só os idiotas, pensa Parks. Pessoalmente, ele tende a ver a segurança em termos muito menos abstratos.

Gallagher olha de um a outro, sem saber o que está havendo. É novo demais para se lembrar de dinheiro. Justineau começa a dar uma explicação, depois meneia a cabeça e desiste.

— Por que eu estragaria sua inocência? — diz ela.

— Uma libra tem cem pence — diz a menina faminta. — Mas só depois de 15 de fevereiro de 1971. Antes disso, tinha duzentos e quarenta pence numa libra, mas eles não diziam pence. Diziam pennies.

Justineau riu.

— Muito bem, Melanie. — Ela rasga a luva de um dos maços de notas, abre as cédulas e joga no ar. — Pennies para o paraíso — diz ela, enquanto elas são levadas pelo vento quente. A criança faminta sorri, como se a cascata de papel fosse um show de fogos de artifício. Semicerra os olhos para o sol, acompanhando seu voo.

32

Eles fazIAM, supõe Caroline Caldwell, um bom progresso.

Mas ela tem dificuldade para saber, porque seu senso de tempo está um tanto distorcido por dois fatores externos. O primeiro é uma febre que vem aumentando desde a noite anterior. O segundo fator é que ela se permitiu ficar desidratada ao caminharem, exacerbando os efeitos do primeiro fator.

Ela observa sua própria enfermidade com distanciamento, não porque sua vocação científica condicione tudo que faça, mas porque parece ajudar estar distante. Ela pode observar o cansaço enfermiço dos ombros, identificar a dor na cabeça ocasionada pelos repetidos solavancos, embora mínimos, dos pés no asfalto – e ainda continuar sem interrupção, porque estas são coisas puramente fisiológicas, sem nenhuma influência última no que faz sua mente.

E isto, por sua vez, são antigas perguntas feitas repetidas vezes à luz de novas provas.

Ela leu muitos relatos detalhados da alimentação de famintos, mas nunca observou em primeira mão (a alimentação das cobaias, em condições artificiais e controladas, era uma questão inteiramente diferente). Ela se impressiona que os famintos que se alimentaram do homem do carro continuassem a comer até que seu corpo não fosse mais viável – até que quase não restasse carne no tronco e ele estivesse praticamente decapitado.

Isto é um contrassenso. Caldwell esperava que o patógeno tivesse se adaptado melhor. Ela teria esperado que o *Ophiocordyceps* manipulasse as células do hipotálamo do hospedeiro com mais habilidade, reprimindo o impulso da fome depois das primeiras mordidas, para que o recém-infectado tivesse uma forte probabilidade de sobrevivência.

Isto obviamente seria muito mais eficiente, uma vez que um novo hospedeiro viável se tornará um novo vetor, dando maiores oportunidades de o patógeno se multiplicar rapidamente em dado âmbito ecológico.

Talvez seja efeito colateral daquele amadurecimento muito lento o fato de que esta amostra de *Ophiocordyceps* nunca chegue a sua fase final de disseminação sexuada, mas se reproduza em neotenia por brotação assexuada no ambiente favorável da saliva e do sangue. Logicamente, espera-se que isto impeça a disseminação de mutações favoráveis.

Algo a considerar na próxima rodada de dissecações. Examinar mais detalhadamente as células do hipotálamo. Procurar por níveis diferenciais de penetração por micélios micóticos.

A um quilômetro e meio de Stevenage — perto o bastante para ver os telhados das casas e o pináculo de ardósia azul da igreja —, o sargento Parks dá a ordem de parar. Vira-se para eles e lhes diz o que vai acontecer, apontando o céu como uma testemunha incontestável.

— O sol vai baixar nas próximas duas horas. Pode ser que aqueles lixeiros ainda estejam nos procurando, mas de qualquer modo precisamos de um lugar em que nos entocar à noite, e é este. Gallagher e eu vamos limpar a área, o máximo que for necessário. Depois voltaremos para pegar vocês. Tudo bem?

Não, não estava tudo bem, evidentemente. Caldwell pode ver pela expressão de Justineau que não está bem para ela também, mas prefere guardar essa observação para si porque sabe que ela a fará com mais clareza e concisão.

— Isto não vai dar certo — diz ela a Parks.

— Dará, se você fizer o que eu mandar.

Caldwell gesticula, curvando os dedos da mão como se segurasse as palavras do homem para um exame. As pontas de seus dedos formigam desagradavelmente.

— É exatamente por *isto* que não vai dar certo — diz ela. — Porque você nos vê puramente como civis, e você e o soldado Gallagher como nossa escolta militar. Ao tentar assumir todo o risco sozinho, você na verdade aumenta o risco para todos nós.

Parks a olha com frieza.

— Avaliar o risco faz parte de minhas funções — diz-lhe ele.

Ela está prestes a explicar por que seu julgamento é falho, mas Helen Justineau agora se intromete, apropriando-se de sua resposta.

— Ela tem razão, sargento. Estamos prestes a entrar numa área construída, onde podemos encontrar muitos outros famintos, em diferentes fases da infecção. É terreno perigoso... Não sabemos o quanto antes de entrar. Assim, que sentido tem você atravessá-lo três vezes? Precisa entrar e fazer o reconhecimento, depois voltar para nos pegar, em seguida entrar novamente. E o que acontecerá se um daqueles lixeiros aparecer de novo enquanto estiverem fora? Não duraríamos nem um segundo aqui, a céu aberto. É melhor se formos com vocês.

Parks remói isso por uns bons segundos. Mas Caldwell o conhece bem para ter certeza de sua resposta. Não está no repertório dele dizer não a algo só porque outro pensou nisso. Ela e Justineau têm razão e isso basta.

— Muito bem — disse ele por fim. — Mas as duas nunca fizeram isso na vida, então, pelo amor de Deus, sigam o que eu mandar. Pensando bem — ele olha para o soldado —, já fez algum bata e corra, Gallagher?

O soldado meneia a cabeça.

Parks bufa como um homem prestes a se abaixar e erguer halteres pesados.

— Tudo bem. As regras da estrada ainda são válidas... Especialmente aquela de manter a boca fechada... Mas isto será diferente. Estamos prestes a ver famintos e a entrar em sua linha de visão. O que vocês querem é não incitá-los. Mais devagar e com mais suavidade. Não olhem diretamente nos olhos. Não façam barulho, nem ruídos repentinos. Misturem-se à paisagem o máximo que puderem. Na dúvida, olhem para mim e façam o que eu fizer.

Depois de falar esta parte, ele anda. Não desperdiça mais palavras nem tempo. Caldwell aprova isso.

Vinte minutos depois, eles alcançam as primeiras construções. Ninguém viu nenhum faminto, mas é só o começo. Parks emite ordens aos sussurros e todos param. Os quatro humanos não infectados untam-se de bloqueador E de novo.

Eles entram na cidade, ficando em um grupo compacto para que nenhum deles represente uma silhueta humana clara. Há ruas residenciais, antes de elite, agora semiarruinadas por mais ou menos um mês agitado de saques e guerra urbana seguido por duas décadas de descaso. Os jardins são pequenos bolsões de selva que romperam seus limites e colonizaram partes da rua. O mato na altura da cintura quebrou e agarrou-se entre as lajotas, espinheiros maduros lançaram galhos altos e da largura de um punho como os tentáculos de monstros subterrâneos. Mas o solo raso por baixo do calçamento os impediu de unir forças e tomar as casas de uma vez por todas. Há um precário equilíbrio de poder.

Parks já disse a eles o que procura. Não uma casa ou uma rua assim, com vizinhos de todo lado. Isto seria difícil demais de proteger. Ele quer uma estrutura isolada que se destaque em seu próprio terreno, com linhas de visão razoáveis das janelas do segundo andar e o ideal, com as portas intactas. Ele tem expectativas realistas, porém, e aceitará qualquer coisa que de modo geral pareça boa, se isto significar não entrar demais na cidade.

Mas não há nada que lhe agrade ali, então eles continuam.

Cinco minutos depois, mantendo uma marcha atenta e silenciosa, chegam a uma rua mais larga, alimentada por várias transversais. Há uma galeria de lojas ali. A superfície da rua está crocante de cacos de vidro, todas as fachadas das lojas quebradas e pilhadas por saqueadores de uma era passada. Latas de lixo vazias no chão, enferrujadas até a espessura e a delicadeza de conchas, rolam e fazem barulho quando o vento aumenta um pouco.

E há famintos.

Talvez uma dúzia deles, bem espalhados.

O grupo de humanos vivos para quando os vê, só Parks se lembrando de reduzir o passo aos poucos em vez de cair diretamente na imobilidade.

Caldwell está fascinada. Vira a cabeça lentamente para examinar cada um dos famintos.

Eles formam um misto de novos e velhos. Os mais velhos podem ser identificados com muita facilidade por suas roupas mofadas e pela extrema magreza. Quando um faminto se alimenta, também alimenta o patógeno dentro dele. Mas se não consegue encontrar uma presa, o *Ophiocordyceps* retirará seus nutrientes diretamente da carne do hospedeiro.

Mais de perto, ela pode ver também a cor mosqueada dos mais velhos. Filamentos cinza romperam a superfície coriácea da pele numa rede de linhas finas, cruzando e recruzando como veias. O branco dos olhos também está cinzento e, se a boca do faminto se abrisse, seria possível ver uma penugem cinza na língua.

Os famintos mais novos têm roupas em melhor estado – ou pelo menos suas roupas tiveram menos tempo para apodrecer – e eles ainda têm uma aparência geral humana. Paradoxalmente, isso os torna muito mais desagradáveis de se ver porque os ferimentos e a carne rasgada pelos quais contraíram a infecção estão claramente visíveis. Em um faminto mais velho, a descoloração e ressecamento geral da pele e das roupas, junto com os micélios cinzentos que os revestem, abrandam e disfarçam os ferimentos; fazem deles algo mais arquitetônico.

Os famintos estão em modo estacionário, por isso Caldwell pode fazer uma inspeção sem pressa. Estão de pé, sentados ou ajoelhados em pontos ao acaso pela rua, inteiramente imóveis, os olhos no nada e os braços pendurados de lado ou – se estiverem sentados – cruzados no colo.

Eles parecem posar para um pintor, ou imersos em introspecção tão funda que se esqueceram do que deviam fazer. Não parecem esperar; não parece que um único som ou movimento fora de lugar os despertaria e os lançaria num movimento imediato.

Parks ergue a mão, gesticula para o grupo com um golpe lento do braço. O movimento serve tanto como comando como um lembrete do ritmo moroso que eles precisam manter. O sargento vai à frente, seu fuzil pronto nas mãos, mas apontado para o chão. Seu olhar fica no terreno por um bom tempo. Ele faz uma varredura visual com olhares rápidos e nervosos, os olhos a única parte dele que não combina com seu passo lento e gingado. Caldwell lembra-se tardiamente da hipótese de que os famintos conservam o reconhecimento rudimentar de padrões com que nascem os bebês — que são capazes de identificar a face humana e reagir a ela, entrando num modo ligeiramente aumentado de despertar e consciência. Suas próprias pesquisas não conseguiram nem confirmar, nem refutar esta hipótese, mas ela está disposta a admitir que pode ser verdade para todos, exceto os mais severamente decompostos.

Assim, eles evitam os olhos dos famintos enquanto andam lentamente pela rua. Olham uns aos outros, as portas escancaradas das lojas, a rua à frente ou o céu, deixando que as figuras macabras de natureza-morta pairem em sua visão periférica.

Exceto pela cobaia. Melanie não parece capaz de desviar os olhos de suas contrapartes maiores nem por um momento; ela os encara como se eles exercessem um fascínio hipnótico, quase tropeçando a certa altura porque não olha por onde anda.

Esse tropeço leva o sargento Parks a virar a cabeça — lentamente, de modo estudado — e lhe lançar um olhar maligno. Ela compreende a censura e o aviso. Sua própria cabeça concordando, por sua vez, é tão lenta que leva dez segundos para completar o gesto. Ela quer que ele saiba que ela não vai cometer esse erro de novo.

Eles passam pelo primeiro grupo de famintos e continuam. Outras casas, desta vez geminadas, e outra fila de lojas. Uma rua transversal por onde passam é mais densamente povoada. Famintos estão em silêncio num grupo estreito, como se esperassem o início de um desfile. Caldwell conjectura que eles convergiram para um abate e quando acabaram simplesmente ficaram ali, na ausência de um estímulo que os induzisse a se mexer de novo.

Ela se pergunta, andando, se a estratégia do sargento é sensata. Eles estão indo muito fundo. Agora há inimigos atrás deles, assim como na frente e — potencialmente — de todos os lados. Parks tem uma expressão perturbada. Provavelmente pensa o mesmo.

Caldwell está prestes a sugerir que eles voltem e – como a última das alternativas desagradáveis – passem a noite em uma das casas semigeminadas nos arredores da cidade. Podem ter famintos como vizinhos, mas pelo menos terão uma rota de fuga clara.

Mas, à frente deles, há um parque antiquado – ou os restos de um parque. O verde em si formou uma selva, mas pelo menos é uma selva que parece ter uma população muito esparsa. Há poucos deles na faixa da rua que cerca o pedaço aberto, mas não tantos como na rua onde eles andavam.

Há algo mais também. O soldado Gallagher vê primeiro, aponta – devagar, mas enfaticamente. Do outro lado do parque há exatamente o que o sargento disse a eles que procurassem: uma casa grande e isolada, de dois andares, destacando-se em seu próprio terreno. É uma minimansão de projeto moderno, disfarçando-se de casa de campo de antigamente – mas exposta pelos excessos de anacronismo. É um monstro de Frankenstein de casa, com fachada normanda, pilastras emoldurando a porta, cumeeiras aderindo-se como cracas ao beiral. A placa no portão diz WAINWRIGHT HOUSE.

– Serve – diz Parks. – Vamos.

Justineau está prestes a pegar a rota direta, atravessando o mato crescido, mas Parks a bloqueia com a mão em seu ombro.

– Não sabemos o que tem lá – murmura ele. – Pode assustar um gato, ou uma ave, e assim terá todos os miolos-mortos por quilômetros olhando para o seu lado. Vamos ficar na rua.

Assim, eles evitaram o mato e a relva, em vez de passar direto por eles, e por isso Caldwell vê.

Ela reduz o passo, depois para. Não consegue evitar; ela encara. É algo louco e impossível.

Um dos famintos anda pelo meio da rua. Uma mulher – a idade biológica quando encontrou o patógeno *Ophiocordyceps* provavelmente no final dos 20 ou início dos 30 anos. Parece muito bem preservada, sem danos, a não ser os provocados pela mordida na face esquerda. Só os filamentos cinza em volta dos olhos e da boca indicam quanto tempo fazia desde que deixou a raça humana. Veste calça caramelo, uma blusa branca com mangas três-quartos; um traje de verão com estilo, mas o efeito é de algo maculado pelo fato de que ela perdeu um sapato. Em seu cabelo louro, comprido e liso, há uma única trança no estilo africano.

Ela empurra um carrinho de bebê.

Das duas coisas que tornam isso impossível, Caldwell fica presa, primeiro, pela menos extraordinária. Por que ela caminha? Os famintos ou correm, quando perseguem a presa, ou ficam imóveis quando não o fazem. Não há um estado intermediário de perambulação tranquila.

E então: por que ela se agarra a um objeto? Entre a miríade de coisas que um ser humano perde quando o *Ophiocordyceps* se infiltra no cérebro e o redecora é sua capacidade de usar ferramentas. O carrinho de bebê deveria ser tão insignificante para esta criatura como as equações da relatividade geral.

Caldwell não consegue se conter. Avança, a passo furtivo, para interceptar a trajetória da faminta, àquela altura com o cuidado de olhar apenas pelo canto do olho. Pelo canto do outro olho, tem ciência de Parks erguendo a mão num gesto de pare. Ela o ignora. Isto é importante demais, ela não pode deixar passar em sã consciência.

Ela se coloca em cheio no caminho do carrinho de bebê, da ex-mulher bamboleante. Ele esbarra em Caldwell, com uma força mínima, e a mulher estaca. Seus ombros arriam, a cabeça pende. Agora ela corresponde ao papel: as luzes se apagam, o sistema de força baixa até que algo aconteça e o reinicie.

Parks e os outros estão petrificados. Todos olham para o lado de Caldwell, vendo o desenrolar porque não há nada que possam fazer para influenciar os fatos. Justo por isso, é tarde demais para Caldwell se preocupar se o bloqueador E que usa funcionará à queima-roupa, então ela não se preocupa.

Movendo-se com uma lentidão glacial, ela passa à lateral do carrinho. Deste ângulo, vê que a faminta tem mais ferimentos do que era imediatamente evidente. Seu ombro foi rasgado, a carne pende ali em tiras dessecadas. A blusa branca não é branca nas costas — é preta da gola à bainha de um sangue antigo e em crostas.

Dentro do carrinho há uma fiada de patos de borracha em uma corda elástica, que sobem e descem numa dança desordenada, e um grande cobertor amarelo, sujo e amontoado, escondendo o que pode haver ali.

A faminta não parece nada consciente de Caldwell. Isso é bom. A doutora compõe movimentos ainda mais graduais, ainda mais lentos. Estende a mão para a beira do cobertor.

Pega uma dobra do tecido grosso e rígido entre o polegar e o indicador. Agora lenta como uma geleira, ela o puxa para cima.

O bebê está morto há muito tempo. Dois ratos grandes, aninhando-se no que resta de sua caixa torácica, assustam-se de pronto e saltam com guinchos estridentes de protesto para a mão esquerda e o ombro direito de Caldwell.

Caldwell cambaleia para trás com um grito mudo.

A cabeça da faminta se vira de repente e gira. Ela encara Caldwell, arregalando os olhos. Sua boca se escancara em cotos de dentes podres, cinza e pretos.

O sargento Parks dispara um único tiro atrás de seu crânio. Sua boca ainda se escancara, a cabeça tomba de lado. Ela cai no carrinho, que rola e assalta a superfície de cascalho da rua.

De todos os lados, famintos ganham vida, virando a cabeça como telêmetros.

– Andem – grunhe Parks. – Comigo.

Depois ele berra.

– *Corram!*

33

ELES QUASE MORRERAM NOS PRIMEIROS SEGUNDOS. Porque, apesar do grito de Parks, os outros ficaram petrificados.

Parecia que não havia para onde correr. Famintos enxameavam sobre eles de todo lado e os espaços entre os dois grupos se fechavam com a sua convergência.

Mas só uma direção importa. E Parks passa a abri-la novamente.

Três tiros pegam três dos mortos em disparada. Dois erram. Parks dá um violento empurrão em Justineau, fazendo-a correr. Gallagher faz o mesmo com a Dra. Caldwell e a esfomeadinha Melanie já está a todo vapor.

Eles pulam sobre os famintos caídos, que esperneiam como baratas, tentando se endireitar. Se Parks tivesse tempo, se os segundos que passam não assumissem a forma dos últimos na vida deles, teria tentado atirar na cabeça. Daquele jeito, ele mira na massa central de corpos e nas melhores chances de derrubá-los.

Tudo dá certo, até que Justineau cai, esparramada. Um dos famintos esburacados pegou-a pela perna e se atropela sobre ela, alternando as mãos.

Parks para por tempo suficiente para descarregar uma segunda bala na cavidade sob a orelha do predador ex-humano. Ele solta. Justineau está de pé novamente num instante, sem olhar para trás. Que bom. Muitas mulheres deviam ter esse foco.

Ele atira à esquerda e à direita. Pega apenas os mais próximos, aqueles que estão prestes a pular ou agarrar. Gallagher faz o mesmo e — embora sua taxa de acertos seja uma merda —, pelo menos não está diminuindo os tiros. Isso é melhor do que ele mirar como Deadeye Dick e ficar parado por tempo suficiente para ser atacado.

Agora eles estão nos portões e não tem tranca, pelo que Parks pode ver, mas não se abrem. Antigamente eram eletrônicos, obviamente, mas isso faz parte do passado e no admirável mundo novo pós-morte significa apenas que a merda não funciona.

— Por cima! — grita ele. — Vão por cima!

O que é fácil de falar. Um baluarte na altura da cabeça, de ferro ornamental com pontas de lança funcionais, diz outra coisa. Eles tentam, mesmo assim. Parks os deixa fazer isso, dá as costas e continua disparando.

O ponto positivo é que agora ele pode ser indiscriminado. Coloca a arma no automático e mira baixo. Corta as pernas dos famintos, transformando os da vanguarda em armadilhas para reduzir o passo de quem vem atrás.

O ponto negativo é que continuam chegando mais. O barulho é como uma sineta chamando para o jantar. Famintos se amontoam no espaço verde de cada lado das ruas, no que só pode ser chamado de corrida mortal. Não há limite para seu número e há um limite para a munição de Parks.

Que chega, repentinamente. A arma para de vibrar em suas mãos e o barulho dos tiros morre através de camadas de eco. Ele ejeta o pente vazio, procura outro no bolso. Fez isso com tanta frequência que pode passar pelo movimento até dormindo. Fecha um novo pente e dá um puxão rápido e incisivo, girando-o para que a aba se encaixe. Puxa o ferrolho todo para trás.

O ferrolho emperra pelo meio do caminho. A arma é um peso morto até que ele consegue tirar o que a estava travando — a primeira bala, mais provavelmente, torta na câmara. E agora dois famintos estão em cima dele, triangulando da esquerda e da direita. Um deles antigamente era homem, o outro, uma mulher. Estão a um segundo do *ménage* mais nojento do mundo.

É só instinto. Aprendizado falho. Ele recua um passo, procurando sua pistola em vez de usar o fuzil como uma maça. Desperdiça um segundo que não tem e tudo pode se acabar.

Mas não se acaba.

Em combate, Parks é mais minucioso. Nem mesmo é algo consciente, não muito, nem é um truque que tenha aprendido. Simplesmente acontece. Ele faz o trabalho que está na frente dele e desvia quase todo o resto para um padrão de espera.

Então ele se esqueceu da criança faminta até que ela de repente está ali, bem diante dele. Mete-se pelo espaço cada vez menor entre ele e seus atacantes. Bate neles com os braços esqueléticos, um desafio diminuto com um grito de guerra alto e estridente.

E os famintos param, muito de repente. Seus olhos perdem o foco. As cabeças começam a se virar para os lados em arcos curtos, como se estivessem tristes ou reprovassem algo. Não olham mais para Parks. Estão *procurando* por ele.

Parks sabe que os famintos não caçam seus iguais. Tirando as crianças da sala de aula, ele nunca viu um faminto se comportar como se soubesse que há outro igual presente. Eles estão sozinhos numa multidão, cada um deles atendendo às próprias necessidades. Não são animais gregários. São solitários que se agrupam por acaso porque reagem aos mesmos estímulos.

Assim, ele sempre supôs que eles não podiam sentir o cheiro dos semelhantes. O cheiro de um homem ou mulher normal os leva à loucura, mas o de outros famintos não é registrado. Não entra no radar. Parks percebe, naquele segundo de torpor, que está enganado. Para seus iguais, os famintos devem ter uma espécie de olfato *não-tem-nada-aqui-passe-adiante*, o contrário de como cheiram os vivos. Isso os desliga, quando o cheiro dos vivos os ativa.

A criança o mascarou. Sua química bloqueou o corpo de Parks, só por um ou dois segundos, e assim os famintos perderam o rastro dos feromônios que terminaria com seus dentes na garganta dele.

Muitos outros vêm correndo, porém, e não vão reduzir o passo. E os dois que a criança acaba de desviar recuperam o sinal, de olhos fixos no alvo.

Mas a mão de Gallagher se fecha no braço de Parks e o arrasta para trás pelos portões, que eles conseguiram abrir aos empurrões.

Estão correndo novamente, a casa assoma diante deles. Justineau alcança a porta, escancarando-a. Eles passam, a criança faminta costura entre as pernas dele para entrar a sua frente. Gallagher bate a porta, o que é uma perda de tempo, porque há duas vidraças do chão ao teto de cada lado.

— A escada! — grita Parks, apontando. — Subam a escada.

Eles sobem. Ao som de loucos sinos de igreja enquanto as janelas se espatifam.

Parks fica na retaguarda, jogando granadas pelas costas como colares de contas numa merda de desfile de Mardi Gras.

E as granadas explodem atrás deles, uma depois de outra, ladrando abalos que se sobrepõem num contraponto horrendo. Estilhaços batem no casaco blindado de Parks e em suas pernas desprotegidas.

Os últimos seis degraus da escada descem e entortam-se sob seu corpo como se ele pisasse num bote que se balança, mas ele consegue, de algum modo, chegar ao topo.

E cai, primeiro de joelhos, depois em cheio, respirando aos soluços. Todos eles. Menos a criança, que olha o golfo de ar abaixo, imóvel e quieta como se estivesse saindo para um passeio vespertino. A escada se foi, acabou-se na explosão, e eles estão a salvo.

Não, na verdade não estão. Não há tempo para se sentar e trocar histórias sobre o perigo de que escaparam. Precisam fazer com que todos se levantem de imediato.

É verdade que encontraram os portões deste lugar fechados e as portas intactas, mas pode muito bem haver uma porta dos fundos pendurada nas dobradiças. Uma janela quebrada. Um trecho da cerca que caiu na semana passada ou no ano anterior. Um ninho de famintos sentado em um dos quartos ali em cima, empertigando-se ao ouvir a aproximação de seus passos.

Então eles têm de arrumar uma base de operações segura.

E partem numa busca. Para garantir que não haja ninguém hostil no perímetro.

O lugar parece inteiramente intocado, Parks tem de admitir. Mas só de notar as portas que pode ver, ele sabe que deve haver uma carrada de quartos. Não está disposto a baixar a guarda antes de ter certeza de que cada um deles está seguro.

Eles avançam pelo corredor, experimentando uma porta de cada vez. A maioria nem se abre, o que, para Parks, está ótimo. O que estiver do outro lado de uma porta trancada pode ficar ali.

As poucas que se abrem dão em quartos mínimos. As camas são leitos hospitalares com estruturas de aço ajustáveis e fios de emergência na cabeceira. Mesas com bandejas e tampos de melamina. Cadeiras de aço tubular com os assentos vinho desbotados. Banheiros anexos tão pequenos que o cubículo do chuveiro é maior do que o espaço fora dele. A Wainwright House era uma espécie de hospital particular, e não um lugar onde as pessoas moravam.

Aquelas repartições de um leito eram claustrofóbicas demais até para dois deles e Parks não acha que é grande ideia se dividirem. Então continuam procurando.

E ele está se perguntando, o tempo todo: a criança sabia o que fazia? Tinha consciência de que podia desviar os famintos só se colocando no caminho deles?

É um pensamento perturbador, porque ele não tem certeza do significado de um sim ou de um não. Ele estava ferrado e a criança o salvou. Ele revira isso mentalmente, mas não parece melhor, qualquer que seja o ângulo pelo qual vê a questão. Pensar nisso o deixa colérico.

Eles param à direita do corredor, depois à esquerda, e por fim encontram um cômodo com tamanho suficiente para suas necessidades. Cadeiras de espaldar reto ladeiam as paredes, decoradas com gravuras baratas em molduras de anônimas cenas pastoris inglesas. Predominam os vagões de feno. Parks é indiferente aos vagões de feno e a sala tem portas demais para seu gosto, mas ele tem certeza de que desta vez é o melhor que vão encontrar.

— Vamos dormir aqui — diz ele às civis. — Mas primeiro temos de verificar o resto deste andar. Para não termos surpresa nenhuma.

O "temos" refere-se a ele e Gallagher, principalmente, mas quanto mais rápido resolver isso, melhor, então ele decide enredar Justineau.

— Você disse que queria ajudar — lembra ele. — Ajude nisto.

Justineau hesita – olhando diretamente para a Dra. Caldwell, assim não é difícil ver o que se passa por sua cabeça. Ela tem medo de deixar Caldwell sozinha com a criança. Mas Caldwell foi a que mais sofreu com a luta e a fuga, está lívida e transpira, a respiração ainda num ofegar acelerado muito depois de os outros terem recuperado o fôlego.

– Levaremos cinco minutos – diz Parks. – O que acha que vai acontecer com ela em cinco minutos? – Sua própria voz o surpreende; a raiva e a tensão nela. Justineau o encara. Talvez Gallagher também lhe lance um olhar rápido.

Então ele se explica.

– É mais fácil ficar na linha de visão se formos três. A criança não vale, porque não sabe o que procurar. Nós saímos, voltamos e elas ficam aqui, para que saibamos onde encontrá-las. Tudo bem?

– Tudo bem – diz Justineau, mas ainda o olha feio. Como quem diz, onde está o outro sapato, e quem vai encontrá-lo quando ele cai?

Ela se ajoelha e coloca a mão no ombro de Melanie.

– Vamos dar uma olhada rápida por aqui – diz. – Vamos voltar logo.

– Cuidado – diz Melanie.

Justineau assente.

Tá.

34

Sozinha com a Dra. Caldwell, a primeira coisa que Melanie faz é andar à outra extremidade do cômodo e ficar de costas para a parede. Observa cada movimento que faz a Dra. Caldwell, assustada e cautelosa, pronta para disparar pela porta aberta atrás da Srta. Justineau.

Mas a Dra. Caldwell afunda em uma das cadeiras, ou exausta, ou perdida demais nos próprios pensamentos para prestar atenção em Melanie. Nem mesmo a olha.

Em qualquer outro momento, Melanie exploraria. O dia todo esteve vendo coisas novas e maravilhosas, mas o sargento tinha um passo acelerado e firme e ela nunca teve tempo de parar e investigar nenhuma das maravilhas por que passou dos dois lados do caminho: árvores e lagos, cercas de treliça, placas rodoviárias apontando para lugares cujos nomes ela conhecia das aulas, depósitos cujos cartazes quase cobertos tornavam-se mosaicos de cores abstratas. Coisas vivas também – passarinhos no ar, ratos, camundongos e ouriços no mato pela estrada. Um mundo grande demais para apreender de uma vez só, novo demais para ter nomes.

E agora aqui está ela, nesta casa que não é muito diferente da base. Deve haver tantas coisas a descobrir. Só esta sala é cheia de mistérios grandes e pequenos. Por que as cadeiras estão só pela beira da sala, quando o espaço é tão grande? Por que tem um berço de ferro pequeno na parede ao lado da porta, com uma garrafa plástica e uma placa que diz INFECÇÃO HOSPITALAR CUSTA VIDAS? Por que tem uma imagem desbotada em uma das mesas (cavalos selvagens galopando por um campo) cortada em centenas e centenas de pedaços ondulados que depois foram colados?

Mas agora só o que Melanie quer é ir para um lugar tranquilo e ficar sozinha, assim pode pensar na coisa terrível que acaba de acontecer. O segredo terrível que descobriu há pouco.

Além da porta por onde eles entraram, há outras duas na sala. Melanie vai à mais próxima, sempre de olho na Dra. Caldwell (que ainda não se mexeu). Encontra outra sala, muito pequena e principalmente branca. Tem armários brancos e prateleiras brancas, com ladrilhos pretos e brancos nas paredes. Um dos armários tem uma janela e muitos mostradores e interruptores por cima. Tem cheiro de graxa velha. Melanie sabe o suficiente para imaginar que o armário da janela seja um fogão. Ela viu fotos e livros. Esta deve ser uma espécie de cozinha — um lugar onde se preparam coisas boas para comer. Mas é pequena demais para ela se esconder ali. Se a Dra. Caldwell vier, ela ficará presa.

Ela sai. A Dra. Caldwell não se mexeu, então Melanie passa por ela, bem ao largo, e vai à outra porta. A sala seguinte é muito diferente da cozinha. Suas paredes são pintadas de cores vivas e também têm cartazes. Um deles mostra ANIMAIS DOS PARQUES BRITÂNICOS, outro contém palavras que começam com cada letra do alfabeto. *Abelha. Barco. Cachorro. Dália. Elefante.* As imagens eram alegres e simples. O barco e a dália tinham carinhas sorridentes, que Melanie estava quase certa de serem irreais.

Há cadeiras aqui também, mas são menores e estão pelo lugar em pequenos grupos, e não arrumadas pela beira da sala. No chão tem brinquedos, espalhados despreocupadamente como se tivessem sido baixados um minuto antes. Bonecas de vestido e soldados de uniforme. Carros e caminhões. Blocos de armar de plástico, presos no formato de carros, casas ou pessoas. Animais de pelúcia em cores desbotadas, quase cinza.

E livros. Muitos jogados pelas cadeiras, mesas e pelo chão. Centenas mais numa estante grande de um lado da porta. Melanie não está com vontade de pegar nenhum deles e ler agora; o segredo pesa em sua mente. De qualquer modo, mesmo que ela quisesse, suas mãos estão presas às costas pelas algemas, e seus pés, embora estejam descalços, não são flexíveis o bastante para virar as páginas. Ela passa os olhos pelos títulos.

A lagarta faminta

A raposa de meias

Peepo!

Polícia e bandido

O que você faz com um canguru?

Onde vivem os bichos selvagens

O homem que era filho de uma pirata

Passe a geleia, Jim

Os títulos eram histórias em si. Alguns livros tinham caído ou foram rasgados, suas páginas espalhadas pelo chão. Isso a deixaria triste, se seu coração já não estivesse cheio de uma carga estonteante de lembranças.

Ela não é uma garotinha, é uma faminta.

É louco demais, terrível demais para ser verdade. Mas agora é evidente demais para ser ignorado. O faminto que se afastou dela na base, quando podia tê-la devorado... Pode ter sido por qualquer coisa. Ou nada. Pode ter sentido o cheiro do sangue da Dra. Selkirk e se distraiu, ou pode ter procurado alguém maior para comer, ou o gel desinfetante azul disfarçou o cheiro de Melanie, como os banhos químicos sempre disfarçavam o cheiro dos adultos.

Mas lá fora, agora mesmo, quando ela se meteu na frente do sargento Parks – impulsiva, sem pensar, querendo lutar com os monstros como ele fazia, em vez de se esconder deles como um gato grande e assustado –, eles nem a viram. Certamente não tinham fome dela, como tinham por todos os outros. Era como se ela fosse invisível como se houvesse uma bolha de puro nada onde Melanie estava.

Mas esta não é uma grande prova. Esta é uma pequena prova que a empurra para a grande prova, tão grande que ela se pergunta como pode ter deixado de ver de cara. É a própria palavra. O nome. Faminto.

Os monstros têm o nome da sensação que a enche quando ela sentiu o cheiro da Srta. Justineau na cela, ou dos lixeiros fora do bloco. Os famintos sentem seu cheiro, depois o perseguem até que o devoram. Eles não conseguem se conter.

Melanie sabe exatamente como é. O que significa que ela é um monstro.

Agora faz sentido por que a Dra. Caldwell acha que não tem problema cortá-la numa mesa e colocar pedaços dela nos vidros.

A porta atrás dela se abre, quase sem ruído nenhum.

Ela se vira e vê a Dra. Caldwell parada na soleira, olhando-a de cima. A expressão da Dra. Caldwell é complicada e confusa. Melanie se retrai.

— Qualquer que seja o fator pertinente — diz a Dra. Caldwell, com a voz num murmúrio acelerado e baixo —, você é seu apogeu. Sabe disso? A mente no nível de gênio e toda essa podridão cinza crescendo por seu cérebro não a afetam nem um pouco. O *Ophiocordyceps* devia ter devorado seu córtex até que só restassem os nervos motores e explosões aleatórias. Mas aqui está você. — Ela avança um passo e Melanie se afasta mais dela.

— Não vou lhe fazer mal — diz a Dra. Caldwell. — Não há nada que eu possa fazer aqui. Não tem laboratório. Nem oportunidade. Só quero ver as estruturas brutas. A raiz de sua língua. Seus dutos lacrimais. Seu esôfago. Ver até que ponto a infecção progrediu. Já é alguma coisa. Um ponto de partida. O resto terá de esperar. Mas você é um espécime crucial e não posso simplesmente...

Quando a Dra. Caldwell estende a mão, Melanie mergulha sob seu braço e dispara à porta. A Dra. Caldwell gira e arremete, quase com a mesma rapidez. A ponta de seus dedos roça no ombro de Melanie, mas os curativos a deixam desajeitada e ela não consegue segurar.

Melanie corre como se tivesse um tigre em seu encalço.

Ouvindo o ofegar furioso da Dra. Caldwell.

— Droga! Melanie!

Saiu da sala grande com as cadeiras pelas bordas. Melanie nem mesmo sabe se está sendo seguida, porque não se atreve a olhar para trás. A bile sobe pela garganta enquanto ela pensa no laboratório, na mesa e na faca de cabo comprido.

Em pânico, ela corre pela primeira porta que vê, nem tem certeza se é a porta certa. Não é. É a cozinha e ela está numa armadilha. Ela solta um ruído por dentro da mordaça, um guincho animal.

Corre de volta à sala das cadeiras. A Dra. Caldwell está do outro lado. A porta para o corredor fica entre as duas.

— Não seja idiota — diz a Dra. Caldwell. — Não vou machucá-la. Só quero examinar você.

Melanie começa a andar na direção ela, de cabeça baixa e dócil.

— Muito bem — a Dra. Caldwell a tranquiliza. — Venha.

Quando chega à altura da porta que leva ao corredor, Melanie dispara por ali.

Como não sabe para onde vai, não importa que lado tomar, mas ela se lembra deles mesmo assim. Esquerda. Esquerda. Direita. Ela não consegue evitar. É o mesmo instinto que a fez memorizar o caminho de volta para o bloco da cela quando o sargento Parks a levou para o laboratório da Dra. Caldwell. O lar tem significados diferentes, mas ela tem de saber o caminho de volta a ele. É uma necessidade arraigada fundo demais para ser eliminada.

Os corredores são todos iguais e não oferecem esconderijo — pelo menos, não a alguém que não pode usar as mãos. Ela passa correndo por uma porta depois de outra, todas fechadas.

Acaba por se conformar com um nicho, um pouco mais largo do que o corredor, criando um ângulo, um reduto com largura suficiente para seu corpo. Só enganaria alguém que não estivesse procurando por ela, uma vez que qualquer um que passasse seria capaz de vê-la, bastando virar a cabeça. Se a Dra. Caldwell a encontrar, ela vai fugir de novo, e se a Dra. Caldwell a pegar, ela vai gritar pela Srta. Justineau. Este é seu plano — o melhor em que ela pode pensar.

Seus ouvidos estão aprumados para os sons de passos distantes. Quando ouve o canto, muito mais perto, ela salta como um coelho.

— Agora venham me pegar... minhas crianças...

A voz é tão rouca, que quase nem é uma voz. Respiração forçada por uma fresta na parede, impelida por foles quebrados. É como uma canção que ficou para trás depois que alguém morreu e agora voltou à casa desabitada.

E são só seis palavras. Silêncio antes e silêncio depois.

Por cerca de um minuto, Melanie conta à meia-voz, tremendo.

— *E eu as pego... a toda...*

Ela desta vez não olha. Morde o lábio. Não consegue imaginar a boca que produziria tal som. Ela ouviu falar de fantasmas — uma vez a Srta. Justineau contou à turma algumas histórias de fantasmas, mas ela parou quando chegou perto demais do tabu da morte — e Melanie se pergunta se pode ser o fantasma de alguém que morreu aqui, cantando uma cantiga de quando era vivo.

— *Corram logo... se não vou... morrer...*

Ela precisa saber. Mesmo que seja um fantasma, não seria tão assustador como a ignorância. Ela segue o som, sai do nicho e contorna o corredor.

Uma luz vermelha como sangue passa por uma porta aberta e por um momento dá medo. Mas, assim que ela entra, vê que é só a luz do poente entrando por uma janela aberta.

Só! Ela só viu isto uma vez na vida, mas este é melhor. O céu pega fogo do chão para cima, as chamas passam por cada cor, esfriando do laranja-avermelhado ao violeta e ao azul no zênite.

Melanie fica cega, por pelo menos dez ou doze segundos, para o fato de que não está sozinha.

35

Caroline Caldwell também ouve a voz estranha. Está ciente, é claro, de que não é a cobaia número um que canta. Mas tem igual certeza de que quem quer que seja, não representa uma ameaça. Até que o vê.

O homem sentado na cama parece o final de uma piada infame. Está com a roupa de hospital que cai aberta, expondo a nudez por baixo. Ferimentos antigos cruzam seu corpo. Valas fundas na carne dos ombros, dos braços e do rosto marcam onde ele foi mordido. Mas "mordido" não corresponde à realidade; ele serviu de alimento, nacos de sua substância foram arrancados e consumidos. Arranhões e rasgos amontoam-se em seu peito e na barriga, onde os famintos que o devoraram parcialmente o pegaram e seguraram. Os dedos do meio da mão direita foram mordidos na segunda articulação – um ferimento de defesa, pressupõe Caldwell, de quando ele tentou empurrar um faminto para longe e ele mordeu sua mão.

O toque de humor negro é o curativo no cotovelo. Este homem veio para a Wainwright House com algo banal, como bursite, e – como acontece com muita gente – teve complicações durante o tratamento. Neste caso, as complicações foram que os famintos se banquetearam de sua carne e o tornaram um deles.

Ele ainda canta, aparentemente sem perceber Melanie parada bem a sua frente e Caldwell na porta do quarto.

– *O corvo... grasna... caindo... na comida...*

É tão perturbador a seus pensamentos, que Caldwell se move por um momento. Mas ele não reage a ela, só canta o último verso de uma quadra. Ela conhece a canção, vagamente, é "The Woman Who Rode Double", uma antiga balada folclórica deprimente e interminavel, como a maioria de seu gênero. Exatamente o tipo de canção que ela espera dos famintos.

Mas eles não cantam. Nunca.

Outra coisa que eles não fazem é olhar fotos, mas este olha. Enquanto canta, segura no colo uma carteira, do tipo com espaços para os cartões de crédito. Esta contém não cartões, mas fotografias. O faminto tenta virá-las com um dos dedos restantes da mão direita.

Seus movimentos são intermitentes e os vácuos, em que ele fica imóvel, são muito longos. Cada fracasso ao virar para a imagem seguinte incita outro verso da canção.

– A velha... sabia... o que ele disse...

Involuntariamente, os olhos de Caldwell encontram os de Melanie. O olhar que elas trocam não declara afinidade, a não ser que seja um traço da consanguinidade ser uma coisa definida e racional em face do impossível e do misterioso.

Caldwell entra mais na sala e contorna lentamente e com cautela o homem infectado. As marcas da violência que ele suporta, ela agora vê, são muito antigas. O sangue dos ferimentos secou e sua maior parte está floculada. Cada um deles é cercado de um bordado de finos filamentos cinza, o sinal visível de que o *Ophiocordyceps* fez dele seu lar. Há uma penugem cinza também nos lábios e nos cantos dos olhos.

É possível, pensa ela clinicamente, que ele tenha permanecido neste quarto, nesta cama, desde que foi infectado. Sendo assim, é bem possível que algumas mordidas nos braços tenham sido autoinfligidas. O fungo precisa de proteína, principalmente, e embora possa se haver com muito pouco, não pode viver do ar. O autocanibalismo é uma estratégia eminentemente prática para um parasita cujo hospedeiro é apenas um vetor temporário.

Caldwell está inteiramente fascinada. Mas também, depois do que aconteceu lá fora, tem ciência da necessidade de cautela. Retira-se para a porta e acena para a menina, a cobaia, que se junte a ela. Melanie fica onde está. Identificou Caldwell como a ameaça maior, o que está muito longe de um pressuposto irracional.

Mas Caldwell não tem tempo para essa besteira.

Pega a arma que o sargento Parks lhe deu, que até agora ficou sem ser incomodada no bolso de seu jaleco de laboratório. Passa o dedo na trava e a segura, nas duas mãos, apontada para Melanie. Mirando em sua cabeça.

Melanie enrijece. Viu o que as armas podem fazer à queima-roupa. Ela olha o cano, hipnotizada e nauseada por sua proximidade e potencial letal.

Caldwell acena novamente, desta vez com um gesto de cabeça.

– *Ela... empalideceu... com a... história do corvo.*

Melanie leva muito tempo para se decidir, mas por fim atravessa até Caldwell. Caldwell tira uma das mãos da arma, conduz Melanie pela porta com a mão em seu ombro.

Ela dá as costas ao faminto.

– *Em todos os pecados folguei* – canta ela. – *E agora devo ser julgado.*

O faminto estremece, uma convulsão rápida que o percorre. Caldwell recua apressadamente, girando a arma para apontar o meio do peito da coisa. A essa distância, não tem como errar.

Mas o faminto não ataca. Só move a cabeça de um lado a outro como se tentasse localizar a origem do som.

– So... – Ele solta naquela voz que quase não existe. – So. So. So.

– Deixe-o em paz – sussurra Melanie com ferocidade. – Ele não vai machucar você.

– *Mas protegi as almas de meus filhos* – entoa Caldwell. – *Então rezem, meus filhos, por mim.*

– So – o faminto grasna. – So...

– Saia do caminho – diz o sargento Parks. Sua mão está no ombro de Caldwell, puxando-a bruscamente de lado.

– ... phie... – diz o faminto.

Parks dispara uma vez. Uma rodela preta e perfeita, como uma marca de casta, aparece no meio da testa do faminto. Ele escorrega de lado, rolando para fora da cama. Manchas antigas, pretas, vermelhas e cinza, marcam o lugar onde ficou sentado por tanto tempo.

– Por quê? – reclama Caldwell, a contragosto. Ela se vira para o sargento, abrindo os braços. – Por que você sempre, sempre atira neles na merda da *cabeça*?

Parks a olha, pétreo. Depois de um momento, pega sua mão direita e a puxa para baixo, até que aponte para o chão.

– Se quiser argumentar com uma arma na mão – diz ele –, é melhor que esteja travada.

36

Considerando o fato de ter começado tão mal, sua segunda noite na estrada é muito melhor do que a primeira, pelo menos no entender de Helen Justineau.

Para começar, eles têm o que comer. Ainda mais milagrosamente, têm como cozinhar, porque o fogão na cozinha mínima é alimentado por cilindros de gás. Aquele já instalado está vazio, mas há outros dois cheios no canto da sala e ambos ainda funcionam.

Os três – Justineau, Parks e Gallagher – vasculham o baú de tesouros de enlatados nos armários da cozinha, à luz das lanternas e de uma lua quase cheia que brilha de fora, exclamando assombrados ou enojados com o que tem a oferecer. Justineau comete o erro de verificar as datas de validade, que é claro que são de pelo menos uma década antes, mas Parks insiste que estão boas. Ou pelo menos algumas estarão, pela lei das médias. E uma lata cujo conteúdo oxidou terá um cheiro ruim assim que for aberta, então eles podem continuar rolando os dados até terem sorte.

Justineau pesa o risco contra a certeza absoluta da mistura de proteína e carboidrato número 3. Pega um abridor que encontra numa gaveta e abre as latas.

Há algumas descobertas horríveis, mas a teoria de Parks se comprova. Umas trinta ou quarenta latas depois, eles terminam com um cardápio de carne com molho e batatinhas, feijões cozidos e purê de ervilhas. Parks acende o fogão com a faísca de uma pederneira – uma pederneira de verdade, tem centenas de anos – retirada de seu bolso com algo que parecia um floreio, e Gallagher cozinha enquanto Justineau limpa a poeira dos pratos e dos talheres e os lava em um filete de água de um dos cantis.

Melanie e a Dra. Caldwell não participam disto. Caldwell se senta em uma das cadeiras da sala, removendo laboriosamente, ajeitando e refazendo os curativos nas mãos. Tem uma expressão de intensa fúria e não responde quando solicitada. Quase se pode acreditar que está amuada, mas, na opinião de Justineau, o que eles veem é o puro raciocínio. A doutora está imersa nele.

Melanie está na sala contígua, que evidentemente era usada como um espaço de brincar para as crianças enquanto os pais estavam de visita ou internados. Está em silêncio e vencida desde que eles chegaram. É difícil arrancar uma palavra dela. Parks se recusou a soltar suas mãos, mas pelo menos há cartazes nas paredes para ela olhar e os restos de um pufe vermelho vivo onde ela pode se sentar. Seu tornozelo está preso a um radiador por uma curta corrente, dando-lhe liberdade de movimentos dentro de um círculo de dois metros de diâmetro.

Quando a comida fica pronta, Justineau leva um pouco para ela. Está sentada no pufe, de pernas cruzadas, os olhos azuis brilhantes encarando com uma intensidade fixa um cartaz na parede que retrata arganazes, víboras, texugos e outros da vida selvagem britânica. Há uma leve penugem amarela no alto de sua cabeça, Justineau percebe. A primeira sugestão de cabelo começando a crescer. Ela lembra um pintinho recém-chocado.

Justineau se senta com Melanie enquanto come. Segundo Caldwell, os famintos só metabolizam proteína, assim Justineau lavou o molho de alguns cubos de carne que encontraram e os colocou numa tigela.

Melanie está meio temerosa do calor da carne. Justineau sopra cada cubo antes de dar à garota — através da grade de aço da mordaça — na ponta de um garfo. Melanie não parece se impressionar, mas agradece muito educadamente a Justineau.

— Dia longo — observa Justineau.

Melanie assente, mas não diz nada.

Agora que a refeição está encerrada, Justineau mostra a Melanie o que mais encontrou. Em alguns quartos, havia roupas em armários ou cômodas. Um dos quartos deve ter pertencido a uma menina – provavelmente um pouco mais nova do que Melanie, mas de tamanho semelhante.

Melanie olha as roupas estendidas por Justineau, sem comentar nada. Embora sóbria e retraída, é evidente que elas ainda a fascinam. Jeans cor-de-rosa com um unicórnio bordado no bolso traseiro. Uma camiseta azul-clara bordada com o lema NASCIDA PARA DANÇAR. Uma jaqueta de aviador, também rosa, com abas abotoadas nos ombros e um monte de bolsos. Calcinha branca e meias listradas de arco-íris. Tênis com cadarços decorados com strass.

– Gostou? – pergunta Justineau. Melanie não fala, assim seu olhar vai de um lado a outro, entre as estranhas oferendas, examinando-as e talvez as comparando.

– Sim – diz ela. – Acho que sim. Mas... – Ela hesita.

– O quê?

– Não sei como colocar.

É claro. Melanie nunca usou roupas com botões nem zíper. E ela tem de lutar com as correntes e as algemas.

– Eu a ajudarei – promete Justineau. – Só podemos fazer isso de manhã, mas, antes de sairmos, vou pedir ao sargento Parks para desamarrar você por alguns minutos. Vamos livrá-la desse suéter mofado e colocar seus trapos novos.

– Obrigada, Srta. Justineau. – A cara da garotinha é solene. – Vamos precisar que o outro soldado também esteja presente.

Justineau fica um tanto abalada com isto.

– Eles não precisam ver você trocar de roupa – diz ela. – Acho que podemos pedir que fiquem na sala ao lado, não?

Melanie meneia a cabeça.

– Não.

– Não?

– Um para me desamarrar, outro para apontar a arma para mim. É de quantos precisamos.

37

Elas conversam por mais um tempo sobre as coisas que aconteceram, envolvendo a violência em palavras cuidadosas e delicadas para que pareça menos horrível. Melanie acha isso interessante, mesmo a contragosto — que possa usar palavras para esconder as coisas, ou não tocar nelas, ou fingir que são diferentes do que são. Ela deseja poder fazer isso com seu grande segredo.

Parece que a Srta. Justineau pensa que Melanie deve estar triste por causa de todos os famintos que foram mortos e tenta fazer com que ela se sinta melhor com isso. Melanie *está mesmo* triste por eles, um pouco. Mas agora sabe o bastante para ter certeza de que os famintos não eram mais gente de verdade, mesmo antes de serem mortos. Mais pareciam casas vazias onde antigamente morava alguém.

Melanie tenta tranquilizar a Srta. Justineau — tenta lhe mostrar que não está tão triste pelos famintos. Nem mesmo pelo homem que cantava a música, embora não lhe parecesse haver motivo para o sargento Parks atirar nele. Ele só estava sentado ali na cama e parecia que nem podia se levantar. Só o que podia fazer era cantar e olhar as fotos.

Mas a mulher lá fora também parecia inofensiva, até que a Dra. Caldwell gritou. Pelo visto, os famintos podem mudar com muita rapidez e é preciso ter cuidado sempre que se chega perto deles.

— Vou cuidar de sua segurança — diz a Srta. Justineau a Melanie. — Sabe disso, não é? Não vou deixar que nenhum deles machuque você.

Melanie assente. Ela sabe que a Srta. Justineau a ama e que a Srta. Justineau tentará fazer o máximo.

Mas como alguém poderá salvá-la de si mesma?

38

— Encontrei isto — diz Gallagher, quando Helen Justineau volta à mesa. Sua própria comida a essa altura esfriou e os demais quase terminaram de comer, mas ele sente que isto era algo que todos tinham de ver. Ele acha que Helen Justineau tem um sorriso sensual para uma mulher mais velha e espera que um dia sorria para ele.

Ele baixa na mesa uma garrafa que encontrou em um armário quando deram a busca. Estava no chão, coberta de uma pilha de J Cloths mofadas, e ele não teria visto se não tivesse chutado por acidente e ouvido o tinido e o bater de seu conteúdo quando perturbado.

Baixando os olhos, ele viu parte do rótulo, uma sugestão provocante de marrom e ouro onde escorregara o manto mofado de roupas azul-celestes. Conhaque Metaxa três estrelas. Cheio e lacrado. Segundo seu próprio relato, ele se afastou da garrafa e do relaxamento envenenado que ela representava. Empilhou as roupas por cima para esconder de vista.

Mas ainda voltava a ela. Ficou enervado o dia todo desta jornada. Sobre voltar a Beacon e ao mundo estreito e murado que ficou tão feliz em deixar para trás. Ele esteve se sentindo como se andasse entre a cruz e a caldeira. Talvez, pensou ele, situações desesperadas pedissem medidas desesperadas.

Os outros agora olham fixamente a garrafa, sua conversa em suspenso compreensivelmente sequestrada.

— Merda! — murmura o sargento Parks, com certa reverência na voz.

— Isso é coisa boa, não? — pergunta Gallagher, sentindo-se ruborizar.

— Não. — O sargento Parks balança a cabeça devagar. — Não, não é tão bom, considerando tudo, mas é verdadeiro. Não é uma bebida vagabunda de um balde. — Ele vira a garrafa nas mãos, examina o selo com os olhos e pelo cheiro. — Promete bem — comenta. — Normalmente, eu não sairia da cama por nada menos do que conhaque francês, mas que se foda. Pegue uns copos, soldado.

Gallagher os pega.

Ele não consegue aquele sorriso de Justineau. Ela está quase tão desligada quanto a Dra. Caldwell, como se todas as crises acumuladas do dia tivessem exigido demais dos seus nervos.

Mas ainda mais legal do que um sorriso foi o fato de o sargento Parks servir o copo dele primeiro.

— O criador do banquete, soldado — diz ele, quando enche todos os copos. — Você faz o brinde.

A cara quente de Gallagher fica ainda mais quente. Ele ergue o copo.

— Uma garrafa para nós quatro, ainda bem que não tem mais gente! — recita ele. Uma das tiradas de seu pai, ouvida num urro que era transmitido pelas tábuas do assoalho onde o Kieran Gallagher pré-adolescente ficava sob um cobertor de solteiro e ouvia a farra dos adultos.

Eles chamavam uns aos outros de babacas.

Depois brigavam.

O brinde foi aceito, os copos tiniram juntos. Eles beberam. A bebida áspera e doce ardeu pela garganta de Gallagher. Ele tenta ao máximo manter a boca fechada, mas explode num acesso de tosse. Não tanto quanto a Dra. Caldwell, porém. Ela fecha a mão na boca e — enquanto a tosse sobe, apesar de ela se esforçar ao máximo — espirra conhaque e saliva entre os dedos.

Todos riem alto, inclusive a doutora. Na realidade, ela ri por mais tempo. Os risos sobem sempre que a tosse cessa, depois dão lugar à tosse de novo. É como se o álcool fosse mágico e todos de repente estivessem relaxados com os outros, embora só tenham bebido um pouco. Gallagher lembra-se o bastante das bebedeiras da família para ficar cético com este milagre.

— Sua vez — diz o sargento a Justineau, servindo novamente.

— Para um brinde? Merda. — Justineau meneia a cabeça, mas ergue o copo cheio. — Que vivamos pelo tempo que quisermos. Que tal isso? — Ela vira o copo para trás, esvaziando-o de uma tragada só. O sargento a acompanha. Gallagher e a Dra. Caldwell bebem com mais cautela.

— Que vivamos o tempo que quisermos e nunca queiramos viver tanto. — Gallagher corrige a Srta. Justineau. Ele conhece essas coisas como as sagradas escrituras.

Justineau baixa o copo.

— É, isso mesmo — diz ela. — Não tem sentido pedir a lua e as estrelas também, tem?

O sargento enche de novo os copos, completa os de Gallagher e de Caldwell.

— Doutora? — pergunta ele. Caldwell dá de ombros. Não está interessada em fazer exortações calorosas.

Parks bate os copos dos outros no dele, três vezes.

— Ao vento que sopra, ao navio que vai e à dama que ama um marinheiro.

— Conhece algum marinheiro? — pergunta Justineau sardonicamente, depois de eles terem esvaziado os copos de novo e Gallagher beber educadamente. Eles já usurparam bastante a garrafa.

— Todo homem é um marinheiro — diz Parks. — Toda mulher é um mar.

— Que besteira — exclama Justineau.

O sargento dá de ombros.

— Talvez, mas ficaria admirada de quantas vezes isso funciona.

Mais risos, com um leve toque desvairado. Gallagher se levanta. Isto não lhe faz bem e ele foi idiota de experimentar. Começa a se lembrar de coisas que ele evita na maior parte do tempo, por motivos bons e suficientes. Fantasmas surgem em sua visão e ele não quer ter de olhá-los nos olhos. Já os conhece muito bem.

— Sargento — diz ele. — Vou fazer a ronda mais uma vez, para ver se está tudo seguro.

— Muito bem, filho — diz Parks.

Eles nem o olham quando ele sai.

Gallagher vaga pelos corredores do segundo andar, sem nada encontrar que não tenham visto antes. Cobre a boca e o nariz ao passar pelo quarto do faminto morto; o fedor é muito forte.

Mas fica pior quando ele chega ao alto da escada que o sargento explodiu. Parece o bafo do inferno, bem ali. Não há som, nem movimento. Gallagher fica na beira e espia a sombra impenetrável. Por fim cria coragem para pegar a lanterna no cinto, apontando bem para baixo e acendendo.

No círculo perfeito da luz da lanterna, ele vê seis ou sete famintos espremidos ombro com ombro. A luz os faz se encolher e avançar, mas estão espremidos demais para irem muito longe.

Gallagher brinca com o facho da lanterna, de um lado a outro. Por toda a extensão do hall, eles se espremem feito sardinhas. Os famintos de que fugiram horas antes, seus amigos e os amigos dos amigos. Eles se movem peristalticamente enquanto a luz passa por eles. Escancaram e fecham as mandíbulas.

O barulho dos tiros os trouxe, de onde por acaso estivessem. Algo barulhento significa algo vivo. Agora estão aqui e aqui ficarão até que localizem uma refeição ou até que a próxima grande coisa incite seu mecanismo fodido pelo fungo e os faça se mexerem.

Gallagher se afasta, nauseado e temeroso. Perdeu o entusiasmo por ser vigilante noturno.

Volta à sala de descanso. Parks e Justineau ainda estão esvaziando a garrafa, enquanto a Dra. Caldwell se estende e dorme entre três cadeiras.

Ele pensa que talvez deva dar uma olhada na criança faminta. Deve pelo menos se certificar de que a corda que a prende ao radiador ainda esteja amarrada.

Ele vai à sala dos brinquedos. A criança está sentada no pufe, muito calada e imóvel, de cabeça baixa, olhando o chão. Gallagher reprime um estremecimento; ela parece, por um momento, exatamente os monstros que enchem o hall do térreo.

Ele escora a porta com uma cadeira. Estaria ferrado se ficasse sozinho com essa coisa no escuro. Aproxima-se dela, fazendo um leve ruído para ela saber. Ela levanta a cabeça e é um alívio quando assim procede. Não é a coisa focalizada que os famintos fazem, quando olham para os dois lados antes de se fixar em você. Mais parece a atitude de um ser humano.

— O que você tem aí? — pergunta-lhe Gallagher. O chão é tomado de livros, então presumivelmente é o que ela olha. Com as mãos algemadas às costas, olhando o que pode. Ele pega o livro mais próximo. *Os meninos aquáticos*, de Charles Kingsley. É bem antigo, com uma sobrecapa desbotada e empoeirada sobre a capa, rasgada num canto. A imagem mostra um bando de fadinhas lindas subindo ao ar sobre os telhados de uma cidade. Londres talvez, mas Gallagher nunca viu Londres e não tem como saber.

A criança faminta o olha e não diz nada. Não é um olhar inamistoso, mas é muito atento. Como se ela não soubesse o que ele faz ali e esteja pronta para a surpresa não ser das boas.

Só o que ela sabe dele é que pertence ao pessoal do sargento que costumava amarrá-la na cadeira o tempo todo e empurrá-la para dentro e fora da sala de aula. Agora Gallagher não consegue lembrar se já falou com ela antes. Consequentemente, as palavras saem meio distorcidas, meio constrangidas. Ele nem mesmo sabe por que diz aquilo.

— Quer que eu leia este para você?

Um instante de silêncio. Um instante a mais encarando-o de olhos arregalados.

— Não — diz a criança.

— Oh. — Esta é toda sua estratégia de diálogo, de jogar conversa fora. Ele não tem um Plano B. Vai até a porta e à sala iluminada depois dela. Está tirando a cadeira do caminho e prestes a fechar a porta quando ela solta.

— Pode olhar na estante?

Ele se vira e volta para dentro, recolocando a cadeira.

– O quê?

Há um longo silêncio. Como se ela se arrependesse de ter falado e não soubesse se quer repetir o que disse. Ele espera que ela fale.

– Pode olhar na estante? A Srta. Justineau me deu um livro, mas eu o deixei lá. Se o mesmo livro estiver aqui...

– Sim?

– Então... Você pode ler para mim.

Gallagher não tinha notado a estante. Ele segue o olhar da garota e a vê junto à parede ao lado da porta. – Tudo bem – diz ele. – Como se chama o livro?

– *Histórias que as musas contavam.* – Há uma pressa de empolgação na voz da menina. – De Roger Lancelyn Green. É sobre os mitos gregos.

Gallagher vai à estante, acende a lanterna e a passa pelas prateleiras. A maioria é de livros ilustrados para crianças pequenas, com lombadas grampeadas em vez das quadradas, então ele tem de tirá-los para ver como se chamam. Há alguns livros de verdade, porém, e ele os examina aflitivamente.

Nada de mitos gregos.

– Desculpe – diz ele. – Não está aqui. Não quer tentar alguma coisa nova?

– Não.

– Aqui tem o Carteiro Pat. E seu gato preto e branco. – Ele ergue um livro para mostrar. A criança faminta o olha com frieza, depois vira a cara.

Gallagher se reúne a ela, puxa uma cadeira ao que considera uma distância segura.

– Meu nome é Kieran – diz. Isto não incita resposta nenhuma. – Tem alguma história que seja a sua favorita?

Mas ela não quer falar com ele, e ele pode entender. Por que ia querer?

– Vou ler esta. – Gallagher ergue um livro chamado *Queria que você visse.* Tem o mesmo tipo de ilustrações de *O gato do chapéu*, por isso ele o escolheu. Ele adorava essa história sobre o gato, o peixe, as crianças e as duas Coisas chamadas 1 e 2. Gostava de imaginar sua própria casa sendo destruída daquele jeito, depois consertada um segundo antes que o pai entrasse. Para Gallagher, aos 7 anos, esta era uma emoção imensa e ilícita.

— Vou me sentar aqui e ler este — diz ele à garota novamente.

Ela dá de ombros como se fosse problema dele, e não dela.

Gallagher abre o livro. As páginas estão úmidas, então se grudam um pouco, mas ele consegue separá-las sem rasgar.

— "Um dia, quando passeava na rua" — recita ele —, "encontrei um jovem de botas vermelhas nos pés. Seu cinto tinha uma fivela, o chapéu tinha uma pluma. A camisa era de seda e as calças eram de couro, e ele não conseguia ficar parado por dois segundos seguidos."

A menina fingia não ouvir, mas Gallagher não ligou. Era evidente que virava a cabeça para ver as ilustrações.

39

Parks divide um pouco mais do conhaque. Está acabando rapidamente. Justineau bebe, embora tenha acabado de chegar à fase em que ela sabe que é má ideia. Vai ficar acordada, sentindo-se uma merda.

Ela abana a cara, que está desagradavelmente quente. A birita sempre faz isso com ela, mesmo em quantidades medicinais.

— Meu Deus — diz ela. — Preciso tomar ar.

Mas não há muito ar para ser tomado. A janela tem tranca de segurança e se abre 12 centímetros inteiros.

— Podemos ir ao telhado — sugere Parks. — Tem uma porta de incêndio no final do corredor que leva lá em cima.

— Pode dizer que o telhado é seguro? — pergunta Justineau e o sargento assente. É, claro que sim, ele o teria verificado. Ame-o ou o odeie, ele é o tipo de homem que forma sua identidade em torno do abençoado sacramento de fazer seu trabalho. Ela viu isso na relva, quando ele salvou a vida de todos, reagindo quase com a mesma rapidez dos famintos.

— Tudo bem — diz ela. — Vamos ver como é o telhado.

E o telhado é ótimo. Cerca de dez graus mais frio do que a sala de descanso, com um vento bom e firme soprando em seu rosto. Bem, ótimo pode ser um exagero, porque o vento tem cheiro de podre — como se houvesse uma montanha de carne estragada bem ao lado deles, invisível no escuro, e eles respirassem sua decomposição. Justineau prende o copo na metade inferior do rosto como uma máscara de oxigênio e respira o hálito do conhaque.

— Alguma ideia do que seja isso? — pergunta ela a Parks, sua voz abafada e distorcida pelo copo.

— Não, mas está mais forte aqui — diz Parks —, então sugiro que a gente vá para lá.

Ele a leva ao canto sudeste do prédio. Eles estão de frente para Londres e a distante Beacon — o lar que os atirou para fora e agora os puxa de volta. Justineau deixa que a ausência faça sua mágica de sempre, embora ela saiba muito bem que Beacon é um buraco. Um grande campo de refugiados governado pelo verdadeiro terror e um otimismo artificialmente inflado — como um filho bastardo de Butlins com Colditz. Já havia se tornado totalitarismo quando ela teve a sorte de sair de lá e ela não está ansiosa para descobrir no que se transformou nos três anos que se passaram desde então.

Mas para onde mais iriam?

— A doutora é uma figuraça, não? — reflete Parks, recostando-se no parapeito e olhando a escuridão. A lua tinge a cidade de um preto e branco de xilogravura de ilustração de livro. Predomina o preto, transformando as ruas em leitos de rio insondáveis de ar circulante.

— Esta é só mais uma palavra para defini-la — diz Justineau.

Parks ri, levanta o copo jocosamente — como se eles brindassem à opinião que têm de Caroline Caldwell.

— A verdade — diz ele — é que de certo modo estou feliz que tudo tenha se acabado. A base, quero dizer, e a missão. Não feliz por estarmos fugindo, é claro, e eu estou rezando para que não sejamos os únicos a terem escapado. Mas estou feliz por não ter mais de fazer aquilo.

— Fazer o quê?

Parks faz um gesto. Na quase escuridão, Justineau não enxerga.

— Manter aquele hospício em rédea curta. Manter o lugar todo funcionando, mês após mês, na trela e nas boas intenções. Meu Deus, é incrível que tenhamos desperdiçado tanto tempo. Sem homens, sem suprimentos que bastassem, sem comunicações, porra, sem uma cadeia de comando certa...

Ele parece parar muito de repente, o que faz Justineau repassar suas palavras para entender qual delas Parks preferia não ter dito.

— Quando foi que as comunicações pararam? — ela lhe pergunta.

Ele não responde. Então repete a pergunta.

— A última mensagem de Beacon chegou cinco meses atrás — admite Parks. — Os sinais de cumprimento de onda normal ficaram mudos desde então.

— Merda! — Justineau fica profundamente abalada. — Então nem sabemos se... Merda!

— É mais provável que eles tenham transferido a torre — diz Parks. — Nem precisariam chegar a tanto. A porcaria atamancada que eles usam como rádio não funciona se não estiver bem apontada para a fonte do sinal. É como tentar arremessar uma bola de basquete em uma cesta a cem quilômetros.

Eles se calam, refletindo sobre isso. Agora a noite parece se ampliar, fica mais fria.

— Meu Deus — diz Justineau por fim. — Talvez sejamos os últimos. Nós quatro.

— Não somos os últimos.

— Não sabemos disso.

— Sim, sabemos. Os lixeiros estão indo muito bem.

— Os lixeiros... — O tom de Justineau é amargo. Ouvira falar de histórias e agora viu com os próprios olhos. Sobreviventes que esqueceram como fazer qualquer coisa além de sobreviver. Parasitas e catadores de lixo quase tão inumanos a sua maneira quanto o *Ophiocordyceps*. Eles não constroem, nem preservam. Só ficam vivos. E suas estruturas patriarcais impiedosas reduzem as mulheres a animais de rebanho ou gado.

Se essa é a última humanidade, a melhor esperança, pode mesmo ser preferível o desespero.

— Já tivemos uma idade das trevas — diz Parks, entendendo-a muito melhor do que ela gostaria. — As coisas desmoronam e as pessoas reconstroem. Provavelmente nunca houve um tempo em que a vida fosse tão... constante. Sempre há alguma crise.

"E tem também o resto do mundo, sabe? Beacon fica em contato com comunidades sobreviventes da França, da Espanha, da América, de toda parte. Foram as cidades que mais sofreram... Qualquer lugar onde há um bando inteiro de pessoas espremidas... E muita infraestrutura ruiu com as cidades. Nas áreas menos desenvolvidas, o contágio não se disseminou com tanta rapidez. Pode haver lugares a que nem mesmo tenha chegado.

Parks enche o copo de Justineau.

— Quero lhe fazer uma pergunta — diz ele.

— Pode fazer.

— Ontem, você disse que estava disposta a levar a criança e se separar de nós.

— E daí?

— Você falou sério? Não é essa a pergunta, mas você queria realmente se separar e tentar voltar a Beacon sozinha?

— Eu falei sério naquela hora.

— Sei. — Ele toma um gole do conhaque. — Foi o que pensei. De qualquer modo, você me chamou de uma coisa, pouco antes de meter a arma na cara de Gallagher. Na hora, não fez sentido para mim. Você disse que éramos soldadinhos congênitos. O que quer dizer com isso?

Justineau fica sem graça.

— É só um insulto — diz ela.

— É, bom, eu teria ficado surpreso se fosse um beijinho no rosto. Só estava curioso. Não quer dizer que somos impiedosos ou coisa assim?

— Não. É um termo da psicologia. Descreve um comportamento com que se nasce e não pode ser alterado. Ou que está tão programado em você que você nem pensa isso. É simplesmente automático.

Parks ri.

— Como os famintos — sugere ele.

Justineau fica um tanto envergonhada, mas aguenta bem.

— Sim — admite —, como os famintos.

— Você sabe mesmo ofender — Parks a elogia. — Sério. É impressionante. — Ele completa de novo o copo de Justineau.

E põe o braço em seu ombro.

Justineau se afasta rapidamente.

— Mas o que é isso?

– Pensei que estivesse com frio – diz Parks, surpreso. – Você estava tremendo. Desculpe. Não pretendia nada além disso.

Por um bom tempo ela fica ali olhando para ele, num silêncio mortal.

E então ela fala. E só há uma coisa que pensa em dizer.

Põe pra fora, desabafa, em retrospecto, a bebida, as lembranças, os últimos três anos de sua vida.

– Já matou uma criança?

40

A PERGUNTA PEGA PARKS em cheio entre os olhos.

A essa altura, ele se sentia bem embriagado. O conhaque o ensopara, amortecendo a dor dos muitos estilhaços mínimos da granada que levou nas pernas e na parte inferior das costas quando a escada se despedaçou. E aqui ele pensava nos dois se entendendo bem, mas não. A professora o definia claramente em sua enciclopédia pessoal. Para *Parks, sargento*, ver *filhodaputa, sanguinário*. Ele tinha todo um leque de respostas para isso, a maioria envolvendo lembrar que ela conseguiu escapar do cardápio do almoço dos famintos pelos últimos três anos. De onde vinha o computador que usava e a maioria das outras engenhocas úteis com que fazia seu trabalho. Por que Beacon ainda está de pé – se estiver – para que eles voltem para casa.

Mas deixa pra lá. Isso não vai levar aonde ele espera e não há nada a ganhar dizendo a esta mulher muito atraente que ela é ao mesmo tempo uma hipócrita e muito mais estúpida do que ele pensava. Só vai deixar essa jornada um pouco mais difícil.

Assim, ele encerra a conversa e vai para a porta de incêndio.

– Vou deixar que curta a vista – diz ele por sobre o ombro.

– Eu quis dizer antes do Colapso – diz Justineau às costas dele. – É uma pergunta simples, Parks.

Que o faz parar e se virar novamente.

– Que merda você acha que eu sou? – ele lhe pergunta.

– Não sei o que você é. Responda. Matou?

Ele não precisa pensar na resposta. Sabe onde estão seus limites. Ele não vai ultrapassá-los, como fazem algumas pessoas.

– Não. Atirei em famintos de uns 5 ou 6 anos. Não se tem muita alternativa quando eles querem comer você vivo. Mas nunca matei uma criança que se pudesse dizer que estava realmente viva.

— Bom, eu matei.

Agora é a vez de Justineau virar a cara. Ela conta a história sem olhá-lo nos olhos, embora o suporte de uma chaminé lance seus rostos na sombra e de qualquer modo torne condicional o olho no olho. No confessionário, nunca se vê a cara do padre. Mas Parks pode apostar que nenhum padre teria uma cara como a dele.

— Eu ia de carro para casa. Depois de uma festa. Estive bebendo, mas não tanto. E estava cansada. Eu trabalhava num jornal e passei duas semanas acordando cedo e trabalhando até tarde, tentando ser efetivada. Nada disso importa. É só que... Sabe como é, você tenta entender, depois de tudo. Procura pelos motivos para que tenha acontecido.

As palavras saem de Justineau numa monotonia pura. Parks pensa no relatório por escrito de Gallagher, com seus *proceder a* e *em vista disso*. Mas Justineau baixa a cabeça e o modo como aperta o parapeito é um comentário por si mesmo.

— Eu ia por uma estrada. Em Hertfordshire, entre South Mimms e Potters Bar. Poucas casas, de vez em quando, mas principalmente quilômetros de cercas vivas, depois um pub, depois mais cercas. Eu não esperava... Quer dizer, era tarde. Bem depois da meia-noite. Não pensei que alguém estaria ali fora e menos ainda...

"Alguém correu pela estrada na minha frente. Vinha de um buraco numa das cercas, acho. Não havia mais ninguém de onde ele pode ter vindo. Ele simplesmente estava ali, de repente, e pisei no freio, mas já estava em cima dele. Não fez muita diferença. Eu devia estar a oitenta por hora quando o atingi e ele só... quicou no carro feito uma bola.

"Eu parei, bem mais à frente. A uns cem metros. Saí do carro e voltei correndo. Tinha esperanças, obviamente... Mas ele estava morto, não havia dúvida. Um menino. De uns 8 ou 9 anos, talvez. Eu matei uma criança. Eu a despedacei, por dentro de sua pele, então seus braços e pernas nem mesmo se dobravam do jeito certo.

"Acho que fiquei ali por muito tempo. Eu tremia, chorava, não conseguia... Não conseguia me levantar. Pareceu se passar muito tempo. Queria fugir e nem conseguia me mexer."

Ela olha o sargento, agora, mas a escuridão esconde quase inteiramente a expressão de Justineau. Só aparece a linha torcida de sua boca. Lembra a ele, naquele momento, a linha de sua cicatriz.

— Mas depois consegui — diz ela. — Eu me mexi. Levantei-me e continuei dirigindo. Tranquei o carro na garagem e fui para a cama. Eu até dormi, Parks. Dá para acreditar nisso?

"Nunca me decidi sobre o que fazer com isso. Se eu confessasse, muito provavelmente seria presa e minha carreira estaria acabada. E se isso não o traria de volta, que sentido tinha? É claro que eu sabia muito bem qual era o sentido e peguei o telefone umas seis ou sete vezes nos dias que se seguiram, mas não discava. E aí o mundo acabou, então não precisei fazer isso. Eu me safei dessa. Saí dela limpa."

Parks espera muito, até ter certeza absoluta de que o monólogo de Justineau acabou. A verdade é que, na maior parte do tempo, ele esteve tentando entender o que exatamente ela queria lhe dizer. Talvez ele tivesse razão na primeira vez sobre aonde eles iam e Justineau ventilava o passado como uma espécie de limpeza de paladar antes que eles trepassem. Provavelmente não, mas nunca se sabe. De qualquer modo, o contramovimento para uma confissão é uma absolvição, a não ser que você pense que o pecado é imperdoável. Parks não pensa assim.

— Foi um acidente — ele diz a ela, observando o óbvio. — E provavelmente você teria acabado por fazer o que era certo. Não me parece o tipo de pessoa que deixa a merda embaixo do tapete. — Ele era sincero, neste aspecto. Uma das coisas que lhe agradavam em Justineau era sua seriedade. Ele detestava gente frívola e imprudente que dança pela superfície do mundo sem olhar para baixo.

— É, mas você não entendeu — diz Justineau. — Por que acha que estou te contando tudo isso?

— Não sei — admite Parks. — Por que está me contando?

Justineau se afasta do parapeito e coloca-se em posição de defesa — alcance, zero metro. Podia ser erótico, mas de algum modo não é.

— Eu matei aquele menino, Parks. Se você transformasse minha vida numa equação, o número resultante seria menos um. É esta minha pontuação na vida, entendeu? E vocês... Você e Caldwell, e o soldado Ginger da merda Rogers... Meu Deus, pode não significar nada, mas eu me mataria antes de deixar que me diminuíssem para menos dois.

Ela diz as últimas palavras bem na cara dele. Ele sente as gotinhas de saliva dela. Nesta proximidade, no escuro, ele vê seus olhos. Há algo de louco neles. Algo profundamente amedrontado, mas o medo não é dele.

Ela o deixa com a garrafa. Não era o que ele queria, mas é um bom prêmio de consolação.

41

Caroline Caldwell espera até que o sargento e Justineau saiam da sala. Depois se levanta rapidamente e vai para a cozinha.

Ela viu os Tupperwares mais cedo, guardados no armário mais distante – dispostos por ordem de tamanho, então formavam uma pirâmide com lados em escada. Ninguém prestou muita atenção, porque os recipientes estavam vazios, mas Caldwell notou com uma leve onda de prazer. De vez em quando, mesmo agora, o universo lhe dá exatamente o que você precisa.

Ela pega seis recipientes menores e seis colheres de chá, colocando-as uma por uma nos bolsos do jaleco. Também pega uma lanterna, mas só a acende quando chega a seu destino e fecha a porta.

Ela respira em tragos rasos. O cheiro de restos humanos, e de anos de decomposição em espaço fechado, carrega tanto o ar que é quase uma presença física.

Com as colheres, Caldwell pega um leque de amostras do faminto morto pelo sargento Parks. Só está interessada em tecido encefálico, mas amostras múltiplas significam mais chances de enfim chegar àquela que não esteja contaminada demais pela flora e fauna da pele, das roupas e do ar ambiente.

Depois de fechar cada recipiente com cuidado, ela os recoloca nos bolsos. Descarta as colheres sujas, por não terem mais utilidade.

Pensa enquanto trabalha: deveria ter feito isso anos antes. Homens como o sargento têm sua utilidade e ela sabe que não poderia ter coletado sozinha as cobaias. Mas se estivesse ali com os caçadores, como parte da equipe, não teria de depender de suas observações inadequadas e recordações pouco confiáveis.

Assim, ela não teria desperdiçado tanto tempo explorando becos sem saída.

Ela teria sabido, por exemplo, que embora a maioria dos famintos tenha apenas dois estados, o de repouso e o de caça – alguns têm um terceiro que corresponde a uma versão degradada da consciência normal. Podem interagir com o mundo a sua volta, espasmódica e parcialmente, como aquele eco de seu comportamento antes de serem infectados.

A mulher do carrinho de bebê. O homem cantando, com a carteira cheia de fotografias. Estes são exemplos banais, mas representam algo importante. Caldwell está muito perto, ela sabe, de um avanço sem precedentes. Não pode fazer nada com essas amostras antes de voltar a Beacon e ter acesso a um microscópio, mas concebe uma ideia do que deve estar procurando. Que forma sua pesquisa assumirá, depois de voltar ao laboratório e a tudo de que precisa.

Inclusive, evidentemente, a cobaia número um.

Melanie.

42

Justineau é acordada pela mão sacudindo seu ombro. Entra em pânico por um momento, pensando ser atacada, mas é com Parks que ela luta, é o aperto de Parks que ela tenta estapear. E não é só ela. Ele acorda a todos, dizendo que levem a bunda até a janela. O sol saiu em um estado de coisas muito feio e deprimente e eles precisam ver.

Os famintos que os perseguiram no dia anterior não se dispersaram. Permanecem em duas ou três camadas pela cerca da Wainwright House, a maioria tendo estacado quando bateu na barreira.

O hall do térreo está cheio daqueles que não pararam – que caçaram sua presa humana até o interior da casa. No que resta do alto da escada, é possível parar e olhar uma multidão de monstros esqueléticos e boquiabertos, ombro a ombro como a plateia de um evento esgotado.

Que seria o café da manhã.

Tensos e assustados, os quatro debatem as possibilidades. Não podem abrir caminho a tiros, obviamente. Desperdiçariam sua munição e não alterariam em nada o efetivo deles. Além disso, foi o barulho que os colocou nessa trapalhada, antes de tudo; produziriam mais dele e se arriscariam a atrair outros monstros de lugares ainda mais distantes.

Justineau se pergunta se talvez eles possam usar isso.

– E se você jogasse algumas granadas – sugere ela a Parks –, digamos, do alto do telhado. Os famintos procurariam o som, não é? Podemos atraí-los para lá e depois, quando a cerca estiver liberada, corremos para o lado contrário.

Parks abre as mãos.

– Acabaram-se as granadas – disse ele. – Eu tinha aquelas no meu cinto e usei todas quando puxei a ponte levadiça ontem à noite.

Gallagher abre a boca e fecha, tenta novamente.

— Podemos fazer uns Molotovs? — sugere. Ele assente para a cozinha. — Tem garrafas de óleo de cozinha ali.

— Não acredito que quebrar garrafas vá fazer um barulho particularmente alto — diz a Dra. Caldwell com mordacidade.

— Pode ser bem alto — reflete Parks, mas ele não parece convencido. — Mesmo que não seja, podemos atear fogo nos escrotos e abrir um espaço para passarmos.

— Não naqueles do hall — contra-argumenta Caldwell. — Não me agrada a perspectiva de ficar presa numa casa em chamas.

— E tem a fumaça — diz Justineau. — Provavelmente muita. Se os lixeiros ainda estiverem procurando por nós, terão uma placa enorme dizendo onde estamos.

— Só garrafas vazias, então? — diz Gallagher. — Sem óleo. Tentamos jogar e fazer barulho.

Parks olha pela janela. Nem mesmo precisa falar. A distância do telhado e das janelas da casa para a calçada do lado de fora da cerca é de aproximadamente trinta metros. Pode-se atirar uma garrafa a essa distância, mas exigiria muito esforço e seria preciso que a sorte e o vento estivessem a seu favor. Se jogar garrafas mais perto, elas só incitarão a entrar os famintos que pararam nos portões.

O mesmo teria de ser feito com as granadas, é claro. Elas provavelmente teriam causado mais mal do que bem.

Eles vão e voltam, mas ninguém consegue sugerir um jeito fácil ou óbvio de sair. Deixaram-se encurralar, por predadores que não perdem o interesse e não ficam vagando. Esperar que acabe não é uma opção e todas as outras alternativas parecem ruins.

Justineau vai dar uma olhada em Melanie. A menina já está de pé, olhando pela janela, mas vira-se ao ouvir passos. Deve ter escutado a conversa na sala ao lado. Justineau tenta tranquilizá-la.

— Vamos pensar em alguma coisa — diz ela. — Há uma saída para isso.

Melanie assente calmamente.

— Eu sei — diz.

Parks não gosta da ideia, o que não surpreende Justineau em nada. E Caldwell gosta ainda menos.

Só Gallagher parece aprovar e ele não faz mais do que assentir – parece relutante em dizer alguma coisa que contradiga diretamente o sargento.

Eles estão sentados na sala de descanso, em quatro cadeiras que colocaram numa pequena roda. Dá a ilusão de que realmente conversam, embora Caldwell esteja desligada, em seu próprio mundo, Gallagher só fale quando é solicitado e Parks não dê ouvidos a ninguém além dele mesmo.

– Não gosto da ideia de deixá-la fora da trela – diz ele, pela terceira vez.

– E por que não, ora essa? – pergunta Justineau. – Você ficou bem feliz em deixá-la solta dois dias atrás. A trela e as algemas existem para que ela possa ficar conosco. Sua ideia de um meio-termo. Assim, de seu ponto de vista, não há nada à solta aqui. Absolutamente nada. Se ela fizer o que diz que fará, sairemos dessa confusão. Se ela fugir, não ficaremos pior do que estamos agora.

Caldwell ignora esse discurso e faz um apelo diretamente ao sargento.

– Melanie pertence a mim – ela recorda. – A meu programa. Se a perdermos, a responsabilidade será sua.

É o argumento errado. Parks não se sente ameaçado.

– Passei quatro anos a serviço de seu programa, doutora – ele a lembra. – Hoje é meu dia de folga.

Caldwell ia dizer mais alguma coisa, mas Parks a atropela – falando com Justineau.

– Se a soltarmos, por que ela voltaria?

– Queria poder responder a isso – diz Justineau. – Francamente, é um completo mistério para mim. Mas ela diz que o fará e acredito nela. Talvez porque sejamos os únicos que ela conhece.

Talvez porque ela tenha uma paixão por mim e todo amor é cego, como precisa ser.

– Quero falar com ela – diz Parks. – Traga-a aqui.

Ainda na trela, com as mãos às costas e a mordaça, ela olha Parks como o chefe de uma tribo selvagem, em sua dignidade, e Justineau de repente está ciente das mudanças nela. Ela agora está no mundo, sua educação se acelera de um ponto de partida fixo a uma velocidade perigosa e imprevisível. Ela pensa numa antiga pintura, *Quando foi a última vez que viu seu pai?* Porque a atitude de Melanie é idêntica à da criança de pé na tela. Para Melanie, porém, esta seria uma pergunta inteiramente sem sentido.

– Acha que pode fazer isso? – pergunta Parks a ela. – O que você disse à Srta. Justineau. Acha que é capaz?

– Sim – diz Melanie.

– Significa que terei de confiar em você. Soltá-la, bem aqui, na sala, conosco. – Ele brande algo na mão direita, sacudindo como se fosse um dado prestes a ser lançado. Agora mostra a ela: a chave das algemas.

– Não creio que signifique isto, sargento Parks – diz Melanie.

– Não?

– Não. Tem de me soltar, mas não terá de confiar em mim. Deve passar toda a coisa química em sua pele primeiro e ter certeza de que eu não sinta seu cheiro. E deve mandar Kieran abrir as algemas enquanto aponta a arma para mim. E não precisa tirar essa jaula da minha boca. Eu só preciso usar as mãos.

Parks a encara por um momento, como se ela fosse algo escrito numa língua que ele desconhece.

– Parece que pensou em tudo.

– Sim.

Ele se curva para olhá-la nos olhos.

– E não está com medo?

Melanie hesita.

– Do quê? – Justineau fica maravilhada com a pausa momentânea. Seria igualmente fácil dizer sim ou não, quer fosse verdade ou não. A pausa significa que Melanie é escrupulosa, que pesa suas palavras. Significa que tenta ser franca com eles.

Como se eles tivessem feito uma só coisa que fosse para merecer isso.

– Dos famintos – diz Parks, como é evidente.

Melanie meneia a cabeça.

– Como poderia? Eles não vão me machucar.

– Não? E por que não?

– Já basta – vocifera Justineau, mas Melanie responde de qualquer modo. Devagar. Ponderadamente. Como se as palavras fossem pedras que ela usa para construir um muro.

– Eles não mordem seus iguais.

– E?

– E eu sou igual a eles. Quase. O suficiente para que eles não sintam fome quando pegam o meu cheiro.

Parks assente lentamente. Foi a esse ponto que levou todo o catecismo. Ele quer saber o quanto Melanie já deduziu. Onde está sua cabeça. Ele trabalha na logística.

– Igual a eles, ou quase igual? Qual dos dois?

A cara de Melanie é indecifrável, mas uma forte emoção adeja por ela, depois se acomoda.

– Sou diferente porque não quero comer ninguém.

– Não? Então, o que era aquela coisa vermelha em você quando pulou a bordo do Humvee, antes de ontem? Me pareceu sangue.

– Às vezes eu *preciso* comer pessoas. Eu nunca *quero*.

– É só o que tem para mim, garota? Que merda acontece?

Outra pausa. Mais longa, desta vez.

– Não aconteceu com você.

– É bem verdade – admite Parks. – Mas ainda estamos discutindo o sexo dos anjos. Você se ofereceu para nos ajudar contra aquelas coisas lá embaixo, quando me parece que você quer descer e ficar com eles, olhando-nos de lá, esperando tocar o sino do jantar. Então, acho que é isso que vou lhe perguntar. Por que você voltaria e por que eu acreditaria que você vai voltar?

Pela primeira vez, Melanie deixa transparecer sua impaciência.

– Eu voltaria porque quero. Porque estou com vocês e não com eles. E nem tem como eu ficar com eles, mesmo que quisesse. Eles... –

O conceito que ela procura lhe escapa por um momento. – Eles *não* ficam com os outros. Nunca.

Ninguém responde, mas Parks parece satisfeito com isso. Como se ela tivesse a senha secreta. Ela entra no clube. O clube dos poucos-desesperados-cercados-por-monstros.

– Eu estou com vocês – diz Melanie de novo. E então, como se precisasse dizer: – Não com vocês, na verdade. Estou com a Srta. Justineau.

Surpreendentemente, Parks parece satisfeito com isto também. Ele se levanta com um ar decidido.

– Isso eu entendi. Muito bem, garota. Vamos confiar que você faça seu trabalho. Vamos.

Melanie fica onde está.

– Que foi? – pergunta Parks. – Precisa de mais alguma coisa?

– Sim – responde Melanie. – Quero usar minhas roupas novas, por favor.

43

Eles a levaram ao alto da escada. Onde existira o alto da escada, antes de o sargento Parks a explodir. Melanie olha pela beira.

Há muitos e muitos famintos ali embaixo. Talvez mais de cem, todos juntos no hall. Eles olham os dois homens e as duas mulheres quando entram no campo de visão, suas cabeças movendo-se juntas como flores seguindo o sol.

O sargento Parks não saca a arma, mas faz Melanie se virar enquanto abre as algemas e lhe diz para ficar parada. Ela as sente caindo e quer mexer os dedos para saber se ainda estão bem, mas não mexe.

O sargento Parks desamarra a trela do pescoço e ela se vira para a Srta. J, que está preparada com um pequeno feixe de roupas.

É desagradável ter o suéter – o suéter da Srta. Justineau, que ela usou o tempo todo – retirado pela cabeça. Ficar momentaneamente nua de novo. Não é o exame dos adultos que a incomoda, é sentir o ar diretamente em seu corpo. A sensação de estar tão exposta.

Mas enquanto a Srta. Justineau coloca suas roupas novas, essa sensação desaparece. Melanie gosta muito do jeans e da camiseta – e da jaqueta, que é meio parecida com a do sargento Parks. Só os tênis lhe parecem estranhos. Ela nunca calçou sapatos na vida e a perda do fluxo de informações que os pés recebem do chão é perturbadora. É possível que ela e os tênis não venham a ter uma relação de longo prazo. Mas eles são tão bonitos!

– Pronta? – diz Parks.

– Você está ótima, Melanie – diz-lhe a Srta. Justineau.

Ela assente, agradecendo, e concorda. Ela sabe que está.

Mas eles não acabaram. Ainda não. A Srta. Justineau tira algo do bolso e estende para Melanie. É uma coisinha mínima, feita de plástico cinza. Retangular, com um único botão redondo. Pela beira do botão, em letras vermelhas, estão a palavras TRAVA DE SEGURANÇA. E embaixo, PERIGO 150 DECIBÉIS.

— Quando você chegar ao grupo onde precisar fazer muito barulho — diz-lhe a Srta. Justineau —, isto vai ajudar.

— O que é? — Melanie tenta parecer despreocupada e calma, como se receber um presente da Srta. Justineau não fosse grande coisa.

— É um alarme pessoal. De muito tempo atrás. As pessoas costumavam carregar, para o caso de serem atacadas.

— Por famintos?

— Não, por outras pessoas. Faz um barulho como a sirene de fim de dia da base, só que muito, mas muito maior... Alto o suficiente para deixar as pessoas em pânico e elas quererem fugir, mas os famintos não vão fugir, vão correr para o barulho. Talvez nem funcione, depois desse tempo todo, mas nunca se sabe.

Melanie hesita.

— Deve ficar com ele — diz ela —, caso você seja atacada.

A Srta. Justineau fecha os dedos de Melanie no objeto, que ainda está quente de ficar em seu bolso. Parece um pedacinho da Srta. Justineau que ela pode levar para o mundo. O peso de seu novo conhecimento ainda a empurra para baixo, mas seu coração incha de alegria quando ela coloca o alarme no bolso de seu novo jeans de marca de unicórnio.

— Pronta — ela confirma ao sargento Parks. A cara do sargento diz *já não era sem tempo*. Ele prende a trela novamente pela cintura de Melanie com um nó diferente.

— Depois de baixar ao chão — ele lhe diz —, você puxa essa ponta aqui e a corda vai se soltar.

— Tudo bem — diz ela.

— Não vou tirar a mordaça — diz o sargento. — Mas, com as mãos livres, você pode se soltar facilmente e tirar. Você é uma garota inteligente e aposto que já pensou nisso.

Melanie dá de ombros. É claro que sim e não tinha sentido explicar a ele mais uma vez por que ela não faria isso.

— Só para você saber — diz o sargento Parks —, se quiser ficar conosco, precisará manter a mordaça. Ou recolocá-la quando terminarmos. Eu não tenho mais nenhuma delas e, para mim, seus dentes são armas carregadas. Assim, deixe essa coisa presa, porque é o que vai trazer você de volta pela porta. Tudo bem?

— Tudo bem.

— Tá legal. Gallagher, me dê uma ajuda aqui.

Os dois homens entraram em posição no alto da escada e se prepararam para soltar a corda, mas no último minuto a Srta. Justineau se ajoelhou ao lado de Melanie de novo e segurou seus braços.

Melanie entrou no abraço, tremendo deliciosamente enquanto a Srta. Justineau fechava os braços em volta dela.

Mas se afastou depois de pouco mais de um segundo. Havia um leve traço de cheiro humano, o cheiro da Srta. Justineau, por baixo do cheiro acre de química. O suficiente para transformar o puro prazer de sua proximidade em algo inteiramente diferente; algo que ameaça sair de seu controle.

— Não é seguro — murmura ela com urgência. — Não é seguro.

— Seu bloqueador E — traduz o sargento Parks desnecessariamente. — Precisa de outra camada.

— Desculpe — murmura a Srta. Justineau — não para o sargento Parks, mas para Melanie.

Melanie assente. Por um momento, ali, teve medo, mas está tudo bem. Era um cheiro muito fraco e agora passou, a fome voltou a ficar sob controle.

O sargento Parks lhe diz para se sentar no último degrau, depois a empurra. Ele e Kieran a baixam na multidão de famintos que aguarda.

E que não reage de maneira nenhuma. Alguns acompanham o movimento enquanto ela desce, mas o sargento Parks cuida para que a descida seja bem lenta e gradual, assim não deixa os famintos exaltados. O olhar deles passa por Melanie sem se fixar. Ou eles encaram à volta dela, sem registrar sua presença.

Assim que seus pés tocam o chão, ela solta a corda com um puxão. O sargento Parks a puxa de volta, com a mesma lentidão e gradualmente, como a baixou.

Melanie olha para cima. Vê o sargento Parks e a Srta. Justineau olhando para ela. A Srta. Justineau acena; um lento abrir e fechar da mão. Melanie retribui o cumprimento.

Ela passa cuidadosamente por entre os famintos, sem ser percebida ou molestada.

Mas estava mentindo quando disse que não tinha medo. Ficar bem ali, no meio deles – olhar de baixo as cabeças tombadas e as bocas entreabertas, os olhos de um branco sujo – é muito apavorante. Ontem ela pensou que os famintos eram como casas onde as pessoas antigamente moravam. Agora ela pensa que cada uma das casas é mal-assombrada. Ela está cercada de fantasmas dos homens e mulheres que eles já foram. Teve de reprimir o impulso repentino de desatar a correr, sair dali para o ar livre o mais rápido que pudesse.

Ela chega à porta, pressionando os corpos espremidos. Mas a porta em si é inteiramente intransponível. Há famintos demais se apertando no espaço estreito entre os batentes e ela não tem força para romper a barragem. Mas as janelas do chão ao teto dos dois lados da porta foram espatifadas, cada lasca prateada de vidro forçada para fora de seus caixilhos pelos famintos que por ali investiram. Alguns dos mais próximos de Melanie trazem as marcas de corte nos braços e nos corpos, da passagem difícil. Das novas feridas, vaza um líquido marrom e viscoso. Não parece muito com sangue.

Melanie abre caminho pela janela da esquerda. Mais famintos estão parados na entrada, mas não estão tão espremidos e é mais fácil para ela passar por ali.

Aos portões e, então, à rua.

Ela passa por outros famintos. Eles não correm à sua passagem nem parecem dar pela presença dela. Ela atravessa o gramado tomado de mato e anda entre as árvores e a relva alta.

Melanie gosta dali. Se fosse livre, se tivesse muito tempo e não precisasse fazer nada, gostaria de ficar ali por um bom tempo e fingir que está na floresta amazônica, de que ela sabe de uma aula da Srta. Mailer, há muito tempo, e da figura na parede de sua cela.

Mas ela não é livre e o tempo urge. Se ela se demorar demais, a Srta. Justineau pode pensar que está fugindo e a deixando, e ela prefere morrer a deixar que a Srta. Justineau pense isso, nem por um segundo que seja.

Ela espera ver um rato como aquele que assustou a Dra. Caldwell, mas não há ratos. Nem aves, também, mas de qualquer modo uma ave provavelmente não daria o que ela precisava.

Então ela olha mais adiante, dos dois lados da rua, pelas portas abertas das casas, pelos restos desordenados e profanados de vidas desaparecidas, tentando não se distrair com os enfeites, as fotos, as centenas e centenas de objetos inescrutáveis.

Numa sala coberta de uns trinta centímetros de folhas marrons, ela assusta uma raposa. O animal salta de uma janela quebrada, mas Melanie parte para ele com tal rapidez que o pega em pleno ar. Está emocionada com sua própria velocidade.

E com sua força. Embora a raposa seja de seu tamanho, quando ela se contorce e se debate em seus braços, Melanie só a segura com mais força, estreitando seu limite de movimentos, até que ela para, trêmula, ganindo, e deixa que a leve onde quer.

De volta à rua, ao verde. Do outro lado da relva, onde os famintos estão agrupados, cada cara se afasta dela, cada corpo parado.

Melanie grita. É o maior barulho que pode fazer. Não tão alto quanto o alarme pessoal da Srta. Justineau, mas suas mãos estão ocupadas com a raposa e ela não quer soltar antes que todos os famintos olhem para ela.

Quando as cabeças se viram, ela abre os braços e a raposa corre como uma flecha disparada do arco de Ulisses.

Incitados pelo barulho, despertos e atentos para a presa, os famintos obedecem a sua programação. Entram num movimento violento, correm atrás da raposa como se estivessem presos a ela por cordas esticadas. Melanie sai do caminho rapidamente e entra por uma porta, enquanto a primeira onda passa por ela.

São tantos, e estão tão agrupados, que alguns são derrubados e pisoteados. Melanie os vê tentar se levantar incessantemente, só para ser amassados por outros pés a cada vez. É quase engraçado, mas a espuma marrom-acinzentada que é forçada para fora da boca, como vinho de uvas, também torna a cena um tanto horrível e triste. Quando o resto da horda desceu correndo a rua e quase saiu de vista, alguns dos caídos lutam para se levantar, mancam e se arrastam atrás deles. Outros ficam onde caíram, retorcendo-se e arranhando, mas quebrados demais para se levantar do chão.

Melanie os contorna com cuidado. Sente-se mal por eles. Deseja que houvesse alguma coisa a fazer para ajudá-los, mas não há nada. Ela volta pelos portões e anda até a casa. Entra no hall, que agora está inteiramente deserto, e chama o sargento Parks, que está exatamente onde ela o deixou.

– Deu certo. Eles foram.

– Fique aí – diz o sargento Parks. – Vamos nos juntar a você.

E então, depois de olhá-la duramente por alguns segundos:

– Bom trabalho, garota.

44

Conseguir que todos desçam ao nível da rua é fácil, com as cordas. O sargento Parks decide a ordem: primeiro Gallagher, para ter alguém no chão que saiba usar uma arma, depois Helen Justineau, em seguida a Dra. Caldwell e ele mesmo na retaguarda. A Dra. Caldwell é a única que dá algum problema, porque suas mãos com os curativos não a deixam segurar direito a corda. Parks fez um nó corrediço, que amarra em sua cintura, e a baixa.

Eles podem voltar por onde entraram, mas é mais fácil continuar pela cidade. Há vários lugares onde eles podem retomar a A1 e, na verdade, sairão de entre as construções com mais rapidez se pegarem a leste e ao sul, passando por uma região de prédios industriais desolados. Nunca viveu muita gente por ali e depois do Colapso as sobras eram poucas para os sobreviventes infectados, cujas necessidades eram mais de comida do que de fábricas, então eles não viram muitos famintos. É claro que também seguiam aproximadamente a mesma linha da raposa, pelo menos no começo. Aquele irresistível alvo em movimento limpou o caminho para eles com muita eficácia.

Assim, a garota faminta já havia salvado a vida de seu bacon por duas vezes. Se fizer pela terceira, talvez Parks até comece a relaxar um pouco perto dela. Mas isso ainda não aconteceu.

Eles discutem a logística enquanto andam, em vozes baixas e estudadas que não são transmitidas para muito longe. Parks sente que devem se ater ao Plano A, apesar do caos que experimentaram.

Seus motivos são os mesmos de sempre. A rota direta por Londres os poupará pelo menos dois dias de viagem e eles ainda precisam de abrigo quando pararem para dormir.

— Mesmo que o abrigo possa se transformar numa armadilha? — pergunta, azeda, a Dra. Caldwell.

— Bom, isto é um problema — concorda Parks. — Por outro lado, se estivéssemos ao ar livre quando aqueles famintos nos atacaram ontem à noite, não teríamos durado nem dez segundos de merda. Pense nisso.

Caldwell não tentou rebater, então ele não teve de lembrar a ela que foi o fato de ela querer se dar com uma faminta na rua que os colocou em problemas. E ninguém mais parece inclinado a discutir. Eles continuam seu caminho, a conversa caindo num silêncio cauteloso.

No decorrer da manhã, sua fila se estende inaceitavelmente. Gallagher assume a dianteira, segundo ordens de Parks. Helen Justineau fica com a criança, que consegue manter um ritmo razoável apesar das pernas curtas, mas é distraída constantemente e se demora com as coisas por que passam. A Dra. Caldwell é a mais lenta de todos, o espaço entre ela e os outros aos poucos aumenta. Ela acelera a marcha quando Parks lhe pede, mas sempre reduz depois de um ou dois minutos. Aquela fadiga desesperada, tão cedo no dia, preocupa-o.

Eles agora estão passando por uma sombra queimada, outro artefato do Colapso. Antes de o governo se desintegrar inteiramente, emitiu toda uma série de ordens emergenciais mal pensadas e uma delas envolvia bombas químicas incendiárias jogadas de helicópteros para criar zonas cauterizadas que garantissem uma fuga dos famintos. Os civis não infectados eram avisados de antemão por sirenes e mensagens repetidas, mas muitos morreram mesmo assim, porque não estavam livres para se mexer quando os helicópteros sobrevoaram.

Os famintos, porém, correram à frente dos lança-chamas como baratas quando a luz se acendeu. Só o que os incendiários podiam fazer era deslocá-los por alguns quilômetros numa direção ou outra, e em alguns casos destruíam infraestrutura que podia ter salvado muitas vidas. O aeroporto de Luton, por exemplo. Este foi calcinado com cerca de quarenta aviões ainda em terra e assim, quando circulou o memorando seguinte — sobre a evacuação dos não infectados das ilhas do Canal usando frotas de aviões comerciais –, só o que o exército pôde fazer foi dar de ombros coletivamente e dizer, "Tá, quem dera".

As construções nesta parte da rota foram reduzidas a cotos, não tanto queimadas, mas transformadas em sebo. O calor monstruoso dos incendiários derreteu não só o metal, mas tijolo e pedra. O chão onde eles caminhavam trazia uma crosta preta e fina de gordura e carvão, o resíduo de materiais orgânicos que queimaram e sublimaram, pegaram o ar e baixaram novamente para onde os levavam os ventos quentes da combustão.

O ar tinha um travo acre e amargo. Depois de mais ou menos dez minutos, a respiração raspa na garganta e você sente uma coceira no peito que não consegue aliviar, porque é por dentro de você.

Já se passaram mais de vinte anos e ainda não cresce nada por ali, nem mesmo o mato mais resistente e mais rústico. O jeito da natureza de dizer que não é idiota a ponto de ser apanhada daquela maneira duas vezes.

Parks ouve a criança perguntar a Justineau o que houve ali. Justineau complica muito a questão, embora seja fácil. *Não conseguimos matar os famintos, então matamos a nós mesmos. Este sempre foi nosso truque de festa preferido.*

A sombra queimada se estende por um quilômetro após outro, oprimindo seus espíritos e esgotando sua energia. Já passou da hora de eles pararem, descansar um pouco e comer suas rações, mas ninguém está disposto a se sentar naquele chão maculado. Por consenso tácito, eles continuam.

É de fato repentino quando chegam à margem, mas a sombra tem mais um milagre a lhes mostrar. O espaço de uns cem passos vai do preto ao verde, da morte à vida agitada, do limo assado e seco a um campo de cardos imensos e densas malvas.

Havia uma casa ali na fronteira que ardeu, mas não ruiu. E contra a parede de trás, há sombras de calor, onde algo vivo desabou contra o tijolo quente e queimou em diferentes cores, em diferentes produtos do Colapso. Dois deles, um grande e um pequeno, pintados de preto contra o negro acinzentado de seu ambiente.

Um adulto e uma criança, de braços erguidos como se estivessem no meio de um exercício aeróbico.

Fascinada, a criança faminta mede-se contra a figura menor. Combina à perfeição.

45

O QUE ELA PENSA: *isto podia ter acontecido comigo.* Por que não? Uma menina real, numa casa real, com mãe, pai, irmão e irmã e uma tia e um tio, e sobrinho e sobrinha, e um primo e todas aquelas outras palavras para o mapa das pessoas que se amam e ficam juntas. O mapa chamado *família.*

Crescendo e envelhecendo. Brincando. Explorando. Como Pooh e o Leitão. Depois, como Os Cinco, de Enid Blyton. Depois como Heidi e Os amores de Anne. E depois como Pandora, abrindo a grande caixa do mundo e sem ter medo, nem mesmo se importando se o que estava dentro era bom ou ruim. Por que contém as duas coisas. Tudo sempre contém as duas coisas.

Mas é preciso abrir para descobrir.

46

Eles param e comem, opondo-se decididos à zona morta que acabaram de atravessar.

O sargento Parks trouxe uma das latas da cozinha da Wainwright House em sua mochila. A Srta. Justineau, a Dra. Caldwell e os soldados comem salsichas, feijão e sopa fria. Melanie come algo chamado presunto condimentado, que é meio parecido com a carne que ela comeu na noite anterior, mas não é tão bom.

Eles estão de frente para o sul, longe da coisa que a Srta. Justineau chama de sombra queimada – mas Melanie fica virando a cabeça para olhar a área de onde vieram. Estão numa elevação do terreno, assim ela pode ver bem ao norte, todo o caminho de volta à cidade onde passaram a noite anterior e onde ela soltou a raposa. Quilômetro após quilômetro de aclives e declives suaves, assados e enegrecidos como carvão. Ela interroga a Srta. Justineau novamente para ter certeza de que entende, as duas conversando num tom baixo que não é transmitido.

– Era verde antes? – pergunta Melanie, apontando.

– Era. Como os campos por onde passamos logo depois de sair da base.

– Por que eles queimaram?

– Porque tentavam manter os famintos presos nas primeiras semanas depois que apareceu a infecção.

– Mas não deu certo?

– Não. Eles tiveram medo, entraram em pânico. Muitas pessoas que deviam ter tomado as decisões importantes foram infectadas, ou fugiram e se esconderam. Aqueles que ficaram não sabiam realmente o que faziam. Mas não sei bem se havia algo melhor a ser feito. Era tarde demais, na época. Toda a merda maligna que eles temiam já havia aparecido há muito tempo.

— A merda maligna? — pergunta Melanie.

— Os famintos.

Melanie pensa nesta equação. Pode ser verdade, mas ela não gosta. Não gosta nada.

— Eu não sou maligna, Srta. Justineau.

A Srta. J se arrepende. Toca o braço de Melanie, aperta brevemente, querendo tranquilizá-la. Não é bom como um abraço, mas também não é perigoso.

— Sei que não é, meu bem. Eu não estava dizendo isso.

— Mas eu *sou* uma faminta.

Uma pausa.

— Você é infectada — diz a Srta. J. — Mas não é uma faminta, porque ainda pode pensar e eles não.

A distinção não havia ocorrido a Melanie até agora, ou pelo menos não teve peso contra a massa planetária de sua percepção. Mas *é* uma diferença real. Isso torna outras diferenças possíveis? Afinal, graças a isso, ela pode não ser um monstro?

Essas questões ontológicas aparecem primeiro e logo se ampliam. Outras mais práticas espiam de trás.

— Por isso eu sou um espécime crucialmente importante?

A Srta. J faz uma cara de mágoa, depois de raiva.

— Por isso você é importante para o projeto de pesquisa da Dra. Caldwell. Ela acredita que pode encontrar algo dentro de você que ajudará a fazer um remédio para os outros. Um antídoto. Assim, eles nunca se transformarão em famintos ou, se eles se transformarem, podem reverter ao que eram antes.

Melanie concorda com a cabeça. Ela sabe que é muito importante. Também sabe que nem todos os males que assolam esta terra têm a mesma causa e origem. A infecção é ruim. Assim como as coisas que as pessoas que tomam decisões importantes fizeram para controlar a infecção. E também pegar crianças pequenas e cortá-las em pedaços, mesmo que você esteja fazendo isso para tentar preparar remédios que não deixem que as pessoas se tornem famintas.

Não é só Pandora que tem um defeito inescapável. Parece que todos têm uma constituição tal que às vezes são obrigados a fazer coisas erradas e estúpidas. Ou *quase todos*. Não a Srta. Justineau, é claro.

O sargento Parks gesticula para eles se levantarem e recomeçarem a marcha. Melanie anda à frente da Srta. Justineau, deixando que a trela se estique enquanto revira todas aquelas coisas vertiginosas em sua mente. Pela primeira vez, não quer voltar a sua cela. Começa a entender que a cela era uma parte mínima de algo muito maior, do qual faziam parte todos com quem ela está aqui.

Ela começa a fazer ligações que saem de sua própria existência e ganham algumas direções surpreendentes e assustadoras.

47

Londres os engole aos poucos, um pedaço de cada vez.

Não é como Stevenage, onde basicamente você sai de campos abertos e estradas desimpedidas e se vê de repente no centro da cidade. Para Kieran Gallagher, que achou Stevenage grande e impressionante, esta é uma experiência ao mesmo tempo tão intensa e tão prolongada que ele tem dificuldade de processar.

Eles andam, andam e andam, e ainda estão entrando na cidade – cujo centro, o sargento Parks lhe diz, fica pelo menos mais 15 quilômetros ao sul a partir do ponto onde estão.

– Todos os lugares por onde passamos hoje – diz Helen Justineau a Gallagher, com pena de seu assombro e inquietação – antigamente eram cidades separadas. Mas os empreiteiros continuaram construindo na periferia de Londres, cada vez mais gente foi morar ali, e por fim todas aquelas outras cidades foram absorvidas na massa.

– Quantas pessoas? – Gallagher sabe que parece um menino de 10 anos, mas ainda assim precisa perguntar.

– Milhões. Muito mais do que há em toda a Inglaterra agora. A não ser...

Ela não termina a frase, mas Gallagher sabe o que quer dizer. *A não ser que conte os famintos.* Mas não se pode. Eles não são mais gente. Bom, exceto por essa garotinha estranha, que parece...

Ele não sabe o que ela parece. Uma menina viva, talvez, travestida de faminta. Mas nem é isso. Uma adulta, vestida de criança, travestida de faminta. Estranhamente, sondando seus sentimentos como quem mete a língua no lugar de onde caiu um dente, Gallagher se vê gostando dela. E um dos motivos para ele gostar dela é que a menina é muito diferente dele. Ela é uma tampinha de nada, mas não aceita merda de ninguém. Até responde ao sargento e é como ver um camundongo latir para um pitbull. Demais!

Mas ele e a criança têm muito em comum: os dois entram em Londres boquiabertos, mal sendo capazes de processar o que veem. Como pode ter existido tanta gente para morar nessas casas? Como construíram suas cidades tão altas? E como alguma coisa no mundo pode tê-los conquistado?

À medida que os campos pela estrada dão lugar às ruas, depois a mais ruas, então a um inferno de muito mais ruas, para completar, eles veem um número cada vez maior de famintos. O sargento já lhe falou da lei da densidade. Quanto mais gente viva existia em um lugar, mais famintos provavelmente estarão lá agora, a não ser que seja um lugar onde as patrulhas incendiárias passaram ou lançaram bombas. E é isso que eles encontram.

Mas o problema dos famintos é que eles se agrupam, como faziam em Stevenage e, com esse quase desastre ainda fresco na memória, o sargento não quer se arriscar. Eles andam lentamente, fazem reconhecimentos por ruas paralelas e escolhem aquelas onde não há famintos. Se você estiver disposto a se disfarçar e fazer mais alguns desvios, pode se livrar daqueles cretinos mofados por longos trechos. Ele e Parks primeiro se prendem a isto, mas cada vez mais usam a criança porque (a) ela não corre risco nenhum e (b) eles sabem, depois de Stevenage, que ela vai voltar. Ela é a patrulha avançada perfeita.

Nas cinco primeiras vezes, o sargento Parks solta a trela e a amarra de novo quando ela volta. E então, uma vez ele se esquece de amarrá-la, ou decide não fazer; depois disso, a trela só fica presa em seu cinto. Ela ainda está de mordaça e suas mãos algemadas às costas, mas anda junto com eles, livre para ir à frente ou se demorar atrás.

A densidade de famintos ainda é alta e constante pela maior parte da tarde. Mas, estranhamente, começa a diminuir de novo. É depois de eles passarem por um lugar chamado Barnet e eles andam por uma estrada longa e reta, tomada de veículos abandonados. É o tipo de terreno que o sargento odeia e ele está vigilante, mantendo-os num grupo fechado ao costurarem pela revenda de carros Sargasso.

Mas eles não veem um único faminto por toda a estrada, embora esta área seja toda construída e devesse estar abarrotada. E quando conseguem ver alguns, os parasitas estão principalmente a uma boa distância, correndo pela rua a norte deles, atrás de um gato, ou só zanzando pelas esquinas como prostitutas de um pesadelo apocalíptico.

A criança – Melanie – anda ao lado de Gallagher nesta parte da jornada. Ela o olha e aponta, com os olhos, para cima e à direita. Quando ele olha, vê outra maravilha. Parece um cruzamento de carro com casa. Vermelho vivo, com duas fileiras de janelas, e – ele os vê com muita clareza – um lance de escada por dentro. Mas está sobre rodas. A coisa toda está sobre rodas. Que doideira!

Os dois, Gallagher e a criança, vão examinar juntos. Ele leva a criança para mais longe de Helen Justineau do que ela já esteve desde que saíram de Stevenage, mas Justineau está olhando outra coisa e falando com o sargento e a doutora. Eles estão livres, por um momento, para satisfazer sua curiosidade.

O carro de dois andares bateu na frente de uma loja. Está tombado de lado, só um pouco, e todas as janelas estão quebradas. Os pneus vazios caíram em tiras curvas como as cascas pretas e acinzentadas de uma fruta estranha. Não há sangue, nem corpos, nada que indique o que aconteceu a esse carro estranho e imenso. Ele só chegou ao fim de sua viagem aqui, provavelmente muito tempo atrás, e ficou ali desde então.

– Chama-se ônibus – Melanie lhe diz.

– É, eu sei disso. – Gallagher mente. Ele já ouviu a palavra, mas nunca tinha visto um. – Claro que é um ônibus.

– Qualquer um podia andar num deles, se tivesse a passagem. Ou um cartão. Tinha um cartão que se colocava numa máquina, a máquina o lia e deixava você entrar no ônibus. Eles paravam e andavam o tempo todo, para as pessoas entrarem e saírem. E havia partes especiais da rua que só os ônibus podiam usar. Era muito melhor para o ambiente do que se todo mundo dirigisse seu próprio carro.

Gallagher assente devagar, como se nada disso fosse novidade para ele. Mas a verdade é que esse mundo desaparecido é algo que ele ignora profundamente e mal pensa nisso. Uma criança durante o Colapso, ele tinha muito menos interesse em histórias do glorioso passado do que em como podia mendigar o pão de alguém. Usa os artefatos do passado o tempo todo, evidentemente. Sua arma e a faca foram feitas naquela época. Assim como os prédios da base, a cerca e a maioria dos móveis. O Humvee. O rádio. A geladeira na sala de recreação. Gallagher é um colonizador das ruínas de um império, mas não interroga as ruínas mais do que interroga a carne que come para tentar entender de que animal veio. Na maior parte do tempo, é melhor nem saber.

Na realidade, a antiga relíquia que mais animou sua curiosidade foi uma revista pornô que o soldado Si Brooks tinha debaixo do colchão de seu beliche. Folheando com reverência suas páginas, Gallagher se perguntava muito se as mulheres do mundo pré-Colapso realmente tinham corpos com aquelas cores e texturas. Nenhuma das mulheres que ele viu era assim. Ele fica vermelho ao se lembrar disso agora, com a garotinha a seu lado, e baixa a cabeça, sem saber se seus pensamentos vieram à tona de seu rosto de alguma maneira perceptível.

Melanie ainda olha o ônibus, fascinada com sua construção.

Gallagher decide que basta. Eles devem voltar aos outros. Quase inconscientemente, estende a mão para pegar a dela. Fica petrificado no meio do gesto. Melanie não notou e não pode pegar sua mão, de qualquer modo, devido às algemas às costas. Mas que coisa mais idiota de se fazer. Se o sargento visse...

Mas o sargento ainda está envolvido numa conversa com Justineau e a Dra. Caldwell e não viu nada. Aliviado, abalado, tímido, Gallagher se junta a eles.

Depois ele vê o que os outros estão olhando e esses pensamentos lhe escapam. É um faminto, estendido no chão, num nicho formado pela entrada de uma loja.

Às vezes eles caem e não conseguem se levantar, quando a podridão por dentro acaba com o sistema nervoso ao ponto de nem funcionar mais. Ele já os viu esparramados pelas laterais, com tremores aleatórios percorrendo seus corpos como descargas elétricas, os olhos cinza sobre cinza encarando o sol. Talvez tenha acontecido o mesmo com este.

Mas aconteceu algo mais. Seu peito está aberto, forçado para fora por... Gallagher não tem ideia do que é. Uma coluna branca, com pelo menos quase dois metros, alargando-se no alto como uma almofada redonda e achatada com bordas estriadas – e com formações bulbosas pelos lados feito bolhas. A textura da coluna é áspera e irregular, mas as bolhas brilham. Se você virar a cabeça quando as olha, elas pegam um brilho de óleo na água.

– Meu Deus! – diz Helen Justineau numa espécie de sussurro.

– Fascinante – murmura a Dra. Caldwell. – Absolutamente fascinante.

– Se preferir assim, doutora – diz o sargento. – Mas acho que temos de ficar bem longe dessa coisa, não?

Destemida ou idiota, Caldwell estende a mão para tocar uma das brotações. Sua superfície fica meio marcada com a pressão do dedo, mas volta rapidamente à forma original depois que ela retira a mão.

– Não creio que seja perigoso – diz ela. – Ainda não. Quando esses frutos estiverem maduros, então a questão será outra.

– Frutos? – Justineau lhe faz eco. Ela diz isso no tom que Gallagher teria usado. Frutos de um corpo podre e aberto de um morto? Pode haver algo mais nauseante do que isso?

Melanie para ao lado de Gallagher, olha em volta da perna dele o faminto caído. Ele se sente mal por ela, que ela tenha de ver isso. Não está certo que uma garotinha tenha de pensar na morte.

Mesmo que ela seja, pois é, morta. Mais ou menos.

– Frutos – repete Caldwell, com firmeza e satisfação. – Isto, sargento, é um corpo de frutificação do patógeno faminto. E esses sacos são esporângios. Cada um deles é uma fábrica de esporos, cheio de sementes.

– São os bagos deles – traduz o sargento.

A Dra. Caldwell ri, deliciada. Estava bem abatida e exausta da última vez que Gallagher a olhou, mas isto lhe trouxe vida.

— Sim. Exatamente. São seus bagos. Abra um desses sacos e terá um encontro íntimo com o *Ophiocordyceps*.

— Então, não vamos abrir — sugere Parks, puxando-a para que ela não toque na coisa de novo. Ela o olha, surpresa e aparentemente pronta a argumentar, mas o sargento já voltou sua atenção para Justineau e Gallagher. — Vocês ouviram a doutora — diz ele, como se fosse ideia dela. — Essa coisa, e qualquer outra delas que virmos, é proibida. Não toquem nelas, não cheguem perto. Sem exceções.

— Gostaria de pegar amostras... — Caldwell começa a dizer.

— Sem exceções — repete Parks. — Vamos, pessoal, estamos desperdiçando a luz do dia. Vamos andando.

E eles andam. Mas o interlúdio os deixou num estado de espírito estranho. Melanie volta a Justineau e anda ao lado dela, como se estivesse de volta à trela. A Dra. Caldwell tagarela sobre ciclos de vida e reprodução sexuada até que quase parece dar em cima do sargento, que alarga o passo para se afastar dela. E Gallagher não consegue deixar de olhar para trás, de vez em quando, para a coisa arruinada que se tornou tão estranhamente grávida.

Nas próximas horas, eles veem mais uma dúzia desses famintos caídos frutificando, alguns em estágio mais avançado do que o primeiro. A coluna branca mais alta chegava acima de sua cabeça, ancorada na base por uma espuma de filamentos cinza que se derrama pelos corpos dos famintos e quase os esconde de vista. Os ramos centrais engrossam ao subirem, alargando o espaço nas costelas, garganta ou abdome do faminto, ou de onde se rompeu. Há algo meio obsceno nisso e Gallagher deseja fervorosamente que peguem outro caminho, para não ter de saber dessas coisas.

Ele também sente certo pânico, pelo que parece estar acontecendo com as brotações redondas nos caules de fungos. Eles começam como calombos ou protuberâncias que saem da principal haste vertical. Depois ficam maiores e enchem-se de esferoides brancos perolados, como enfeites de árvore de Natal. Depois caem. Ao lado do mais alto e mais grosso dos ramos, uma fina camada deles espalha-se em volta, e eles pisam com extremo cuidado.

Gallagher fica feliz quando o sol baixa no horizonte e ele não tem de ver mais esses filhos da puta.

48

A TERCEIRA NOITE, PARA HELEN JUSTINEAU, é a mais estranha de todas.

Eles a passam nas celas de uma central de polícia na Whetstone High Road, depois que o sargento Parks fez uma ronda para explorá-la. Ele tem esperanças de que o distrito tenha um armário de armas intacto. Sua munição foi esgotada pela escaramuça em Stevenage e cada bala que encontrar é importante.

Não tem armário de armas, intacto ou destruído. Mas há um quadro com chaves pendurado ali e algumas chaves por acaso são de celas remanescentes no porão. Quatro celas, dispersas por uma fila de um curto corredor, com uma sala de guarda na extremidade. A porta que se abre para a escada tem cinco centímetros de espessura de madeira, com um painel de aço rebitado na face interna.

– O hotel tem vagas – diz Parks.

Justineau pensa que ele está brincando, mas vê que ele fala sério e fica horrorizada.

– Por que nos trancaríamos aqui? – pergunta. – É uma armadilha. Só tem uma saída e ficaremos às cegas depois que trancarmos a porta. Não teríamos como localizar o que estiver vindo para nós.

– Tudo isso é verdade – admite Parks. – Mas sabemos que aqueles lixeiros nos seguiram da base. E agora estamos entrando numa área que tinha a população mais densa do país. Se tivermos de parar, vamos querer manter uma espécie de perímetro. A porta de aço trancada é o perímetro mais discreto que posso conceber. Nossas luzes não aparecem e nenhum som deve chegar à superfície. Vamos ficar em segurança, mas não chamaremos a atenção. É difícil imaginar algo melhor a essa altura da vida.

Não há votação, mas as pessoas começam a baixar as mochilas. Caldwell arria numa parede, depois escorrega para baixo e fica acocorada. Pode ser que ela nem concorde com o argumento de Parks. Está cansada demais para andar mais do que aquilo. O soldado Gallagher pega as poucas latas de comida restantes da Wainwright House, depois as abre.

Tudo é feito sem objeção e não tem sentido discutir.

Eles fecham a porta para acender as lanternas, mas de início não a trancam; a claustrofobia já baixou na maioria deles e girar a chave parece um passo irrevogável demais. Enquanto comem, a conversa erradia acaba por cair no silêncio. Parks provavelmente tem razão sobre suas vozes não serem transportadas, mas ainda parece que eles falam alto demais nesta câmara de ecos.

Quando terminam, eles entram, um por um, na sala da guarda para fazer o que precisam. Sem lanternas, então têm alguma privacidade. Justineau percebe que Melanie nunca precisa de uma pausa para o banheiro. Ela se lembra vagamente, em algum lugar no pacote de instruções que recebeu quando chegou à base, de umas notas de Caldwell sobre o sistema digestivo dos famintos. O fungo absorve e usa tudo o que eles engolem. Não há necessidade de excreção, porque não há nada para excretar.

Parks tranca a porta, enfim. A chave emperra na fechadura e ele tem de forçar para girar. Justineau imagina — provavelmente todos imaginam — o que aconteceria com eles se a haste se quebrasse na fechadura. Esta porta é tremendamente sólida.

Eles se separam para dormir. Caldwell e Gallagher pegam uma cela cada um, Melanie fica com Justineau e Parks dorme ao pé da escada com o fuzil preparado à mão.

Quando a última lanterna se apaga, a escuridão cai sobre eles como um peso. Justineau fica acordada, olhando-a.

Parece que Deus nunca deu a mínima.

49

Melanie pensa: *quando seus sonhos se realizam, sua realidade mudou.* Você já deixou de ser a pessoa que sonhava, então mais parece um eco estranho de algo que já lhe aconteceu há muito tempo.

Ela está deitada numa cela um pouco parecida com a cela da base. Mas ela a divide com a Srta. Justineau. O ombro da Srta. Justineau toca suas costas e ela sente que se mexe ritmadamente com a respiração da Srta. Justineau. Em certo nível, isso a enche de uma felicidade tão completa que chega a ser espantosa.

Mas não é aqui que eles podem ficar e viver. É só uma parada numa jornada cheia de incertezas. E parte das incertezas está dentro dela, não no mundo. Ela é uma faminta, com uma necessidade premente que sempre volta, por mais que ela se esforce. Ela precisa ser mantida em correntes, com uma mordaça na cara, para não devorar ninguém.

E elas viveram juntas, felizes para sempre, em grande paz e prosperidade.

É assim que termina a história que ela escreveu, mas não é como termina a história da vida real. Beacon não a aceitará. Ou a aceitará e a fará em pedaços. O final feliz da Srta. Justineau não é o dela.

Ela terá de deixar a Srta. Justineau em breve e partir para o mundo, procurar sua sorte. Ela será como Eneias, fugindo de Troia depois da queda e navegando pelos mares até chegar ao Lácio e encontrar a nova Troia, que acaba sendo chamada de Roma.

Mas agora ela duvida seriamente de que os príncipes que antes ela imaginava lutarem por ela existam em algum lugar no mundo, que é tão lindo, mas tão cheio de coisas velhas e quebradas. E ela já sente falta da Srta. Justineau, embora as duas ainda estejam juntas.

Ela não acredita que um dia vá amar tanto mais alguém.

50

O QUARTO DIA É O DO MILAGRE, que cai em Caroline Caldwell de um céu claro.

Só que na verdade não está claro. Não mais. O clima mudou. Uma chuva fina ensopa as roupas de todos, não resta mais comida e todos estão num humor desanimado e rabugento. Parks se preocupa com o bloqueador E e o tira de todos. Estão ficando sem material e precisam poupar quando se untam antes de destrancar a porta. E eles ainda têm pelo menos três dias de viagem pela frente. Se não conseguirem se reabastecer a alguma altura, terão sérios problemas.

Eles ainda andam para o sul, tendo de passar por todo o norte, o centro e o sul de Londres. Mesmo no jovem soldado, Caldwell vê, esgotou-se parte do choque e do assombro. A única que ainda olha com um pasmo infatigável cada novidade por que passam é a cobaia número um.

Quanto a Caldwell, ela pensa em muitas coisas. Micélios micóticos crescendo em substrato de células somáticas de mamífero. O receptor GABA-A no cérebro humano, cuja operação difundida e vital diz respeito à condução seletiva de íons cloreto pelas membranas plasmáticas de neurônios específicos. E a questão mais imediata de por que eles estão vendo tão poucos famintos agora, quando ontem pela manhã viram grupos de várias centenas de uma só vez.

Caldwell supõe várias respostas possíveis a esta pergunta: distância deliberada por humanos não infectados, competição de uma espécie animal, disseminação de doença pela população de famintos, um efeito colateral desconhecido do *Ophiocordyceps* e assim por diante. Evidentemente a existência dos famintos caídos e frutificando é um fator — eles viram muitos outros desde que partiram esta manhã, tantos que os novos avistamentos não suscitavam comentários –, mas é improvável que esta seja a única explicação. Para tanto, deveria haver centenas de milhares de coisas, não só dezenas. Para intensa irritação de Caldwell, ela não dá com nenhuma evidência observacional que a ajude a escolher entre as várias hipóteses que teoriza.

Além disso – e isto a aflige ainda mais – ela está com dificuldade de se concentrar. A dor das mãos feridas agora é persistente e o latejamento é uma agonia, como se ela tivesse outro coração batendo em cada uma das palmas numa sincronia imperfeita. A dor de cabeça tenta acompanhar as mãos. Suas pernas parecem tão fracas, tão insubstanciais, que ela nem acredita que carreguem seu peso. Mais parece que seu corpo é um balão de hélio, subindo e descendo acima deles.

Helen Justineau lhe diz algo, a inflexão crescente sugerindo uma pergunta. Caldwell não ouve, mas assente para evitar uma repetição.

Talvez o *Ophiocordyceps* induza comportamentos diferentes no estágio maduro do que em sua forma assexuada e neótena. Comportamentos migratórios ou sésseis. Fotossensibilidade mórbida ou um paralelo com o reflexo de busca de altitude das formigas infectadas. Se ela soubesse aonde iam os famintos, poderia pensar num modelo do mecanismo e isso talvez a levasse a uma compreensão de como funciona a interface fungo-neurônio.

O dia tem uma sensação onírica, de quem está à deriva. Parece chegar a Caldwell de muito longe, apresentando-se só de vez em quando. Eles encontram um grupo de famintos caídos, que frutificaram da mesma forma que os outros – mas, neste caso, estavam prostrados tão juntos que os troncos ou caules que cresceram de seus peitos agora se uniram por um monte de filamentos de micélio.

Enquanto os outros olham a clareira de fungos com um fascínio nauseado, Caldwell se ajoelha e pega um dos esporângios caídos. Parece sólido aos olhos e ao tato, mas pesa muito pouco. Há uma suavidade agradável em seu tegumento. Ninguém vê quando ela o coloca, com muito cuidado, no bolso do jaleco. Quando o sargento Parks a olha, ela está mexendo nos curativos de novo, como se fizesse isso o tempo todo.

Eles caminham interminavelmente. O tempo se alonga, fratura-se, rebobina e volta a passar em momentos espasmódicos que — embora não haja nenhuma lógica coerente — tudo parece lugubremente familiar e inevitável.

O receptor GABA-A. A hiperpolarização da célula nervosa, ocorrendo depois do pico de seu estímulo e determinando o hiato antes que esteja pronta para chegar novamente a seu potencial de ação. Um mecanismo de equilíbrio tão precário, no entanto tanto depende dele!

— Abordagem com cautela — diz agora o sargento Parks. — Não pressuponham que esteja vazio.

Em seu laboratório na base, Caldwell tem um grampo de voltagem da variedade SEVC-d, que pode ser usado para medir mudanças muito pequenas em correntes iônicas por membranas de superfície de células nervosas vivas. Ela nunca se treinou em seu uso adequado, mas sabe que os infectados com *Cordyceps* exibem diferentes níveis de excitação dos saudáveis, e diferentes taxas de alteração na atividade elétrica. A variação na comunidade de infectados é grande, porém, e imprevisível. Agora ela se pergunta se tem correlação com outra variável que ela tenha deixado de detectar.

A mão toca seu ombro.

— Ainda não, Caroline — diz Helen Justineau. — Eles ainda estão verificando.

Caldwell olha a estrada. Vê o que há ali, a uns cem metros deles.

No início ela teme estar alucinando. Sabe que sofre de fadiga extrema e uma leve desorientação, criada ou pela infecção contraída quando feriu as mãos na base, ou (menos provável) pela água sem tratamento que esteve bebendo.

Ignorando Justineau, ela avança. De qualquer modo, o sargento agora aparece pela lateral da coisa e faz o sinal de liberação. Não há motivo para se demorar.

Ela levanta a mão e toca o metal frio. Em arabescos de cromo em relevo, por baixo de seu manto de poeira e sujeira, ele fala com ela. Diz seu nome.

Que é Rosalind. Rosalind Franklin.

51

Caroline Caldwell foi criada para acreditar na segunda lei da termodinâmica. Em um sistema fechado, a entropia deve aumentar. Não tem "se" nem "mas". Não há tempo para o bom comportamento, uma vez que a seta do tempo aponta para o mesmo lado. Pela loja de presentes até a saída, sem carimbo na mão, nada que o deixe voltar e ter outra rodada.

Agora já faz vinte anos desde que Charlie e Rosie saíram do mapa. Vinte anos desde que eles se lançaram – sem ela – e perderam o rumo num mundo desintegrado. E agora aqui estava Rosie olhando Caroline Caldwell nos olhos, discreta, como queira.

Rosie é uma refutação da entropia só por estar aqui. Contanto que ela ainda seja *virgo intacta*, sem saques ou incêndios.

– As portas estão trancadas – diz o sargento Parks. – E ninguém atende.

– Olhe a poeira – propõe Justineau. – Esta coisa não se move há muito tempo.

– Tudo bem, acho que devemos ver aí dentro.

– Não! – exclama Caldwell. – Não! Não force a porta!

Todos se viram para ela, surpresos com sua veemência. Até a cobaia número um encara, sem piscar os olhos cinza-azulados e solenes.

– É um laboratório! – diz Caldwell. – Uma estação de pesquisa móvel. Se rompermos os lacres, podemos comprometer o que tem dentro. Amostras. Experimentos em andamento. Qualquer coisa.

O sargento Parks não fica impressionado.

– Acha realmente que agora isso é algum problema, Dra. Caldwell?

– Não sei! – diz Caldwell, angustiada. – Mas não quero correr o risco. Sargento, este veículo foi enviado para cá para pesquisar o patógeno e era tripulado por algumas das mentes científicas mais refinadas do mundo. Não há como saber o que eles descobriram ou o que aprenderam. Se abrir caminho à força, pode provocar danos tremendos!

– É – diz ele com amargura. – Bom, não acho que isso seja um problema. Tem uma blindagem boa nessa coisa. Não vamos entrar tão cedo. Talvez, se achássemos um pé de cabra, mas mesmo assim...

Caldwell pensa bem por um momento, peneirando as lembranças.

– Não precisa de um pé de cabra.

Ela lhe mostra onde se esconde a manivela de controle externo de emergência, aninhada em dois suportes, abaixo do flanco esquerdo de Rosie, junto ao meio da porta. Depois, com a manivela que segura desajeitada em sua mão esquerda ferida, ela cai de joelhos e tateia o corpo do veículo, perto do arco da roda dianteira. Ela se lembra – pensa se lembrar – da posição do encaixe em que a manivela caberá, mas não está onde espera que esteja. Depois de alguns minutos de apalpação às cegas, observada num silêncio irônico pelos outros, ela finalmente localiza a fenda e consegue inserir a ponta da manivela. Há um controle ativado manualmente, mas isto só pretendia funcionar em condições de sítio. Os projetistas do veículo previram um leque de situações em que seria necessário entrar em Rosie de fora sem comprometer os espaços internos por uma explosão ou uma entrada forçada.

– Como sabe de tudo isso? – Justineau pergunta a ela.

– Fui ligada ao projeto. – Caldwell lembra a ela sucintamente. Está mentindo por omissão, mas não ruboriza. A dor dessas lembranças corre muito mais fundo do que o constrangimento e nada a induziria a se explicar mais.

Revelar que ela era a vigésima sétima na lista de possíveis tripulantes de Charlie e Rosie. Treinada por cinco meses na operação do sistema de bordo, só para ouvir que, afinal, não seria necessária. Vinte e seis outros biólogos e epidemiologistas se situaram mais alto na lista – pareciam, aos gerentes e supervisores da missão, possuir habilidades e experiências mais desejáveis do que as que Caldwell tinha a oferecer. Como o grupo total de cientistas para os dois laboratórios era de 12, isso a colocava na lista das primeiras alternativas. Charlie e Rosie zarparam sem ela.

Até agora, ela supunha que eles tinham afundado com todas as mãos – perdidos em alguma fortaleza interior, incapazes de avançar ou se retirar, dominados por famintos ou numa emboscada de catadores lixeiros. A ideia a consolava um pouco – não por pensar que aqueles que a derrotaram morreram por seu *lèse majesté*, mas porque sua posição tão baixa na lista representou sua sobrevivência.

É claro que esta é só uma pedra conceitual lançada da ideia de que sua sobrevivência é um efeito colateral da mediocridade.

O que é um absurdo, e será visto como um absurdo, quando ela descobrir a cura. A história de seu fracasso para ganhar um beliche em Charlie e Rosie será um rodapé irônico da história, como as supostas notas ruins de Einstein nas provas de matemática do colégio.

Só que agora o rodapé adquire um tempero a mais. Eles fizeram este laboratório para ela o tempo todo e nem sabiam. Mandaram-no para cá para interceptar sua jornada.

Parks e Gallagher trabalham na manivela, que está rígida demais e não queria se mexer quando Caldwell tentou. A porta desliza para trás, um centímetro de cada vez. O ar viciado vaza para fora, fazendo o coração de Caldwell acelerar no peito. O lacre está bom. Apesar do que aconteceu aqui, o que pode ter sido feito da tripulação de Rosie, seu ambiente interno parece intacto.

Assim que a abertura é larga o suficiente para ela passar, Caldwell avança um passo.

E esbarra no sargento Parks, que se recusa a sair de seu caminho.

– Eu entro primeiro – diz-lhe ele. – Desculpe, doutora. Sei que está ansiosa para dar uma olhada nessa coisa e vai olhar. Assim que eu verificar se tem alguém em casa.

Caldwell começa a declarar os motivos para acreditar que Rosie estará vazia, mas o sargento não ouve. Já entrou. O soldado Gallagher se coloca na porta e a observa com cautela, claramente com medo de que ela tente passar por ele.

Mas ela não tenta. Se ela tiver razão, não há risco nenhum, mas, pelo mesmo motivo, também não há pressa. E se ela estiver errada, se o veículo sofreu algum vazamento, então o sargento certamente lidará com mais eficácia com qualquer coisa que esteja em seu interior do que ela esperaria fazer. O bom senso dita que ela espere que ele complete a revista.

Mas ela quase tem convulsões de impaciência. Este presente é para ela, para mais ninguém. Não há ninguém mais que possa usar o que tem ali dentro. O que *pode* haver ali dentro, ela se corrige. Depois de tantos anos, não há como saber o que pode ter acontecido com o precioso equipamento do laboratório de Rosie. Afinal, que desastre concebível teria afugentado a tripulação sem prejudicar nada em volta deles? A explicação mais provável para a porta lacrada e o exterior incólume é que um ou mais tripulantes se infectou a bordo. Ela os imagina correndo furiosamente pelo laboratório, num frenesi de alimentação, pisando em dispositivos de imagem e centrífugas delicadas, atropelando placas de Petri cheias de amostras cuidadosamente incubadas.

O sargento Parks sai, balançando a cabeça. Caldwell está tão enrolada nas hipóteses do desastre que toma isso como um veredito. Ela grita e corre para a porta, onde Parks a segura com a mão no ombro.

— Está tudo bem, doutora. Tudo limpo. Só um corpo no assento do motorista, e parece ter dado um tiro em si mesmo. Mas antes de entrarmos aí, me diga... porque essa coisa está fora de minha experiência. Tem algo aí dentro que eu deva saber? Algo que possa ser perigoso?

— Nada — diz Caldwell, mas então — a cientista meticulosa — ela se corrige. — Nada de que eu tenha ciência. Deixe-me dar uma olhada e lhe darei uma resposta definitiva.

Parks dá um passo de lado e ela entra, sentindo-se tremer, tentando esconder este fato.

O laboratório tem tudo. Tudo.

Na extremidade, de frente para ela, algo que ela só viu em fotografias, mas sabe o que é, o que faz e como funciona.

É um ATLUM. Um ultramicrótomo automático de torno.

É o santo graal.

52

O Rosalind Franklin parece emocionar a Dra. Caldwell e o sargento Parks, sem dúvida por motivos diferentes, mas as primeiras impressões de Helen Justineau são negativas. É frio como o inferno, ecoa feito uma tumba e tem cheiro de fluido de embalsamar. E ela pode ver, pela cara de Melanie, que a garota está menos entusiasmada ainda.

É claro que as duas têm lembranças recentes e infelizes de laboratórios, especialmente laboratórios com Caroline Caldwell. E é isso que Rosie, como Caldwell chama essa coisa, realmente é – um laboratório sobre rodas. Só que tem beliches e uma cozinha, também é um trailer gigantesco. E tem lança-chamas e torre rotatória de arma, então também é um tanque. Há um pouco para todos.

Na verdade, é quase grande o bastante para atravessar fusos horários. O laboratório fica a meia nau e toma quase metade do espaço disponível. Na frente e atrás dele ficam as estações de armas, onde dois atiradores podem ficar de costas um para o outro e olhar dos dois lados do veículo pelas fendas, como seteiras de um castelo medieval. Cada uma dessas estações pode ser isolada do laboratório por uma porta blindada. Mais à popa, há algo parecido com uma casa das máquinas. Avançando, aparecem as cabines dos tripulantes, com uma dúzia de beliches instalados nas paredes e dois banheiros químicos, o espaço da cozinha, depois a cabine de comando, que tem uma arma em pedestal do mesmo calibre daquela do Humvee e quase tantos controles quanto um jato comercial.

Justineau e Melanie ficam na estação das armas da frente e olham a atividade a sua volta, por um momento desligadas de tudo.

Caldwell verifica o equipamento no laboratório. Ela tem um manifesto nas mãos - que estava na parede do laboratório, próximo à porta – e o usa para encontrar aparelhos específicos, que depois vê se estão inteiros. Sua expressão é extasiada, furiosamente intensa. Parece inteiramente desligada da presença dos outros.

Parks e Gallagher foram à frente, passando pelo alojamento dos tripulantes, e entraram na cabine de comando. Lutam com algo ali – presumivelmente o corpo de que Parks falou. Depois de um tempo, eles o carregam enrolado num cobertor. Deixa um rastro complexo de cheiros desagradáveis, mas felizmente são antigos e fracos.

– As portas da frente estão trancadas – grunhe Parks. – Não podem ser abertas sem energia, ao que parece. E energia é uma coisa que não temos.

Eles o levam pela seção intermediária, que é aquela por onde entraram. Justineau nota que há um arranjo complicado de armações de aço e chapas de plástico do lado de dentro da porta. Ela desconfia de que está olhando a câmara de compressão dobrável. Em um armário ao lado dela, encontra seis trajes ambientais lacrados, os capacetes imensos e cilíndricos com um visor estreito, como as cabeças de robôs de um filme dos anos 1950. As pessoas que projetaram essa coisa não pensaram em tudo.

Mas, ao que parece, isso não ajudou a quem andava neste veículo.

Justineau coloca a mão no braço de Melanie e a garota dá um pulo de quase trinta centímetros. A reação exagerada assusta, desta vez, Justineau.

– Desculpe – diz ela.

– Está tudo bem – murmura Melanie, olhando-a. Os olhos azuis da menina são arregalados e insondáveis. Normalmente, suas emoções estão todas na superfície, mas agora, por baixo do nervosismo e da infelicidade geral, há profundezas que Justineau não sabe interpretar.

– Acho que não ficaremos muito tempo aqui. – Ela tranquiliza a menina.

Mas ela ouve o caráter oco da própria voz. Ela não sabe.

Quando Parks e Gallagher voltam, falam com a Dra. Caldwell em um tom acelerado e baixo. Depois Gallagher entra nos aposentos dos tripulantes, enquanto Parks vai até os fundos do veículo.

Curiosa, Justineau o segue até a casa das máquinas.

Parks tira uma placa de inspeção do que parece um gerador elétrico de bom tamanho. Ele o sonda por dentro por um tempo, parecendo pensativo. Depois começa a abrir os armários nas paredes, um de cada vez, e examina seu conteúdo. O primeiro tem umas mil ferramentas, bem arrumadas em suportes. O seguinte contém rolos de fio, componentes de metal enrolados em musselina com graxa, caixas de variados tamanhos com longos números de catalogação. O terceiro contém manuais, que Parks folheia, concentrado e de cenho franzido.

— Acha que pode botar isso para funcionar de novo? — pergunta Justineau.

— Talvez — diz Parks. — Não sou nenhum especialista, mas posso improvisar. Eles escreveram esses livros de consertos para idiotas. Sei ler bem idiotices.

— Pode levar algum tempo.

— Talvez. Mas, meu Deus, essa coisa tem mais poder de fogo do que a maioria dos exércitos. Canhões de campanha de 155 milímetros. Lança-chamas. Deve valer a pena tentar, né?

Justineau se vira, pretendendo dizer a Melanie que eles podem ficar ali mais tempo do que esperavam — mas Melanie já está ali, parada bem atrás dela.

— Preciso falar com o sargento Parks — diz ela.

Parks olha por cima do manual, a cara impassível.

— Temos alguma coisa de que falar? — pergunta ele.

— Sim — diz Melanie. Ela se vira de novo para Justineau. — Em particular.

Justineau leva alguns segundos para entender que foi dispensada.

— Tudo bem. — Ela tenta aparentar indiferença. — Vou ajudar Gallagher no que ele estiver fazendo.

Ela os deixa. Nem imagina o que Melanie pode ter a dizer a Parks a que ela não possa servir de plateia, e essa incerteza é traduzida muito prontamente em inquietação. Parks pode ter relaxado na trela, mas Justineau sabe que ele ainda vê Melanie essencialmente como um animal inteligente mas perigoso — e ainda mais perigoso por ser inteligente. Ela precisa cuidar do que Melanie fala perto dele, como faz na maior parte do tempo. Precisa que Justineau lhe dê cobertura, constantemente.

Gallagher faz mais ou menos a mesma coisa que a Dra. Caldwell, mas com suprimentos de estoque – mas ele está nos alojamentos e já terminou quando Justineau entra ali. Mostra a ela o último armário que abriu. Contém um CD player e duas prateleiras de CDs de música. Justineau sente as lembranças espetarem-se em vida estereofônica enquanto passa os olhos pelos títulos, que são – para dizer o mínimo – uma mistura eclética. Simon and Garfunkel. Beatles. Pink Floyd. Frank Zappa. Fairport Convention. The Spinners. Fleetwood Mac. 10CC. Eurhythmics. Madness. Queen. The Strokes. Snoop Dogg. The Spice Girls.

– Já ouviu alguma dessas coisas? – Justineau pergunta a Gallagher.

– Um pouco aqui e ali – ele lhe diz, com a voz tristonha. O único sistema de som na base era aquele enganchado no bloco das celas, que tocava clássico o tempo todo. Um ou dois do pessoal da base tinha tocadores de música digital e carregadores operados a mão que funcionavam girando-se uma roda, mas estas relíquias inestimáveis eram obsessivamente protegidas por seus donos.

– Acha que tem algum jeito de tocá-los? – pergunta Gallagher agora.

Justineau não faz ideia.

– Se Parks conseguir ligar o gerador, esta coisa provavelmente será ligada ao mesmo tempo que todo o resto. Esteve protegida das intempéries aqui... Além das mudanças de temperatura. Certamente não tem umidade, que teria feito o pior estrago. Se o fusível não queimou e as placas de circuito estiverem bem, não há motivo para que não toque. Não tenha esperanças demais, soldado, mas pode ter jantar com show esta noite.

Gallagher de repente baixa os olhos.

– Acho que não – diz ele com tristeza.

– Por quê?

Ele abre as mãos vazias num gesto largo, indicando todos os armários que já abriu em sua revista.

– Não tem jantar.

53

Parks convoca uma reunião no alojamento da tripulação, mas só quatro comparecem.

— Onde está Melanie? — pergunta Justineau, alarmada de pronto, desconfiada de imediato.

— Saiu — diz Parks. E então, diante do ceticismo feroz de Justineau: — Ela vai voltar. Só teve de ir um tempinho lá fora.

— Ela "teve de ir lá fora"? — repete Justineau. — Ela não tem o chamado da natureza, Parks, então, se o que está dizendo...

— Ela não saiu — diz o sargento Parks — para ir ao banheiro. Vou explicar depois, se você insistir, mas na realidade ela fez questão de que eu não contasse a você, então, a decisão é sua. Nesse meio-tempo, temos algumas coisas que precisamos discutir, e precisamos discutir agora.

Eles estavam sentados na beira dos beliches de baixo, precariamente equilibrados. As cabines para dormir têm pilhas verticais de três, então quatro deles tiveram de se curvar para frente a fim de não bater a cabeça nas camas do meio, cuja estrutura de aço tem a altura calculada com exatidão para arrancar o cérebro de alguém. Deveria haver mais espaço no laboratório, mas, tirando Caldwell, todos pareciam preferir não ficar muito tempo num espaço onde o pot-pourri é formaldeído.

Parks aponta Caldwell com a cabeça.

— Pelo que disse a doutora, esta coisa em que estamos sentados é uma espécie de estação de pesquisa, projetada para rodar livremente por dentro da cidade e ser segura contra o ataque de famintos ou qualquer outra coisa que tenha de enfrentar.

"O que foi uma ótima ideia, não a estou rejeitando. É só que, a certa altura, aconteceram algumas coisas... E não se pode ter certeza de sua ordem. O gerador pifou. Ou alguma coisa na geração de energia pifou, talvez, porque o gerador parece intacto, em minha opinião, que confesso ser de ignorante."

— Talvez tenham ficado sem combustível — arrisca-se Gallagher.

— Não. Não ficaram. O combustível é uma mistura de querosene e nafta de alta octanagem, como combustível de jato, e eles tinham cerca de 700 galões. E os tanques para os lança-chamas também estão cheios... Num aperto, eles teriam sido capazes de improvisar alguma coisa com ele. Assim, mais provavelmente foi um defeito mecânico. Eles podiam consertar, porque tinham várias peças sobressalentes de cada componente, mas... Bom, por algum motivo, não consertaram. Talvez já tivessem algumas baixas e o pessoal perdido incluísse os melhores mecânicos. De qualquer modo, quando conseguirmos desmontar esse gerador, vamos entender do que se trata.

— E vamos definitivamente fazer isso? — pergunta Justineau.

— A não ser que você pense num bom motivo para não fazermos. Esta coisa é construída como um tanque. É tudo o que era o Humvee, e muito mais. Podemos seguir nela até Beacon, pode nos poupar um mundo de dor de cabeça.

Justineau não deixa de perceber que a cara da Dra. Caldwell traz um sorriso leve, presunçoso e irônico. Isso a faz pressionar ainda mais contra a ideia, embora evidentemente seja sensata.

— Mas não seríamos exatamente discretos.

— Não — concorda Parks. — Não seríamos. Vão nos ouvir a um quilômetro de distância. E ai deles se resolverem se meter na merda do nosso caminho, porque, depois que partirmos, não vamos parar. Famintos, lixeiros, bloqueios de estrada: vamos pisar fundo e continuar rodando. Nem mesmo precisaríamos nos ater às ruas. Podemos atravessar uma casa e sair do outro lado. Só o que pode parar a grande Rosie são os rios, e tem uns mapas no compartimento de equipamento mostrando que pontes podem suportar seu peso. Acho que seria negligência nossa se pelo menos não tentássemos. O pior que pode acontecer é uma dessas pontes desabar e termos de sair um pouco de nosso caminho. Ou pode perder uma esteira, estourar a vedação ou coisa assim, e então não ficaríamos em pior estado do que quando começamos. Enquanto isso, temos um descanso da marcha forçada, que está cobrando de todos nós, principalmente da doutora.

— Obrigada por sua solicitude — diz Caldwell.

— Não sei o que é isso, mas não há de quê.

— Duas coisas — diz Justineau.

— O quê?

— Você disse que havia duas coisas erradas. O gerador era uma delas. Qual é a outra?

— É — diz Parks. — Eu ia chegar lá. Eles ficaram sem comida. Os armários estão completamente vazios. Não sobrou nem um farelo. Deste modo, meu cenário de desastre fica assim. Eles perderam o gerador e não conseguiram consertar. Ficaram aqui por alguns dias ou semanas, esperando pelo resgate. Mas o Colapso se estendia e ninguém apareceu. Enfim, um deles diz, "Foda-se", eles preparam as mochilas e pegam a estrada. Um deles fica para trás, presumivelmente montando guarda. O resto parte ao pôr do sol. Talvez tenham chegado a algum lugar, talvez não. Mais provavelmente não chegaram, porque o que ficou para trás se matou e ninguém voltou para salvá-lo. E isto é sorte nossa.

Ele olha de um rosto a outro.

— Só que corremos o risco de seguir o mesmo caminho — conclui. — Não sei quanto tempo vai levar para consertar esse gerador, se é que vamos conseguir consertar. Mas até que a gente consiga, ou até desistirmos, vamos ficar bem aqui. Então, precisamos de comida, como precisou a tripulação original. Usamos as últimas latas que pegamos naquela casa em Stevenage e não passamos por lugar nenhum no caminho para cá que não tivesse sido saqueado, incendiado ou destruído. Ainda temos uma boa quantidade de água, mas precisamos beber com parcimônia porque não há onde reabastecer entre aqui e o Tâmisa. Assim, precisamos procurar comida e precisamos encontrar rápido. O ideal é um supermercado que nenhuma equipe de pega-ensaca ou de lixeiros tenha encontrado, ou uma casa onde os proprietários estocavam comida para o apocalipse e ele chegou mais cedo.

Justineau estremece com esse cálculo frio.

— Estaríamos procurando nos mesmos lugares da tripulação original — observa ela. Parks se vira para encará-la e ela dá de ombros. — Quer dizer, é seguro supor que eles deram uma boa olhada em volta antes de abandonarem esta superfortaleza e pegarem a estrada. Se houvesse comida esperando para ser encontrada, eles a teriam achado.

— Não posso questionar isso — diz Parks. — Então, o problema de abastecimento pode ser grave. Será grave, quer continuemos ou não, é claro, mas certamente é um problema maior se ficarmos aqui, por um dia, dois ou o que seja, enquanto eu mexo naquele gerador. Assim, é uma grande decisão, talvez de vida ou morte, e afeta igualmente a todos nós. Eu ficaria feliz de decidir eu mesmo, mas como você fez questão de me lembrar alguns dias atrás, Srta. Justineau, você não está sob meu comando. E ainda menos a doutora. Então, fico feliz, só desta vez, de colocar a questão em votação.

"Devemos ficar ou sair? Levante a mão quem quiser tentar consertar o gerador e ir para casa com estilo."

A mão de Caldwell se ergueu num momento, a de Gallagher um pouco mais lenta. Justineau era minoria ali.

— Algum problema com isso? — Parks pergunta a ela.

— Não tenho alternativa, tenho? — Mas a verdade é que Justineau já estava indecisa. Sua preocupação com Rosie tinha muito mais a ver com a tensão visível de Melanie e os acontecimentos do dia anterior na base do que com qualquer objeção racional. Certamente ela enxergava a atração de fazer o resto da viagem na segurança e no conforto de um tanque enorme. Sem emboscadas. Sem exposição. Sem se assustar com cada barulho ou movimento, e ter de olhar por sobre o ombro a cada poucos segundos para ver o que vinha atrás.

Por outro lado, Caldwell ainda tem aquela expressão de gato esperando pelo creme. A mente e o estômago de Justineau se rebelam contra a ideia de ficarem presos com a médica em um espaço fechado por mais tempo do que o necessário.

— Gostaria de ficar no serviço de busca — disse ela a Parks. — Quer dizer, supondo que você não precise de mim para ajudar no gerador. Vou sair com Gallagher e procurar comida.

— Tenho de colocar os dois nisso — concorda Parks. — Não posso começar no gerador antes de saber o que estou fazendo, então, neste momento, estou principalmente lendo os manuais para identificar todas as peças de que preciso. Ainda restam três horas de luz do dia, assim, se estiver pronta, acho que os dois devem sair e aproveitá-las. Mantenham contato pelos walkie-talkies. Se tiverem algum problema, chegarei a vocês o mais rápido possível. Dra. Caldwell, estou liberando você desse serviço porque suas mãos ainda estão muito ruins e você provavelmente não vai conseguir carregar muita coisa. Além disso, só temos duas mochilas.

Justineau fica surpresa que o sargento tenha se dado ao trabalho de se justificar. Ele olha pensativamente para Caldwell, como se talvez tivesse outra coisa em mente.

— Bem, há muito que posso fazer aqui — diz Caldwell. — Vou começar pelo sistema de filtragem da água. Em teoria, Rosie era capaz de condensar a água do ar ambiente. Depois que o gerador estiver funcionando, talvez possamos colocar o filtro em operação.

— Muito bem. — Parks se vira para Justineau. — É melhor pegar a estrada, se quiser voltar antes do anoitecer.

Mas ela ainda não está pronta para sair. Está preocupada com Melanie e quer saber a verdade.

— Posso falar com você — pergunta ela a Parks, consciente do eco —, em particular?

Parks dá de ombros.

— Tudo bem. Se for rápido.

Eles voltam para a sala das máquinas. Ela começa a falar, mas Parks a impede ao lhe entregar seu próprio walkie-talkie.

— Caso você e Gallagher se separem — explica ele. — A cabine de Rosie tem um aparelho de comunicação completo, muito mais potente do que esses portáteis, então cada um de vocês pode ficar com um.

Justineau coloca a unidade no bolso sem nem mesmo olhá-la. Não quer ser sabotada por uma discussão da logística.

— Gostaria de saber o que Melanie disse a você — diz ela a Parks. — E aonde ela foi.

Parks coça o pescoço.

— Sério? Mesmo quando ela me disse para não falar?

Ela sustenta seu olhar.

— Você a deixou sair sozinha. Eu já sei muito bem que você não vê um risco especificamente para Melanie. Mas eu vejo. E quero saber por que você pensou que não tinha problema nenhum mandá-la lá fora.

— Está enganada — diz Parks.

— Estou? Sobre o quê?

— Sobre mim. — Ele planta o traseiro na capota aberta do gerador, cruzando os braços. — Tudo bem, não estava enganada. Alguns dias atrás, eu disse que devíamos soltar a criança. Ela livrou a nossa cara duas vezes desde então e ainda por cima se transformou em uma batedora muito boa. Eu lamentaria se a perdesse.

Justineau abre a boca para falar, mas Parks ainda não terminou.

— Além disso, como Melanie pode trazer as pessoas de volta a nós, deixar que ela ande por aí sozinha não é uma decisão que não tenha suas consequências. Mas, depois do que ela me disse, pareceu a opção menos pior.

A boca de Justineau ficou um pouco mais seca do que já estava.

— O que ela disse a você? — ela exige saber.

— Ela disse que nosso bloqueador E não está mais servindo de porra nenhuma, Helen. Nós passamos uma camada muito fina esta manhã, porque só tínhamos meio tubo sobrando para os quatro. Pensei que este lugar teria algum, mas não tem. Tem a gosma azul que a Dra. Caldwell usa no laboratório, mas é só um desinfetante. Não vai eliminar o cheiro da mesma maneira.

"Então a criança esteve sentindo nosso cheiro o dia todo e estava ficando meio louca de fome. Ela estava morta de medo de ter um surto e morder um de nós. Particularmente você. E foi por isso que ela não queria que eu lhe contasse nada. Ela não queria que você pensasse nela desse jeito, como um animal perigoso. Ela quer que você pense nela como uma criança de sua turma."

Justineau fica repentinamente tonta. Recosta-se no metal frio da parede, espera que a cabeça pare de girar.

— Isso... — diz ela. — É *assim* que eu penso nela.

— Foi o que eu disse a ela. Mas isso não a deixa com menos fome. Então, eu a soltei.

— Você...?

— Levei-a para fora. Tirei as algemas e deixei que ela fosse. Tenho as algemas bem aqui, prontas para quando ela voltar. — Ele abre um dos armários e lá estão elas, dispostas e arrumadas ao lado da trela enrolada. — Mostrei a ela como tirar a mordaça, como se ela já não tivesse deduzido tudo sozinha. São só algumas alças de couro. Ela vai ficar lá fora até encontrar alguma coisa para comer. Alguma coisa grande. O plano é que ela coma até explodir. E não volte antes que esteja de barriga cheia. Talvez isto mantenha seu reflexo de alimentação em xeque por algum tempo.

Justineau pensa no jeito como Melanie se comportava antes de sair — os sustos violentos e a inquietação geral. Agora entende. Compreende o que a menina devia estar sofrendo. O que ela não entende é Parks ter mudado de ideia sobre a mordaça e as algemas. Ela fica ao mesmo tempo perplexa e um tanto ressentida. De certo modo, parece ameaçar o vínculo que ela desenvolveu com Melanie ter os outros membros do grupo — em especial Parks! — estendendo-lhe a mesma confiança.

— Não se preocupou que ela mordesse você? — ela pergunta a ele. Ouve a insinuação maliciosa na própria voz e isto de repente a deixa nauseada. — Quer dizer... Você acha que pode mantê-la conosco, mesmo que ela esteja com fome?

— Ora essa, não — diz Parks, impassível. — Por isso deixei que ela fosse. Ou você quer dizer se eu tive medo quando tirei as algemas? Não, porque eu tinha a arma apontada para ela. A garota é incomum... Única talvez seja uma palavra melhor... Mas ela é o que é. O que a torna única é ela saber disso. Ela não julga ninguém com severidade. Muita gente devia usar isso como um exemplo.

Ele lhe entrega sua mochila, que esvaziou.

— Quer dizer, eu? — pergunta Justineau. — Acha que não estou contribuindo com nada?

Era bom ter uma discussão em pé de igualdade com Parks, mas ele não parecia disposto a jogar.

– Não, não quis dizer você. Quis dizer em geral.

– As pessoas em geral? Você anda filosófico?

– Eu estava sendo um cretino nervoso. É como ajo no trabalho na maior parte do tempo. Acho que você deve ter percebido isso.

Ela hesita, desequilibrada. Não pensava que Parks fosse capaz de autodepreciação. Mas ela também não pensava que ele fosse capaz de mudar de ideia.

– Mais alguma regra de combate? – ela pergunta a ele, ainda magoada de algum jeito obscuro, ainda sem ter se apaziguado. – Como sobreviver quando sair às compras? Dicas para a vida urbana moderna?

Parks dá a esta pergunta mais reflexão do que ela esperava.

– Use o que resta daquele bloqueador E – sugere ele. – E não morra.

54

GALLAGHER GOSTARIA DE ESTAR SOZINHO.

Não é que ele não goste de Helen Justineau. Na realidade, é o contrário. Ele gosta muito dela. Acha que ela é realmente bonita. Ela foi estrela em suas fantasias sexuais ou as coestrelou, principalmente fazendo o papel da mulher mais velha, muito experiente e loucamente pervertida que pega um homem jovem o suficiente para ser seu filho e o ensina a puxar as cordinhas. Muitas vezes, as cordas nem eram metafóricas.

Mas isso só torna muito mais estranho sair em patrulha com ela. Ele tem medo de dizer ou fazer alguma coisa muito idiota na frente dela. Tem medo de se meter numa situação em que precise tomar uma decisão rápida e não seja capaz de pensar em nada porque está pensando demais nela. Tem medo de não conseguir esconder o medo que sente.

Não ajuda em nada que eles não consigam conversar. Tudo bem, eles trocam um murmúrio tenso de vez em quando, quando chegam ao final de uma rua e precisam decidir para onde vão. Mas no resto do tempo seguem juntos em completo silêncio, no andar em câmera lenta que o sargento Parks lhes ensinou.

Naquele momento, parece um exagero. Na primeira hora depois de eles saírem do caminhão blindado com aquele nome idiota, eles só viram quatro famintos vivos, e nenhum deles de perto.

Depois encontraram o primeiro morto. Frutificava como todos os outros, só que este estava caído de bruços e o grande caule branco abrira caminho pelas costas do pobre coitado. Helen Justineau o olha de cima, toda nauseada e sombria. Gallagher imagina que ela está pensando na criancinha faminta. Como uma mãe antes do Colapso, achando que o mundo é um lugar grande e que há muitas pessoas doentes e, por que não o meu bebê?

Tá. Cheio de pessoas doentes, o mundo. Ele se relacionou com um bando delas. E ele conheceu muitas outras quando a base caiu. Uma parte de sua inquietação atual – talvez a maior parte dela – vem da sensação de que ele não segue um rumo que faça sentido. É claro que ele vai para casa. Mas isto é como colocar o pé numa armadilha depois de ter-se livrado dela de algum jeito. Evidentemente, eles não podem voltar para a base. Não existe base nenhuma, não existe mais, e é possível que os cretinos que a tomaram ainda estejam à caça deles. Mas Gallagher não consegue ver Beacon como um refúgio. Só consegue vê-la como uma boca se abrindo diante dele para engoli-lo inteiro.

Ele tenta se livrar desse estado de desespero. Tenta aparentar e se sentir um soldado. Quer que Helen Justineau fique tranquilizada com sua presença.

Estão andando por uma longa rua com lojas dos dois lados, mas todas as lojas foram saqueadas há muito tempo. Eles são visíveis demais – alvos fáceis para qualquer um que venha por este caminho. Provavelmente a maioria delas foi saqueada nos primeiros dias do Colapso.

Assim, eles agora voltam a atenção para as casas nas ruas transversais, onde é mais difícil entrar e dar uma busca. É preciso fazer um reconhecimento, procurando famintos, antes de tudo. E é preciso fazer o mínimo barulho enquanto invadem, porque evidentemente o barulho vai trazê-los, se houver algum por perto. E então, depois de entrar, é preciso fazer outro reconhecimento. Pode haver todo um ninho de famintos em qualquer dessas casas – antes moradores ou hóspedes que não foram convidados.

É um avanço lento e acaba com seus nervos.

E é deprimente, porque a chuva agora cai com força. O céu cinzento e sombrio implica com eles.

E, por fim, é tedioso, se algo pode realmente ser ao mesmo tempo assustador e tedioso. Todas as casas são iguais para Gallagher. Escuras. Cheirando a mofo, com carpetes esponjosos, cortinas mofadas e borrifos de bolor preto pelas paredes internas. Atulhadas de milhões de coisas que não fazem nada a não ser atrapalhar seu caminho e quase fazer você tropeçar. É como se antes do Colapso as pessoas costumassem passar toda a vida fazendo casulos para si mesmas com os móveis, objetos de decoração, livros, brinquedos, quadros e todo tipo de merda que conseguiam encontrar. Como se esperassem nascer do casulo como outra coisa. O que alguns acabaram sendo, é claro, mas não do jeito que esperavam.

Na maioria das casas, Justineau e Gallagher ficam próximos o suficiente para verificar a cozinha. Em algumas, há uma lavandeira ou uma garagem que eles também verificam. Eles ficam resolutamente longe de geladeiras e freezers, que sabem que estarão cheios de uma merda fedorenta e empesteada. São os enlatados e os produtos empacotados que procuram ali.

Mas não encontram nada. As cozinhas estão vazias.

Eles passam à rua seguinte, com resultados semelhantes. Na extremidade dela, há uma garagem com uma porta verde berrante, pela qual eles quase passam sem olhar. Mas fica bem ao lado de uma loja de esquina saqueada e Justineau reduz o passo e para.

— Está pensando o mesmo que eu? — pergunta ela a Gallagher.

Ele não estava pensando em nada antes de ela falar, mas agora pensa rápido, então tem algo a dizer além de *hein*?

— O depósito pertence à loja — imagina ele.

— É isso mesmo. E parece que não tem ninguém ali. Vamos dar uma olhada, soldado.

Eles experimentam a porta da garagem, que está trancada. É feita de metal leve e fino, o que, por um lado, é bom (não será difícil arrombar) e, por outro, é ruim (qualquer coisa que eles façam vai criar uma barulheira dos diabos).

Gallagher mete a baioneta sob um canto da porta e puxa. Com um guincho estridente e alto, o metal se dobra. Quando se afasta o suficiente do batente, ele enfia os dedos pela borda e puxa, lenta e firmemente. Ainda produz o mesmo barulho de trituração, mas não há nada que eles possam fazer a respeito disso.

Eles dobram para trás uma aba triangular de cerca de um metro em seu lado maior. Depois olham para todos os lados e procuram escutar, tensos pra caramba. Nenhum sinal ou som de nada se aproximando, de nenhum dos lados da rua.

Eles se colocam de quatro e engatinham para dentro. Gallagher acende a lanterna e joga o facho em volta.

A garagem está cheia de caixas.

A maioria está vazia. Daquelas que tinham algum conteúdo, a maior parte revelou conter não comida, mas papéis e revistas, brinquedos de criança, material de escritório. O resto... Bem, o resto é comida, mas principalmente besteira. Pacotes de batata frita, amendoim, torresmo. Barras de chocolate e biscoitos. Compotas de doces em tubos com o tamanho aproximado de uma bala de fuzil. Rocamboles embalados um a um.

E garrafas. Toda sorte de garrafas. Limonada, laranjada, refrigerantes de cola, suco de groselha e cerveja de gengibre. Água, não, mas muito de todo o resto que se pode imaginar, desde que sua imaginação se limite a sacarina e dióxido de carbono.

— Acha que alguma coisa aqui ainda está boa? — sussurra Gallagher.

— Só tem um jeito de descobrir — responde Justineau também aos sussurros.

Eles aceitam o desafio de provar às cegas, abrindo pacotes de plástico e futucando cautelosamente o que contêm. As batatas fritas estão estragadas, moles e esfareladas, com um travo amargo e suado. Eles as cospem apressadamente. Mas os biscoitos estão bons.

— Gordura hidrogenada — diz Justineau, espalhando os farelos. — Provavelmente dura até a morte por aquecimento de toda a merda do universo. — Os amendoins são o melhor de tudo. Gallagher nem consegue acreditar no sabor, salgado e intenso como a carne. Ele come três pacotes antes de conseguir se conter.

Quando levanta a cabeça, Justineau está sorrindo para ele — mas é um sorriso simpático, e não cruel. Ele ri alto, satisfeito que os dois tenham partilhado deste banquete ridículo – e que, no crepúsculo da garagem, ela não pudesse ver que ele estava vermelho.

Ele grita para o sargento no walkie-talkie e conta que estão levando o bacon para casa. Ou pelo menos uma coisa que tem sabor de bacon. Parks diz para carregar a mochila e voltar, com as congratulações mais calorosas.

Eles enchem as mochilas e os bolsos, e cada um deles pega duas caixas. Quando saem cautelosamente à rua, dez minutos depois, eles já se entenderam.

Vão para casa eufóricos. Conseguiram fazer aquele lance de caçador-coletor e foi bem-feito. Agora estão levando um mamute para a caverna. Uma fogueira será acesa para combater o escuro e eles terão festejos e histórias.

Bom, talvez nem tanto. Mas uma porta trancada, uma refeição decente e Fleetwood Mac, se tiverem sorte.

55

A Dra. Caldwell abre os seis recipientes Tupperware contendo tecido encefálico do faminto da Wainwright House e os coloca lado a lado na superfície recém-desinfetada diante dela. As bancadas do laboratório são feitas de um substituto sintético de mármore que mistura pó de mármore com bauxita e poliéster. Não é tão fria quanto a pedra de verdade. Quando ela momentaneamente coloca as mãos quentes e latejantes ali, a bancada lhe proporciona pouco alívio.

Ela prepara cortes de cada uma das amostras. Não colocou o ATLUM em funcionamento para isto, porque Rosie ainda não tem uma fonte de energia funcional – e também porque o material foi coletado do crânio do faminto com uma colher. Ele não está em suas camadas naturais e haveria pouco a ganhar cortando-os tão finos.

Ela vai precisar do ATLUM depois, mas não para estas amostras.

Por ora, ela espalha quantidades mínimas de tecido em lâminas o mais fino que pode, acrescentando uma única gota de agente corante em cada uma delas, e coloca a lamínula com muita cautela. Os curativos estorvam seus movimentos e, assim, leva muito mais tempo do que deveria.

Seis amostras de tecido. Cinco agentes corantes disponíveis, que são sulfato de cério, ninidrina, D282, bromocresol e *p*-anisaldeído. Caldwell tem maiores esperanças com o D282, uma carbocianina lipofílica fluorescente com eficácia comprovada para deixar em alto relevo estruturas neuronais finas. Mas não vai ignorar os outros corantes, uma vez que estão à mão. Qualquer um deles pode gerar dados valiosos.

O natural a fazer agora seria ligar o microscópio eletrônico de transmissão, que estava no canto do laboratório como o filho bastardo de uma britadeira com um soldado das Tropas Imperiais da trilogia *Star Wars* – todo cerâmica branca e curvas suaves e esculpidas.

Mas tem o problema da falta de eletricidade. O microscópio não vai acordar e servir a ela antes que o sargento Parks o alimente.

Nesse meio-tempo, ela volta a atenção ao esporângio. O laboratório exibe vários tanques de manipulação, com dois buracos circulares ao lado. Os buracos são esfincterizados. Luvas de borracha até o cotovelo podem ser inseridas por eles e se fechar hermeticamente por uma mistura de gel selante e ajustes mecânicos.

Depois de o esporângio estar seguramente sequestrado do resto do laboratório, dentro de um desses tanques, Caldwell começa o exame. Tenta abri-lo com os dedos na luva e não consegue. Seu revestimento externo é duro, elástico e muito grosso. Mesmo com um bisturi não é uma tarefa fácil.

Por dentro, dobrada interminavelmente em si mesma, há uma espuma fractal fina de esporos como bolhas de sabão cinza que se derrama pela abertura que ela criou. Curiosa, ela mergulha o dedo ali. Não há resistência. Embora estejam densamente compactados, parece que os esporos não têm massa nenhuma.

Ao fazer isso, ela fica consciente de que não está mais sozinha no laboratório. O sargento Parks entrou e a olha em silêncio. Ele tem na mão a arma – não o fuzil, mas a pistola, despreocupadamente, como se fosse algo a ser levado a um espaço civilizado como o laboratório, onde não tem lugar concebível.

Caldwell o ignora por um tempo enquanto corta cuidadosamente a cabaça cinza para examinar sua estrutura interna.

– A boa notícia – observa ela, com os olhos e a atenção ainda no conteúdo do tanque – é que o tegumento do esporângio parece ser extremamente resistente. Nenhum daqueles que vimos no chão se rompeu e é impossível abri-los com as mãos. Eles parecem exigir um gatilho ambiental externo a fim de germinar e até agora esse gatilho não se materializou.

Parks não responde. Ainda não se mexeu.

– Já pensou em fazer carreira na ciência, sargento? – pergunta-lhe Caldwell, ainda de costas para ele.

– Sinceramente, não – diz Parks.

– Que bom. Você é de fato estúpido demais.

O sargento assoma a seu lado.

– Acha que estou perdendo alguma coisa? – ele exige saber. Caldwell está muito consciente da arma. Quando olha de relance para baixo, ela está ali, bem em sua linha de visão. O sargento a segura com as duas mãos, pronto para disparar.

– Sim.

– O que estou perdendo?

Ela baixa o bisturi e retira as mãos, muito lentamente, das luvas e do tanque. Depois se vira para olhar nos olhos dele.

– Está vendo que estou pálida e transpirando. Você vê que meus olhos estão vermelhos. Vê que estou cada vez mais lenta, enquanto ando.

– É, estou vendo.

– E você já tem o seu diagnóstico.

– Doutora, eu sei o que eu sei.

– Ah, mas não sabe, sargento. Não verdadeiramente. – Ela abre os curativos da mão esquerda. Ergue para ele ver. Enquanto o pano branco se afasta, sua carne fica exposta. A mão em si é de um branco como uma barriga de peixe e um pouco enrugada. Linhas vermelhas começam no pulso e escalam pelo braço – escalam para baixo, uma vez que sua mão está erguida, mas a gravidade não serve de guia aqui. O veneno abre caminho para seu coração e não se importa com os caprichos da topografia local.

– Toxemia – diz Caldwell. – Sepse inflamatória grave. A primeira coisa que fiz quando chegamos aqui foi tomar uma dose maciça de amoxicilina, mas quase certamente tarde demais. Não estou me transformando numa faminta, sargento. Só estou morrendo. Assim, por favor, deixe-me em paz para fazer meu trabalho.

Mas Parks fica onde está por mais alguns minutos. Caldwell compreende. Ele é um homem com forte preferência pelo tipo de problema de solução simples e unitária. Ele pensou que Caldwell fosse um problema desses, mas agora percebe que não é. Para ele, é difícil lidar com a mudança na perspectiva.

Ela compreende, mas não pode ajudar. E não se importa realmente. O que interessa agora é sua pesquisa, que finalmente – depois de um longo período de estagnação – começa a parecer promissora.

– Está dizendo que esses frutos não são perigosos? – ele pergunta a ela.

Caldwell ri. Não consegue evitar.

– De maneira nenhuma, sargento. A não ser que a perspectiva de um evento de extinção planetário perturbe você.

A cara dele, aberta como um livro, anuncia alívio, depois confusão, por fim desconfiança.

– O quê?

Caldwell quase lamenta ter de romper sua preciosa bolha de ignorância.

– Eu já lhe disse que o esporângio contém os esporos do patógeno faminto. Mas você parece não entender o que isso significa. Em sua forma imatura e assexuada, o *Ophiocordyceps* superou nossa civilização global no espaço de três anos. O único motivo para que não tenha alcançado logo o status de pandemia global, o único motivo para que bolsões de humanos não infectados conseguissem sobreviver, era porque o organismo imaturo só pode se propagar... por neotenia... em fluido biológico.

– Doutora – diz o sargento, aflito –, se vai falar como uma merda de enciclopédia...

– Sangue e saliva, sargento. Ele vive em sangue e saliva. Não gosta de se aventurar no ar e não prospera nele. Mas a forma adulta... – Ela gesticula para o globo branco e inofensivo aninhado na base do tanque. – Bem, a forma adulta não fará prisioneiros. Cada esporângio contém, numa estimativa aproximada, de um a dez milhões de esporos. Serão transportados pelo ar e leves o suficiente para percorrer dezenas ou centenas de quilômetros a partir de seu local de origem. Se flutuarem para a atmosfera superior, como alguns farão, poderão facilmente atravessar continentes. Eles serão robustos o suficiente para sobreviver por semanas, meses, talvez anos. E se você os respirar, será infectado. Você pode ver um faminto se aproximando, mas terá mais dificuldade com um organismo com menos de um milímetro de diâmetro. Terá mais dificuldade para vê-lo e mais dificuldade para se livrar dele. Estimo que o que restar da Humanidade 1.0 fechará as portas um mês depois da abertura de uma dessas vagens.

— Mas... Você disse que elas não se abrirão — diz Parks, chocado.

— Eu disse que elas não se abrirão sozinhas. Esta espécie é uma forma mutante, admirável, e seu desenvolvimento é aleatório. Mais cedo ou mais tarde o evento de gatilho... Qualquer que seja... Vai acontecer. É só uma questão de tempo, com a probabilidade aumentando aos poucos para 100 por cento.

Parks não parece ter nada a dizer. Enfim se retira e a deixa sozinha. E embora ela não tivesse permitido que a presença dele a atrapalhasse muito, está muito mais feliz por ficar só.

56

HELEN JUSTINEAU GOSTOU DA EXPEDIÇÃO para procurar comida, mais do que pensou que fosse possível. Descobriu que o tempo passado na companhia de Kieran Gallagher foi surpreendentemente suportável.

Mas quando eles voltam para Rosie, faltando apenas dez minutos de luz do dia, e descobrem que Melanie ainda não havia retornado, a preocupação cai sobre ela como um peso de dez toneladas em um antigo esquete do Monty Python. Onde ela pode estar esse tempo todo? Teria sido tão difícil assim para ela arrumar alguma coisa para comer?

Justineau se lembra da raposa, em Stevenage. Ela não viu Melanie pegá-la, mas a viu andando com um animal se debatendo nos braços, mudando o peso do corpo como quem se esforça para não perder o equilíbrio. Se você consegue apanhar uma raposa, então um rato, um cão, gato ou ave não deve ser nenhum problema.

Não há como saber o que Melanie pode ter encontrado lá fora. Justineau devia ter tentado encontrá-la, em vez ficar com o Soldado Função e procurar comida.

De imediato, ela fica pesarosa com a onda instintiva de desprezo por Gallagher. Seus únicos defeitos, na realidade, são que é jovem, verde como a grama, e um idólatra completo quando se trata do sargento Parks.

Que por algum motivo está taciturno e retraído. Justineau percebe agora. Ele mal olhou para o que eles encontraram, elogiou os dois com um gesto de cabeça e um grunhido, depois voltou para a sala das máquinas.

Ela o segue até lá.

— O que vamos fazer se ela não voltar? — pergunta ela.

O sargento está de cabeça baixa nas entranhas do gerador, que começou a desmontar. Sua voz vem dali abafada.

— O que você acha?

— Vou sair e procurar por ela — diz Justineau.

Isso faz com que Parks levante a cabeça novamente muito rápido, como ela esperava. Ela não está pensando seriamente em sair no escuro. Não teria sentido. Não conseguiria usar a lanterna sem anunciar sua presença e local a qualquer um e qualquer coisa nas ruas. Sem lanterna, ela estaria cega — e, com ela, só um pouco menos do que isso. Os famintos se fixariam na luz em movimento, ou em seu cheiro, ou no calor corporal, e em um minuto estariam em cima dela.

Assim, quando Parks lhe diz essas coisas, em termos um pouco mais cordiais e enfáticos, ela não se incomoda em escutar. Espera que ele termine e diz novamente:

— Então, o que vamos fazer?

— Não há nada que possamos fazer. Ela está muito mais segura lá fora do que você ou eu estaríamos, e é uma criança inteligente. Com o cair da noite, ela sabe bem que deve se entocar e esperar a luz do dia.

— E se ela não encontrar o caminho de volta? E se ela ficar às voltas no escuro, ou simplesmente esquecer o caminho? Não sabemos até onde ela foi e essas ruas provavelmente serão iguais para ela. Mesmo à luz do dia, talvez ela não consiga nos localizar novamente.

Parks olha duro para Justineau.

— Não vou disparar um sinalizador — disse ele. — Se é isso que está pensando em fazer, pode esquecer.

— O que temos a perder? — pergunta Justineau. — Estamos numa merda de *tanque*, Parks. Nada pode nos tocar.

Ele joga no chão o manual que segurava esse tempo todo e pega um alicate. Por um momento, Justineau pensa que vai usar para bater nela. Percebe, com uma surpresa aguda, que ele está tão tenso quanto ela.

— Eles não teriam como nos tocar — observa Parks severamente. — Só teriam de acampar na porta por mais ou menos um dia. Não estamos bem situados para suportar um cerco, Helen. Não com amendoins salgados e Jaffa Cakes.

Ela sabe que ele tem razão, no fundo. Isso não importa, porque ela já afanou a pistola de sinalização da bagunça de coisas que Parks jogou no chão quando lhe entregou a mochila. Ela a enfiou nas costas do jeans, onde mal faz algum volume. Desde que fique longe da luz, ela está bem.

Mas o que está devorando Parks é diferente do que devora Justineau. A ignorância a deixa inquieta.

— Qual é o problema? — pergunta ela. — Aconteceu alguma coisa enquanto estávamos fora?

— Não aconteceu nada. — Parks responde com rapidez demasiada. — Mas estamos ficando sem nenhum bloqueador E e não há nada aqui que possamos usar no lugar dele. De agora em diante, sempre que pusermos os pés lá fora, vamos deixar um rastro de cheiro que levará diretamente à nossa porta. E se a garota voltar, vamos precisar de muito mais do que uma mordaça e uma trela para mantê-la sob controle. Ela vai sentir nosso cheiro o tempo todo. O que acha que isto vai provocar nela?

Essa pergunta se imiscui cruelmente e se insinua na mente de Justineau. Por um momento, ela não consegue falar. Lembra-se do que o furor de alimentação fez com Melanie na base. Imagina Melanie perdendo o controle daquele jeito novamente, dentro de Rosie.

Como eles a deixarão entrar para recolocar a mordaça e as algemas?

Conhecendo Parks, como conhece — como um homem que vê os ângulos e pingos dos is —, ela se pergunta até que ponto ele pensou nisso de antemão.

— Foi por isso que a deixou sair com tanta tranquilidade? Você achava que a estava libertando na selva?

— Eu te disse o que estava pensando — diz Parks. — Não tenho o hábito de mentir para você.

— Porque isto *não é* a merda do habitat natural dela — continua Justineau. Parece que tem alguma coisa amarga que ela engoliu, que ela precisa desabafar. – Ela não conhece nada deste lugar. Menos do que nós e Deus sabe que não conhecemos muito. Ela pode encontrar comida sozinha, mas isto não é o mesmo que sobreviver, Parks. Ela estaria vivendo com animais. Vivendo como um animal. Assim, seria um animal. A garotinha morreria. O que restaria seria algo muito mais parecido com todos os outros famintos lá fora.

– Eu a soltei para poder comer – diz Parks. – Não pensei em nada além disso.

– É, mas você não é burro. – Ela se coloca bem perto e ele se afasta um pouco, o máximo que pode, naquele espaço estreito. Só o que ela pode ver de seu rosto no facho torto da lanterna é a boca cerrada. – Caroline pode se dar ao luxo de não pensar. Você não pode.

– Mas a doutora devia ser um gênio – resmunga Parks, com uma displicência nada convincente.

– Dá no mesmo. Ela só vê o que está no fundo de seus tubos de ensaio. Quando chama Melanie de cobaia número um, ela fala sério. Mas você sabe muito bem. Se você tirasse um filhote de gato de sua mãe, depois o devolvesse e a mãe mordesse seu pescoço porque ele não tem o cheiro certo, você saberia que a culpa foi sua. Se você apanhasse uma ave e a ensinasse a falar, depois ela fugisse e morresse de fome porque não soubesse se alimentar sozinha, você teria absoluta certeza de que a culpa era sua.

"Bom, Melanie não é um gato, é? Nem uma ave. Ela poderia se tornar algo parecido com isso, se você a deixasse onde encontrou. Algo selvagem que não conheceria a si mesma e faria o que fosse necessário. Mas você jogou uma rede em cima dela e a trouxe para casa. E agora ela é sua. Você interferiu. Você assumiu uma dívida."

Parks não diz nada. Lentamente, Justineau coloca a mão às costas e pega o sinalizador onde o escondera. Leva-o para frente e deixa que ele veja, em sua mão.

Ela vai para a porta da sala de motores.

– Helen – diz Parks.

Ela abre a tranca. É a primeira vez que faz isso, mas não é tão difícil entender como funciona o mecanismo. Olha para Parks, que tem a pistola apontada para ela. Mas só por um segundo. A mão cai de lado novamente e ele estufa as bochechas com um suspiro, como se tivesse baixado algo muito pesado.

Justineau abre a porta e sai. Levanta o braço acima da cabeça e puxa o gatilho.

O som parece o disparo de um fogo de artifício, porém mais abafado. O sinalizador assovia e suspira consigo mesmo enquanto sobe para a completa escuridão do alto.

Não há luz, nada para ver. A pistola afinal tem alguns anos. Anterior ao Colapso, como a maior parte das coisas no kit de Parks. Era mesmo para ser um fracasso.

E então, é como se Deus tivesse acendido a luz no céu. Uma luz vermelha. Pelo que ela sabe de Deus, esta é a cor preferida dele.

Tudo fica claramente visível como a luz do dia, mas não é nada parecido com o dia. É a luz de um matadouro, ou de um filme de terror. E deve ter alcançado os espaços internos de Rosie, embora alguém tenha baixado os defletores à prova de luz sobre as janelas mínimas e reforçadas, porque agora Gallagher está olhando pela porta bem ao lado de Parks e Caroline Caldwell também se dignou a sair do laboratório e está de pé atrás deles, olhando assombrada a meia-noite carmim.

— É melhor você voltar para dentro — diz Parks a Justineau num tom de resignação absoluta. — Ela não será a única a ver isto.

57

Melanie não está perdida, mas a visão do sinalizador a anima.

Está sentada no telhado de uma casa a 800 metros de Rosie. Está sentada ali já há algumas horas, debaixo de um aguaceiro que a ensopou até a pele. Tenta entender uma coisa que viu no final da tarde, pouco depois de finalmente ter enchido a barriga. Esteve repassando isso mentalmente desde então em uma reprise silenciosa e interminável.

O que ela comeu, depois de procurar por uma hora e meia pelas vielas escorregadias de chuva e jardins ensopados, foi um gato selvagem. E detestou. Não o gato em si, mas o processo de perseguir, pegar e comer. A fome a impelia, e impelia fortemente, dizendo-lhe exatamente o que fazer. Enquanto ela abria a barriga do gato com os dentes e devorava o que se derramava dela, uma parte de Melanie ficou inteiramente satisfeita, inteiramente em paz. Mas havia outra parte que se mantinha a certa distância da crueldade terrível e da sujeira horrível. Essa parte via o gato ainda vivo, ainda se contorcendo enquanto ela mastigava suas costelas frágeis para chegar ao coração. Ouvia seus miados lastimosos enquanto a arranhava inutilmente, abrindo cortes rasos em seus braços que nem mesmo sangravam. Sentiu o fedor amargo de excremento quando, por acidente, abriu suas entranhas para alcançar a carne mais macia por baixo e viu que o animal espalhava as tripas no ar como serpentinas.

Ela o comeu até deixá-lo oco.

E, ao fazer isso, ela se esquivou de todo tipo de pensamento irrelevante. O gato da imagem na parede de sua cela, tranquilo e atentamente lambendo seu leite. O provérbio sobre todos os gatos à noite serem pardos, que ela não compreendia e o Sr. Whitaker não conseguiu explicar. Um poema num livro.

Te amo, gatinha, seu pelo é tão quente
Se não a ferirmos, não fará mal a gente.

Ela não adorava tanto essa gatinha. A gatinha não tinha um gosto tão bom como os dois homens que ela comeu na base. Mas ela sabia que essa gatinha a manteria viva e tinha esperanças de que a fome agora sossegasse um pouco e não tentasse exigir demais dela.

Depois disso, ela andou pelas ruas, ao mesmo tempo infeliz e agitada, incapaz de ficar parada. Sempre voltava seu campo de visão para o Rosalind Franklin para ter certeza de que ainda estava lá, depois dava outra guinada para uma ou outra rua transversal e se perdia por mais ou menos uma hora. Ainda não queria voltar. Começava a sentir que precisava comer novamente antes de fazer isso.

A cada volta, afastava-se e arrastava os pés um pouco mais. Estava testando a beira de sua fome, explorando a sensação e a urgência dela como o sargento Parks explorou os cômodos na Wainwright House de fuzil nas mãos e os olhos virando-se de um lado para outro. Era território inimigo e ela precisava conhecê-lo.

Em uma de suas voltas mais para fora, ela se viu diante de uma grande construção branca com muitas janelas. As do primeiro andar eram imensas, todas quebradas. Havia mais janelas nos altos que ainda estavam em seus caixilhos. A placa na frente do prédio dizia ARTS DEPOT – ARTS pequeno e depois um DEPOT muito maior, colocado acima da porta. E a porta antigamente era de vidro, então agora não estava verdadeiramente ali. Era só um batente vazio, agarrando alguns fragmentos de vidro quebrado pelas bordas.

Vinham barulhos de dentro – explosões estridentes e curtas, como os gritos de um animal ferido.

Um animal ferido cairia muito bem a essa altura, pensou Melanie.

Assim, ela entrou em uma sala com um teto muito alto e uma escada em cada ponta. As escadas eram de metal, com pedaços emborrachados para se colocar as mãos. Havia outra placa ao pé da escada. A luz agora começava a esmorecer e Melanie mal conseguia ler. Dizia: AS CRIANÇAS DEVEM SER CARREGADAS NA ESCADA ROLANTE.

Ela subiu a escada. Soltou um gemido metálico quando ela pôs o peso ali e balançava um pouco a cada passo, como se estivesse prestes a cair. Ela quase voltou, mas aqueles gritos e guinchos de dentro do prédio agora estavam mais altos e ela ficou curiosa para o tipo de criatura que os estivesse produzindo.

No alto da escada havia uma sala grande com imagens nas paredes e muitas cadeiras e mesas. Era impossível compreender as imagens, contendo palavras e fotos que pareciam não ter relação entre si. Uma dizia *Twisted Folk Autumn Tour* e mostrava um homem tocando um violão. Mas depois mostrava o mesmo homem na mesma posição tocando muitas outras coisas – um cachorro, uma cadeira, uma árvore, outro homem e assim por diante. Algumas mesas tinham pratos, copos e xícaras, mas os copos e xícaras estavam todos vazios e não havia nada nos pratos, exceto manchas indefinidas de comida apodrecidas há tanto, tanto tempo que agora nem mesmo estavam mais podres.

Nada parecia fora de lugar aqui, nem vivo, a propósito. Melanie ouvia ruídos de movimento rápido além dos guinchos, mas a sala era tão grande e tão cheia de ecos que ela não saberia dizer de que lado vinha o barulho.

Ela olhou em volta. Havia escadas e portas para todo lado. Pegou outra escada ao acaso, depois uma porta, em seguida andou por um corredor e passou por mais duas portas que se abriram a seu toque.

E parou de pronto, como você pode parar quando de repente vê que chegou perto demais da beira de um precipício.

O espaço em que ela estava agora era muito, mas muito maior do que a sala de baixo, embora esta parecesse grande. Estava inteiramente às escuras, mas ela deduziu seu tamanho pela mudança nos ecos e pelo movimento do ar diante de seu rosto. Ela nem mesmo precisava pensar nessas coisas. Simplesmente sabia que este lugar era imenso.

E os barulhos vinham de baixo, de modo que a vastidão se estendia em três dimensões, e não duas.

Melanie estendeu as mãos à frente do peito e avançou um passo – pequenos passos de bebê que a levaram muito rapidamente à beira de uma plataforma. Sob seus dedos, estava o metal frio de uma grade ou balaustrada de ferro.

Ela ficou ali em silêncio, ouvindo os guinchos, o bater de pés e outras batidas rítmicas e estrondos que apareciam e passavam.

Então alguém riu. Um trinado deliciado e agudo.

Ela ficou cravada onde estava, admirada. Podia sentir que tremia. Este riso podia ser de Anne, Zoe ou qualquer um de seus amigos da sala de aula. Era o riso de uma garotinha – ou possivelmente um garotinho.

Ela quase gritou, mas não o fez. Era uma gargalhada bonita e ela pensou que talvez a pessoa que a soltara também fosse bonita. Mas não podia ser uma pessoa só fazendo todo esse barulho. Parecia que muitas e muitas pessoas corriam por ali. Faziam alguma brincadeira, talvez, no escuro.

Ela esperou por tanto tempo que aconteceu uma coisa estranha. Começou a enxergar.

Não havia mais luz com a qual enxergar. Era só que seus olhos decidiram lhe dar mais informações. Uma vez ela ouviu uma aula sobre uma coisa chamada acomodação. Os bastonetes e cones dos olhos, especialmente os bastonetes, alteram sua zona de sensibilidade para que possam ver detalhes e distinções no que anteriormente parecia a completa escuridão. Mas existem limites funcionais a esse processo e o quadro resultante é principalmente em preto e branco, porque os bastonetes não são bons nas gradações de cor.

Isso era diferente. Era como se um sol invisível surgisse na sala e Melanie pudesse ver por sua luz tão bem quanto podia enxergar de dia. Ou como se o espaço abaixo dela fosse do oceano negro para a terra seca no intervalo de alguns minutos. Ela se perguntou se seria uma coisa que só os famintos podiam fazer.

Ela estava em um teatro. Nunca vira um na vida, mas sabia que devia ser isso. Havia filas e mais filas de cadeiras, todas viradas para o mesmo lado – e estavam todas viradas para um lugar largo e plano com piso de madeira. Um palco. Havia mais cadeiras numa sacada acima do primeiro conjunto de assentos, e era ali que Melanie estava

– em uma extremidade do balcão, de pé na beira, dando para o auditório principal, abaixo dela.

E Melanie tinha razão sobre haver mais de uma pessoa ali embaixo. Havia pelo menos uma dúzia.

Mas não estavam envolvidos em brincadeira nenhuma. O que faziam era muito diferente.

Melanie os olhou em silêncio por um bom tempo – talvez tanto tempo quanto os ouvira, ou um pouco mais. Seus olhos estavam arregalados e as mãos agarradas firmemente na grade do balcão, como se ela tivesse medo de cair.

Ela observou até que os barulhos e o movimento esmoreceram. Depois escapuliu dali, no maior silêncio possível, pelas portas de vaivém, descendo a escada.

Na rua, onde chovia mais forte do que nunca, ela deu alguns passos inseguros e parou na sombra de uma parede cujo antigo grafite desbotara a um desenho fantasma de preto e cinza.

Acontecia alguma coisa com seu rosto. Seus olhos ardiam, a garganta estava em convulsão. Era quase como a primeira vez que você expira na sala de banho depois que os chuveiros são abertos e o ar se enche de um borrifo amargo.

Mas não havia borrifo nenhum ali. Ela só estava chorando.

A parte de sua mente que ficou desligada e observou comer o gato viu também esta performance e lamentou um pouco que fosse impossível – por causa da chuva – determinar se seu choro envolvia lágrimas de verdade.

58

A NOITE SE ARRASTA ARTRITICAMENTE e sem rumo depois de um jantar do qual ninguém parece capaz de sentir o sabor – apesar de seu teor perigosamente alto de sal e açúcar.

Justineau se senta no alojamento da tripulação, torcida em volta de uma cadeira para poder ver a rua por uma das janelas em fenda. Atrás dela, ouve o ronco intermitente de Gallagher do recesso do sono. Ele escolhe um dos beliches de cima e rouba cobertores da maioria dos outros para fazer um ninho. Fica inteiramente invisível ali em cima, protegido do mundo por trás de uma bateria de sonhos e tecido semissintético.

Ele é o único que dorme. Parks ainda está desmontando o gerador e não parece inclinado a parar. Uma batida intermitente de trás diz a Justineau que ele está progredindo. Palavrões intermitentes anunciam seus reveses temporários.

Entre eles fica o laboratório, onde Caldwell trabalha em silêncio, colocando uma lâmina depois de outra sob um microscópio confocal Zeiss LSM 510 com sua própria bateria embutida (o microscópio eletrônico de varredura ainda espera pelo toque ressuscitador da corrente elétrica do gerador de Rosie), fazendo anotações para cada uma delas em um bloco de capa de couro, depois os colocando em uma caixa plástica cujos compartimentos ela numera cuidadosamente.

Quando o sol nasce, Justineau fica silenciosamente assombrada. Parecia inteiramente plausível que este impasse ontológico duraria para sempre.

Pelo amanhecer vermelho, uma figura mínima anda de um lado da rua e atravessa para a porta de Rosie.

Justineau solta um grito involuntário e corre para abri-la. Parks chega antes dela e não sai de seu caminho. Ouve-se um ruído fino e abafado: nós de dedos expostos, batendo educadamente na placa de blindagem.

— Terá de deixar que eu cuide disso — diz-lhe Parks. Ele está com olheiras e manchas de óleo na testa e nas bochechas. Parece ter acabado de matar alguém que sangrou nanquim. A postura de seus ombros é cansada e derrotada.

— O que significa "cuidar disso"? — pergunta Justineau.

— Significa apenas que eu falo com ela primeiro.

— Com uma arma na mão?

— Não — ele grunhe, irritado. — Com isto.

Ele lhe mostra a mão esquerda, em que segura uma trela e as algemas.

Justineau hesita por um segundo.

— Sei como as algemas funcionam — disse ela. — Por que não posso ir ao encontro dela?

Parks enxuga a testa suja com a manga suja da camisa.

— Jesus do céu — murmura. — Porque foi o que ela me pediu antes de sair, Helen. Era você que ela teve medo de machucar, e não a mim. Estou quase certo de que ela está bem, porque ela bateu na porta em vez de arranhar e jogar a cabeça nela. Mas, independentemente de seu estado de espírito, uma coisa que ela não quer ver quando a porta se abrir é você parada ali. Especialmente se ela tiver sangue na boca e nas roupas por ter se alimentado. Você entende isso, não é? Depois que ela se limpar, e depois que estiver de novo com as algemas, você poderá falar com ela. Tudo bem?

Justineau engole em seco. Sua garganta está seca. A verdade é que ela tem medo. Principalmente tem medo do que as últimas doze horas possam ter feito com Melanie. Medo de que quando olhar nos olhos da menina, veja algo novo e estranho ali. Por este mesmo motivo, ela não quer adiar o momento. E não quer que Parks veja primeiro.

Mas ela compreende, quer queira, quer não, e não pode se opor ao que Melanie pediu especificamente. Precisa recuar e contornar a divisória, enquanto ele abre a porta.

Ela ouve a trava deslizar, o suspiro suave das dobradiças hidráulicas.

E então ela foge, atravessando as estações de armas da popa, na direção do laboratório. A Dra. Caldwell a olha, no início indiferente. Até que percebe o que deve significar a agitação de Justineau.

— Melanie voltou — diz a médica, colocando-se de pé. — Que bom. Eu estava preocupada que ela talvez tivesse...

— Cale a sua boca, Caroline. — Justineau a interrompe com selvageria. — É sério. Cale a boca já e não a abra novamente.

Caldwell ainda a encara. Quer ir até a popa, mas Justineau está em seu caminho e fica ali. Toda aquela agressividade que se formou dentro dela precisa sair.

— Sente-se — diz Justineau. — Você não tem de vê-la. Não tem de falar com ela.

— Sim, ela tem — diz Parks, atrás dela. Justineau se vira e ele está parado na soleira. Melanie está atrás dele. Ele nem mesmo colocou as algemas, mas ela já recolocou a mordaça. Está encharcada, o cabelo colado na lateral da cabeça, a camiseta grudada no corpo ossudo. A chuva agora tinha passado, então isto era da noite anterior.

— Ela quer falar com todos nós — continua Parks. — E acho que queremos ouvir. Diga a elas o que acaba de me dizer, garota.

Melanie olha firmemente para Justineau, depois ainda mais firme para a Dra. Caldwell.

— Não estamos sozinhos aqui — disse ela. — Tem mais gente.

59

No alojamento da tripulação, eles escolhem onde se sentar. Embora Rosie tivesse capacidade completa para 12 pessoas, parecia pequena demais. Eles estavam conscientes da proximidade dos outros e nenhum deles parecia mais à vontade com isso do que Justineau.

Ela está sentada na beira do beliche baixo. Caldwell se senta em sua contraparte, exatamente em frente. Gallagher está de pernas cruzadas no chão e Parks se recosta na porta.

De pé na extremidade do espaço estreito, Melanie se dirige a eles. Justineau enxugou seu cabelo com uma toalha, pendurou o casaco, o jeans e a camiseta para secar e a enrolou com outra toalha como um roupão temporário. Seus braços estão por dentro da toalha – às costas, porque Parks algemou as mãos novamente. Foi ideia dela. Ela deu as costas a ele, de braços unidos, e esperou pacientemente enquanto ele fechava as algemas.

Há uma enorme tensão em seu rosto, em sua postura ali, de pé. Está lutando para manter seu controle – não devido ao furor de alimentação, mas como alguém que acaba de ser assaltado na rua ou testemunha um assassinato. Justineau já viu Melanie com medo, mas isto é algo novo e por um tempinho Justineau se esforça para identificar.

Depois ela percebe do que se trata. É incerteza.

Ela especula pela primeira vez sobre o que Melanie poderia ter sido, o que poderia ter se tornado, se vivesse antes do Colapso. Se nunca tivesse sido mordida ou infectada. Porque é uma criança ali, independentemente de qualquer outra coisa que seja, e ela nunca perdeu esse senso de seu próprio centro, exceto quando sentiu cheiro de sangue e se transformou brevemente em um animal. E veja de que maneira pragmática e impiedosa ela lidou com isso.

Mas Justineau só acompanha esta linha de raciocínio por um momento. Quando começa a falar, Melanie atrai toda a atenção deles.

— Eu devia ter voltado mais cedo — diz ela a todos na sala. — Mas tive medo, então fugi e primeiro me escondi.

— Eles não precisam de incentivo dramático, garota — larga Parks no silêncio que se segue. — Ande logo e conte a eles.

Mas Melanie começa do início e prossegue a partir daí, como se fosse a única maneira que conhece de contar. Fala de sua visita ao teatro na noite anterior em frases funcionais e econômicas. O único sinal de sua agitação é o modo como se remexe de um pé a outro enquanto fala.

Por fim ela chegou ao ponto em que olhou do balcão, com os olhos adaptados ao escuro, e viu o que estava abaixo dela.

— Eram homens como aqueles que vi na base — diz ela. — Com coisas pretas e brilhantes cobrindo o corpo todo e o cabelo todo espetado. Na verdade, acho que são exatamente os mesmos da base. — Justineau sente o estômago se revirar. Os lixeiros talvez sejam a pior notícia que eles podem ter agora. — Eram muitos e muitos. Estavam brigando com bastões e facas, só que na verdade não estavam. Não de verdade. Só fingiam brigar. E também tinham armas... Como as suas, em grandes suportes nas paredes. Mas não estavam usando. Só usavam os bastões e as facas. Primeiro as facas, depois os bastões, depois as facas de novo. O homem que tomava conta da briga dizia a eles quando usar o bastão e quando trocar. E alguém perguntou quando eles podiam parar e ele disse só quando ele mandasse.

Melanie lançou um olhar a Caroline Caldwell. Sua expressão era indecifrável.

— Tem alguma ideia de quantos estavam lá? — pergunta Parks.

— Eu tentei contar, sargento Parks, e cheguei a 55. Mas pode haver mais, embaixo de onde eu estava. Havia uma parte da sala que não consegui enxergar e eu não queria me mexer para eles não me ouvirem. Acho que devia haver mais.

— Meu Deus! — diz Gallagher. Sua voz está oca de desespero. — Eu sabia. Sabia que eles não iam parar!

— O que a faz pensar — pergunta Caldwell — que era o mesmo grupo que atacou a base?

— Eu reconheci alguns — diz Melanie prontamente. — Não exatamente seus rostos, mas as roupas que vestiam. Alguns tinham pedaços e placas de metal no corpo e formavam desenhos. Eu me lembro dos desenhos. E um deles tinha uma palavra no braço. *Implacável.*

— Uma tatuagem — traduz Parks.

— Acho que sim — diz Melanie, de novo com os olhos na Dra. Caldwell. — E então, enquanto eu olhava, outros três homens entraram. Falaram de um rastro que estavam seguindo e disseram que o tinham perdido. O líder ficou com muita raiva deles e mandou irem direto para fora de novo. Disse que se eles não trouxessem prisioneiros, ia deixar que os outros homens os usassem para praticar com as facas e os bastões.

Este parecia ser o fim da história, mas Melanie espera, tensa e na expectativa, para o caso de haver perguntas.

— Deus todo-poderoso! — Gallagher geme. Enterra a cabeça nos braços cruzados e a deixa ali.

Justineau se vira para Parks.

— O que vamos fazer?

Porque, goste ou não disso, é ele que precisa formular a estratégia do grupo. Ele é o único que realmente tem uma chance de tirá-los dali, agora que estão sem bloqueador E há um exército de lunáticos assassinos acampados bem na sua porta. Ela ouviu histórias sobre o que os lixeiros fazem com as pessoas que pegam vivas. Provavelmente papo furado, mas o bastante para você querer se certificar de que o peguem morto.

— O que vamos fazer? — Gallagher lhe faz eco, levantando-se do agachamento. Olha para ela como se ela fosse louca. — Vamos sair daqui. Vamos fugir. Agora.

— Não, ainda não vamos — diz Parks com decisão. E então, quando todos se viram para ele: — É melhor ir rodando do que correndo. Talvez eu consiga colocar o gerador para funcionar em uma hora... E, em nossa situação, esta caçamba ainda nos dá nossa melhor chance.

Assim, não vamos nos separar dela. Vamos ficar trancados até estarmos preparados.

— É um comportamento anômalo — reflete Caldwell.

Parks a olha com sagacidade.

— Da parte dos lixeiros? Sim, é.

— Eles estavam em comboio quando os vimos. Usando os veículos da base para cobrir o terreno com mais rapidez. Trocar para uma base fixa... Uma espécie de posto de comando... Não faz sentido. Um grupo daquele tamanho terá dificuldade para viver da terra. Procurar comida já se provou bastante difícil mesmo para nós quatro.

Justineau encontra espaço para ficar surpresa.

— Caramba — diz ela, balançando a cabeça. — Por que não vai lá e diz isso a eles, Caroline? Eles cometeram um erro muito estúpido ali. Precisam de alguém com sua sabedoria e perspicácia para bater a cabeça deles uma na outra e conseguir que pensem direito.

Caldwell ignora esta investida.

— Acho que talvez estejamos deixando passar alguma coisa para entender isso — diz ela, com uma precisão forense. — Do modo como está, não faz sentido.

Parks se afasta do batente da porta, esfregando o ombro.

— Vamos ficar confinados — repete ele. — Ninguém sai daqui até segunda ordem. Soldado, encontrou alguma fita adesiva naqueles armários?

Gallagher assente.

— Sim, senhor. Três rolos cheios, um já usado.

— Vede as janelas. Não dá para saber se aqueles defletores de luz são bons.

Quando ele menciona a luz, Justineau sente uma onda de vergonha e pavor retrospectivo. Quando disparou o sinalizador na noite anterior, podia ter trazido os lixeiros diretamente para a cabeça de todos. Parks devia ter dado um tiro nela quando teve a oportunidade.

— E verifique como estamos de água — dizia ele agora. — Doutora, você ia ver se tem alguma coisa no tanque de filtragem.

— O tanque está cheio — diz Caldwell. — Mas eu não aconselharia beber dele antes que o gerador esteja funcionando. Tem algas ali, e provavelmente muitos outros contaminantes. Podemos confiar que os filtros façam seu trabalho, mas só depois que tiverem alguma energia.

— Então, acho melhor eu voltar ao trabalho — diz Parks. Mas ele não sai. Está olhando para Melanie. — E você? — pergunta ele. — Vai se controlar? Agora já faz praticamente um dia desde que qualquer um de nós colocou algum bloqueador.

— Agora eu estou bem — diz Melanie a ele no mesmo tom pragmático — como se eles discutissem um problema alheio aos dois. — Mas posso sentir o cheiro dos quatro. A Srta. Justineau e Kieran um pouco, o senhor e a Dra. Caldwell, muito. Se não puder sair para caçar novamente, é melhor encontrarem um jeito de me trancar.

Gallagher levanta a cabeça rapidamente quando Melanie diz que pode sentir o cheiro dele, mas não diz nada. Ele parece um pouco pálido.

— As algemas e a mordaça não bastam? — pergunta Parks.

— Acho que posso tirar as mãos das algemas, se eu tentar — diz Melanie. — Ia doer, porque eu teria de raspar a pele toda, mas eu conseguiria. E então seria muito fácil tirar a mordaça.

— Há uma jaula para espécimes no laboratório — diz a Dra. Caldwell. — Creio que é bem grande e bem forte.

— Não. — Justineau cospe a palavra. A raiva que fora dormir durante a narrativa de Melanie bocejava e se espreguiçava, novamente acordada num instante.

— Parece uma boa ideia — diz Parks. — Prepare a jaula, doutora. Garota, fique dentro dela. Pule para dentro rapidinho. E se sentir alguma coisa...

— Isto é absurdo — diz Caldwell. — Não pode esperar que ela monitore a si mesma.

— Não mais do que podemos esperar que você o faça — diz Justineau. — Você está se coçando para pôr as mãos nela desde que saímos da base.

— Desde antes disso — diz Caldwell. — Mas me resignei a esperar até chegarmos a Beacon. Quando estivermos lá, o Conselho de Sobreviventes pode ouvir a nós duas e tomar uma decisão.

Justineau está a duas sílabas de uma réplica obscena quando Parks bate a mão em seu ombro e a vira de frente para ele. A brusquidão do gesto a pega de surpresa. Ele quase nunca toca nela, e jamais desde a cantada abortada no terraço da Wainwright House.

— Já chega — disse ele. — Preciso de você na sala das máquinas, Helen. Quanto a vocês, sabem o que fazer. Ou deveriam saber. A garota vai para a jaula. Mas não toque nela, doutora. Por ora, ela é proibida. Se você a cortar, terá de responder a mim. E, pode acreditar, todas aquelas lâminas que você preparou durante a noite não sobreviverão ao encontro. Entendeu?

— Eu disse que vou esperar.

— E acredito em você. Só estou dizendo. Helen?

Justineau se demora um pouco mais.

— Se ela chegar perto de você — disse ela a Melanie — grite e eu logo chegarei lá.

Ela segue Parks pela popa até a sala das máquinas, onde ele fecha a porta e recosta seu peso nela.

— Sei que as coisas estão ruins — diz Justineau. — Não estou querendo piorar tudo. Eu só... Só não confio nela. Não consigo.

— Não — concorda Parks. — Eu não culpo você. Mas não vai acontecer nada com a garota. Você tem a minha palavra.

É um alívio ouvir o sargento dizer isso. Saber que ele reconhece Melanie como uma aliada, pelo menos por ora, e não vai deixar que ela seja ferida.

— Mas gostaria que, em troca, você me fizesse um favor — continua Parks.

Justineau dá de ombros.

— Tudo bem. Se eu puder. O que é?

— Descubra o que ela realmente viu.

— O quê? — Justineau fica perplexa por um momento. Não tem raiva nem está exasperada, só não entende do que Parks está falando.

– Por que ela mentiria? Por que você chegaria a pensar que ela...? Merda! Por causa do que disse Caroline? Porque ela fantasia que é uma antropóloga? Ela não sabe de merda nenhuma. Não pode esperar que psicopatas como os lixeiros tomem decisões racionais.

– Provavelmente não – concorda Parks.

– Então, do que você está falando?

– Helen, a garota está falando um absurdo cabeludo. Tenho certeza de que ela viu alguma coisa ontem à noite. E deve ter sido algo que a assustou, porque ela foi sincera sobre nos querer longe daqui. Mas não eram lixeiros.

Justineau está de novo ficando furiosa.

– Por quê? Como sabe disso? E quantas vezes ela tem de se provar a você?

– Nenhuma. Nem uma vez. Acho que agora sei como lidar com ela. Mas a história dela não bate.

Ele pega um dos manuais em que estivera trabalhando, que deixou na capota do gerador, e o empurra de lado para se sentar ali. Não parece nada feliz.

– Estou vendo por que você não ia querer enfrentar isso – diz Justineau. – Se eles nos seguiram desde a base, significa que estamos ferrados. Deixamos um rastro.

Parks solta um ruído que pode ser tanto uma risada como um bufo.

– Deixamos um rastro que você pode seguir de costas com um balde na cabeça – disse ele. – Não é isso. É só que...

Ele levanta a mão e começa a contar nos dedos.

– Ela disse que viu apenas homens, não mulheres, o que significa que é um acampamento temporário. Então, por que eles não guardam um perímetro? Como pode ela ter entrado diretamente lá e saído sem ser vista?

– Talvez eles tenham uma segurança ruim, Parks. Nem todo mundo tem as suas habilidades.

– Talvez. E depois temos aqueles caras entrando convenientemente no momento certo e dizendo que estão seguindo alguém.

E a tatuagem. O soldado Barlow, na base, tinha a mesma palavra no braço. Uma coincidência.

— Coincidências acontecem, Parks.

— Às vezes sim — concorda ele. — Mas então tem a Rosie.

— Rosie? O que Rosie tem a ver com isso?

— Ela não foi tocada. Nós a encontramos bem aqui na rua e não tem nenhuma marca. Ninguém tentou arrombar a porta, ou arrancar uma das janelas. Tinha toda aquela poeira e sujeira, e nenhuma mancha ou marca de mão. Tenho dificuldade para acreditar que cinquenta lixeiros passariam direto por aqui sem vê-la. Ou que eles pudessem vê-la e não quisessem dar uma olhada por dentro. Pensando bem, é difícil acreditar que você e Gallagher conseguiram procurar comida ontem sem esbarrar neles. Ou que eles não tenham visto seu sinalizador. Se eles realmente estão seguindo nosso rastro, deixaram passar um monte de pistas.

Justineau procura por contra-argumentos e encontra alguns, quando esbarra em uma prova que Parks não viu. Aqueles olhares de lado a Caldwell... Era como se Melanie estivesse dirigindo sua história a uma plateia de uma só pessoa. Falando com a médica por cima da cabeça de todos os outros no ambiente.

Então, ela não discute. Não tem sentido, quando está mais do que meio convencida. Mas ela também não deixa a questão em paz. Não vai sair e interrogar Melanie sem saber qual é o jogo de Parks.

— Por que você fez aquilo? — pergunta ela. — Lá atrás?

— Por que eu fiz o quê?

— Ordenou o confinamento. Se Melanie está mentindo, não existe perigo.

— Eu não disse isso.

— Mas não tentou chegar à verdade. Você agiu como se acreditasse em cada palavra. Por quê?

Parks pensa nisso por um momento.

— Não vou apostar nossa vida num pressentimento. Acho que ela está mentindo, mas posso estar enganado. Não seria a primeira vez.

— Papo furado, Parks. Você não duvida de si mesmo desse jeito. Não pelo que já vi. Por que você pelo menos não tentou arrancar dela?

Parks esfrega os olhos com a base da mão. De repente parece muito cansado. Cansado e talvez um pouco mais velho.

— Significou alguma coisa para ela — disse ele. — Não sei o que, mas se eu não estiver redondamente enganado, é algo de que ela tem muito medo de falar. Não a pressionei porque não tenho uma merda de pista do que pode ser. Então, estou pedindo a você para descobrir, porque acho que você pode conseguir que ela fale o que a assustou sem fazer com que fique pior do que já está para ela. E acho que eu não posso. Não temos uma relação dessas.

Desde que Justineau conhece Parks, esta é a primeira vez que ele realmente a surpreende.

Sem pensar nisso, ela se curva para frente e lhe dá um beijo no rosto. Ele fica petrificado por um segundo, talvez porque ela tenha beijado principalmente tecido cicatricial, ou talvez porque ele não previu esse gesto.

— Desculpe — diz Justineau.

— Não precisa — responde Parks rapidamente. — Mas... Se não se incomoda de eu perguntar...

— É só que você falou nela como um ser humano. Com sentimentos que às vezes precisam ser respeitados. Me pareceu uma ocasião que devia ser marcada de alguma maneira.

— Tudo bem — diz Parks, sondando o terreno. — Quer se sentar e conversar sobre os sentimentos dela um pouco mais? A gente podia...

— Talvez mais tarde. — Justineau vai para a porta. — Não quero distrair você de seu trabalho.

Ou aumentar suas esperanças, acrescenta ela a si mesma. Porque Parks ainda é alguém que ela associa principalmente a sangue, morte e crueldade. Quase com a mesma intensidade com que associa a si mesma com essas coisas. Não seria uma ideia nada boa que os dois ficassem juntos.

Eles poderiam procriar, ou coisa parecida.

Ela atravessa o laboratório, onde vê que Caldwell já preparou a jaula de espécime. Era uma estrutura dobrável, como a câmara de compressão, mas sólida. Um cubo de tela de metal grossa com cerca de um metro e vinte de cada lado, escorado por sólidas estacas de aço, fixadas em suportes na parede do laboratório. Fica no canto mais distante, onde não bloqueia o acesso às superfícies de trabalho ou ao equipamento.

Melanie está sentada na jaula, de joelhos abraçados ao peito. Caldwell está fazendo em grande parte o que Parks faz com o gerador – vistoriando um aparelho complicado, um dos maiores do laboratório, tão profunda e completamente absorta que não ouve Justineau entrar.

– Bom-dia, Srta. Justineau – diz Melanie.

– Bom-dia, Melanie – Justineau lhe faz eco. Mas está olhando para Caldwell. – O que você estiver fazendo – diz ela à médica –, terá de esperar. Vá fumar um cigarro ou coisa assim.

Caldwell se vira. Quase pela primeira vez, deixa que sua antipatia por Justineau transpareça no rosto. Justineau a recebe como a uma amiga; é de fato algo para ter transposto aquela barricada emocional.

– O que estou fazendo é importante – diz Caldwell.

– É mesmo? Que pena. Saia, Caroline. Eu lhe direi quando poderá voltar.

Por um longo tempo elas se encaram, quase tomando posição para uma luta. Parece que Caldwell pode partir para ela, com ou sem mãos feridas, mas não faz nada. Provavelmente isso também é bom. Agora ela parece tão mal que um vento encanado a derrubaria, que dirá um soco na cabeça.

– Você devia analisar o prazer que tem em me intimidar – diz Caldwell.

– Não, isso estragaria tudo.

– Devia perguntar a si mesma – insiste Caldwell – por que você gosta tanto de pensar em mim como uma inimiga. Se eu fizer uma vacina, poderá curar pessoas como Melanie, que já tem uma imunidade parcial ao *Ophiocordyceps*. Certamente evitaria que milhares e milhares de outras crianças tivessem o mesmo fim. O que tem mais peso, Helen? O que, no final, fará um bem maior? Sua compaixão, ou meu compromisso com o trabalho? Ou quem sabe você grita comigo e me desrespeita para me impedir de fazer perguntas como essa?

— Pode ser — admite Justineau. — Agora faça o que eu disse e saia daqui.

Ela não espera por uma resposta. Simplesmente conduz Caldwell para a ponta da sala, empurrando-a para os alojamentos da tripulação e fecha a porta a suas costas. A médica está tão fraca que nem mesmo é difícil. A porta, porém, não se tranca. Justineau espera ali por um ou dois minutos, caso Caldwell tente voltar a entrar, mas a porta continua fechada.

Enfim, satisfeita de elas terem o máximo de privacidade possível, ela volta à jaula e se ajoelha ao lado dela. Olha através das grades a cara pequena e lívida em seu interior.

— Oi — disse ela.

— Oi, Srta. Justineau.

— Está tudo bem se a gente... — ela começa a dizer. Mas depois pensa melhor. — Eu vou entrar.

— Não! — exclama Melanie. — Não. Fique aí! — Enquanto Justineau coloca a mão na porta e baixa a tranca, a garota se arrasta para a outra ponta da gaiola. Espreme-se firmemente no canto.

Justineau para com a porta entreaberta.

— Você disse que só pode sentir meu cheiro um pouquinho — disse ela. — É o suficiente para ficar desagradável para você?

— Ainda não. — A voz de Melanie é tensa.

— Então, vamos ficar bem. Se isso mudar, você me diz e eu saio. Mas não gosto que você fique numa jaula feito um animal comigo do lado de fora, olhando para dentro. Assim seria melhor para mim. Se não tiver problema para você.

Mas está claro, pela expressão de Melanie, que não está tudo bem. Justineau desiste. Fecha a porta e a tranca de novo. Depois se senta e encosta o ombro na tela, de pernas cruzadas.

— Tudo bem — disse ela. — Você venceu. Mas venha até aqui e se sente comigo, pelo menos. Se você está dentro e eu estou aqui fora, deve ficar tudo bem, não é?

Melanie avança com cautela, mas para no meio do caminho, evidentemente temerosa de uma situação que pode rapidamente sair de controle.

— Se eu disser para chegar para trás, deve fazer isso imediatamente, Srta. Justineau.

— Melanie, tem uma tela de metal entre nós e você está com a mordaça. Você não pode me machucar.

— Não foi isso que eu quis dizer — diz Melanie em voz baixa.

Naturalmente. Ela está falando da transformação, na frente de sua professora e amiga. Deixar de ser ela mesma. Esta perspectiva a assusta muito.

Justineau fica envergonhada e não apenas pelo comentário impensado, mas pelo que veio fazer aqui. Melanie deve ter mentido por um bom motivo. Parece um erro revelar a mentira. Mas o mesmo pode ser dito da ideia de algum novo fator aleatório lá fora que Melanie queira manter afastado de todos. Parks tem razão. Eles precisam saber.

— Quando você entrou no teatro ontem à noite... — Ela começou, hesitante.

— Sim?

— E viu os lixeiros...

— Não havia nenhum lixeiro, Srta. Justineau.

Simples assim. Justineau tinha suas próximas falas já preparadas. Ela olha estupidamente, boquiaberta.

— Não?

— Não.

E Melanie lhe conta o que realmente viu.

Correndo entre as cadeiras mofadas e pelo palco estrondoso. Nuas como no dia em que nasceram. E sujas, embora a pele por baixo da sujeira fosse do mesmo branco cor de osso dela própria. Os cabelos pendiam escorridos e pesados, ou, em alguns casos, era espigado. Algumas tinham bastões nas mãos, outras tinham sacos – antigos sacos plásticos, com palavras como *Foodfresh* e *Grocer's Market*.

– Mas eu não menti sobre as facas. Elas também tinham. Não facas para apunhalar, como as do sargento Parks e de Kieran. Facas que se usam para cortar pão ou carne na cozinha.

Quinze delas. Ela contou. E quando ela inventou a história dos lixeiros, acrescentou mais quarenta.

Mas não eram lixeiros. Eram crianças de todas as idades, talvez dos 4 ou 5 até os 15 anos. E o que elas faziam era caçar ratos. Algumas batiam no chão e nas cadeiras com os bastões para fazer os ratos correrem. Outras os pegavam quando eles corriam, arrancando a cabeça e colocando os corpos flácidos nos sacos. Elas eram muito mais rápidas do que os ratos, então não era difícil. Faziam disso um jogo, rindo e implicando umas com as outras com gritos e caretas enquanto corriam.

Crianças iguais a ela. Crianças que também eram famintas, vivas, animadas e desfrutavam da emoção da caçada. Até que por fim elas se sentaram e se banquetearam com os pequenos cadáveres ensopados de sangue. Primeiro os grandes escolhiam, os pequenos se metendo entre eles para arrebanhar e roubar. Até isso parecia uma brincadeira e eles ainda estavam rindo. Não havia ameaça.

– Tinha um menino que parecia ser o líder. Ele tinha um bastão grande como o cetro de um rei, todo brilhante, e sua cara era pintada de muitas cores diferentes. E isso o deixava meio assustador, mas ele não estava assustando os menores: ele os protegia. Quando uma das garotas grandes mostrou os dentes para dois pequenos e parecia que ia mordê-los, o garoto de cara pintada pôs o bastão no ombro da menina grande e ela parou. Mas eles não tentavam machucar os outros. Pareciam quase uma família. Todos se conheciam e gostavam de ficar juntos.

Era um piquenique à meia-noite. Olhando, Melanie sentiu que observava a própria vida pelo lado errado de um telescópio. Era isso que ela teria sido se não fosse levada para a base. Era o que ela deveria ser. E seus sentimentos com relação a isso continuavam mudando quanto mais ela pensava no assunto. Ela estava triste por não poder se juntar ao piquenique. Mas se ela não tivesse ido para a base, nunca teria aprendido tantas coisas e nunca teria conhecido a Srta. Justineau.

— Comecei a chorar — diz Melanie. — Não porque eu estivesse triste, mas porque não sabia se estava triste ou não. Era como se eu estivesse perdendo todas aquelas crianças ali embaixo, embora nunca as tivesse conhecido. Embora eu nem soubesse seus nomes. E elas provavelmente nem *tinham* nomes. Parecia que não sabiam falar, porque soltavam aqueles guinchos e rosnados.

As emoções que atravessaram a cara da garotinha eram aflitivamente intensas. Justineau põe a mão na lateral da grade da jaula, passando os dedos pela tela.

Melanie se curva para frente, deixando que a testa toque a ponta dos dedos de Justineau.

— Então... Por que não nos contou tudo isso? — É a primeira coisa que Justineau pensa em perguntar. Ela se desvia da crise existencial de Melanie com uma cautela instintiva, temerosa de defrontá-la. Sabe que Melanie não a deixaria entrar na jaula e abraçá-la, não com esse medo de perder o controle, e assim só o que ela tem são palavras, e as palavras parecem inadequadas para a tarefa.

— Não me importo de contar a você — diz simplesmente Melanie. — Mas tem de ser nosso segredo. Não quero que a Dra. Caldwell saiba. Nem o sargento Parks. Nem mesmo Kieran.

— E por que não, Melanie? — Justineau tenta persuadi-la. E entende assim que faz a pergunta. Ela ergue a mão para impedir Melanie de responder. Mas Melanie fala mesmo assim.

— Eles iam pegá-las e colocar em celas debaixo do chão — disse ela. — E a Dra. Caldwell cortaria todas. Então, inventei uma coisa que pensei que faria o sargento Parks querer ir embora bem rápido, antes que alguém descubra as crianças ali. Por favor, diga que não vai contar, Srta. Justineau. Por favor, prometa.

— Eu prometo — sussurra Justineau. E ela é sincera. Independentemente do que vier disso, ela não deixará que Caroline Caldwell saiba que está sentada bem ao lado de um novo lote de cobaias. Não haverá seleção dessas crianças selvagens.

O que significa que ela terá de voltar a Parks e sustentar a mentira. Ou convencê-lo dela. Ou pensar em outra melhor.

As duas ficam em silêncio por um momento, ambas presumivelmente pensando em como as coisas mudaram entre as duas. Quando saíram da base, ela ofereceu a Melanie a decisão entre ficar com eles e ir para uma das cidades próximas. "Para ficar com sua própria espécie", ela quase disse e se deteve porque percebeu, enquanto falava, que Melanie não *tinha* uma espécie.

Mas agora tem.

Enquanto ainda está pensando nas implicações do que Melanie acabou de contar, Justineau começa a tremer. Por um momento surreal e apavorante ela pensa que é só ela — que é uma espécie de convulsão. Mas a vibração se acomoda em um ritmo compassado que ela reconhece e há um estrondo forte nos ouvidos que chega a um pico, depois morre. A pulsação morre com a rapidez com que chegou.

— Meu Deus! — Justineau ofega.

Ela se levanta do chão e corre, indo para a popa.

Parks está de pé junto ao gerador, suas mãos gordurosas pairando como se estivessem dando uma bênção. Ou fazendo um exorcismo.

— Consegui — disse ele, abrindo a Justineau um sorriso feroz enquanto ela entra na sala.

— Mas ele morreu de novo — disse ela.

Caldwell entra na sala depois dela. A ressurreição mágica do gerador também a fez correr para lá.

— Não, não morreu. Eu desliguei. Não quero o barulho sendo transportado até que estejamos prontos para partir. Nunca se sabe quem está ouvindo, afinal.

— Então podemos ir embora! — diz Justineau. — Continuar para o sul. Vamos embora, Parks. Ao inferno com todo o resto.

Ele olha para Justineau com ironia.

— É — disse ele. — Não quer se misturar com esses lixeiros. Podemos ter de... — Ele para e olha para além das duas mulheres, sua expressão de repente séria.

— Onde está Gallagher? — pergunta.

60

GALLAGHER FUGIU. Está em disparada. A pressão que se formara nele explodiu de repente e o carregou dali antes que ele mesmo tivesse registrado o que fazia.

Não é que ele seja covarde. Mais parece uma lei do movimento. Porque a pressão, para ele, vinha da frente e também de trás – da ideia do destino de sua volta. Ele simplesmente saiu pela tangente.

É, mas também era a ideia de trancar a porta, apagar as luzes e esperar que os lixeiros os encontrassem. Como se fosse possível que alguém os deixasse passar, só parados ali na rua.

Quando a base caiu, Gallagher viu Si Brooks – o homem que alugou sua preciosa revista pornô antiga a todo o quartel e no fundo era apaixonado pela garota da página 23 – com a cara dividida pela coronha de um fuzil. E Lauren Green, uma das poucas militares mulheres com quem ele podia falar sem ficar com a língua presa, foi apunhalada na barriga com uma baioneta. E ele teria recebido também a sua parte, se o sargento Parks não o tivesse agarrado pelo ombro e o arrancado do canto da sala de descanso, onde ele estava se escondendo, com o tenso "preciso de um atirador".

Gallagher não tem ilusões sobre quanto tempo teria durado se não fosse por isso. Ele ficou pregado onde estava por puro terror. Mas pregado era a palavra errada, porque o que realmente sentiu na época mais parecia uma vertigem – como se pudesse cair para um lado qualquer, deslizando pelo mundo torto, caso se mexesse.

Deste modo, agora ele estava envergonhado de fugir do sargento, seu salvador. Mas a quadratura do círculo é assim. Não dá para voltar atrás. Não dá para avançar. Não se pode ficar parado. Então você escolhe outro rumo e sai de baixo.

O rio o salvará. Haverá barcos por lá, que restaram dos velhos tempos, antes do Colapso. Ele pode remar ou velejar e encontrar uma ilha em algum lugar, com uma casa, mas sem famintos, e viver do que conseguir plantar, caçar ou pegar numa armadilha. Ele sabe que a Grã-Bretanha é uma ilha e que existem outras por perto. Ele viu mapas, embora não se lembre dos detalhes. Como pode ser tão difícil? Exploradores e piratas costumavam fazer isso o tempo todo.

Ele ia para o sul, com ajuda da bússola em seu cinto. Ou melhor, tentaria ir, mas as ruas nem sempre ajudavam. Ele saiu da artéria principal, onde se sentia exposto demais, e andava em zigue-zague pelas ruas secundárias. A bússola lhe dizia que caminho seguir e ele aceitava seus conselhos sempre que permitia o labirinto de avenidas, arcos e becos sem saída. Estavam misericordiosamente vazios. Ele não vira um único faminto vivo desde que abriu a porta de Rosie e fugiu. Só outros mortos, com aquelas árvores crescendo deles.

Ele vai chegar ao rio, que só pode ficar a mais ou menos 8 quilômetros, depois vai refletir. Enquanto anda, as nuvens de chuva rolam pelo céu e o sol aparece novamente. Gallagher fica surpreso, de um jeito deslocado, ao vê-lo novamente. Parece que o calor e a luz não têm nada em comum com o mundo por onde ele viaja. Até o deixam meio inquieto – perigosamente exposto, como se o sol fosse um refletor apontado para ele, acompanhando-o enquanto ele caminha.

Há mais uma coisa. Ele vê movimento na rua à frente e isso o faz pular como uma lebre e quase mijar nas calças. Mas então ele percebe que não é exatamente na rua. Não há nada ali. É a sombra de algo se mexendo atrás e acima dele, em um dos telhados. Um lixeiro? Não parece grande para isso e ele tem certeza de que teria levado um tiro nas costas se fossem eles. Mais provavelmente é um gato ou coisa assim, mas, merda, este é um momento ruim.

Ele ainda está tremendo e parece que seu estômago vai fazer algo que pode ser ligeiramente projétil. Gallagher encontra lugar junto aos restos enferrujados de um carro separando-o da rua e se senta por um momento. Toma um gole do cantil.

Que está quase vazio.

De repente ele tem consciência de que há um monte de coisas que realmente podia ter agora e absolutamente não tem.

Como a comida. Ele não ficou à vontade para roubar uma das mochilas quando saiu, então não tem nada. Nem mesmo os pacotes de amendoins que colocou embaixo do travesseiro do beliche para comer depois.

Nem seu fuzil.

Nem o tubo vazio de bloqueador E que ele ia abrir para esfregar o que restava do gel nas axilas e na virilha.

Ele tem sua pistola e seis pentes de munição. Ainda lhe resta um pouco de água. Ele tem a bússola. E tem a granada, que ainda está no bolso da farda, onde ficou desde que eles abandonaram o Humvee. Só isso. Este é todo o seu estoque.

Que idiota sai para uma caminhada através de território inimigo só com as roupas do corpo? Ele precisa se reabastecer e tem de fazer isso rápido.

A garagem onde ele e Justineau encontraram os lanches fica alguns quilômetros atrás dele. Gallagher detesta ter de voltar e perder tempo. Mas detestaria muito mais morrer de fome e não há garantias de que vá encontrar outro filão como aquele entre este lugar e o Tâmisa.

Gallagher se levanta e se coloca de novo em movimento. Não é fácil, mas de imediato ele se sente melhor, só por fazer alguma coisa. Tem um objetivo definido e um plano. Vai voltar, mas apenas para poder avançar novamente e, desta vez, mais além.

Depois de cinco ou seis voltas, com ou sem bússola, ele está inteiramente perdido.

E ele tem certeza absoluta de que agora não está sozinho. Não viu mais nenhuma sombra se mexendo, mas pode ouvir um farfalhar e uma correria em algum lugar bem próximo. Sempre que ele para a fim de escutar, não há nada, mas está bem ali, por trás do ruído de seus próprios passos, quando ele recomeça a andar. Alguém se desloca junto com ele, parando quando ele para.

Parece que estão quase em cima dele. Ele devia ser capaz de vê-los, mas não vê. Nem mesmo tem certeza de que lado estão vindo. Mas a sombra que ele viu... Definitivamente foi lançada por algo no alto do telhado. Se ele estiver sendo vigiado, pensa Gallagher, este seria um ótimo jeito de seu perseguidor ficar junto dele sem ser visto.

Tudo bem. Então ele os vê pular do outro lado da rua.

Ele desata a correr, de repente. Corre pela rua e entra em uma viela.

Atravessa uma espécie de estacionamento atrás de algumas lojas incendiadas. Por uma das portas escancaradas, entra em um corredor estreito. Um piso de borracha vulcanizada, podre e pegajoso ao toque, o conduz ao setor de vendas, que Gallagher atravessa rapidamente e...

Devagar. Depois para.

Porque isto é uma espécie de minimercado, com cerca de seis corredores apertados e prateleiras do chão ao teto.

Nas prateleiras: escovas sanitárias, porta-ovos no formato de pintinhos sorridentes, latas de pão decoradas com a bandeira da Inglaterra, ratoeiras com os nomes ("The Little Nipper") estampados nas laterais, raladores de queijo com cabos anatômicos, pão de forma, toalhas de papel, jogos de temperos, sacos de lixo, protetores para bancos de carro, chaves de fenda magnéticas.

E comida.

Não muita – só uma seção de prateleiras na ponta de um corredor –, mas não parece que as latas e pacotes foram tocados. Ainda estão arrumados por tipo, todas as sopas numa prateleira, culinária internacional em outra, arroz e massa em uma terceira. Como se algum varejista anônimo e provavelmente morto há muito tempo tivesse arrumado para o que deveria parecer uma manhã comum, em um mundo que ninguém pensava que podia acabar.

As latas estão estouradas, cada uma delas. Estão agora em cheio no sol, como devem ter estado em cada dia de sol desde antes de Gallagher até ter nascido.

Mas também tem pacotes. Ele os examina primeiro com esperança, depois com empolgação.

Banquete de Frango com Arroz ao Curry Gourmet – Basta colocar água!

Estrogonofe de Carne Gourmet — Basta colocar água!

Paella de Carne Mista Gourmet — Basta colocar água!

Em outras palavras, comida em pacotes hermeticamente fechados.

Gallagher abre um deles e dá uma farejada hesitante. O cheiro é tremendamente bom, considerando a realidade. E ele não se importa se esta coisa um dia viu um frango ou uma vaca, desde que ele possa meter para dentro.

Ele despeja cerca de um terço da água que lhe resta, segura o saco firmemente pelo pescoço e sacode por mais ou menos meio minuto. Depois abre e espreme um pouco da pasta resultante diretamente na boca.

É delicioso. Um banquete gourmet, como diz o rótulo. E ele nem precisa mastigar. Desliza com a facilidade de uma sopa. A leve granulação também não incomoda, até que parte do pó não misturado desce acidentalmente por sua garganta e ele desata num ataque de tosse explosivo, recobrindo todos os pacotes restantes na prateleira com pontos marrons de saliva com curry.

Ele termina o pacote com uma cautela um pouco maior. Depois abre mais alguns, descartando a embalagem de papelão e enfiando os sacos de comida em seus muitos bolsos. Quando chegar ao rio, vai comemorar com dois ou três deles, escolhidos ao acaso. Um jantar eclético.

Por falar nisso, ele precisa muito ir andando. Mas não resiste a lançar um rápido olhar sobre o resto da loja, perguntando-se que outras maravilhas pode conter.

Quando encontra a estante de revistas, o coração de Gallagher dá um salto. Toda a primeira prateleira — no mínimo três metros de espaço de exposição — está cheia de revistas pornôs. Ele as desce, uma depois de outra, e vira as páginas com reverência, como se contivessem a sagrada escritura. Mulheres de uma beleza inconcebível sorriem para ele com amor, compreensão e cordialidade. Suas pernas e corações estão escancarados.

Se ele ainda estivesse na base, esta arca do tesouro o tornaria rico além de qualquer medida. Peregrinos viriam de cada alojamento para pagar a ele com tabaco e álcool por meia hora na companhia dessas senhoras. O fato de que ele não fuma e teme o álcool quase tanto quanto teme os famintos e lixeiros não macula em nada sua visão deslumbrante. Ele seria o cara. Um daqueles que recebe um gesto de cabeça ou uma palavra de todos quando entra na sala de descanso, e recebe o que lhe é devido. Um homem cujo reconhecimento, quando outorgado, confere status àqueles que retribuem com um gesto de cabeça ou uma palavra.

O rangido de uma tábua do piso arranca Gallagher da glória eterna e o devolve ao presente. Ele baixa a revista que tem nas mãos. A três metros, escondida até esse momento pela revista, embora não faça nenhum esforço para se ocultar, está uma menina. É mínima, está nua, é magrela como um saco de gravetos. Por um momento assustador, parece uma fotografia em preto e branco, porque o cabelo é bem preto e a pele é de um branco puro e absoluto. Os olhos são pretos e sem fundo como buracos perfurados numa tábua. A boca é uma linha reta e exangue.

Ela pode ter 5 ou 6 anos, ou 7 emaciados.

Só fica parada ali, olhando Gallagher fixamente. Depois, quando tem certeza de ter chamado sua atenção, estende a mão e mostra o que segura. É um rato morto e decapitado.

Gallagher olha do rato para a cara da menina. Depois volta ao rato. Eles ficam parados ali pelo que parece um longo tempo. Gallagher puxa o ar numa respiração longa e trêmula.

— Oi — diz ele por fim. — Como você vai?

É quase a frase mais idiota que se pode inventar, mas é muito difícil para ele acreditar que isto esteja acontecendo. Essa garotinha é uma faminta, isso é evidente. Mas ela é da espécie de famintos de Melanie, que sabe pensar e não precisa comer as pessoas, se não quiser.

E ela está lhe fazendo uma oferta de paz. Uma oferta importante, dada sua magreza aflitiva.

Mas ela não se aproxima dele e não diz nada. Será que sabe falar? As crianças na base mais pareciam animais quando foram levadas para lá. Aprenderam a falar muito rapidamente depois que ouviram outras pessoas falando, mas ele lembra que no começo elas guinchavam como porquinhos ou batiam os dentes feito chimpanzés.

Não importa. Existem outras coisas. Linguagem corporal.

Gallagher abre à menina um largo sorriso e acena amistosamente. Ela ainda não se mexe e seu rosto é rígido como uma máscara. Só balançou o rato para ele, como se faria para um cachorro.

– Você é uma menina muito bonita – diz Gallagher insensatamente. – Qual é o seu nome? Meu nome é Kieran. Kieran Gallagher.

O rato é sacudido de novo. A boca da menina se abre e fecha como se ela imitasse comer.

Isso é ridículo. Ele terá de aceitar o rato, ou o impasse continuará para sempre.

Gallagher baixa a revista pornô muito devagar – com a capa para baixo, como se esta criança morta fosse capaz de ficar constrangida ou ser corrompida pelos seios expostos na capa. Ele mostra suas mãos vazias. Deslocando-se no andar gradual e lento que o sargento Parks ensinou, ele avança para ela, um passo de cada vez. Tem o cuidado de manter as mãos à plena vista e o sorriso na cara o tempo todo.

Ele estende uma das mãos, com muita lentidão, para o rato.

A pirralha o puxa para trás, fora de seu alcance. Gallagher para, perguntando-se se teria entendido mal.

A dor explode em sua perna esquerda, depois na direita, repentina e atordoante. Ele grita e cai, com as duas pernas vergando, e assim bate no chão com o peso e a deselegância de um armário sendo virado. Figuras diminutas escapam dos dois lados dele do cruzamento do corredor, onde estiveram se escondendo, agachadas. Ele não consegue dar uma boa olhada neles porque sente dor, está furioso e confuso demais até para perceber no início o que acaba de acontecer.

Ele se apoia num dos cotovelos e olha os próprios pés, mas não consegue processar o que vê. Tem vermelho para todo lado. Sangue. É sangue. E dele. Ele sabe disso porque agora pode sentir, assim como vê. A parte de trás das panturrilhas pulsa e lateja em agonia. Dos joelhos para baixo, sua calça já está saturada.

O que eles fizeram?, pergunta-se Gallagher, às tontas. *O que acabaram de fazer comigo?*

Ele pega um borrão de movimento em sua visão periférica e se vira. Outro garotinho está correndo para ele. Seu rosto é um respingo de cores ao acaso, em que os olhos se destacam como duas alfinetadas pretas. Tem um braço bem erguido e segura acima da cabeça uma coisa de metal brilhante que ofusca na luz inclinada da tarde.

Gallagher se encolhe com um grito de pavor enquanto o menino gira o braço. Por um momento de loucura, pensa que a arma é uma espada, mas ela faísca por ele e ele vê que é gorda e sólida demais. A prateleira de metal recebe a maior parte do impacto do golpe. Gallagher levanta o braço para bater no peito do garoto com as costas da mão e, como ele não pesa nada, o golpe o faz girar numa cambalhota. A arma – é um taco de beisebol de alumínio – voa de sua mão e cai aos pés de Gallagher.

Que agora estão numa verdadeira poça. Uma poça de seu próprio sangue.

O garoto de cara pintada se afasta, atrapalhado, mas agora outros dois deles se aproximam de cada lado, um com uma faca e outro balançando o que parece um cutelo de açougueiro. Gallagher grita novamente a plenos pulmões e pega o taco de beisebol.

As crianças famintas abortam o ataque, recuando para fora do alcance de Gallagher.

Mas agora estão em toda parte. Gallagher não consegue ver quantos são, mas parecem dezenas. Talvez centenas. Carinhas pálidas o espiam pelos espaços nas prateleiras, entrando e saindo do campo de visão. Os mais atrevidos se reúnem nas extremidades do corredor, olhando abertamente. Estão armados com tudo que há sob o sol, de facas e garfos a galhos quebrados. A maioria está completamente nua como a menina, mas alguns usam roupas estranhamente escolhidas que devem ter sido saqueadas de vitrines de lojas. Um menino tem um sutiã de estampa de oncinha em diagonal na parte superior do corpo, amarrado numa ponta a um cinto de tecido do qual está pendurado todo um monte de chaveiros ornamentais.

A garotinha que ele viu primeiro ainda está parada ali. Gallagher agora vê. Ela só recuou para dar um pouco mais de espaço àqueles com as armas. Está mastigando o rato morto, calma e paciente.

Gallagher tenta se levantar, mas suas pernas não suportam o peso. Ele não consegue tirar os olhos das crianças, com medo de que ataquem novamente, então estende a mão livre e tenta deduzir pelo tato o que lhe aconteceu. Há um rasgão largo na perna direita da calça, a meio caminho entre o joelho e o tornozelo. Cautelosamente, ele mete a mão por ali para tocar a beira da ferida. Não é larga, mas comprida e reta e é preciso entender que é funda.

O mesmo com a perna esquerda.

O rato não foi uma oferta de paz. Foi uma armadilha. E não devia ter funcionado porque ele não come ratos, mas, olha, o que você pode saber? Ele é um moloide para uma carinha bonita. A bonequinha o colocou em posição, depois dois amigos dela o cortaram por trás.

Ele foi paralisado.

Ele não vai sair dali.

Talvez nunca mais volte a andar.

— Merda! — Gallagher fica surpreso quando a palavra sai dele como um sussurro. Em sua mente, foi um grito.

— Escutem — diz ele em voz alta. — Escutem bem. Isto não é... Vocês não vão fazer isso comigo. Entenderam? Vocês não podem...

As caras que ele via não se alteravam. A mesma expressão em todas. Uma necessidade louca e dolorosa, de certo modo refreada, de certo modo sem ser regulada.

Estão esperando que ele morra para poder devorá-lo.

Ele pega a pistola e aponta. Para a menina. Depois para o garoto que deixou cair o taco de beisebol. Este parece ser o mais velho. Tem lábios vermelhos e cheios, o que é incongruente, quando a maioria deles mal tem lábio nenhum. No início não dá para perceber por causa da pintura cobrindo todo o rosto, que Gallagher percebe que não é abstrata. É outra cara, uma cara de monstro pintada por cima do rosto do garoto, a boca aberta envolvendo tudo, do nariz ao queixo.

O trabalho é borrado e bem torto para sugerir que ele próprio fez, provavelmente com caneta hidrográfica. Seu cabelo liso e preto cai reto pelos olhos, dando a ele uma aparência grosseira de astro do rock. É tão magro que Gallagher consegue contar cada costela.

E a arma não o incomoda em nada. Ele olha para além dela, sem piscar, nos olhos de Gallagher.

Gallagher agita a arma para as outras crianças, uma por uma. Parece que elas não a enxergam. Não sabem o que é uma arma, nem por que devem ter medo dela. Ele terá de atirar pelo menos em um deles para fazer com que entendam.

E é melhor que seja rápido. Sua mão treme e há uma espécie de estática indistinta por trás de seus olhos. O mundo começa a se sacudir um pouco, como um carro numa estrada esburacada. Ele tenta focalizar por entre os tremores.

O garoto de cara pintada. Aquele que deixou cair o taco de beisebol. Ele está bem à frente do grupo e provavelmente é o encarregado da operação de devorar Kieran Gallagher, então ele que se foda, ele foi o eleito.

Mas ele continua se mexendo. Ninguém para de se mexer. Ele pode atingir a garotinha, se não tiver cuidado. Por algum motivo, Gallagher não quer fazer isso, embora ela tenha armado para ele. Ela é pequena demais. Seria muito parecido com um assassinato.

Lá está ele, o cretino. Inimigo no alvo. A arma parece pesar cinquenta quilos, mas Gallagher só precisa segurá-la em linha reta por alguns segundos. Só por tempo suficiente para apertar, apertar e...

O gatilho não se mexe.

O pente está vazio.

Gallagher usou no segundo dia, quando eles corriam pela multidão de famintos para entrar naquele hospital. A Wainwright House. Depois passou ao fuzil e foi o que teve nas mãos sempre que parecia que teriam de lutar. Ele nunca recarregou.

Ele quase ri. As crianças nem mesmo reagiram porque a arma não significa droga nenhuma para elas. É o taco de beisebol que os mantém afastados.

Só que não é. Não é mais. Eles avançam lentamente das duas pontas do corredor, esgueirando-se para mais perto dele um ou dois passos de cada vez, como se criassem coragem. O garoto de cara pintada lidera o bando, embora não tenha mais arma nenhuma. Seus dedos ossudos se flexionam e se contraem.

Um entorpecimento agora começa a tomar Gallagher, invadindo o corpo a partir das pernas feridas. Mas o pavor que ferve em sua mente o mantém sob controle e traz uma inspiração repentina. Rapidamente ele muda para seu lado esquerdo, para procurar nos bolsos da farda a...

Isso! Ali está. Sua mão se fecha no metal frio. *Ave Maria*, pensa ele, incrédulo, *cheia de graça*.

Os garotos estão bem perto. Gallagher tira a granada do bolso e estende para que vejam.

— Olhem! — grita ele. — Olhem para isso! — O avanço inexorável se reduz e para, mas ele sabe que é o grito, e não o perigo, que faz com que os garotos hesitem. Estão avaliando o quanto resta nele de capacidade de luta.

— Buuuuum! — Gallagher imita uma explosão, agitando loucamente os braços. Silêncio por um momento. Depois o garoto de cara pintada late para ele. Pensa que é só uma exibição de ameaça. Um concurso de provocações.

E as crianças estão andando novamente. Aproximando-se para a matança.

— É uma bomba! — grita Gallagher desesperadamente. — É uma merda de uma granada. Vai acabar com vocês. Vão comer um cachorro vira-lata ou coisa assim. Eu vou fazer. Falo sério. Eu vou fazer de verdade.

Nenhuma reação. Ele pega o pino entre o polegar e o indicador.

Ele não quer matá-los. Só quer ter certeza de que sua própria saída seja um clarão branco e um choque súbito, em vez de algo arrastado e horrível, para além de sua capacidade de suportar. Até parece que tem alternativa. Não lhe resta alternativa nenhuma.

— Por favor — disse ele.

Nada.

E, quando chega a hora, ele não consegue. Se pudesse fazer com que compreendessem a ameaça que enfrentavam, talvez fosse diferente.

Ele larga o taco de beisebol e as crianças selvagens o tomam como uma onda. A granada é arrancada de suas mãos e rola para longe.

— Não quero machucar vocês! — grita Gallagher. E é a verdade, então ele tenta não revidar enquanto eles agarram, mordem e cortam. São apenas crianças e sua infância provavelmente foi o monte de merda que foi a dele.

Num mundo perfeito, Gallagher teria sido um deles.

61

Parks está decidido a dar uma busca, embora saiba que a possibilidade de encontrar Gallagher é próxima de zero. Eles não podem gritar e não podem se dividir, porque são apenas três – ele próprio, Helen Justineau e a garota. A Dra. Caldwell alegou estar fraca demais para andar muito longe e, uma vez que ela dá a impressão de que basta uma palavra mais áspera para parti-la em duas, ele não argumenta.

Mas eles não precisam de uma divisão. Melanie se transforma em um catavento, fareja o ar algumas vezes. Termina virada um pouco a oeste do sul.

– Por aqui.

– Tem certeza? – Parks pergunta a ela.

Um gesto de cabeça. Não desperdiça palavras. Ela segue na frente.

Mas o rastro vai para todo lado, subindo uma rua e descendo outra, no início mantendo-se principalmente para o sul, depois nem mesmo isso. Gallagher parece ter voltado sobre os próprios passos quando estava a mais ou menos um quilômetro e meio de Rosie. Parks se pergunta se a garota os estaria enganando por algum motivo – talvez para parecer importante e para ter atenção dos adultos. Mas isso é besteira. Talvez uma menina de 10 anos com pulsação poderia pregar uma peça dessas, mas Melanie é mais pé no chão. Se não soubesse para onde foi Gallagher, ela simplesmente diria.

Mas há algo mais acontecendo e é entre Melanie e Justineau – o diálogo de olhares fixos que chega a um crescendo no ponto onde o rastro atravessa uma rua para uma viela.

A garota para e olha para ele.

– Pegue sua arma, sargento – diz ela em voz baixa. Ela assumiu um tom solene.

— Famintos? — Ele não se importa em saber como ela sabe. Só quer esclarecer no que está se metendo.

— Sim.

— Onde?

A criança hesita. Eles estão numa espécie de estacionamento atrás de algumas lojas. Muitas portas dos três lados, principalmente abertas ou quebradas. De um lado, um carro enferrujado sobre tijolos, provavelmente imóvel há muito tempo, antes de o Colapso ter silenciado as estradas. Lixeiras de rodinhas viradas em uma longa fila para uma coleta que nunca chegou.

— Ali — diz Melanie por fim. À primeira vista, a porta que indica com a cabeça não é diferente de nenhuma outra. Um olhar mais atento apreende o mato pisoteado bem na frente, com um espinheiro monstruoso que ainda está molhado de seiva onde foi quebrado.

Parks parte numa corrida silenciosa. Antes tarde do que nunca, imagina ele. Bate na mão de Justineau, indica que ela deve sacar a pistola. Os dois se aproximam da porta feito policiais em um drama de TV pré-Colapso, exageradamente furtivos, apesar de seus passos esmagarem e triturarem o calçamento quebrado.

Melanie se mete entre eles e se vira para os dois.

— Me solte — diz a Parks.

Ele a olha nos olhos.

— As mãos?

— Mãos e boca.

— Não faz muito tempo que você me pediu para te amarrar — lembra ele.

— Eu sei. Vou ter cuidado.

Ela não precisa dizer o resto em voz alta. Se estiverem entrando em um espaço fechado cheio de famintos, provavelmente vão precisar dela. Não se pode argumentar contra isso. Parks abre as algemas, colocando-as no cinto. Melanie abre a mordaça sozinha e a entrega a ele.

— Pode cuidar disso para mim, por favor? — pergunta ela.

Ele a coloca no bolso e Melanie anda na frente deles para o escuro.

Mas eles chegaram tarde demais à festa. O que aconteceu ali já acabou. Um rastro manchado e largo de sangue leva do meio de um corredor a um canto longe do sol, para onde os famintos carregaram Gallagher a fim de devorá-lo. Ele encara o teto com uma expressão de sofrimento paciente, como a maioria das representações gentis de Cristo na cruz. Ao contrário de Cristo, ele foi mastigado até os ossos em vários lugares. Seu casaco se foi. Não há sinal dele em lugar nenhum. A camisa, aberta e rasgada, emoldura o abismo oco de seu tronco. Sua placa de identificação caiu em meio às vértebras expostas. Parece que os famintos de algum modo comeram seu pescoço sem romper a corrente de aço – como um truque de festa onde você puxa a toalha de mesa sem quebrar a louça.

Justineau se vira, as lágrimas espremendo-se para fora dos olhos fechados, mas não faz ruído algum. Nem Parks, por um ou dois segundos. Só no que consegue pensar é que tinha um pelotão de um e deixou que o rapaz morresse sozinho. É por esse tipo de pecado que se vai para o inferno.

– Devíamos enterrá-lo – diz Melanie.

Por um momento a fúria de Parks se volta para ela.

– E que sentido tem, porra? – ele rosna, olhando-a feio. – Não deixaram o bastante para enterrar. Você pode pegar numa colher e largar numa porcaria de lixeira.

Melanie tenta um acordo. De dentes arreganhados, rosna de volta a ele.

– Precisamos enterrá-lo. Ou cachorros e outros famintos vão alcançá-lo e comer ainda mais dele. E não haveria mais nada para mostrar onde ele morreu. Você devia homenagear um soldado caído, sargento!

– Homenagear um... Mas de onde isso saiu, merda?

– Provavelmente da Guerra de Troia – murmura Justineau. Ela enxuga os olhos com a base da mão. – Melanie, não podemos... Não há onde fazer isso. E nem temos tempo. Só estaríamos nos tornando alvos nós mesmos. Teremos de deixá-lo aí.

— Se não podemos enterrá-lo — diz Melanie —, então vamos queimar.

— Com o quê? — pergunta Justineau.

— Com a coisa nos barris grandes — diz Melanie com impaciência. — Da sala do gerador. Ali diz *inflamável*, e isto significa que queima.

Justineau diz mais alguma coisa. Tentando explicar, talvez, por que arrastar pelas ruas tambores de vinte galões de combustível de aviação é outra atividade em que eles não vão se envolver.

Mas Parks está pensando, com uma espécie de assombro embotado: no que diz respeito à criança, o mundo jamais acabou. Ensinaram a ela todas essas coisas muito antigas, encheram sua cabeça com todo tipo de merda imprestável e eles achavam que não importava porque ela jamais ia sair de sua cela, exceto para ser desmontada e passada em lâminas de microscópio.

O estômago de Parks dá um solavanco. Pela primeira vez em sua carreira militar, ele tem a sensação de como pareceria um crime de guerra visto de dentro. E o criminoso não é ele, nem Caldwell. É Justineau. E Mailer. E aquele filhodaputa bêbado do Whitaker, e todos os outros. Caldwell, ela é apenas uma açougueira. Ela é Sweeney Todd, com uma cadeira de barbeiro e uma navalha. Ela não passou anos torcendo cérebros de crianças em pretzels.

— Podemos rezar por ele. — Justineau está dizendo agora. — Mas não podemos arrastar um daqueles tambores de combustível até aqui, Melanie. E mesmo que pudéssemos...

— Tudo bem — diz Parks. — Vamos fazer isso.

Justineau o olha como se ele fosse louco.

— Isso não é uma brincadeira — diz-lhe severamente.

— Eu tenho cara de quem está brincando? Olha, ela tem razão. Ela tem mais senso do que qualquer um de nós.

— Não podemos... — Justineau repete.

Parks perde o controle.

— E por que não, ora essa? — ele ruge. — Se ela quer homenagear a merda do morto, que faça! A escola acabou, professora. A escola já acabou há dias. Talvez tenha se esquecido disso.

Justineau o encara, aturdida. Seu rosto está meio pálido.

— Você não devia gritar — murmura ela, fazendo gestos de quem pede silêncio.

— Fui transferido para sua turma? — pergunta Parks a ela. — Agora você é minha professora?

— Os famintos que fizeram isso provavelmente ainda estão bem perto para ouvir você. Está entregando a nossa posição.

Parks ergue o fuzil e dá um tiro, fazendo Justineau se encolher e dar um gritinho. O tiro abre um buraco no teto. Nacos de reboco úmido tombam, um deles quicando no ombro de Parks e deixando um risco branco onde bateu.

— Bem que eu queria ter uma ou duas palavrinhas com eles.

Ele se vira para Melanie, que está observando tudo de olhos arregalados. Deve parecer uma briga entre mamãe e papai.

— O que me diz, garota? Vamos dar a Kieran um funeral viking?

Ela não responde. Está presa entre a cruz e a caldeira, porque, se disser sim, estará se colocando ao lado dele e contra Justineau — e não há jeito de este embate se resolver tão cedo.

Parks toma seu silêncio pelo consentimento. Vai atrás do balcão, onde já viu uma caixa de isqueiros descartáveis. Ainda estão cheios de fluido — só alguns contêm pedras, mas são cerca de cem. Ele os traz de volta aos restos mortais patéticos.

Sendo um homem de mentalidade prática, ele tira o walkie-talkie do cinto de Gallagher e transfere para o próprio antes de abrir os pequenos tubos plásticos, um de cada vez, e esvaziar o fluido de isqueiro no corpo do soldado. Justineau observa, meneando a cabeça.

— E a fumaça? — pergunta ela.

— O que tem? — grunhe Parks.

Melanie dá as costas aos dois e anda pelo corredor, voltando à frente da loja. Retorna um instante depois trazendo uma capa de chuva amarela berrante em uma embalagem de plástico.

Ela se ajoelha e a coloca embaixo da cabeça de Gallagher. Está se ajoelhando em seu sangue, que ainda nem secou. Quando se levanta, riscos vermelhos escuros adornam os joelhos e as panturrilhas.

Parks pega o último isqueiro. Pode usá-lo para acender a pira, mas não faz isso. Ele o despeja, como os outros, depois risca uma faísca com sua pederneira para criar a chama.

— Deus o abençoe, soldado — murmura ele, enquanto as chamas consomem o pouco que resta de Kieran Gallagher.

Melanie também está dizendo alguma coisa, mas muito baixo — ao morto, e não ao resto deles — e Parks não consegue ouvir. Justineau, para fazer justiça, espera em silêncio até que eles terminem, basicamente quando as chamas gordurosas e fedorentas os obrigam a recuar.

Eles fazem o percurso de volta a Rosie muito mais espaçados do que a jornada para fora e com muito menos a dizer um ao outro. A loja arde atrás deles, criando uma coluna de fumaça que se abre, bem acima de suas cabeças, num guarda-chuva preto.

Justineau está tratando Parks como um cachorro que mostrou um pouco de espuma nas gengivas, o que ele sente que a essa altura deve ser mais do que justo. Melanie anda à frente dos dois, de ombros arriados e cabeça baixa. Não pediu que suas algemas e a mordaça fossem recolocadas e Parks não ofereceu.

Quando já haviam voltado a maior parte do caminho, a garota para. Sua cabeça se vira para cima, de repente alerta.

— O que é isso? — sussurra.

Parks está prestes a dizer que não ouve nada, mas há uma vibração no ar e agora ela se resolve em um ruído. Alguma coisa agitando-se num despertar, rabugenta e perigosa, afirmando sua disposição de entrar numa briga e vencer.

Os motores de Rosie.

Parks diz para correr, virando a esquina da Finchley High Road a tempo de ver o brilho distante crescer em segundos para um mamute.

Rosie se sacode um pouco, porque há destroços na rua e porque a Dra. Caldwell está dirigindo com os polegares enganchados na base do volante. Cada torção de seu braço é traduzida em uma guinada do veículo comprido.

Sem nem mesmo pensar, Parks se coloca na rua. Ele não tem ideia do que Caldwell está fazendo, do que ela pode estar fugindo, mas sabe que precisa pará-la. Rosie arremete como um bêbado, escapando dele, batendo em um carro estacionado, que é arrastado com ela por alguns metros antes de se romper em uma chuva de ferrugem e vidro.

E então, passa. Eles olham fixamente as luzes de ré do laboratório móvel que acelera para longe deles.

– Mas que merda é essa? – exclama Justineau em um tom assombrado.

Parks tem a mesma emoção.

62

Assim que Parks e Justineau partem em busca do soldado Gallagher, levando a cobaia número um, Caroline Caldwell atravessa a porta intermediária de Rosie, abre um compartimento ao lado dela, mais ou menos na altura da cabeça, e puxa uma alavanca da posição vertical para a horizontal. Este é o controle manual do acesso externo de emergência. Agora ninguém pode entrar no veículo sem a permissão de Caldwell.

Feito isto, ela vai à cabine de comando e liga um dos três painéis. O gerador, vinte metros atrás dela, na traseira do veículo, começa a zumbir – mas não ronca, porque Caldwell não está mandando energia ao motor. Precisa dela no laboratório, para onde vai em seguida. Como vai trabalhar diretamente com tecido infectado, ela coloca as luvas, os óculos de segurança e a máscara facial.

Ela liga o microscópio eletrônico de varredura, trabalha paciente e meticulosamente nas telas de ajuste e de exibição, e coloca a primeira lâmina preparada.

Com um agradável formigamento de expectativa, Caldwell põe os olhos no equipamento emissor. O sistema nervoso central do faminto da Wainwright House aparece instantaneamente ali, disposto diante de seu olhar ávido. Tendo escolhido o verde como cor-chave, ela se vê passeando sob copas de dendritos neuronais, uma floresta tropical encefálica.

A resolução é tão perfeita que a Dra. Caldwell perde o fôlego. Estruturas grossas e finas aparecem em detalhes agudos, como uma ilustração de um livro didático. O fato de que o tecido encefálico estava muito danificado antes de ela poder pegar sua amostra é revelado principalmente pela presença, enquanto ela corre a lâmina minimamente na torre, de matéria estranha – grãos de poeira, pelo humano e células bacterianas, bem como o esperado micélio micótico – em meio aos neurônios. As células nervosas em si estão intactas e eletrizantemente dispostas para seu olhar.

Ela vê o que outros comentaristas viram, mas que nunca foi capaz de verificar com o equipamento inadequado e temporário disponível para ela na base. Ela vê exatamente como o cuco *Ophiocordyceps* constrói seu ninho nas moitas do cérebro – como seu micélio se enrola em si mesmo, fino, em torno dos dendritos neuronais, como hera em um carvalho. Só que a hera não sussurra cantos de sereia para o carvalho e o rouba de si mesmo.

Cucos? Hera? Sereias? *Foco, Caroline*, diz a si mesma intensamente. *Veja o que está diante de você e extraia inferências apropriadas onde existam evidências que as apoiem.*

As evidências existem. Agora ela vê o que outros olhos deixaram passar – as rachaduras na fortaleza (*foco!*), os lugares onde as estruturas maciçamente paralelas do cérebro humano se reagruparam, abandonadas e em menor número, em torno e entre as células nervosas sufocadas pelo fungo. Alguns grumos não infectados de neurônios na realidade se tornaram mais densos, embora as células mais novas estejam inchadas e esfarrapadas, rompidas de dentro pelos mantos irregulares de placa amiloide.

O couro cabeludo de Caldwell se coça quando ela percebe o significado do que está vendo.

Teria acontecido muito lentamente, ela lembra a si mesma. Os primeiros pesquisadores não registraram esta progressão porque, logo depois do Colapso, ela ainda não havia alcançado o ponto em que podia ser verificada visualmente. A única maneira de alguém descobrir isso seria imaginando que poderia estar ali e fazendo testes.

Caldwell levanta a cabeça e se afasta do dispositivo de imagem. É difícil, mas necessário. Podia ficar olhando aquele mundo de verde por horas, por dias inteiros, e ainda descobrir novas maravilhas ali.

Mais tarde, talvez. Mais tarde, porém, está começando a ser uma expressão que não tem relação com ela. Mais tarde significa outro dia ou mais dois deles de febre crescente e perda das funções, seguidos por uma morte dolorosa e indigna. Ela tem a primeira metade de uma hipótese de trabalho. Agora precisa terminar este projeto, enquanto ainda é possível.

No laboratório de Caldwell na base há – ou havia – dezenas de lâminas preparadas a partir de tecido encefálico das cobaias 16 (Marcia) e 22 (Liam). Se ainda estivessem disponíveis agora, elas as usaria. Não desperdiçava recursos, apesar do comentário que certa vez, desesperada, fez a Justineau, sobre reunir a maior quantidade de observações que pudesse na esperança de que finalmente surgisse um padrão. Agora ela tem o seu padrão – tem, pelo menos, uma hipótese que pode ser testada –, mas todas as suas amostras das cobaias na base, as crianças que pareciam ter uma imunidade parcial aos efeitos do *Ophiocordyceps*, foram retiradas dela.

Ela precisa de novas amostras. Da cobaia número um.

Mas ela sabe que Helen Justineau resistirá a qualquer tentativa que ela fizer de dissecar Melanie, ou mesmo de fazer uma biópsia de seu cérebro. E tanto o sargento Parks como o soldado Gallagher desenvolveram, como Caldwell temia desde o início, relações próximas e inaceitáveis com a cobaia, graças à interação repetida num contexto social parcialmente normalizado. Agora não há garantias de que fosse apoiada por qualquer um do grupo se anunciasse a intenção de obter tecido encefálico de Melanie.

Assim, ela faz seus planos com base no pressuposto de que já fez seu anúncio e foi rejeitada.

Ela abre e monta a câmara de compressão em volta da porta intermediária. Sua engenhosa construção com várias dobradiças torna o trabalho relativamente simples, apesar da falta de jeito de suas mãos. Agora não são só os curativos; a delicadeza anterior do tecido inflamado dera lugar a uma perda geral de sensibilidade e resposta. Ela diz aos dedos para fazerem uma coisa e eles reagem tarde, movendo-se espasmodicamente, como um carro dando a partida no inverno.

Mas ela insiste. Plenamente estendida, a câmara de compressão é presa em oito canais sulcados, quatro no teto do veículo e quatro no piso. Cada trava precisa ser encaixada e depois ancorada com uma abraçadeira que é apertada pelo giro de uma roda. Caldwell precisa usar as duas mãos e um alicate. Oito vezes. Logo ela termina, sentindo ter devolvido a suas mãos a dor intensa e persistente. A agonia a faz gemer alto, mesmo a contragosto.

As laterais e a frente da câmara de compressão são feitas de plástico ultraflexível, mas extremamente forte. Agora o alto e baixo dela precisam ser lacrados com uma solução de endurecimento rápido lançada de um aplicador manual. Caldwell precisa segurá-lo na curva do cotovelo esquerdo, usando o polegar da mão direita para apertar o gatilho.

O resultado é uma bagunça, mas ela verifica que o lacre está perfeito bombeando ar para fora da câmara e vendo o medidor de pressão cair suavemente a zero.

Muito bom.

Ela bombeia ar fresco para dentro, levando a câmara de compressão à pressão normal. Pega o controle manual das portas e o orienta a seu próprio computador do laboratório. Deixa as duas portas fechadas, mas apenas a porta interna trancada. Depois maneja um cilindro de gás fosgênio comprimido na reserva da câmara de compressão. Já havia notado a presença do cilindro durante sua busca inicial no laboratório e supôs que estava ali para ajudar na síntese de polímeros orgânicos. Mas, naturalmente, tem outras utilidades, incluindo a asfixia rápida e eficaz de grandes animais de laboratório, sem danos tissulares amplos.

Agora ela espera. E, enquanto espera, examina seus próprios sentimentos a respeito do que está prestes a fazer. Reluta em remoer os efeitos do gás em seus companheiros humanos. O fosgênio é mais benevolente que seu parente próximo, o cloro, mas isso não significa grande coisa. Caldwell tem esperanças de que Melanie entre primeiro na câmara de compressão e que seja possível trancar a porta externa antes que mais alguém venha atrás dela.

Mas ela está consciente de que isto é improvável. É muito mais provável que Helen Justineau entre junto com Melanie ou a preceda dentro do veículo. Esta perspectiva não perturba muito Caldwell. Há mesmo certa justiça nisso. As muitas intervenções de Justineau contribuíram substancialmente para a atual situação absurda – em que Caldwell tem de tramar para recuperar o controle de seu próprio espécime.

Mas ela torce, pelo menos, para que não seja necessário matar Parks ou Gallagher. Os dois soldados provavelmente virão atrás, dando cobertura a Justineau e Melanie até que elas estejam dentro de Rosie. A essa altura, a porta pode ser trancada contra eles.

Nada disso é perfeito. Não é que ela queira cometer o que representa mais ou menos um assassinato. Mas sua hipótese tem implicações tão grandes, que fugir do assassinato seria um crime contra a humanidade. Ela tem esse dever e tem um intervalo de tempo em que ainda pode trabalhar. Este intervalo é medido provavelmente não em dias, mas em horas.

Caldwell retirou os defletores da janela do laboratório para olhar a rua e ver o grupo de resgate quando voltar. Mas a dor nas mãos e nos braços a exauriu. Apesar de seus esforços, ela cochila. Entra e sai da consciência. Sempre que obriga suas pálpebras a se abrirem, elas baixam sozinhas novamente por incrementos subliminares.

Depois de uma dessas ocasiões, Caldwell se vê encontrando – ao longe, pela janela –, o olhar de uma criança pequena, parada numa porta quase de frente para ela.

Obviamente, um faminto. Na fase da infecção primária, não mais de 5 anos. Nu, mirrado e indescritivelmente sujo, como uma vítima de desastre em uma transmissão de TV apelando por donativos antes do Colapso, naqueles tempos inocentes em que cinco mil mortos pareciam um desastre.

O garotinho observa avidamente Caldwell, sem piscar. E não está sozinho. É fim de tarde e as sombras compridas proporcionam muita cobertura natural. Como os detalhes na imagem de um quebra-cabeça, os outros famintos aparecem do fundo, um por um. Uma menina mais velha e ruiva, atrás do volume enferrujado de um carro estacionado. Um menino de cabelos pretos, ainda mais velho, agachado nos restos de uma vitrine de loja com um taco de beisebol de alumínio agarrado nas mãos. Mais dois atrás dele, na própria loja, de quatro, debaixo de uma arara de vestidos mofados e descorados pelo sol.

Todo um bando deles! Caldwell fica fascinada. Ela sempre soube, quando Parks e seu pessoal diziam que o suprimento de cobaias no meio selvagem tinha se esgotado, que isto podia significar muitas coisas. Uma possibilidade — na época a ideia era implausível, mas ela não tem tanta certeza agora — era que as crianças selvagens infectadas fossem inteligentes o bastante para perceber o sargento e seus caçadores como uma ameaça e se transferiram para novos territórios de caça.

Agora Caldwell observa um menino de cabelo preto sinalizar para dois atrás dele com um gesto de cabeça e eles se colocam junto dele para ver o que ele está vendo. Ele é o líder, evidentemente. Também é um dos poucos que não está completamente despido. Usa um casaco de camuflagem em seus ombros estreitos e ossudos. A certa altura, derrubou um soldado e levou seu couro, bem como sua carne. Sua cara é um tumulto de cores borradas — uma exibição tribal de status e poder.

Caldwell vê como as crianças famintas agem como um bando. Como sinalizam usando gestos silenciosos e expressões faciais. Como coordenam seus esforços contra esta coisa desconhecida em seu meio.

Talvez o barulho os tenha trazido, o zumbido constante do gerador. Ou talvez eles estivessem observando Rosie há algum tempo, tendo seguido Justineau ou Gallagher de volta para cá depois de uma de suas excursões. Mas o que quer que tenha chamado sua atenção, agora eles viram.

E, como a viram, estão assediando.

Embora ela estivesse murada atrás de vidro inquebrável em um tanque de batalha imenso cujos armamentos podiam explodir os prédios a sua volta em entulho e pó. Embora não houvesse um jeito óbvio de chegar a ela, nem de quantificar o risco que ela representa. Embora, fundamentalmente, eles não possam sentir seu *cheiro* através de aço, vidro, polímeros e lacres herméticos.

Eles a reconhecem como uma presa e estão reagindo de acordo com isso.

Caldwell não fica imediatamente consciente de ter tomado a decisão enquanto se coloca de pé e vai suavemente do laboratório para a porta intermediária. Mas é uma boa decisão. Ela pode justificá-la com vários fundamentos.

Ela devolve as funções de controle de porta ao painel ao lado da própria câmara de compressão. Depois abre a porta externa e fecha novamente, várias vezes seguidas, testando sua operação nos vários ajustes de velocidade. Observa as válvulas hidráulicas, da espessura de seus braços, deslizando suavemente para trás e para frente no alto e na parte de baixo da porta. Mesmo no ajuste da terceira velocidade – existem sete mais rápidas – ela estima que as válvulas estão funcionando com uma pressão de mais de quinhentas libras. A porta interna, por sua vez, é operada pelos servos mecânicos mais simples. Nunca foi previsto que a câmara de compressão teria de funcionar como uma segunda jaula de contenção.

Caldwell encontra vários fatores altamente pertinentes. Não há como saber se a cobaia número um voltará da expedição. Se voltar, não é certo que vá funcionar a emboscada montada por Caldwell. Ou, se funcionar, como os sobreviventes reagirão à morte daqueles apanhados na câmara.

Mas a verdade – ou, pelo menos, parte dela – é que ela não consegue resistir. Esses monstros a estão caçando. Ela, por sua vez, quer caçá-los e envolver seus esforços tranquilamente em seu estratagema mais amplo.

Com a porta externa plenamente aberta, ela desliza a porta interna da câmara de compressão, abrindo-a parcialmente. Fica de pé junto da abertura e espera. Seu corpo ainda está pegajoso de suor, do esforço anterior. Seus feromônios, ela sabe, agora estão se espalhando para fora de seu corpo em gradientes turbulentos no ar que esfria na tarde. A cada respiração, as crianças famintas a estão inspirando. Eles podem ser sensíveis, cooperativos e astutos. Mas, sendo sua natureza o que é, é apenas uma questão de tempo antes que reajam.

É a menina ruiva que se mexe primeiro. Sai de trás do carro, anda diretamente para a abertura e avança para a porta convidativa de Rosie.

O menino de casaco de camuflagem solta uma espécie de latido. A ruiva reduz o passo, relutante, e se vira para ele.

O menino mais novo da porta da loja dispara correndo por ela e voa diretamente à porta, e é tão repentino e tão rápido que Caldwell — embora seja exatamente isto o que estava esperando — mal tem tempo de reagir.

Seu polegar se fecha em um comutador.

O menino faminto pula o umbral da porta externa e se atira em Caldwell como um míssil, de braços estendidos para arranhar e pegar.

Antes que consiga chegar a ela, a porta interna se fecha.

Caldwell subestimou a potência dos servos. A porta se fecha na parte superior do corpo do faminto feito um quebra-nozes, esmagando suas costelas. O faminto abre a boca para gritar, mas seus pulmões estão terminante e irreversivelmente murchos. Não há mais a possibilidade do grito. Ele está preso com um braço atrás do tronco, por dentro da câmara de compressão, e outro estendido para frente. Ainda tenta inutilmente alcançar Caldwell, seus dedos magros esticados. Um deles realmente roça a manga de seu jaleco, mas a infecção não pode ser contraída de um arranhão, apenas do sangue e da saliva. Com os óculos de proteção e a máscara no rosto, ela não corre risco nenhum.

A cabeça da criatura, Caldwell observa, está completamente incólume. Ela sente uma onda estonteante de júbilo e ri alto.

Ela *de certo modo* ri. O resto do som é sufocado enquanto algo dispara da rua e bate em seu maxilar, atravessando o arame e o papel da máscara. A agonia é impressionante. A boca de Caldwell se enche de sangue e pedaços quebrados de dente entram em atrito com um barulho surdo de destruição.

As pedras caem no piso, vermelho-escuras de seu sangue derramado. A ruiva já está atirando outra na tira de tecido desbotado ou couro que usa como estilingue.

O corpo esmagado do menino prende a porta e mantém uma abertura de cerca de 8 centímetros, a porta externa ainda está escancarada e os famintos do lado de fora, sua corte, seus amigos, correm para a brecha com suas armas improvisadas erguidas.

A mão de Caldwell dispara por puro reflexo, batendo nos controles da porta externa. Ela começa a se fechar, mas Caldwell esqueceu-se de aumentar a velocidade do nível três para o dez. Na última hora, a ponta do taco de beisebol está metida no espaço que se estreita, onde fica presa. O sistema hidráulico geme e a borda da porta morde fundo o metal do taco, começa a parti-lo em dois. Mas agora mãozinhas aparecem tateando pela beira da porta, algumas se estendendo para Caldwell, a maioria lutando com a porta para impedir que se feche.

Eles não podem alcançá-la. Mas estão puxando a porta, decididos, alterando sua posição para permitir que outras mãos também segurem, aumentando seus esforços. Caldwell sabe como esta porta é forte e assim, quando vê que começa a se abrir novamente, o choque repentino faz seu corpo se rebelar contra sua vontade. Ela cambaleia para trás, com os punhos subindo à boca, como se pudesse se esconder atrás deles.

A cara pintada do menino de cabelo preto aparece no espaço da porta externa. Ele fixa nela os olhos injetados e cheios de ódio, dizendo-lhe em caretas mudas que isto agora é pessoal.

O que significa que ele pensa em si mesmo como uma pessoa. Incrível.

Caldwell dispara para a cabine de comando, onde desce outras duas alavancas, preparando rodas e armas. Ela não pode operar as duas ao mesmo tempo, é claro. Terá sorte se conseguir lembrar como dirigir esta coisa, dos poucos dias de treinamento que recebeu duas décadas antes. Por um momento apavorante, todo o painel parece subitamente estranho e sem significado. Ela precisa arrancar seu cérebro da inundação de adrenalina e recuperar o controle consciente.

O botão marcado com E. Ele vem primeiro e está bem ali, no meio da coluna de direção. Significa ELEVAR. O chassi de Rosie se ergue 20 centímetros da rua, sibilando como uma serpente com o funcionamento hidráulico. Caldwell vê alguns famintos se dispersarem, mas o barulho e as explosões do meio do veículo lhe dizem que alguns ainda estão trabalhando ali.

O pânico retorce suas entranhas. Ela precisa sair daqui. Sabe que pode estar levando o inimigo, mas, se ficar, será uma presa fácil. Em algum momento eles conseguirão abrir a porta externa, depois a porta interna só os manterá afastados por alguns segundos.

Caldwell segura a coluna de direção nas mãos que não respondem, empurra para frente com força e reza. Os freios desengatam sem que ninguém solicite. Rosie se sacode como um cachorro e entra em movimento, tão rápida e repentina que Caldwell é jogada para trás no banco do motorista. Suas mãos escorregam em parte dos controles e o animal dá voltas pela rua, esbarrando em um poste e arrancando outro do chão com um tinido do gongo que indica o início de uma luta de boxe.

Caldwell precisa agarrar com mais firmeza e empurrar com força para colocar Rosie reta mais uma vez. A dor a faz gritar, mas ela mal consegue ouvir com o barulho do motor a toda. Ela não tem ideia do que está acontecendo na porta intermediária, porque o barulho do motor esconde também este som. Assim, empurra com mais força, leva a coluna de direção ao máximo em seu sulco. A rua se transforma em um borrão cinza.

Há outro impacto, depois um terceiro, mas Caldwell tem consciência deles apenas como vibrações. Agora Rosie tem tanto ímpeto que divide o mundo como água.

Figuras na rua, brevemente na frente dela, depois ao lado, em seguida sumiram. Mais famintos? Um deles parecia Parks, mas não há como descobrir sem parar e ela não quer fazer isso. Na realidade, no momento ela nem lembra como.

Algumas partes do painel, porém, agora começam a parecer muito mais familiares. Caldwell percebe que não precisa ficar cega. Rosie tem câmeras instaladas por toda sua extensão e a maioria pode ser girada e apontar para qualquer lado. Ela liga todas e passa os olhos pelas telas à esquerda. Uma delas está fixa na porta intermediária, onde dois famintos conseguiram se agarrar nesta carreta em movimento. Um é o líder, seu casaco batendo como uma bandeira ao vento produzido por Rosie. Outro é a menina ruiva.

Caldwell dá uma guinada para a direita, subindo uma ladeira onde uma placa aponta para Highgate e Kentish Town. Deixa para virar no último minuto, depois dá um golpe na coluna de direção com a maior força que pode, de modo que Rosie tomba agudamente, mas a ladeira reduz sua velocidade e o efeito não é tão espetacular como Caldwell esperava. Os famintos ainda estão pendurados ali, ainda lutando com a porta parcialmente aberta.

Caldwell já esteve ali, há muito tempo. Antes do Colapso. As lembranças se agitam, enchendo sua mente de justaposições surreais. Casas em que antigamente ela sonhava morar passam voando por ela, atarracadas e escuras como viúvas em um cemitério espanhol esperando pacientemente pela ressurreição.

No alto do morro, ela vira novamente. Avalia mal o ângulo, bate em parte de uma parede de bar que fica na esquina. Rosie não se abala, embora as câmeras de visão traseira mostrem o prédio arriando em ruínas atrás dela.

Há uma curva fechada na rua, depois uma descida larga e longa para o centro de Londres. Caldwell pisa no acelerador novamente e se debruça para frente, deliberadamente arranhando o flanco esquerdo de Rosie em um muro longo do que parece o prédio de uma escola. A placa no alto do portão diz *La Sainte Union*. Tijolo pulverizado borrifa o para-brisa e há um guincho de metal torturado ainda mais alto do que o ronco do motor. Rosie aguenta e Caldwell é recompensada com a visão de pelo menos um dos famintos voando na chuva forte.

Ela grita a plenos pulmões – um grito de triunfo e desafio de *banshee*. O sangue de sua boca ferida polvilha o para-brisa na frente dela.

Ela dá uma guinada para o meio da rua, olhando novamente as câmeras. Agora, nenhum sinal dos famintos. Precisa parar para examinar seu prêmio e ter certeza de que está intacto. Mas os famintos que ela jogou para fora ainda podem estar vivos. Ela se lembra do olhar na cara pintada do menino de cabelo preto. Ele a seguirá enquanto suas pernas funcionarem.

Então ela avança, mais ou menos para o sul, através de Camden Town. Euston fica logo em seguida e, depois disso, ela estará se aproximando do rio. As ruas ainda estão vazias, mas Caldwell é cautelosa. Onze milhões de pessoas viviam nesta cidade. Atrás dessas janelas escuras e portas fechadas, algumas ainda devem estar esperando, presas entre a vida e a morte.

A certa altura ela entende os freios e reduz a velocidade, intimidada pelo eco dos berros dos motores de Rosie nesta paisagem desolada. Por um momento nauseante, sente que pode ser o último ser humano vivo na face de um planeta necrótico. Isto, afinal, talvez não importe em nada. Que a raça que construiu este mausoléu enfim descanse nele, em paz e resignada, e se transforme em pó.

Quem sentiria nossa falta?

É o declínio, depois da adrenalina alta de pegar seu espécime e se livrar dos inimigos. Isto e a febre. Caldwell estremece e sua visão embaça. A estrada à frente dela parece se dissolver de uma só vez em uma mancha cinza. A disfunção é repentina e espetacular. Ela está ficando cega? Isso não pode acontecer. Ainda não. Ela precisa de mais um dia. Pelo menos, algumas horas.

Ela leva Rosie a parar, aos gritos e solavancos.

Trava a coluna.

E passa a mão no rosto, massageando os olhos com o polegar e o indicador para limpá-los. Parecem bolas de gude quentes alojadas em seu crânio. Mas quando ela se arrisca a abri-los e olhar pelo vidro da cabine, não há nada de errado com seu funcionamento.

Há realmente uma muralha cinza, de 12 metros de altura, que foi jogada na estrada na frente dela. E finalmente, depois de mais ou menos um minuto de assombro, ela sabe o que é.

É a sua nêmese, seu poderoso adversário.

É o *Ophiocordyceps*.

63

A Srta. Justineau está furiosa, então Melanie faz o que pode para ficar furiosa também. Mas é difícil, por muitas razões.

Ela ainda está triste por Kieran ter sido morto e a tristeza parece impedir que a raiva sequer comece. E a Dra. Caldwell indo embora com o caminhão grande significa que Melanie não terá de ver nem uma nem outro novamente, o que a faz querer pular e socar no ar.

Assim, enquanto o sargento Parks está usando todas as palavras feias que conhece, ao que parece, e a Srta. Justineau está sentada ao lado da rua com uma cara triste e confusa, Melanie pensa, *Adeus, Dra. Caldwell. Vá para longe, bem longe, e não volte mais.*

Mas então a Srta. Justineau fala.

— Acabou, estamos mortos.

Isso muda tudo. Melanie pensa que vai acontecer agora, em vez de só pensar no que sente, e seu estômago de súbito fica todo frio.

Porque a Srta. Justineau tem razão.

Eles usaram o que restava do bloqueador E. O cheiro de comida é muito forte neles e Melanie está admirada de poder ficar tão perto sem querer mordê-los. Ela se acostumou a isso de alguma maneira. É como se a parte dela que só quer comer, comer e comer estivesse trancada em uma caixinha e ela não precisa abrir a caixa, se não quiser.

Mas isso não vai ajudar muito a Srta. Justineau e o sargento Parks. Eles têm de continuar andando por esta cidade, cheirando a comida, e não vão muito longe antes de encontrarem alguma coisa que queira devorá-los.

— Temos de ir atrás dela — diz Melanie, agora cheia de urgência, quando vê o que está em risco. — Temos de voltar para dentro.

O sargento Parks a olha, inquisitivo.

– Você consegue fazer isso? – pergunta a ela. – Como fez com Gallagher? Tem um rastro?

Melanie não havia pensado nisso até agora, mas respira fundo – e o encontra de pronto. Existe um rastro tão forte que parece um rio correndo pelo ar. Tem um pouco da Dra. Caldwell nele, e um pouco de outras coisas que podem ser um faminto ou mais de um deles. Mas é principalmente o cheiro fedorento e químico do motor de Rosie. Ela pode seguir de olhos vendados. Pode seguir esse cheiro até dormindo.

Parks vê isso em seu rosto.

– Tudo bem – disse ele. – Vamos andando.

Justineau o encara de olhos arregalados.

– Ela está correndo a quase 100 por hora! – Sua boca se torce numa careta. – Ela se foi. Não há como, nessa terra de Deus, nós a alcançarmos.

– Não vamos saber se não tentarmos – argumenta Parks. – Quer ficar deitada e morrer, Helen, ou fazer uma tentativa?

– Dará no mesmo, de qualquer modo.

– Então, morra de pé.

– Por favor, Srta. Justineau! – Melanie implora. – Vamos pelo menos seguir um pouquinho. Podemos parar quando ficar escuro e encontrar um lugar onde nos esconder. – O que ela está pensando é: eles precisam sair dessas ruas, onde vivem e caçam as crianças famintas que são iguais a ela. Ela pensa que pode ser capaz de proteger a Srta. Justineau contra famintos comuns, mas não contra o garoto de cara pintada e sua tribo feroz.

O sargento Parks estende a mão. A Srta. Justineau se limita a olhar, mas ele a mantém ali, diante dela, e no fim ela aceita. Deixa que ele a coloque de pé.

– Quantas horas de luz do dia ainda temos? – pergunta ela.

– Talvez duas.

– Não podemos andar no escuro, Parks. E Caroline pode. Ela tem faróis.

Parks concorda com um gesto de cabeça ríspido.

— Vamos seguir até ficar escuro demais para enxergar. Depois, vamos nos entocar. Pela manhã, se ainda houver um rastro forte, continuamos. Se não, procuramos alcatrão, creosoto ou uma merda parecida para mascarar nosso cheiro, como fazem os lixeiros, e continuamos para o sul.

Ele se vira para Melanie.

— Vá em frente, Lassie. Faça seu truque.

Melanie hesita.

— Eu acho... — disse ela.

— Sim? O que foi?

— Acho que talvez eu possa correr bem mais rápido do que vocês dois, sargento Parks.

Parks ri — um som áspero e curto.

— É, também acho que sim — diz. — Vamos fazer o melhor que pudermos. Basta que você não nos perca de vista. — Então ele tem uma ideia melhor e se vira para Justineau. — Deixe o walkie-talkie com ela. Se nós a perdermos, ela pode nos chamar e falar conosco por ele.

Justineau entrega o aparelho a Melanie e o sargento Parks mostra como falar e ouvir nele. É bem simples, mas projetado para dedos muito maiores do que os dela. Ela pratica até fazer direito. Depois Parks mostra como prender no cós de seu jeans cor-de-rosa de unicórnio, onde fica ridiculamente grande e desajeitado.

A Srta. Justineau abre um sorriso de estímulo. Por baixo dele Melanie consegue ver todos os seus temores, sua tristeza e exaustão. Ela vê o quanto Justineau está perto do vazio.

Ela se aproxima da Srta. J e lhe dá um abraço curto e intenso.

— Vai ficar tudo bem — diz. — Não vou deixar que nada machuque você.

É a primeira vez que elas se abraçam desse jeito — com Melanie dando conforto em vez de receber. E ela se lembra da Srta. Justineau lhe fazendo a mesma promessa, embora não saiba dizer exatamente quando. Sente uma onda de nostalgia por essa época, qualquer que fosse. Mas ela sabe que não se pode ser uma criança para sempre, mesmo quando se quer.

Ela parte numa corrida e acelera aos poucos. Mas se contém a uma velocidade que os dois adultos possam acompanhar. Em cada cruzamento, espera até que eles entrem em seu campo de visão antes de disparar novamente. Com ou sem walkie-talkie, ela não vai deixar que eles fiquem por conta própria com a noite se aproximando — uma noite que ela sabe que contém tantas coisas horríveis.

64

Caroline Caldwell sai de Rosie usando a porta da cabine de comando em vez de a intermediária. A porta intermediária ainda está com a câmara de compressão e seu espécime faminto preso ali.

Ela avança vinte passos. É o mais longe que pode chegar, mais ou menos.

Olha a muralha cinza por um bom tempo. Por minutos inteiros, provavelmente, embora não confie mais em seu senso de tempo. Sua boca ferida lateja no ritmo do coração, mas o sistema nervoso parece um carburador afogado; o motor não pega, os sinais confusos não se aglutinam em dor.

Caldwell registra a construção da muralha, sua altura, largura e profundidade – a profundidade é só uma estimativa – e o tempo que deve ter levado para se formar. Ela sabe exatamente o que está olhando. Mas não ajuda em nada saber. Ela morrerá em breve e morrerá com esta... *coisa* na frente dela. Este corredor polonês, armado por um universo desdenhoso e intimidador que permitiu que os seres humanos chegassem às apalpadelas à senciência só para colocá-los em seu lugar um pouco mais dolorosamente.

Caldwell obriga-se a se mexer, por fim. Faz a única coisa em que consegue pensar. Anda pelo corredor polonês.

Voltando a Rosie, deixa-se passar pela porta da cabine de comando, que fecha e tranca. Passa pelo alojamento da tripulação e pelo laboratório na seção intermediária. Para brevemente no laboratório para recolocar a máscara, rasgada quando a pedra do estilingue bateu nela. Lava as mãos e coloca luvas cirúrgicas, pega uma serra de ossos numa estante e uma bandeja plástica na prateleira. Um balde seria melhor, mas ela não tem um balde.

O faminto que ela pegou ainda se move lentamente, apesar dos danos horríveis que o mecanismo da porta causou nos músculos e tendões da parte superior do corpo. Visto assim tão de perto, o tamanho da cabeça em relação ao corpo sugere que podia ser ainda mais novo na época da infecção inicial do que Caldwell estimou anteriormente.

Mas ela estava prestes a testar essa hipótese, não estava?

O braço direito do faminto está espremido atrás dele, dentro do espaço da câmara de compressão. Caldwell prende o braço esquerdo, apanhando-o em um laço de corda plastificada e amarrando a ponta solta da corda ao suporte na parede. Passa a corda por seu próprio braço três ou quatro vezes e usa o peso do corpo para puxá-la contra a luta do faminto. As alças da corda machucam fundo seu braço, onde a carne agora passou do vermelho fúria para o roxo zangado. Ela sente muito pouca dor, o que em si é um mau sinal. Os danos aos nervos na carne necrosada são irreversíveis e progressivos.

Com a maior rapidez que pode, mas também com cuidado, ela serra a cabeça do faminto. Ele grunhe e bate as mandíbulas para ela durante todo o processo. Os braços se debatem violentamente, o esquerdo dentro de um arco estreito e circular definido pela folga da corda. Nenhum dos braços consegue alcançá-la.

A frágil vértebra superior cede à serra quase de imediato. É o músculo, em que a lâmina alternadamente se prende e desliza, que é mais complicado. Quando Caldwell está serrando a vértebra, a cabeça do faminto baixa de repente, escancarando a incisão, mostrando as protuberâncias seccionadas de osso, de um branco chocante. Por sua vez, o sangue que pinga da ferida na bandeja e no chão é principalmente cinza, raiado de filetes vermelhos.

A última tira fina de carne se rasga sob o próprio peso da cabeça e esta cai abruptamente. Bate na beira da bandeja, virando-a, e rola pelo chão.

O corpo do faminto ainda se mexe muito, como fez quando a cabeça estava presa a ele. Seus braços giram inutilmente, as pernas se debatem de lado no piso de metal sulcado da câmara. Colônias de

Cordyceps ancoradas à coluna ainda tentam recrutar a criança morta e fazer com que ela trabalhe pelo bem maior de seu passageiro micótico. Os movimentos ficam mais lentos enquanto Caldwell se abaixa para pegar a cabeça, mas eles não pararam inteiramente quando ela se endireita e leva a cabeça para o laboratório.

Primeiro a segurança. Ela deixa a cabeça na superfície de trabalho por um ou dois minutos enquanto volta para limpar a câmara de compressão, jogando na estrada o cadáver decapitado mas ainda se contorcendo. Ele fica largado ali como uma acusação não só a Caldwell, mas ao empreendimento científico em geral.

Caldwell dá as costas a ele e bate a porta. Se a estrada para o conhecimento fosse pavimentada de crianças mortas – e foi de fato em algumas épocas e em certos lugares – ela ainda a percorreria e depois disso se absolveria. Que outra opção teria? Tudo o que valoriza está no fim dessa estrada.

Ela fecha as portas, volta ao laboratório e começa a trabalhar.

65

Melanie está esperando quando Justineau e Parks finalmente entram na longa rua, na outra extremidade da estação Euston. Sem dizer nada, aponta e Justineau olha. Sem fôlego, coberta de suor, com as pernas e o peito em um nó de agonia, é só o que ela pode fazer. A meio caminho na larga avenida, Rosie parou em uma ladeira diagonal, praticamente tocando o meio-fio dos dois lados. Bem na frente do veículo há uma imensa barricada que bloqueia a rua. Ergue-se a uma altura de mais ou menos 12 metros, o que faz dela mais alta do que as casas de cada lado. Na luz do sol baixa e oblíqua, Justineau vê que continua sobre as casas, entrando e atravessando-as. Parece inteiramente vertical, no início, mas então seus tons antes sutis se resolvem e ela consegue enxergar que é inclinada, como a encosta de uma montanha. É como se um milhão de toneladas de neve suja tivesse caído em um único ponto.

Parks junta-se a ela e os dois olham juntos.

— Alguma ideia? — pergunta o sargento por fim.

Justineau meneia a cabeça.

— E você?

— Prefiro ver todas as provas primeiro. Depois, arranjo alguém mais inteligente do que eu para me explicar isso.

Eles avançam lentamente, atentos a qualquer movimento hostil. Rosie esteve em guerra e eles podem ver o resultado. As marcas e arranhões na blindagem. O sangue e o tecido colado pela porta intermediária. O corpo pequeno e amarfanhado prostrado na rua, bem ao lado do veículo.

O corpo é de um faminto. Uma criança. Menino, com no máximo 4 ou 5 anos. Sua cabeça se foi — nenhum sinal dela por perto

— e a parte superior do corpo está quase achatada, como se alguém colocasse seu peito estreito em um torno e apertasse. Melanie se ajoelha para examiná-la mais de perto, com uma expressão solene e pensativa. Justineau fica de pé junto dela, procurando pelas palavras, sem encontrar nenhuma. Vê que o menino usa uma pulseira de cabelo, talvez dele próprio, no pulso direito. Como um crachá de identificação, não podia ser mais claro. Ele era igual a Melanie, não como os famintos comuns.

— Eu sinto muito — diz Justineau.

Melanie não diz nada.

Um movimento na visão periférica de Justineau faz com que ela vire a cabeça. O sargento Parks está olhando para o mesmo lado, para a parte central de Rosie. Caroline Caldwell tirou a fita adesiva da janela do laboratório e recolocou os defletores de luz. Olha para eles, dura e impassível.

Justineau vai à janela e murmura: *O que está fazendo?*

Caldwell dá de ombros. Não faz menção de que vai deixá-los entrar.

Justineau bate na janela, gesticula para a porta intermediária. Caldwell se afasta por alguns momentos, depois volta com um bloco A5. Segura no alto para mostrar a Justineau o que escreveu na primeira folha. *Preciso trabalhar. Muito perto de um avanço. Acho que você pode tentar me impedir. Desculpe.*

Justineau abre os braços, indicando a rua vazia, as longas sombras do final de tarde. Não precisa dizer nem gesticular nada. A mensagem é clara. *Vamos morrer.*

Caldwell a observa por mais um instante e mais uma vez fecha os defletores na janela.

Parks agora está de joelhos, a uma curta distância, à esquerda de Justineau. Trabalha na manivela para abrir a porta. Mas ela não se abre, embora ele a esteja encorajando com um fluxo contínuo de palavrões. Caldwell deve ter desativado o acesso de emergência.

Melanie ainda está ajoelhada ao lado do menino decapitado, ou lamentando ou tão perdida em pensamentos que nem tem consciência do que acontece a sua volta. O estômago de Justineau se revira e ela tem náuseas. De tanto correr e, agora, do beijo da morte em seu rosto. Ela anda um pouco, tentando vencer a náusea, até chegar à parte mais externa da muralha.

Não é uma muralha, mas uma avalanche, um amontoamento amorfo de matéria que avança em câmera lenta. É feito dos filamentos de *Ophiocordyceps*, bilhões de micélios micóticos entrelaçados de forma mais refinada do que numa tapeçaria. Os filamentos são tão delicados que chegam a ser transparentes, permitindo a Justineau olhar por dentro da massa a uma profundidade de mais ou menos três metros. Tudo dentro dela está isolado, colonizado, envolto em centenas de camadas dessa coisa. Os contornos são suavizados, as cores reduzidas a mil tons de cinza.

A vertigem e a náusea de Justineau retornam. Ela se senta, devagar, descansa a cabeça nas mãos até que a sensação pare. Está consciente de Melanie passando por ela, contornando a beira da coisa e depois aparentemente andando para ela.

– Não! – grita Justineau.

Melanie a olha, surpresa.

– Mas parece algodão, Srta. Justineau. Ou uma nuvem que desceu para a terra. Não pode nos fazer mal. – Ela demonstra, curvando-se para passar a mão de leve pela massa fofa. Ela se separa, retendo uma imagem perfeita da passagem da mão. Os filamentos que ela tocou se grudam em sua pele como teia de aranha.

Justineau se levanta para afastá-la dali, com gentileza mas firmemente.

– Eu não sei – disse ela. – Talvez faça mal, talvez não. Não quero descobrir. – Ela pede a Melanie para limpar a coisa de suas mãos, com muito cuidado, em um tufo de grama que brota da pavimentação estragada ali perto. Os filamentos de fungo também se enrolam nos caules da grama e a maior parte dele parece estar morta – aparece muito mais cinza do que verde.

Elas voltam a Parks, que desistiu de tentar abrir a porta intermediária e agora está sentado de costas para Rosie, recostado em uma das esteiras traseiras. Segura seu cantil, pesando-o cuidadosamente nas mãos. Toma um gole enquanto as duas se aproximam, depois o entrega a Justineau para que ela faça o mesmo.

Quando ela o pega, percebe, pelo peso, que o cantil deve estar quase vazio. Ela o devolve.

— Eu estou bem — ela mente.

— Papo furado — diz Parks. — Beba e seja feliz, Helen. Vou dar uma olhada brevemente por essas casas. Para ver se ficou alguma coisa em barris de chuva ou nas calhas. Deus proverá.

— Acha mesmo isso?

— Ele é que sabe.

Ela seca o cantil e desaba ao lado dele, largando-o em seu colo. Olha o céu, que escurece. O pôr do sol talvez venha dali a meia hora, assim Parks provavelmente está blefando quando diz que procurará água estagnada — que, de qualquer modo, estaria cheia de todo tipo de merda.

Melanie se senta de pernas cruzadas entre eles e os olha.

— E agora? — pergunta Justineau.

Parks faz um gesto evasivo.

— Acho que vamos esperar um pouco mais, depois escolhemos uma daquelas casas. Temos de nos proteger ao máximo antes que escureça. Tentar armar algum tipo de barricada, porque devemos ter deixado um rastro de cheiro, além de um rastro de calor. Os famintos vão nos encontrar bem antes do amanhecer.

Justineau está dividida entre o desespero e a fúria sufocante. Escolhe a fúria porque tem medo de que o desespero a paralise.

— Seu eu puser as mãos naquela vaca — resmunga —, vou arrancar seus miolos na porrada, depois colocar as melhores partes em lâminas de microscópio. — Movida por um reflexo atávico, ela acrescenta: — Desculpe, Melanie.

— Está tudo bem — diz Melanie. — Eu também não gosto da Dra. Caldwell.

Quando o sol toca o horizonte, eles finalmente se obrigam a se mexer. As luzes estão acesas no laboratório, um pouco de seu brilho se derrama pelas bordas dos defletores, de modo que as janelas parecem ter sido desenhadas com tinta luminosa na lateral de Rosie.

O resto do mundo está escuro e escurece cada vez mais.

Parks se vira para Melanie, muito de repente, como se tivesse criado coragem para fazer alguma coisa.

— Está com sono, garota? — ele pergunta a ela.

Melanie balança a cabeça em negativa.

— Está com medo?

Ela não precisa pensar nesta, mas a resposta é de novo negativa.

— Não por mim — esclarece ela. — Os famintos não vão me fazer mal. Estou com medo pela Srta. Justineau.

— Então, talvez possa fazer um servicinho para mim. — Parks aponta a massa cinza e tenebrosa. — Não imagino que tenhamos chance de passar por essa coisa. Não sei se pode nos infectar ou não, mas tenho certeza de que pode nos matar por asfixia se respiramos o suficiente dela.

— E daí? — pergunta Melanie.

— Daí que gostaria de saber se tem um jeito de dar a volta. Talvez você possa dar uma olhada, depois que encontrarmos uma toca para nós. Pode fazer diferença amanhã, se soubermos aonde estamos indo.

— Eu posso fazer isso — diz Melanie.

Justineau não fica satisfeita com a ideia, mas sabe que faz sentido. Melanie pode sobreviver aqui no escuro. Ela e Parks, definitivamente, não.

— Tem certeza? — pergunta ela.

Melanie tem certeza absoluta.

66

Ela está mesmo entusiasmada para fazer isso, porque está inquieta e infeliz com tudo o que aconteceu hoje. Kieran morrendo – morrendo por causa de sua história, sua mentira, assustado, fugindo. Depois a Dra. Caldwell saindo com o caminhão e deixando a Srta. Justineau sem ter um lugar seguro para dormir. E então a descoberta do pequeno cadáver, o corpo de uma criança muito mais nova do que ela, com a cabeça cortada.

Ela pensa que talvez a Dra. Caldwell tenha cortado a cabeça dele, porque é esse tipo de coisa que faz a Dra. Caldwell. Por baixo da infelicidade, ela encontra uma raiva pura e absoluta. A Dra. Caldwell precisa *parar* de fazer essas coisas. Alguém tem de dar uma lição nela.

As crianças selvagens são parecidas com ela, só que nunca tiveram aulas com a Srta. Justineau. Ninguém jamais as ensinou a pensar por si mesmas, ou mesmo a ser gente, mas elas estão aprendendo sem essa ajuda. Já aprenderam a ser uma família. E então a Dra. Caldwell aparece e as mata como se fossem apenas animais. Talvez eles tenham tentado matá-la primeiro, mas eles não sabem o que fazem e a Dra. Caldwell, sim.

Isso enche Melanie de uma fúria tão intensa que é quase como a sensação de fome. Descobrindo isso, ela sente medo.

Assim, ela não se importa de sair para explorar a coisa cinza. Pensa que andar será muito melhor para ela do que ficar parada.

O sargento Parks e a Srta. Justineau encontram um sótão em uma das casas vitorianas e geminadas de três andares a algumas ruas de onde Rosie parou. Tinha uma escada levando para cima, mas depois que o sargento Parks e a Srta. Justineau subiram, Melanie pega a base dela enquanto os dois adultos pegam pelo alto e eles conseguem, os três, arrancá-la dos suportes de metal que a mantêm no lugar. Melanie a pega quando ela cai e baixa cuidadosamente ao chão para que não faça barulho demais.

— Vejo vocês depois — diz ela aos dois suavemente. Ela tira o walkie-talkie do cinto e acena para mostrar que não se esqueceu dele. Poderá falar com eles, mesmo que esteja longe.

A Srta. Justineau sussurra uma resposta. Adeus, ou boa sorte, ou algo parecido. Melanie já está correndo levemente pela escada, seus pés descalços silenciosos no carpete apodrecido e coberto de mofo.

Ela escolhe um ponto de partida ao acaso e segue à beira da massa cinza. Começa numa caminhada, mas ainda está tomada de inquietude e urgência e, assim, depois de um tempo, parte a trote e começa a correr. Percorre um bom caminho, desviando-se sempre que precisa e reencontrado a muralha assim que pode.

Parece continuar para sempre. Sua superfície externa não é totalmente reta; entra e sai muito, lançando saliências pelas ruas mais estreitas, recuando um pouco onde há espaços abertos que ofereçam menos onde escalar. Mas não há sinal de uma interrupção nem lugar onde Melanie possa vislumbrar alguma coisa do outro lado da barreira.

Depois de estar correndo por mais ou menos uma hora, Melanie para. Não para descansar — pode continuar com isso por mais tempo sem desconforto nenhum —, mas para ver como estão a Srta. Justineau e o sargento Parks.

Ela aperta o botão do walkie-talkie e diz olá. Por um bom tempo ele só estala, mas então a voz do sargento Parks responde.

— Como está indo?

— Fui para o leste — diz Melanie. — Andei muito. A muralha simplesmente continua sem parar.

— Você estava andando esse tempo todo?

— Correndo.

— Onde está agora? Consegue ver alguma placa de rua?

Melanie não vê, mas anda até chegar a outro cruzamento.

— Northchurch Road — diz ela. — London Borough of Hackney.

Ela ouve Parks respirar com dificuldade.

— E continua bem além disso?

— Muito mais. Até onde eu posso ver. E consigo enxergar bem longe, mesmo no escuro. — Melanie não está se gabando; é só uma coisa que o sargento Parks precisa saber.

— Tudo bem. Obrigado, garota. Volte para cá. Se tiver vontade de dar uma olhada para o oeste também, eu ficaria agradecido. Mas não se esgote. Volte para cá, se estiver cansada.

— Eu estou bem — diz Melanie. — Câmbio e desligo.

Ela refez seus passos e foi para outro lado, mas deu exatamente no mesmo. Se eles tivessem de contornar a muralha, teriam de percorrer um longo caminho para leste ou oeste, e não está claro se seriam capazes de partir novamente para o sul.

Enfim Melanie se vê bem em frente da muralha, alguns quilômetros de onde eles a encontraram. É tão espessa aqui como em qualquer lugar, mas o ângulo de inclinação é diferente. Um afloramento de espuma cinza tomba para frente por um longo trecho, à direita dela, e ela pode ver a lua brilhando através dele. O brilho branco e impressionante parece uma promessa, um estímulo. Se ela se meter pela muralha, talvez consiga encontrar o outro lado antes de perder a luz.

A Srta. Justineau disse que é perigoso, mas Melanie não entende como e não tem medo dela. Avança um passo, depois outro. Os filamentos cinza estão até os seus tornozelos, depois sobem aos joelhos, mas não impõem resistência nenhuma. Só fazem um pouco de cócegas enquanto ela passa, separando-se com um suspiro mínimo que nem é bem um som.

A lua a acompanha, um refletor em movimento em que tudo se abre a seu olhar. Os filamentos cinza rapidamente vão ficando cada vez mais grossos. Objetos pelos quais ela passa — latas de lixo, carros estacionados, caixas de correio, cercas e portões de jardim — estão cobertos de camadas intermináveis, transformados em estátuas de granito.

Entrando seis metros, Melanie descobre os primeiros corpos caídos. Ela reduz e para, admirada com o que vê. Os famintos caíram no meio da rua, ou arriaram na base da muralha – exatamente como os corpos que eles viram quando andavam por Londres. Mas aqui havia tantos mais! De seus crânios abertos e cabeças estouradas, caules cinza de cerca de 15 centímetros de diâmetro brotaram como troncos de árvores. Os caules crescem diretamente para cima a uma altura incrível e os filamentos são despejados deles para todo lado numa proliferação sem fim. Alguns se conectaram com outros caules mais próximos, formando uma rede densa, como um milhão de teias de aranha entrelaçadas. Outros se enrolam no que estiver no caminho, ou, se não houver nada, estendem-se suavemente para o chão. Sempre que os filamentos tocam o chão, aparece outro tronco, mas estes são muito mais finos e mais curtos do que aqueles que crescem diretamente dos corpos dos famintos.

Melanie chega mais perto. Não consegue se conter. As melancólicas cascas na base de cada árvore de fungo não assustam. Não resta nada de humanidade neles, nada para lembrar a alguém que antigamente eram vivos. Eles mais parecem roupas que alguém tirou e deixou caídas no chão.

De perto, ela vê o fruto cinza pendurado naquelas árvores fantasmas. Ela estende a mão para tocar uma das brotações esféricas, apenas um pouco mais alta no tronco do que o topo de sua cabeça. Sua superfície é fria e coriácea, e cede muito ligeiramente ao toque de seus dedos. Ela aperta com força e faz uma marca. Quando afasta a mão, a marca desaparece lentamente. A superfície da bola é elástica o bastante para recuperar a forma. Depois de uma lenta contagem até dez, fica exatamente a mesma que era antes de ter sido tocada.

Melanie anda por esta imensidão cinzenta. Não parece ter outro lado; simplesmente continua. E vai ficando cada vez mais grossa. Depois de um tempo, só há espaço suficiente entre os troncos para ela passar seu corpo magro e a luz da lua está diminuindo como água suja por um monte de filamentos tão entrelaçados que mais parecem uma massa sólida.

O ombro de Melanie esbarra em uma das bolas cinza e ela cai no chão com um estalo abafado. Ela se abaixa para pegá-la. Há um anel enrugado onde ela estava presa ao tronco, mas o resto da superfície é lisa e ininterrupta. Ela a aperta na mão e mais uma vez a esfera volta rapidamente à forma que tinha antes de Melanie a tocar.

Se ela seguir mais adiante, esbarrará nos troncos. Ela toca um e descobre que é desagradavelmente pegajoso. Ela se retrai um pouco. Esperava que os troncos fossem lisos e secos como seus frutos, o que na opinião de Melanie teria sido muito menos repugnante.

Alguma coisa se mexe à esquerda e ela toma um susto violento. Pensou ter este mundo crepuscular só para si. Uma figura estranha anda na direção dela, em silhueta no luar opaco. Do pescoço para baixo, parece um homem — mas não tem ombros, nem pescoço, nem cabeça. A parte superior do corpo é apenas um monturo indiferenciado.

Ela se afasta da criatura, assustada mais do que qualquer coisa com sua completa estranheza. Mas ele não a está atacando. Nem mesmo parece saber que ela está ali.

Ao passar por ela, Melanie reconhece o que é. É um faminto cujo tronco começou a se abrir. Os primeiros 30 centímetros de um dos troncos retos se lançam de seu peito para cima, varas lascadas de costelas se projetando para fora de seu ponto de origem. Filamentos brotaram profusamente do tronco, disfarçando o que restava da cabeça do faminto, que foi forçada de lado em um ângulo agudo pelo crescimento incessante do tronco.

Melanie olha fixamente a aparição, ao mesmo tempo aliviada — porque o pavor do desconhecido é mais assustador do que qualquer pavor que se pode compreender — e revoltada com esta estranha violação da carne humana.

O faminto passa trôpego por ela, seu rumo em zigue-zague ditado pelos troncos em que ele esbarra e ricocheteia. É quase mais ridículo do que horrível. Ele vai cair em breve, imagina Melanie — e então o tronco vai apontar para os lados. Ele terá de achar um jeito de se endireitar.

Toda essa floresta cresceu de mortos arruinados. É assim que os famintos terminam depois de todo seu fiel serviço à infecção que fez com que fossem o que são.

Melanie vê seu futuro e aceita. Mas não está preparada para morrer com tantas coisas importantes ainda por fazer.

Ela se vira e volta pelo mesmo caminho, seguindo o túnel que ela própria criou pelos filamentos cinza amontoados.

67

A Dra. Caldwell trabalha noite adentro, numa ocupação febril. A febre é literal e agora chega a 39 graus e meio.

Extrair o cérebro do menino faminto leva muito mais tempo sem a ajuda da Dra. Selkirk – e as mãos da Dra. Caldwell estão tão desajeitadas que é praticamente impossível tirá-lo sem danos. Ela faz o melhor que pode, removendo a maior parte do crânio em pedaços serrados de três centímetros de largura antes de finalmente criar coragem e cortar o tronco encefálico.

Quando o levanta, embora suas mãos estejam tremendo intensamente, ele sai limpo.

Ela liga o micrótomo e tira fatias do cérebro, escolhendo cortes transversais que lhe permitirão examinar a maioria das principais estruturas. Monta as lâminas, assombrada com a perfeição com que o micrótomo fez seu trabalho. Os cortes são extraordinários, sem danos por esmagamento ou manchas, apesar de sua espessura etérea.

Caldwell rotula cada lâmina, depois as examina em sequência – um passeio virtual pelo cérebro do menino faminto, começando por sua base e continuando para cima, avançando.

Ela encontra o que esperava. A hipótese nula é feita em pedaços. Ela sabe o que são as crianças e de onde vieram, seu passado e seu futuro, a natureza de sua imunidade parcial e até que ponto (perto de 100 por cento) seu próprio trabalho nos últimos sete anos foi uma perda de tempo.

Ela sente um momento de pura felicidade. Se morresse na véspera, teria morrido cega. A descoberta compensa tudo, mesmo que o que ela descubra seja tão frio e absoluto.

Um barulho de perto dinamita sua linha de raciocínio e a traz de imediato à presente situação. É um som inofensivo – só alguns estalos e sussurros –, mas vem de fora de Rosie!

A Dra. Caldwell não é dada a voos excessivos de imaginação. Sabe que as portas de Rosie estão lacradas e que qualquer coisa com força suficiente para abri-las seria barulhenta e prolongada, alertando-a muito antes disso. Mas ainda está tremendo um pouco enquanto segue o som, atravessando o alojamento da tripulação até a cabine de controle.

Há uma sessão iluminada no painel, do lado direito, e é de onde vem o barulho. Do rádio. Ela desliza para o banco e baixa a cabeça para ouvir.

Não há muito que escutar. Principalmente estática, estalos, silvos e apupos, como o caos entre as estações de um antigo aparelho sem fio analógico. Mas algumas palavras ficam claras naquele pântano auditivo. "... dias de Beacon... vi seu... identificar..." A voz é oca, inumana, envolta em eco e distorção.

O facho de uma lanterna se move rapidamente pelo escudo frontal da cabine, depois desaparece. Nem um som penetra de fora, mas ela vê movimento. Só uma sombra, lançada por um momento pelo facho em movimento da lanterna. Uma figura se deslocando rapidamente pelo flanco esquerdo de Rosie.

"... só destroços... acho que não tem ninguém..."

Caldwell vai rapidamente para a porta intermediária. Na metade do caminho, percebe que podia ter saído pela cabine de comando. Ela para e se vira. Mas conhece bem o mecanismo da porta intermediária. Os barulhos do rádio da cabine crepitam e morrem. Com um grito de alarme, Caldwell volta correndo ao painel e responde no mesmo canal de onde veio a voz.

– Olá? – ela grita. – Quem está aí? Aqui é Caroline Caldwell da base Hotel Echo, na região 6. Quem está aí?

Só estática.

Ela tenta os outros canais e tem o mesmo resultado. Corre novamente para o meio do veículo. Mas, quando chega lá, está indecisa.

Ela não passou nenhum bloqueador E desde o dia anterior e sente o cheiro do próprio suor. Se abrir a porta, pode trazer famintos para cima de si e de seus possíveis salvadores.

O armário ao lado da câmara de compressão contém seis trajes de biossegurança. Caldwell foi treinada para usá-los quando ainda estava na lista de expedição e embora leve dez minutos para vestir um deles, tem confiança de que o fez corretamente. Seu cheiro está inteiramente mascarado e o calor corporal, pelo menos temporariamente, contido.

Quando abre a porta, não vê nada se mexendo do lado de fora.

— Olá? — ela chama. Ela vai para a rua. Ninguém. Mas a luz agora está na popa de Rosie e ainda se move, jogando para a esquerda e para a direita.

— Olá? — diz Caldwell novamente. Talvez o capacete do traje esteja abafando sua voz. Ela anda nas pernas trêmulas pelo flanco do veículo, a pele de seu pescoço coçando. Dá a volta pela popa. A luz bate em seus olhos por um momento. Ela fala com quem está por trás dela. — Meu nome é Caroline Caldwell. Sou uma cientista ligada à base Hotel Echo na região 6. Estou aqui com...

A luz se afasta dela e Caldwell fica sem palavras. Não há ninguém portando a lanterna. Só estava presa por sua tira em uma grade de metal na traseira de Rosie. Mexe-se com o vento, e não nas mãos de alguém.

A fúria com o truque infantil dá lugar ao puro pavor da percepção. Isto é uma emboscada. E como ninguém a está atacando, o alvo deve ser Rosie. A doutora gira nos calcanhares e corre de volta, disparando para a porta intermediária, esperando um bando de lixeiros, ou talvez o sargento Parks, sair de seu esconderijo (mas, onde eles se esconderam?) e correr para seu prêmio.

Nada se mexe. Ela entra e bate a porta, fecha a tranca e as travas de segurança. Depois a câmara de compressão, por precaução. Em seguida a porta da antepara que lacra a estação das armas.

Finalmente ela para de tremer. Não há ruído algum, nenhum sinal de alguém. Ela está em segurança. Quem esteve lá fora foi embora e deixou a lanterna. Talvez fosse realmente uma equipe de busca e resgate de Beacon. Talvez tenham sido devorados. Caldwell não sabe, mas, aconteça o que acontecer, não vai sair novamente de Rosie. Não pelo canto de sereia de uma voz no rádio, nem por humanos de verdade mostrando suas caras de verdade, nem por bandos em marcha e desfiles de boas-vindas. Ela vai ao laboratório, soltando os lacres do capacete do traje ambiental.

Melanie está sentada em sua cadeira, na frente do microscópio, lendo suas anotações. Ela levanta a cabeça.

— Olá, Dra. Caldwell — disse ela educadamente.

Caldwell estaca na porta. A primeira coisa que pensa é: *ela está sozinha ou os outros vieram com ela?* A segunda: *o que posso usar como arma?* O cilindro de gás fosgênio ainda está atarraxado na alimentação da câmara de compressão. Como Caldwell ainda veste o traje ambiental, ela seria imune a seus efeitos. Se conseguir chegar lá...

— Vou impedi-la — diz Melanie, no mesmo tom cortês e tranquilo — se você se mexer. Não deixarei que pegue uma arma nem nada que seja afiado, nem que tente fugir, nem que tente me jogar na jaula de novo. Ou se fizer qualquer outra coisa que eu pense que possa me machucar.

— Aquilo... era você? — pergunta-lhe Caldwell. — No rádio?

Melanie indica com a cabeça o walkie-talkie colocado ao lado dela na bancada de trabalho.

— Estive tentando todos os canais diferentes. Demorou um bom tempo para você responder.

— E então... então você...?

— Fiquei deitada embaixo da porta. Você passou por cima de mim. Assim que passou por mim, eu entrei.

Caldwell tira o capacete e baixa, muito delicadamente, numa bancada. A pouca distância dali, está o volume atarracado do torno do micrótomo, uma guilhotina de engenharia extraordinária. Se ela conseguir enganar Melanie a chegar perto dele e tombá-la em seu leito de corte, isto pode se acabar num instante.

Melanie franze a testa e meneia a cabeça, parecendo adivinhar suas intenções.

— Não quero morder você, Dra. Caldwell, mas peguei isto. — Ela ergue o bisturi, um daqueles que Caldwell usou na dissecação do espécime faminto e ainda não teve tempo de desinfetar. — E você sabe que sou rápida.

Caldwell raciocina.

— Você é uma boa menina, Melanie — ensaia. — Acho que não vai realmente me ferir.

— Você me amarrou a uma mesa para me cortar. — Melanie lembra a ela. — E você cortou Marcia e Liam. Provavelmente cortou muitas crianças. O único motivo para eu não ter feito nada com você foi que a Srta. Justineau e o sargento Parks provavelmente não teriam gostado. Mas eles não estão aqui. E acho que agora não se importariam muito, mesmo se estivessem.

Caldwell está inclinada a acreditar nisso.

— O que quer de mim? — Está claro, pelo jeito agitado de Melanie, que ela quer *alguma coisa*, que tem algo em mente.

— A verdade — diz Melanie.

— Sobre o quê?

— Tudo. Sobre mim e as outras crianças. E por que somos diferentes.

— Posso tirar este traje? — Caldwell tenta ganhar tempo.

Melanie gesticula para ela ir em frente.

— Preciso fazer isso na câmara de compressão — diz Caldwell.

— Então, continue com ele.

Caldwell desiste da ideia de pegar o fosgênio. Senta-se em uma das cadeiras do laboratório. Assim que faz isso, percebe o quanto está exausta. Só a força de vontade e uma tremenda determinação a fizeram continuar esse tempo todo. Ela está perto de desmoronar — fraca demais para resistir a esta criança monstro fanfarrona. Ela precisa apelar a suas forças e escolher o momento certo.

Ela espera que Melanie a interrogue, mas a menina continua a ler as anotações: as observações que Caldwell fez sobre seus dois conjuntos de amostras de tecido encefálico e sobre o esporângio. Ela parece particularmente fascinada com as anotações do esporângio, curvando-se sobre os diagramas rotulados de Caldwell.

– O que é um gatilho ambiental? – pergunta ela.

– Define qualquer fator externo ao corpo de esporulação que causa ou predispõe ao início da esporulação – diz Caldwell friamente. É o tom que ela usa para colocar o sargento Parks em seu devido lugar, mas Melanie consegue acompanhar seu ritmo.

– Qualquer coisa externa? – ela a parafraseia. – Qualquer coisa externa à vagem que faça com que as sementes saiam dela?

– É isso mesmo – diz Caldwell de má vontade.

– Como a floresta amazônica.

– Como?

– Existem árvores na floresta amazônica que só lançam suas sementes depois de um incêndio. O pau-brasil e o pinheiro-do-labrador também fazem isso.

– Eles fazem? – O tom de Caldwell é irritadiço. O exemplo é perfeito.

– Sim. – Melanie baixa as anotações. Olhou cada página exatamente uma vez, parou quando chegou à frente da pilha. – A Srta. Mailer me disse, na base.

Ela sustenta o olhar de Caldwell com seus olhos azuis e brilhantes, sem piscar.

– Por que eu sou diferente?

– Seja mais específica na pergunta – resmunga Caldwell.

– A maioria dos famintos parece mais animal do que gente. Não conseguem pensar, nem falar. Eu posso. Por que existem dois tipos de famintos?

– Estruturas cerebrais – diz Caldwell.

Mas ela está em guerra consigo mesma. Parte dela quer guardar o segredo, não entregar mais do que é solicitada, obrigar Melanie a mergulhar fundo para pegar cada pérola. A outra parte está desesperada para contar. Caldwell anseia por uma plateia de gênios, sábios, vivos ou mortos. Entende que uma criança não é nenhuma das duas coisas, ou as duas. Mas o mundo está acabando e é preciso aceitar o que aparece.

— Os famintos — disse ela —, inclusive você, são infectados com um fungo chamado *Ophiocordyceps*. — Ela não pressupõe nenhum conhecimento anterior, porque não há como saber o que Melanie compreendeu, ou deixou de compreender, por suas anotações. Assim, começa descrevendo a família de parasitas que faz ligação direta — organismos que enganam o sistema nervoso do hospedeiro com neurotransmissores forjados, sequestrando o cérebro vivo do hospedeiro e obrigando-o a fazer o que o parasita precisa.

As perguntas de Melanie não são frequentes, mas vão bem no alvo. Ela é uma garota inteligente. É claro que é.

— Mas por que sou diferente? — ela volta a pressionar. — O que havia de especial nas crianças que você levou para a base?

— Estou chegando lá — diz Caldwell com impaciência. — Você nunca estudou biologia, nem química orgânica. É difícil colocar tudo isso em palavras que você possa compreender.

— Coloque em palavras que *você* compreenda — sugere Melanie, praticamente no mesmo tom. — Se for difícil demais para mim, pedirei para explicar novamente.

E assim, Caldwell dá sua palestra. Não a Elizabeth Blackburn, Günter Blobel ou Carol Greider, mas a uma menina de 10 anos. E isto de certo modo é humilhante. Mas só de certo modo. Ainda foi Caldwell que fez todas as ligações e descobriu o que havia para ser descoberto. Que entrou na selva e recuperou o patógeno faminto vivo. *Ophiocordyceps caldwellia*. É assim que vão chamar, agora e para sempre.

O céu clareia do lado de fora e ela fala sem parar. Melanie interrompe de vez em quando com perguntas pertinentes e focadas. É uma plateia receptiva, apesar de não ter um prêmio Nobel.

Para os recém-infectados, diz Caldwell, o *Ophiocordyceps* é inteiramente impiedoso. Ele derruba a porta, invade e entra, devora e controla. Depois finalmente transforma o que resta do hospedeiro em um saco de fertilizantes do qual crescem os corpos de frutificação.

— Mas estávamos enganados sobre a rapidez com que o substrato humano é destruído. O fungo tem como alvo diferentes áreas do cérebro com diferentes velocidade e gravidade. Ele desativa o pensamento superior. Aumenta a fome e os gatilhos para a fome. Estávamos supondo que todos os impulsos além deste — todos os comportamentos que não servem aos interesses do parasita — eram embargados ao mesmo tempo.

"Quando vi aquela mulher na rua em Stevenage, e o homem na clínica, entendi que não era isto que acontecia. Os dois ainda faziam ligações, aleatoriamente, com sua vida anterior. Estavam envolvidos em comportamentos... Empurrar um carrinho de bebê, cantar, olhar antigas fotografias... O que não tinha função nenhuma no que diz respeito ao parasita."

Caldwell olha para Melanie. Sua boca está desagradavelmente seca, apesar do suor que escorre livremente pelo rosto.

— Posso beber um copo de água? — pergunta ela.

— Quando você terminar — promete Melanie. — Ainda não.

Caldwell aceita o veredito. Não vê nada no rosto de Melanie que indique oportunidade para negociação.

— Bem — disse ela, sua voz falhando um pouco —, isso me fez pensar. Sobre você e as outras crianças. Talvez tenhamos deixado passar a explicação óbvia para o motivo de vocês serem tão diferentes.

— Continue — diz Melanie. Sua voz é tranquila, mas os olhos traem o medo e a empolgação. Reconforta um pouco Caldwell ter pelo menos este grau de poder sobre ela — na ausência do controle físico que ela gostaria de desfrutar.

— Percebi que vocês podem ter *nascido* com a infecção. Que seus pais talvez já estivessem infectados quando vocês foram concebidos. Pensávamos que isso era impossível... Que os famintos não poderiam ter impulso sexual. Mas depois que vi a sobrevivência de outros impulsos e emoções humanos... Amor materno e solidão... Isto não me pareceu nada impossível.

"Com isso em mente, voltei-me para a evidência citológica. Tive a sorte de obter uma amostra fresca de tecido encefálico..."

— De um menino — diz Melanie. — Você o matou e cortou sua cabeça.

— Sim, fiz isso. E seu cérebro era muito diferente de um cérebro normal de faminto. Com o equipamento que tinha na base, o máximo que podia fazer era verificar e mapear a presença do fungo. Como isto… — Ela indica com a cabeça o micrótomo, a centrífuga, o microscópio eletrônico de varredura — … Pude ver os neurônios individualmente e como as células do fungo interagem com eles. O menino aqui, e o homem na clínica, eram tão diferentes que quase não havia como comparar os dois. O fungo destrói completamente o cérebro de um faminto de primeira geração. Passa por ele como um trem. As substâncias químicas que ele secreta… Os gatilhos de força bruta que ativam e desativam comportamentos específicos… Causam danos terríveis à medida que se acumulam. E o fungo retira nutrientes também do tecido cerebral. O cérebro é progressivamente esvaziado, sugado.

"Na segunda geração… isto é, você… o fungo se dissemina igualmente pelo cérebro. Fica inteiramente entrelaçado com os dendritos dos neurônios do hospedeiro. Em alguns lugares, de fato os substitui. Mas ele não se *alimenta* do cérebro. Tem sua nutrição somente quando o hospedeiro come. Ele se torna um verdadeiro simbiota em vez de um parasita."

— A Srta. Justineau disse que minha mãe estava morta — contesta Melanie. É quase um protesto — como se uma mentira de Helen Justineau fosse algo que não tivesse lugar neste mundo.

— Esta era nossa melhor conjectura — diz Caldwell. — Que seus pais fossem lixeiros ou outros sobreviventes que não conseguiram chegar a Beacon, e que você e eles foram alimentados e infectados ao mesmo tempo. Não tínhamos nenhum modelo de famintos copulando. Ainda menos deles dando à luz no meio selvagem e os bebês sobrevivendo de algum modo. Você deve ser muito mais resistente e muito mais autossuficiente do que os bebês humanos normais. Talvez você tenha conseguido se alimentar da carne de sua mãe até ter forças suficientes para…

— Pare — diz Melanie incisivamente. — Não fale de coisas assim.

Mas falar é só que resta a Caldwell e ela não pode se conter. Ela fala de suas observações, sua teoria, seu sucesso (ao desvendar o ciclo de vida do patógeno) e seu fracasso (não existe imunidade, nem vacina, nem cura concebível). Ela diz a Melanie onde encontrar suas lâminas e o resto das anotações e a quem ela deve entregar quando eles chegarem a Beacon.

Quando fica mais difícil para Caldwell falar, Melanie se aproxima e se senta a seus pés. O bisturi ainda está agarrado em sua mão, mas ela agora não a atormenta, nem a ameaça. Apenas ouve. E Caldwell está cheia de gratidão, porque sabe o que significa esta letargia que toma seu corpo.

A septicemia entra em sua última fase. Ela não sobreviverá para registrar suas descobertas por escrito, para atordoar o que resta das mentes científicas da retaguarda condenada da humanidade com o espetáculo de sua clareza de visão e a idiotia deles. Só tem Melanie. Melanie é a mensageira enviada pela providência divina em sua última hora para levar os seus troféus para casa.

68

É UMA NOITE RUIM.

A sala não contém nada, apenas uma mesa e um reservatório de metal que antes fez parte do sistema de aquecimento central da casa. Cada movimento faz com que as tábuas nuas do assoalho soltem rangidos altos e assim, na maior parte do tempo, Justineau e o sargento Parks ficam sentados e parados.

Seus primeiros visitantes chegaram cerca de uma hora depois de Melanie ter puxado a escada. Alguns minutos depois ela ligou para eles no walkie-talkie, de uma área aberta de Hackney. Justineau ouve os famintos tropeçando e arrastando os pés no cômodo abaixo, andando incansáveis de um lado a outro. A origem do cheiro, o gradiente químico que eles seguem, está acima deles, mas eles não conseguem chegar lá. Só o que podem fazer é atacar a sua volta, impelidos pelo refluxo de ar, as mudanças ao acaso na intensidade do gatilho químico.

Justineau ainda tem esperanças de que eles vão embora, ou que pelo menos parem de se mexer, mas isto não é como Stevenage. Na Wainwright House, os famintos eram atraídos pelo som e pelo movimento. Quando os sinais cessavam, eles também paravam, esperando que o fungo em seu cérebro lhes desse outras ordens. Aqui, as ordens apareciam continuamente, mantendo-os em um movimento constante e incansável.

No início Parks abre o alçapão para olhar de vez em quando para baixo, acendendo o facho da lanterna no escuro e iluminando caras cinzentas e frouxas, viradas para cima, seus olhos leitosos arregalados e as narinas infladas como bocas de túnel. Mas a vista não muda nunca e depois de um tempo ele desiste.

Mais ou menos uma hora depois disso, eles ouviram batidas pelas paredes dos outros cômodos ao lado. Outros famintos, seguindo o cheiro ou o rastro de calor com a mesma persistência dos primeiros, mas traídos pela geografia local a subir pela escada errada, tomando a curva errada.

Eles estão no meio de um grande volume de espaço, cheio de coisas que querem devorá-los.

Não, Justineau se corrige. *Não no meio. Não há nada acima do telhado. De qualquer modo, ainda não.*

Ela encontra uma claraboia e sobe numa mesa para olhar por ela. Uma lua cheia e avermelhada ilumina o largo trecho de ruas ao sul, na direção do rio. A espuma de fungo as enche até a borda e segue até onde a vista alcança. Londres é uma área inacessível, uma zona de exclusão para os vivos. Só os famintos podem prosperar aqui. Só Deus sabe até onde, a leste ou oeste, eles terão de caminhar para dar a volta.

Bem, Deus e talvez Melanie. Eles tentam entrar em contato com ela pelo walkie-talkie, mas não há resposta, nem vestígio de seu sinal. Parks pensa que é possível que ela tenha passado a outra frequência, embora não consiga pensar em nenhum bom motivo para ela ter feito isso.

— Você devia tentar dormir — diz ele a Justineau. Está sentado agora num canto da sala, limpando a arma, à luz da lanterna. Ela brilha por baixo de seu queixo e dos globos oculares e, de uma forma mais inquietante, no sulco diagonal da cicatriz.

— Como você? — pergunta Justineau laconicamente. Mas ela desce. Está enjoada de olhar a escarpa cinza interminável.

Ela se senta ao lado dele. Depois de um momento pega seu braço, baixa quase ao pulso. Depois, com uma leve sensação de irrealidade, passa a mão por dentro da dele.

— Eu não tenho sido justa com você — diz ela.

Parks dá uma gargalhada.

— Acho que não era exatamente justiça que eu estava esperando.

— Ainda assim. Você nos trouxe até aqui, contra tudo e contra todos, e na maior parte do caminho eu o tratei como um inimigo. Desculpe por isso.

Ele pega sua mão e a ergue à altura da cabeça. Ela pensa que ele vai beijá-la, mas ele apenas a vira de um lado a outro para deixar que o facho da lanterna a ilumine.

– Isso não importa – disse ele. – Na verdade, provavelmente é melhor assim. Não posso respeitar nenhuma mulher que tenha padrões tão baixos a ponto de dormir comigo.

– Isso não é engraçado, Parks.

– Não. Acho que não é. E, aliás, pode me chamar de Eddie.

– Tem certeza disso? Parece que estou fraternizando.

Ela desta vez quer ouvir o riso e fica satisfeita quando ele vem.

Ela quer isso? Nem mesmo sabe. Quer alguma coisa, claramente. Ela não segura a mão de Parks por alguma necessidade abstrata de contato humano. Ela a segura para saber, na realidade, como seria o toque dele. Mas isso faz parecer equivocado.

A cicatriz não a incomoda. Na verdade, tira seu rosto da categoria das coisas simétricas e organizadas às quais pertence o rosto de todo mundo. É uma cara como o lançamento de um dado. Ela gosta dessa arbitrariedade, por instinto. É algo que a atrai.

O que ela não gosta são as crueldades do passado dele, e do dela, sobre as quais ela terá de engatinhar para chegar a ele. Ela deseja que nunca tivesse contado a ele que era uma assassina. Ela deseja ter sido imaculada, na mente dele, para que seu toque nele pudesse criar uma versão diferente dela mesma.

Mas não é assim que você conseguiria renascer, se fosse possível.

Ela solta a mão de Parks. Depois, mantendo a cabeça dele entre as mãos, beija-o na boca.

Depois de um momento, ele apaga a lanterna. Ela sabe por que e não faz comentário nenhum.

69

Em algum momento no meio da noite, o caráter dos barulhos embaixo deles se altera.

Até então, foi aleatório – as pancadas e vibrações de um estouro de famintos esbarrando-se, repetidas vezes, em uma cascata browniana. O que eles ouvem agora tem um ritmo definido, uma persistência. E há grunhidos, estalos e assovios, misturados com os sons de esforço e impacto. Os famintos não vocalizam.

Parks se desvencilha do braço pesado e adormecido de Justineau e engatinha até o alçapão. Levanta-o e acende a lanterna, já apontada para baixo.

Emoldurado em seu facho está um rosto saído de um pesadelo. Parece rolar para Parks do escuro. Olhos pretos, pele lívida, matizada de pontos e riscos de cor. Sua boca escancarada pende aberta, exibindo dentes. Todos finos como os de uma piranha.

Depois a coisa dá um salto, reagindo à luz com uma fúria imediata e assassina. Algo separa o ar em um borrão de relincho bem na frente da cara de Parks – algo que brilha à luz da lanterna e bate na boca do alçapão com um tinido ressonante.

Parks se curva para trás, mas não se retrai do golpe mal avaliado, então vê o que está acontecendo atrás de seu agressor. Crianças, meninos e meninas, formigam sobre os famintos desamparados, puxando-os para baixo e rapidamente os despachando com um leque de armas que é ao mesmo tempo amplo e eclético.

Mas não foi por isso que eles vieram. Isto é apenas limpeza do terreno. Eles não deram com Parks neste lugar por acaso. Foi o sótão, e o que tem nele, que os trouxe aqui. Os olhos pretos se voltam para cima sem parar, fixando-se em Parks.

Ele fecha novamente o alçapão. Justineau já está se mexendo, mas ele a coloca rapidamente de pé.

— Precisamos ir — disse ele. — Agora. Vista-se.

— Por quê? O que...? — Ela não termina a frase porque ouve os barulhos embaixo. Talvez imagine de imediato o que signifiquem. Ela sabe que significam problema, de qualquer forma, e não é tão burra a ponto de pedir uma explicação que pode consumir o tempo necessário para a fuga dos dois.

O alçapão não tem tranca, mas Parks consegue colocar o tanque de metal em cima dele. Mal tem tempo para isso — o alçapão já está sendo empurrado quando o tanque cai em cima dele. Um grito lhe diz que o que estava subindo não gostou de ser enxotado para baixo.

Em segundos, o alçapão bate e se sacode enquanto crianças famintas colocam toda sua força para tentar abri-lo. Parks não tem ideia de como elas conseguiram alcançá-lo. Subindo nos ombros umas das outras, ou nos corpos empilhados dos outros famintos que acabaram de abater? Isso não importa. Eles são fortes e decididos demais para que o tanque os mantenha afastados por muito tempo.

Ele pula na mesa e mete a cabeça pela janela, que Justineau deixou aberta. Não há ninguém no telhado. Ele passa os ombros e se impele para as telhas. Justineau já o está seguindo e, embora ele estenda a mão, ela não precisa.

As telhas inclinadas não estão molhadas, mas ainda assim são tremendamente escorregadias. Os dois sobem ao cume do telhado de braços e pernas esparramados como sapos, apertando o corpo com força na superfície traiçoeira.

Quando chegam ao alto, fica mais fácil. Há uma única camada de alvenaria formando um passadiço estreito, assim eles podem ficar de pé e andar por ali como trapezistas bêbados, usando as chaminés e os canos do aquecimento para se equilibrar.

Parks pretende chegar ao final do telhado e encontrar outra janela por onde entrar. Antes de alcançarem a metade do caminho, um barulho alto de briga e gritos estridentes de trás os avisa de que já não estão mais sozinhos. Ele se vira para olhar. Formas pequenas e flexíveis, claramente definidas à luz da lua, estão tomando o telhado a partir da sala que os dois acabaram de deixar. Não vão para o cume; andam feito caranguejos, em diagonal, para Parks e Justineau, tomando o caminho mais curto até sua presa.

Parks espera chegar à chaminé seguinte para sacar a arma. Dispara duas vezes, na mais próxima das crianças. O primeiro tiro acerta em cheio. A criança é jogada para trás, desce o telhado inclinado aos trambolhões e passa pelo beiral antes que consiga se deter. O outro tiro passa longe, mas as crianças se espalham, em pânico, e outra cai.

As demais se retiram rapidamente. Mas não com rapidez suficiente. Parks tem muito tempo para pegar mais algumas.

— Não as mate! — grita Justineau. — Não, Parks! Elas estão fugindo!

Elas estão alterando a tática de ação. Mas Parks não se dá ao trabalho de argumentar. É melhor poupar as balas, porque vão precisar delas quando chegarem ao chão.

Se conseguirem chegar ao chão.

Alguma coisa bate na alvenaria da chaminé bem ao lado da cabeça de Parks e salpica lascas em seu rosto. De trás de chaminés e cumeeiras, as crianças famintas disparam o que devem ser estilingues — mas, com a velocidade de chicote de um braço faminto por trás, as pedras caem como balas. Uma delas corta o ar tão perto que ele pode sentir e ouvir seu zumbido de mosquito ao passar junto a sua orelha.

Já chega.

Ele solta o fuzil e dispara duas rajadas largas. A primeira borrifa a chaminé, obrigando as crianças a voltarem para seu esconderijo. A segunda espatifa os telhados entre ele e as crianças em um arco extenso e devastador. Elas terão dificuldade para atravessar esta parte do telhado, se decidirem se arriscar.

— Continue andando — grita ele para Justineau. Ele aponta. — Desça! Desça por ali. Encontre uma janela!

Justineau já está escorregando pelas telhas na direção da calha, de braços abertos para reduzir a velocidade, os pés raspando o telhado. Parks a segue de quatro, de frente para o cume, pronto para atirar em qualquer coisa que se mexa. Mas nada se mexe.

— Parks — diz Justineau abaixo dele. — Aqui.

Ela encontra uma janela que não só está aberta como sumiu, com caixilho e tudo. Só o que precisam fazer é descer do telhado, escorando o peso nos cotovelos, e colocar o pé no peitoril. Depois é questão de um segundo para se abaixar e se esgueirar para dentro.

Agora os segundos têm importância. Eles precisam chegar ao chão antes das crianças. Ganham a maior dianteira possível. Eles tropeçam no escuro, procurando uma escada.

É quando o walkie-talkie explode. Parks não para — não se atreve a isso — mas o arranca do cinto e atende.

— Parks. Fale.

— Ouvi tiros — diz Melanie. — Está tudo bem?

— Não muito.

Justineau segura o ombro dele, arrastando-o de lado. Ela encontrou uma escada. Eles se atiram no poço sem luz, tropeçando e quase caindo. Ele devia parar e pegar a lanterna na mochila, mas usá-la provavelmente só traria as crianças para cima deles mais rapidamente.

— Umas crianças famintas nos encontraram — disse ele, ofegante. — Armadas até os dentes. Crianças como você, só que de convivência mais difícil. Ainda estão atrás de nós.

— Onde vocês estão? — pergunta Melanie. — Onde os deixei?

— Depois. No final da rua.

— Estou indo até aí.

Boa notícia.

— Venha rápido — sugere ele.

Eles percebem que chegaram ao primeiro andar porque a porta da rua está escancarada. Vão diretamente para lá, mas o luar cerca uma silhueta que aparece de repente na frente deles. Um metro e vinte de altura, uma faca em cada mão, pronta para cortar.

Parks atira e a figura leve mergulha. A última bala no pente, ou talvez a penúltima. Ele derrapa e para, agitando os braços. Justineau bate em suas costas. Em marcha a ré, eles vão para os fundos da casa.

Passam por uma caverna mofada depois de outra. É impossível deduzir quais seriam as funções dos cômodos e isto não é de interesse nenhum para Parks. Ele só procura a porta dos fundos. Quando encontra, abre aos pontapés e eles saem – o que ele rezava para acontecer – para a floresta murada de um jardim urbano semeado vinte anos antes.

Eles mergulham nos espinheiros na altura da cabeça, deixando carne e tecido como tributo. Um uivo de trás diz que crianças estão bem perto e continuam chegando. Parks deseja que elas fiquem à vontade para passar. A maioria está completamente nua, assim está mais exposta aos espinhos de três centímetros, que são mais grossos perto do chão.

Ele olha para trás. A porta por onde acabaram de passar correndo já está perdida na escuridão de breu, mas ele consegue enxergar um movimento vago ali. Ele atira e alguma coisa grita. Atira novamente e o slide volta com um estalo estéril. Não tem outro pente no cinto? Ele vai parar e recarregar, no escuro, com aquelas lindas criancinhas subindo por seu traseiro?

O muro do jardim.

– Vai! Vai! – grita ele. Empurra Justineau por ali, depois pula, erra, pula novamente. Encontra o topo em sua terceira tentativa e ela o está puxando pela gola da camisa.

Alguma coisa o soca no ombro. Outra coisa explode na alvenaria ao lado de sua mão. Justineau geme de dor e ele vai para o alto do muro, tombando como um alvo limpo para a artilharia.

Parks desliza para o alto e pula depois dela, no asfalto rachado e tomado de mato de um estacionamento. Os restos de um 4 X 4 estão ao lado deles, as rodas da frente perdidas, parecendo se colocar de joelhos e esperar pelo disparo de dardo em sua cabeça. O golpe de misericórdia.

Justineau está abaixada e não se mexe. Ele toca com cautela sua testa e os dedos voltam molhados.

Ela não é leve, mas Parks consegue colocá-la sobre o ombro. Não pode, porém, segurá-la ali com uma só mão, assim é fugir ou lutar.

Ele foge. Depois entende de imediato que foi a atitude errada. Meia dúzia de formas leves e baixas aparecem em disparada pela lateral da casa e nem mesmo reduzem ao partir para ele. Outros estão se espremendo pelo muro do jardim e caem no asfalto atrás dele.

Parks corre para o único lado que consegue ver que está livre, dando para espaço aberto, onde ele será um alvo fácil para os estilingues. Bem na deixa, eles recomeçam. Ele leva outro golpe, na base das costas, e parece que alguém lhe deu um murro nos rins. Ele cambaleia, quase não consegue ficar de pé.

Parks é atacado, em plena correria, pela mais rápida das crianças. Atira-se nele num mergulho, voando, descendo na base de suas costas e se agarrando ali, deixando que seu ímpeto o derrube. Parks cai esparramado, tentando contorcer o corpo para baixo de Justineau para amortecer a queda, mas eles se separam em algum lugar pelo caminho.

Enquanto Parks cai, o faminto já está arranhando seu pescoço. Ele lhe dá um soco na cara, com a maior força que pode. A criatura se afasta, dando-lhe espaço para se levantar e aplicar um chute em sua barriga. Ele agora está indo bem. Tem espaço suficiente para pegar o fuzil e apontar.

Alguma coisa se choca em seu ombro — o ombro que foi atingido pela pedra do estilingue — com uma força surpreendente. O fuzil cai de seus dedos, mas ele só sabe disso porque o ouve bater no chão. Por um ou dois segundos ele não sente nada, nem mesmo dor. Depois a dor o invade e o enche até a borda.

Ele está esparramado no chão, o fuzil ao lado de sua cabeça e, embora tente se mexer, não acontece muita coisa. Seu braço direito é inútil, o lado direito um emaranhado de arame farpado de agonias complexas. O garoto pintado com a jaqueta da artilharia se ajoelha ao lado dele. Os outros se reúnem atrás, esperando, enquanto ele se curva de boca escancarada. De perto, não há nenhuma dúvida: aqueles dentes foram amolados.

Eles encontram o braço de Parks. É o braço direito, então não dói; não há espaço livre deste lado de seu corpo para a entrada de outras dores. Mas ele grita, mesmo assim, enquanto a cabeça do menino sobe novamente, com um naco da carne de Parks presa, crua e sangrenta, em seus maxilares.

Este é o sinal para o banquete começar. As outras crianças aparecem aos saltos, como se chamadas para o piquenique. Uma delas, uma loura mínima, arrasta-se para o peito de Helen Justineau, agarra seu cabelo para puxar a cabeça para trás.

A mão esquerda de Parks encontra a pistola metida no cinto de Justineau. Ele a pega e dispara. Às cegas. A criança sai girando pelo escuro, a bala de ponta oca flagelando o alto da cabeça.

As crianças famintas ficam paralisadas por um momento, assustadas com a explosão tão perto delas.

Nesse momento, apresenta-se algo novo.

Ensurdecedor.

Apavorante.

Cuspindo fogo e gritando como todos os demônios do inferno.

70

Melanie faz o que pode com o material limitado que lhe está disponível.

Avança para as crianças selvagens na ponta dos pés, esticando-se, fazendo-se parecer uma menina assim como uma deusa, ou um titã, o máximo que pode. Está nua do pescoço para baixo – *vestida do céu* – mas tem o capacete imenso do traje ambiental, cuja placa de visor polarizada esconde completamente seu rosto.

Seu corpo é azul vivo e brilha, coberto da cabeça aos pés do gel desinfetante que a Dra. Caldwell emprega – empregava – em suas dissecações.

Na mão esquerda, carrega o alarme pessoal da Srta. Justineau, que está fazendo exatamente o que a Srta. Justineau disse que faria. Cento e cinquenta decibéis de barulho batem nos ouvidos e amedrontam os cérebros de todos nos arredores, tornando impossível o raciocínio claro. Tem o mesmo efeito em Melanie, naturalmente, mas pelo menos ela sabia o que esperar.

Na mão direita ela carrega a pistola de sinalização e agora dispara diretamente no menino de cara pintada que roubou o casaco de Kieran Gallagher. O sinalizador passa direto por sua cabeça e a fumaça de sua passagem cai sobre ele, sobre todos eles, como um xale jogado do céu.

Melanie joga o alarme pessoal nos pés do menino e ele dá um passo para trás, debatendo-se no ar como se estivesse sendo atacado.

Ela se atira nele. Na realidade, não quer isso. Ela quer que ele fuja dela, porque então todas as outras crianças também vão fugir, mas ele não está fazendo isso e ela o alcança, agora tem todo tipo de ideias.

Ela o pega sob o queixo com a coronha da pistola do sinalizador, um forte golpe que joga a cabeça dele para trás e o faz cambalear. Mas ele não cai. Mudando sua postura, ele gira o taco de beisebol com toda a força.

E faz contato. Mas ele foi enganado pelo capacete, que é grande demais para Melanie e fica muito frouxo sobre seus ombros magros. Ele pensa que ela tem 15 centímetros a mais do que a realidade. Seu golpe devastador, que teria despedaçado a lateral do crânio se tivesse acertado, marca o alto do capacete e erra sua cabeça.

O menino fica surpreso ao descobrir que ela tem outra cabeça por baixo e hesita, o taco de beisebol posicionado para um golpe de *backhand*. O barulho do alarme pessoal ainda é estridente em seus ouvidos. É como se o mundo inteiro estivesse gritando.

Melanie gira a pistola do sinalizador um quarto de volta, carregando outro cartucho. Atira na cara do menino.

As outras crianças, olhando, devem pensar que o rosto dele pegou fogo. O cartucho está alojado no globo ocular, brilhando como um pedaço do sol que caiu no chão. Sai fumaça dali, primeiro para cima, depois estourando em uma espiral estreita enquanto o menino se curva e cai de joelhos. Ele larga o taco de beisebol para colocar a mão na cara.

Melanie usa o taco de beisebol para acabar com ele.

Quando termina, as outras crianças finalmente fogem.

71

Melanie segue na frente e o sargento Parks bem atrás, carregando a Srta. Justineau no ombro esquerdo. Seu braço direito cai reto ao lado do corpo, balançando muito pouco no ritmo da caminhada. Ele não parece capaz de mexê-lo.

A Srta. Justineau está inconsciente, mas sem dúvida nenhuma ainda respira. E não há sinal de que tenha sido mordida.

As crianças começam a recuperar a coragem, um pouco de cada vez. Não se atrevem ainda a pressionar com um ataque, mas pedras assoviam no escuro e caem aos pés de Melanie. Ela mantém um ritmo constante e o sargento Parks faz o mesmo. Se correrem, pensa Melanie, as crianças os perseguirão. E então terão de lutar novamente.

Enfim viram uma esquina e Rosie está diante deles. Melanie anda um pouco mais rápido para chegar primeiro e abrir a porta. O sargento Parks cambaleia pela soleira e cai de joelhos. Com a ajuda de Melanie, baixa a Srta. Justineau. Ele está exausto, mas ela ainda não pode deixar que descanse.

— Desculpe, sargento — ela lhe diz, fechando a porta com o pé. — Há uma coisa que ainda precisamos fazer.

O sargento Parks gesticula, com a mão esquerda, para o corte irregular no ombro. Seu rosto está pálido e os olhos já estão meio vermelhos nos cantos.

— Eu... preciso sair daqui — ele ofega. — Estou...

— O lança-chamas, sargento. — Melanie o interrompe com urgência. — Você disse à Srta. Justineau que havia lança-chamas. Onde ele está?

No início, ele não parece compreender o que ela quer fazer. Olha em seus olhos, respirando com dificuldade.

— A muralha? — arrisca ele. — A... coisa de fungo?

— Sim.

O sargento se levanta e cambaleia para a estação de armas na popa.

— Vai precisar de carga — diz a ela.

— Eu fiz isso antes de ir até vocês.

O sargento enxuga o rosto com a base da mão. Sua voz é um sussurro.

— Tudo bem. Tudo bem. — Ele aponta dois botões. — Carregar. Alimentar. Você liga o carregador, depois abre o alimentador, depois dispara. O jato ficará aceso até que você solte a válvula aqui.

Melanie fica de pé na plataforma de tiro. Pode alcançar os controles, mas não tem altura suficiente para colocar os olhos no visor ou mesmo espiar pela borda inferior da porta de observação. O sargento vê que ela não conseguirá fazer isso sozinha.

— Tudo bem — disse ele novamente, vazio de dor e exaustão.

Ela desce e ele sobe em seu lugar, cambaleando e quase caindo da plataforma. Com uma das mãos inútil, disparar o lança-chamas parece muito mais difícil do que foi explicar. Melanie o ajuda, trabalhando nas válvulas enquanto ele maneja a arma em si.

A torre gira com os servos, seguindo o movimento do cano, e assim pelo menos essa parte é fácil. O sargento mira na massa cinzenta e opaca da floresta de fungos, impossível de errar, porque enche metade do horizonte.

— Em qualquer lugar? — ele pergunta a ela. Sua voz é lenta e escorregadia, como às vezes costumava ser a voz do Sr. Whitaker.

— Qualquer lugar — Melanie confirma.

— Garota, tem quilômetros e mais quilômetros dessa coisa. Não vai... Não vai penetrar. Não por todo o caminho. Não vai abrir uma passagem.

— Não precisa — diz Melanie. — O fogo vai se espalhar.

— Tomara, merda. — Parks se curva sobre o cano para apontar e aperta o gatilho. O fogo jorra para o céu, primeiro horizontalmente, baixando na ponta de seu arco para cortar a massa cinza como uma espada de 20 metros de extensão.

Filamentos que estão diretamente no caminho da chama simplesmente desaparecem. É só nas laterais que o fogo pega e se espalha. E se espalha mais rápido do que eles podem acompanhar com a cabeça. O tapete de fungos é seco como lenha. Parece *querer* queimar. Na luz das chamas ferozes, alguns caminhões mais próximos agora podem até ser vistos dessa distância, sombras de bordas retas que se alteram loucamente no calor do fogo que vaga feito um animal selvagem pela floresta de fungos. Com mais umidade por dentro deles do que nos filamentos, ardem lentamente e cospem faíscas por um bom tempo antes de também se incendiarem e passarem da sombra para uma luz dolorosa para os olhos.

Depois de um minuto inteiro, Melanie toca o braço do sargento.

— Acho que já chega — diz ela.

Agradecido, ele solta o gatilho. A espada feroz se retrai no espaço de um segundo para o cano do lança-chamas.

O sargento desce da plataforma, vergando um pouco os joelhos sob seu peso.

— Você tem de me deixar sair — murmura ele. — Não sou mais seguro. Eu... Parece que a merda da minha cabeça está se dividindo. Pelo amor de Deus, garota, abra a porta.

Ele não parece capaz de encontrá-la sozinho. Vira-se para um lado, depois o outro, piscando seus olhos injetados e fazendo uma careta contra a luz. Melanie pega sua mão esquerda e o leva para a porta.

A Srta. Justineau agora está se sentando, mas parece não perceber os dois que passam. Há uma poça de vômito a seus pés e sua cabeça está metida entre os joelhos.

Melanie se detém para lhe dar um beijo, muito de leve, no alto da cabeça.

— Eu vou voltar — diz ela. — Vou cuidar de você.

A Srta. Justineau não responde.

A mão do sargento está na maçaneta da porta externa, mas a mão de Melanie se fecha na dele, gentilmente, tentando não machucar, mas impedindo que ele force a maçaneta e abra a porta.

— Precisamos esperar — explica ela.

Ela roda a válvula de compressão, seguindo as instruções escritas na parede bem ao lado dos controles. O sargento Parks observa, assombrado. A luz vai do vermelho ao verde e abre-se a porta externa.

Eles saem para uma névoa tão fina que é como se alguém jogasse uma cortina de renda sobre o mundo. O ar tem o gosto que sempre teve, mas parece meio arenoso em sua língua. Melanie lambe os lábios insistentemente para limpar a geada e vê que o sargento Parks faz o mesmo.

— Tem algum lugar onde possa me sentar? — ele pergunta a ela. Está piscando muito e uma lágrima vermelha escorre de um dos olhos.

Melanie encontra uma lata de lixo preta de plástico e a vira. Coloca ali o sargento. Senta-se ao lado dele.

— O que fizemos? — A voz do sargento é rouca e ele olha em volta com urgência, como se tivesse perdido alguma coisa, mas não consegue se lembrar do que é. — O que nós fizemos, garota?

— Queimamos a coisa cinza. Queimamos toda ela.

— É verdade — diz Parks. — E... Helen está...?

— Você a salvou. — Melanie garante a ele. — Você a trouxe para dentro e ela agora está a salvo. Ela não foi mordida, nem nada. Você a salvou, sargento.

— Que bom — diz o sargento. E então ele fica em silêncio por um bom tempo. — Escute — disse ele por fim. — Você pode... Escute, garota. Você pode me fazer um favor?

— O que é? — pergunta Melanie.

O sargento pega a pistola no coldre. Precisa estender o braço pelo corpo para fazer isso com a mão esquerda. Ejeta o pente vazio e procura em seu cinto até encontrar um novo, que encaixa na arma. Mostra a Melanie onde colocar os dedos e lhe mostra também como soltar a trava de segurança. Coloca uma bala na agulha.

— Eu gostaria... — disse ele. E então fica mais uma vez em silêncio.

— O que você gostaria? — Melanie está segurando a arma grande em suas mãos minúsculas e ela sabe, na realidade, qual é a resposta. Mas ele precisa dizer para que ela tenha certeza.

— Eu já vi o suficiente deles para saber... Não quero isso — diz o sargento. — Quer dizer... — Ele engole com ruído. — Não quero ficar assim. Desculpe se a ofendo.

— Não estou ofendida, sargento.

— Não posso atirar com a mão esquerda. Desculpe. É pedir demais.

— Está tudo bem.

— Se eu pudesse atirar com a mão esquerda...

— Não se preocupe, sargento. Eu farei isso. Não vou abandonar você antes de ter acabado.

Eles ficam sentados lado a lado enquanto vem o amanhecer, o céu se iluminando em incrementos tão pequenos que não é possível saber quando a noite para e o dia começa.

— Queimamos tudo? — pergunta o sargento.

— Sim.

Ele suspira. O som tem um caráter líquido.

— Papo furado — ele geme. — Essa coisa no ar... É o fungo, não é? O que nós fizemos, garota? Diga. Ou vou tirar essa arma de você e mandar você para a cama mais cedo.

Melanie está resignada. Não quer incomodá-lo com essa coisa quando ele está morrendo, mas não ia mentir para ele depois de ele lhe pedir a verdade.

— Existem vagens — disse ela, apontando para onde o fungo ainda está queimando. — Ali. Vagens cheias de sementes. A Dra. Caldwell disse que é a forma madura do fungo e as vagens deviam se romper e espalhar as sementes no vento. Mas são muito duras e não podem se abrir sozinhas. A Dra. Caldwell disse que elas precisavam que alguma coisa desse um empurrão e as fizesse abrir. Chamou de gatilho ambiental. E me lembrei das árvores na floresta tropical que precisam de um incêndio grande para fazer as sementes crescerem. Eu tinha um quadro delas, na parede de minha cela, na base.

Parks fica aturdido do horror do que acabou de fazer. Melanie afaga sua mão, pesarosa.

— Por isso eu não queria contar — disse ela. — Eu sabia que deixaria você triste.

— Mas... — Parks balança a cabeça. Por mais difícil que seja para ela explicar, é ainda muito mais difícil para ele entender. Ela pode ver que é difícil para ele até formar as palavras. O *Ophiocordyceps* está demolindo as partes de sua mente de que não precisa, deixando cada vez menos com o que pensar. No fim ele se conforma com um, "Por quê?"

Por causa da guerra, Melanie lhe diz. E por causa das crianças. Crianças iguais a ela — a segunda geração. Não existe cura para a peste faminta, mas no fim a peste se tornará sua própria cura. É terrivelmente triste para as pessoas que a pegaram primeiro, mas seus filhos ficarão bem e serão eles que viverão e crescerão para ter os filhos deles e criar um novo mundo.

— Mas só se você *deixar* que eles cresçam — conclui ela. — Se ficar atirando nelas, cortando-as em pedaços e jogando em poços, não sobrará ninguém para fazer um mundo novo. Seu pessoal e os lixeiros continuarão se matando, os dois matarão os famintos sempre que os encontrarem e, no fim, o mundo ficará vazio. Assim é melhor. Todo mundo se transforma em faminto de uma só vez e isso significa que todos vão morrer, o que é muito triste. Mas depois as crianças vão crescer e elas não seriam do tipo antigo de gente, mas também não seriam famintas. Elas serão diferentes. Como eu e as outras crianças da turma.

"Elas serão as *próximas* pessoas. Aquelas que vão fazer tudo ficar bem novamente."

Ela não sabe o quanto disso o sargento chegou a ouvir. Seus movimentos estão mudando. Sua cara fica frouxa e se contorce alternadamente, as mãos de repente se sacodem como mãos de marionetes mal animadas. Ele murmura "tudo bem" algumas vezes e Melanie pensa que pode significar que entende o que ela disse. Que ele aceita. Ou pode simplesmente significar que ele se lembrou de que ela falava com ele e quer garantir que ainda está ouvindo.

— Ela era loura — disse ele de repente.

— O quê?

— Marie. Ela era... loura. Como você. Então, se tivéssemos um filho...

Suas mãos giram, procurando por um significado que escapa delas. Depois de um tempo ele fica imóvel, até que o canto de um passarinho em uma cerca entre as casas o faz se sentar reto e girar a cabeça, para a esquerda e para a direita, a fim de localizar a origem do som. Seu queixo começa a se abrir e se fechar, o reflexo da fome se ativando forte e repentinamente.

Melanie aperta o gatilho. A bala macia entra na cabeça do sargento e não sai.

72

HELEN JUSTINEAU RECUPERA A CONSCIÊNCIA como alguém que se arrasta para casa depois de uma caminhada de 30 quilômetros. É exaustivo e lento. Ela continua vendo paisagens familiares e pensando que deve estar quase lá, mas então se perde mais uma vez e precisa continuar avançando por seus próprios pensamentos espatifados – revivendo os acontecimentos da noite em uma centena de sequências aleatórias.

Finalmente ela entende onde está. De volta ao interior de Rosie, sentada em uma grade de aço perto da porta intermediária, numa poça do próprio vômito.

Ela se esforça para se levantar, vomitando com isso um pouco mais. Percorre os variados espaços de Rosie, procurando por Parks, Caldwell e Melanie. Localiza um dos três. O corpo da médica, rígido e frio, jaz no chão do laboratório, enroscado em um ponto de interrogação post-mortem. Há um pouco de sangue seco em seu rosto, de um ferimento recente, mas não parece provável que tenha sido o motivo de sua morte. Mas então, pelo que disse Parks, ela já estava morrendo de toxemia, dos ferimentos infectados nas mãos.

Em uma das bancadas do laboratório está a cabeça de uma criança da qual foi removido o topo do crânio. Há pedaços de osso e tecido ensanguentado em uma tigela ao lado da cabeça, junto com um par descartado de luvas cirúrgicas com crostas de sangue seco.

Nenhum sinal de Melanie, nem de Parks.

Olhando pela janela, Justineau vê que está nevando. Uma neve *cinza*. Flocos mínimos dela, mais parece na verdade uma precipitação de poeira, mas desce interminavelmente do céu.

Quando entende o que está havendo, começa a chorar.

As horas passam. O sol sobe no céu. Justineau imagina que sua luz enfraqueceu um pouco, como se as sementes cinzentas fizessem uma cortina na camada superior do ar.

Melanie volta para Rosie, através do tumulto de maré do fim do mundo. Acena para Justineau pela janela, depois aponta a porta. Ela vai entrar.

A câmara de compressão passa por seu ciclo com muita lentidão, enquanto Melanie borrifa cuidadosamente seu corpo já coberto de desinfetante com uma camada de líquido fungicida.

Eu vou voltar. Vou cuidar de você.

Justineau agora entende o que isso significa. Como vai viver e o que ela será. E ri através das lágrimas sufocantes com a justiça disto. Nada é esquecido e tudo está pago.

Mesmo que pudesse, ela não regatearia o preço.

A porta interna da câmara de compressão se abre. Melanie corre para ela e a abraça. Dá seu amor sem hesitação ou limites, quer tenha sido conquistado ou não — e ao mesmo tempo pronuncia sua sentença.

— Vá se vestir — diz ela, feliz. — Venha conhecê-los.

As crianças. Taciturnas e desajeitadas, sentadas de pernas cruzadas no chão, retraídas ao silêncio pelos ferozes olhares de alerta de Melanie. Justineau só tem as lembranças mais nebulosas da noite anterior, mas vê o assombro nos olhos daquelas crianças enquanto Melanie anda entre elas, pedindo silêncio com severidade.

Justineau reprime uma onda nauseante de claustrofobia. É muito quente dentro do traje ambiental lacrado e ela já está com sede, embora tenha acabado de beber metade do seu peso em água do tanque de filtragem de Rosie.

Ela se senta no batente da porta intermediária. Tem um marcador na mão. Rosie será seu quadro-negro.

— Bom-dia, Srta. Justineau — diz Melanie.

Um murmúrio se ergue e cai enquanto algumas crianças — mais da metade — tenta imitá-la.

— Bom-dia, Melanie — responde Justineau. E então: — Bom-dia, turma.

Ela desenha na lateral do tanque a letra *A* maiúscula e outra minúscula. Os mitos gregos e as equações quadráticas virão depois.

Agradecimentos

Este romance se desenvolveu a partir de um conto, "Iphigenia in Aulis", que escrevi para a antologia americana organizada por Charlaine Harris e Toni Kelner. Assim, devo agradecer a eles por sua existência e pelo estímulo e *feedback* que me deram quando eu o estava escrevendo. Também gostaria de agradecer imensamente a Colm McCarthy, Camille Gratin e Dan McCulloch por algumas sessões maravilhosas de *brainstorming*, quando transformamos o conto no argumento para um filme. Encontramos diferentes abordagens e soluções para o filme, mas parte da clareza de sua visão e o vigor de sua imaginação foram transmitidos a mim e – tenho certeza – transferidos para o romance. E agradeço, por fim, a minha família – Lin, Lou, Davey e Ben, Barbara e Eric – que foram meu campo de teste e túnel de vento para a maioria dos momentos mais importantes da história e que não reclamaram nem uma vez. Nem mesmo se por acaso estivessem se recuperando de uma cirurgia importante na época.

Este livro foi impresso na Intergraf Ind. Gráfica Eireli
Rua André Rosa Coppini, 90 - São Bernardo do Campo - SP
para a Editora Rocco Ltda.